DEIHIJIN

Tome 5

LES EXILÉS D'ISTHMIR

DU MÊME AUTEUR

DEIHIJIN

Tome 1 – Les secrets de Khullan

Tome 2 – L'homme-bête de Felkon

Tome 3 – Les pillards de Valjteph

Tome 4 – L'armée de Jtephet

HÉLÈNE CONRAUX

DEIHIJIN

Tome 5

LES EXILÉS D'ISTHMIR

ROMAN FANTASY

Illustration de couverture : Hélène Conraux

ISBN : 979-10-94338-08-7
EAN : 9791094338087

À Nadège

Une lectrice dont la fidélité
me va droit au cœur !

Que ces nouvelles aventures d'Azar
et Myst vous soient plaisantes, et
que Shana vous bénisse !

Hélène

À Trainou, le 17/01/17

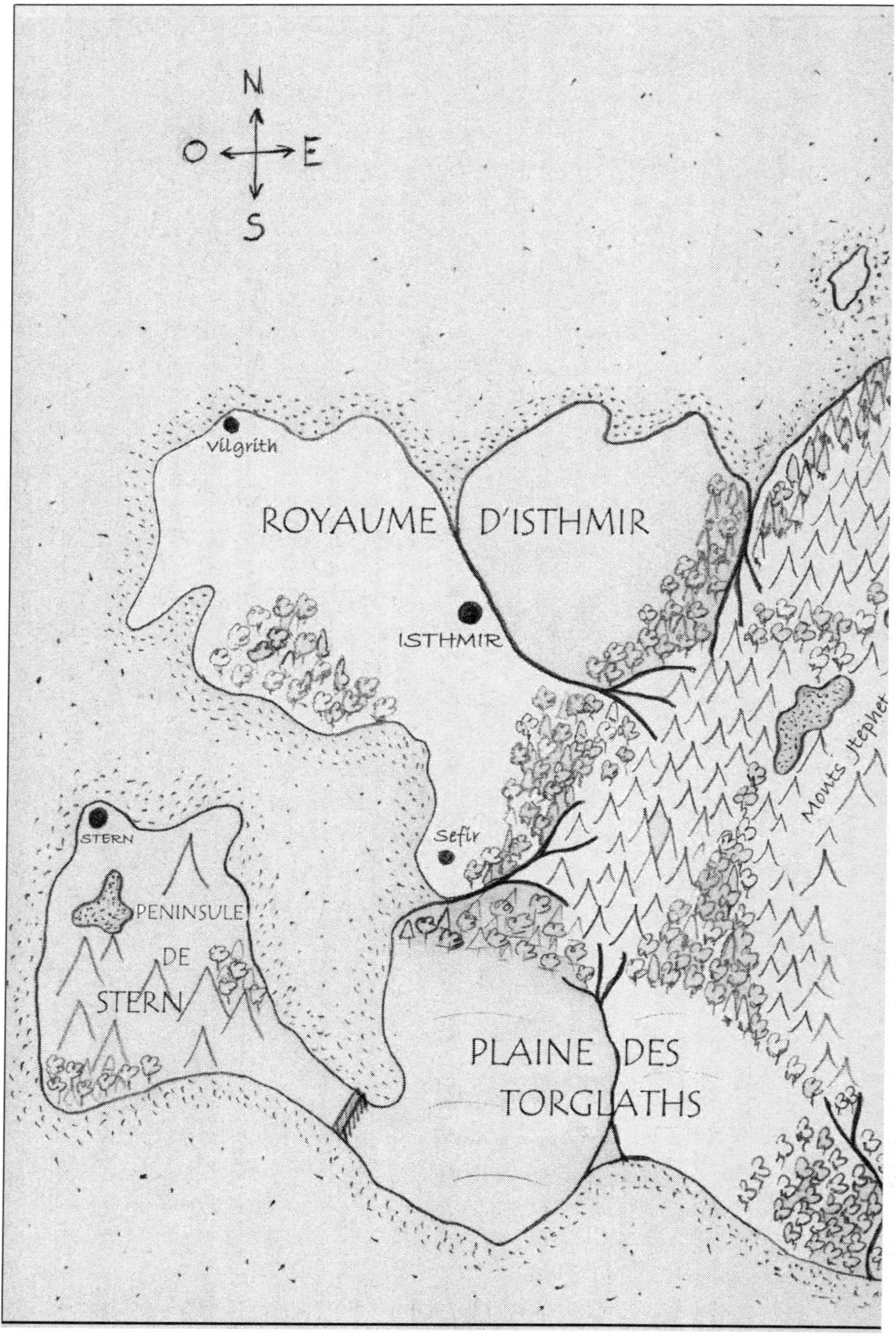
N
O
E
S
Vilgrith
ROYAUME D'ISTHMIR
ISTHMIR
Sefir
Monts Stephet
STERN
PENINSULE
DE
STERN
PLAINE DES
TORGLATHS

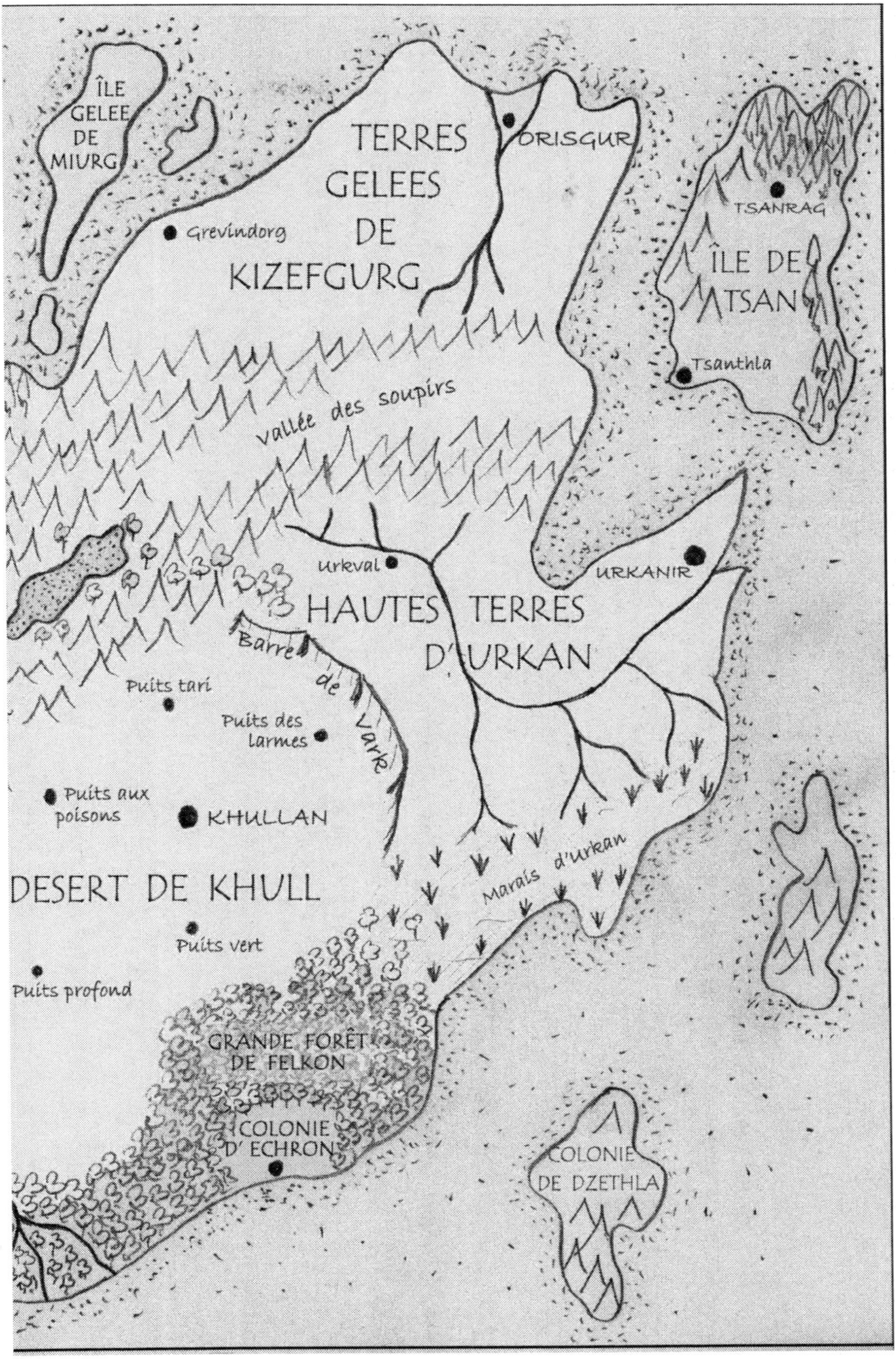
ÎLE GELEE DE MIURG
TERRES GELEES DE KIZEFGURG
ORISGUR
Grevindorg
TSANRAG
ÎLE DE TSAN
Tsanthla
vallée des soupirs
Urkval
URKANIR
HAUTES TERRES D'URKAN
Barre de Varie
Puits tari
Puits des larmes
Puits aux poisons
KHULLAN
Marais d'urkan
DESERT DE KHULL
Puits vert
Puits profond
GRANDE FORÊT DE FELKON
COLONIE D' ECHRON
COLONIE DE DZETHLA

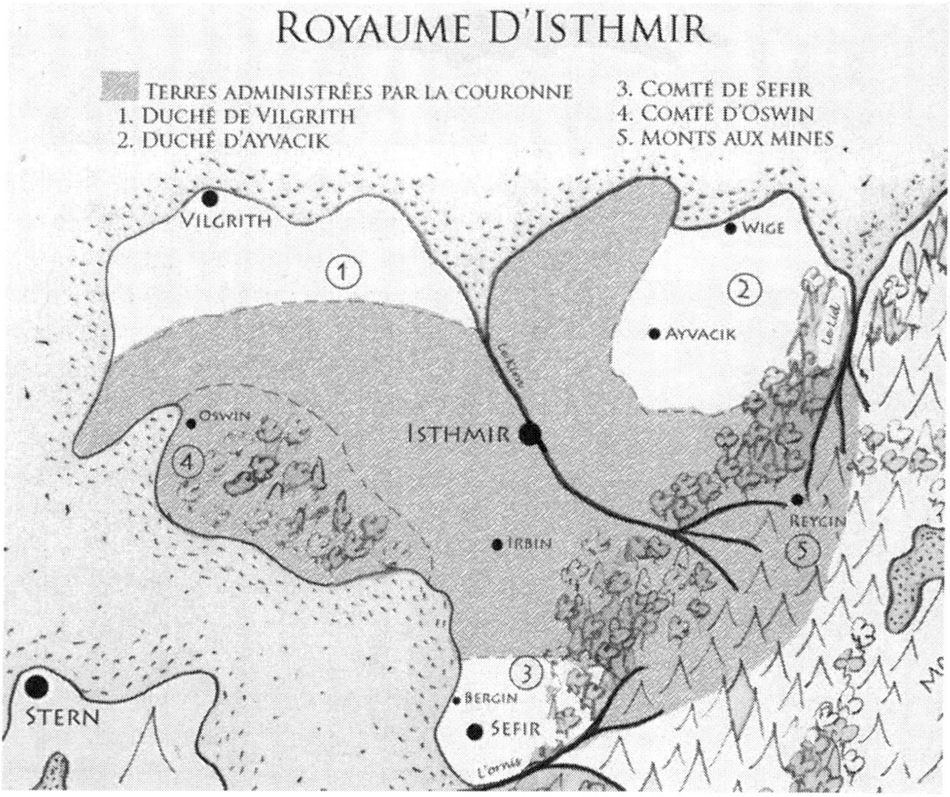
ROYAUME D'ISTHMIR
TERRES ADMINISTRÉES PAR LA COURONNE
1. DUCHÉ DE VILGRITH
2. DUCHÉ D'AYVACIK
3. COMTÉ DE SEFIR
4. COMTÉ D'OSWIN
5. MONTS AUX MINES
VILGRITH
WIGE
AYVACIK
OSWIN
ISTHMIR
REYCIN
IRBIN
BERGIN
SEFIR
STERN
1
2
3
4
5

1

Bergin

L'on considère communément Isthmir comme le plus ancien des royaumes. À juste titre, car ses origines sont si lointaines que la documentation pourtant foisonnante dont nous disposons aujourd'hui ne suffit pas à dater précisément sa fondation.

L'on suppose qu'Isthmir était à l'origine peuplé de familles indépendantes, engagées dans une lutte perpétuelle pour défendre et étendre leur territoire. Massacres et famine constituaient le quotidien de ces tribus primitives, où la sauvagerie de la guerre était élevée au rang d'art suprême. Ce monde barbare aurait pu durer indéfiniment si l'intervention divine de Kendur n'y avait mis un terme.

D'abord localisé dans le centre du royaume, son culte se propagea très vite parmi les tribus, bien au-delà des frontières actuelles. Il fut bientôt rendu jusqu'aux portes du désert de Khull, à l'est, puis traversa l'Ornis, au sud, pour s'imposer aux hommes qui occupaient ce que nous connaissons aujourd'hui sous le nom de Plaine des Torglaths. Enfin, il se répandit rapidement dans la péninsule de Stern.

Le changement ne fut pas immédiat, bien sûr. Plusieurs décennies durent être nécessaires pour que certaines tribus, réalisant qu'elles partageaient avec leurs voisines la même religion, et donc une culture similaire, finissent par s'adoucir. Ce ne fut pas le cas des tribus isolées de Stern, de Valjteph et de Reycin, qui descendaient régulièrement de leurs montagnes pour s'adonner aux plaisirs de la guerre. Les familles des plaines, très vulnérables, comprirent vite qu'il était dans leur intérêt de s'allier pour résister aux derniers barbares...

Grandeur et décadence du Royaume d'Isthmir, par l'historien Baenryr de Sefir.

Ψ

Elle ouvrit les yeux, s'étendit de tout son long et se redressa sur un coude pour jeter un coup d'œil à la fenêtre. Les volets branlants peinaient à occulter la lumière vive du jour, mais ce n'était pas ce qui l'avait réveillée : de la pièce adjacente lui parvenait déjà le fumet savoureux du ragoût mis à mijoter pour le repas du soir.

Elle se retournait dans un soupir, s'apprêtant à profiter de quelques minutes de sommeil supplémentaires, quand la liste des nombreuses corvées qui l'attendaient se mit à défiler dans sa tête. Il lui faudrait nourrir les poules, les lapins et la chèvre malingre qu'elles avaient rachetée, davantage par compassion que par réelle nécessité, au vieux fermier aveugle de Bergin. Puis elle devrait sarcler un nouveau lopin de terre pour les semis que son frère ramènerait prochainement de Sefir, aérer les chambres et refaire les lits avant son retour. Et comme elle avait lambiné au lit, sa mère ne manquerait probablement pas de lui confier de nouvelles tâches. Elle espérait seulement qu'elle ne lui demanderait pas d'aller couper du bois. Chaque fois qu'elle était contrainte de manier la lourde hache, elle avait mal aux bras pendant toute une semaine !

Elle s'assit, sauta d'un bond de son lit et se précipita vers la fenêtre pour ouvrir les volets en grand. Elle ne connaissait pas de meilleur réveil qu'un réveil brutal. Le soleil était au rendez-vous, en cette belle journée printanière, et il ne manqua pas de l'aveugler. Elle inspira profondément et goûta, le sourire aux lèvres, le parfum subtil de l'océan tout proche qu'amenait le vent d'ouest. Puis elle s'empressa d'enfiler sa chainse et son bliaud de coton beige, noua sa longue chevelure d'ébène et la coiffa de l'habituel carré de tissu crème.

Avant de quitter la petite chambrette qu'elle était contrainte de partager depuis près d'un an avec l'impressionnante amie urkani de son frère, elle ne put résister à la tentation de jeter un coup d'œil à son reflet. Le minuscule morceau de miroir, ramassé lors d'un lointain séjour à Sefir et conservé jusqu'ici comme le plus inestimable des trésors, lui renvoya l'image d'une paysanne au sortir de l'adolescence, dont les traits plutôt harmonieux étaient sublimés par de grands yeux d'émeraude. Malgré son évident pouvoir de séduction, dont ses trop nombreux soupirants n'avaient de cesse de faire l'éloge, elle était loin d'être satisfaite de ce qu'elle voyait. Car elle aurait beau bomber le torse, ces tristes mamelles héritées de sa mère ne feraient jamais le poids. Elle ne s'était jamais vraiment préoccupée de ce détail, avant de connaître ces deux maudites étrangères que la nature avait trop généreusement dotées ! Elle fit la moue, puis détourna les yeux de ce spectacle par trop affligeant...

Elle trouva sa mère occupée à assaisonner le ragoût, le nez au-dessus du chaudron.

— De la viande ? s'étonna-t-elle en découvrant la planche à découper rougie par le sang d'un lapin fraîchement tué.

— Ils seront probablement de retour ce soir, expliqua la vieille femme aux joues creusées par des années de dur labeur. Tu as encore paressé, ce matin, ajouta-t-elle d'un ton de reproche.

— Tout sera prêt, ne t'inquiète pas, lui assura la jeune fille en s'installant nonchalamment à table.

Elle s'empara de la miche de pain entamée qui y trônait et se mit à picorer la mie sans prendre la peine de couper une tranche. Guerina avait cette habitude en horreur et ne manqua pas de lui adresser un coup d'œil sévère, mais elle garda le silence. Elle savait bien que ses remontrances étaient vaines et en avait pris son parti.

— Je t'ai laissé un peu de lait de chèvre, dit-elle en se remettant à touiller le ragoût.

— Où est-il ? demanda Enira.

— Juste sous ton nez.

— Je ne parlais pas du pichet.

La spatule de bois se figea un instant, puis Guerina répondit, sans lever les yeux du chaudron :

— Laisse-le un peu tranquille. Tu sais comme il a besoin de solitude.

— J'en conclus qu'il est encore sur la plage. Je me demande à quoi il pense, quand il regarde l'océan des heures durant.

Guerina ne dit mot, mais son front plissé témoignait de son agacement.

— Pourquoi es-tu en colère chaque fois que je te parle de lui ? s'enquit Enira en guettant sa réaction du coin de l'œil.

— Tu t'en préoccupes trop, dit Guerina d'un ton sec. Ce n'est pas l'un de ces petits animaux égarés que tu te plais à recueillir. Laisse-le respirer.

— Ne serait-ce pas plutôt que tu n'aimes pas nous voir passer autant de temps ensemble ? Te fait-il peur ?

Guerina se désintéressa du ragoût pour poser sur sa fille un regard glacial. Enira le soutint sans ciller, un petit sourire insolent accroché aux lèvres. Elles se ressemblaient énormément, mais leurs yeux avaient des couleurs bien différentes. Ceux de la mère étaient d'un marron pâle qui, dans l'éblouissante clarté du matin, révélait d'intéressants reflets dorés.

— Tout ce qu'il m'inspire, c'est de la pitié, lâcha-t-elle.

Le sourire d'Enira s'effaça.

— Qu'est-ce qui l'a rendu comme ça ?

Guerina secoua vivement la tête.

— Si tu tiens vraiment à le savoir, demande donc à ton frère.

— Je l'ai déjà fait, une bonne vingtaine de fois ! s'insurgea Enira. Il dit que je suis trop jeune pour comprendre.

— Et je suis d'accord avec lui.

— J'ai dix-sept ans ! protesta la jeune fille. Je ne suis plus une gamine, je suis en âge d'entendre un tas de choses !

Guerina haussa les épaules et lui tourna le dos. Exaspérée par cette nouvelle marque de condescendance, Enira soupira ostensiblement et décida de quitter la table sans ramasser la myriade de miettes qui la constellait.

— Dans ce cas, je vais le lui demander directement. Il sera peut-être moins borné que vous ! s'exclama-t-elle en se levant d'un bond.

— Je te l'interdis ! cracha Guerina, dont le teint virait dangereusement à l'écarlate. Fiche-lui la paix !

Enira l'ignora superbement et quitta la chaumière en tapant des pieds. Elle commençait à être lasse de tous ces mystères et n'appréciait pas la façon dont tout le monde traitait son nouvel ami. Qu'avaient-ils donc, à le laisser tout le jour seul, à broyer du noir face à la mer ? Ne s'inquiétaient-ils pas pour lui ?

Elle se dirigea d'un pas déterminé vers le poulailler, décidée à en finir au plus vite avec ses corvées.

Ψ

Elle l'aperçut dès qu'elle sortit des bois. Il était assis face à l'océan, comme à son habitude. Recouvert de la tête aux pieds d'une longue cape noire à large capuche, il lui fit comme chaque fois l'effet d'un immense corbeau malencontreusement échoué sur le territoire des mouettes. Ces dernières voletaient tranquillement quelques toises au-dessus de sa tête, nullement impressionnées par sa silhouette immobile. Il avait dû quitter sa cabane à l'instant où le jour s'était levé.

Elle traversa rapidement la plage et, sans prendre la peine de signaler sa présence, s'assit lourdement à son côté. Il n'eut pas besoin de tourner la tête pour comprendre à qui il avait affaire. Il avait probablement perçu son odeur à l'instant même où elle avait quitté les sous-bois.

— Bonjour, Enira, la salua-t-il du ton monocorde et totalement dépourvu d'inflexion auquel il l'avait habituée.

— Bonjour, Azar, répondit-elle. Le repas sera bientôt prêt. Maman nous attend.

Il n'eut aucune réaction et continua de fixer l'horizon de son regard inexpressif. Enira ne s'en effraya pas, car elle s'était accoutumée, depuis le temps, à ses nombreuses absences. Mais cela n'avait pas toujours été si facile. Surtout les premiers mois, quand il ne parlait pas du tout…

Un an plus tôt, par une nuit sans lune, on avait frappé à leur porte. En découvrant Myst sur le seuil, exténué par de longues semaines de voyage, la barbe hirsute et dépenaillé, elles s'étaient jetées dans ses bras, trop ébahies pour se soucier du cortège inattendu qui l'accompagnait. Guerina s'était même, fait rarissime, laissée aller à verser quelques larmes. Puis il s'était empressé de leur présenter Zeda, et au regard plein de tendresse qu'il posait sur elle, Enira avait tout de suite compris qu'elle était bien plus, pour lui, qu'une simple amie. Grunda s'était ensuite avancée pour se présenter d'elle-même, dans un isthmiri plus qu'approximatif qui les avait fait sourire. C'était une fière et grande Urkani, dont les manières franches avaient instantanément plu à Guerina. Enfin, Myst avait dû retourner sur ses pas pour chercher Azar, qui était resté tapi dans l'ombre, terrorisé. Il l'avait pris par la main pour le forcer à venir dans la lumière.

— Il ne connaît pas votre odeur, c'est pour ça qu'il a peur, avait-il dit.

— *Il* ? avait sottement relevé Enira.

Elle aurait sûrement mieux fait de se mordre la langue, mais il fallait admettre que les traits d'Azar n'avaient, à première vue, rien de très masculins. À en juger par sa réaction, Guerina l'avait également pris pour une femme.

Myst leur avait expliqué qu'Azar était un prince, dernier descendant d'une très noble lignée de souverains. Ignorant tout du lointain désert khullani, Enira avait d'abord cru qu'il se payait leur tête. Assurément, son apparence était à mille lieues de l'image qu'elle se faisait d'un héritier du trône. Son long visage pâle arborait une couleur inhabituelle et un épais bandeau de coton ceignait son front, d'où s'échappaient de longues mèches de cheveux argentés. Ses yeux outrageusement maquillés, comme ceux d'une putain, avaient fait tiquer Guerina.

Les nouveaux venus s'étaient contentés d'un repas frugal. Ils l'avaient englouti en silence, trop exténués pour se lancer dans de longs récits, puis s'étaient aussitôt couchés. Guerina leur avait, pour l'occasion, cédé sa chambre.

Trop excitées pour dormir, la mère et la fille avaient parlé jusqu'à l'aube. En femme pratique, Guerina se demandait comment loger tout ce petit monde.

— Il nous faudra débarrasser le cellier pour Myst et Zeda, et tu devras partager ta chambre avec Grunda.

Enira avait fait la moue, car l'Urkani l'avait beaucoup impressionnée.

— Et que fera-t-on d'Azar ? avait-elle demandé.

— La remise à outils devrait convenir à son altesse, avait marmonné Guerina.

Elles s'étaient ensuite perdues en conjectures. Comment Myst en était-il venu à voyager en compagnie d'un prince ? Comment avait-il rencontré Zeda ? Que venait faire une Urkani dans toute cette histoire ?

Le soleil était déjà levé quand la porte s'était ouverte. Elles avaient sursauté d'effroi, car la créature qui se tenait sur le seuil n'avait rien d'humain. Guerina s'était emparée du tisonnier et l'avait brandi devant elle d'une main tremblante. La créature l'avait dévisagée, parfaitement immobile, de ses yeux d'un noir profond cernés d'écailles sombres.

— Ne lui fais pas de mal ! était intervenue Enira en retenant le bras de sa mère. C'est lui !

Guerina avait semblé revenir soudainement à elle. La mâchoire pendante, elle avait parcouru d'un regard incrédule les bosselures d'un gris bleuté qui tapissaient le front d'Azar. Indifférent à l'effroi qu'il suscitait, le prince s'était tranquillement installé à table et avait attendu sans un mot, le regard dans le vide, le réveil de Myst. Chez Enira, la répulsion l'avait alors disputé à une profonde fascination : enfin, il se passait quelque chose d'extraordinaire dans la petite chaumière familiale !

Lors des semaines qui avaient suivi, la jeune fille n'avait eu de cesse de suivre l'énigmatique homme-bête, comme elle aurait tenté d'apprivoiser quelque animal farouche. Il prenait la poudre d'escampette chaque fois qu'elle faisait mine de s'approcher de lui et ne répondait jamais à ses trop nombreuses questions. Myst l'avait plusieurs fois mise en garde, lui répétant d'un ton sévère qu'elle ne devait sous aucun prétexte le toucher.

— Pourtant tu le fais, toi ! s'était-elle exclamée avec défiance, les poings sur les hanches.

Son frère lui avait jeté un regard assassin et lâché, menaçant :

— Essaie donc, si ça t'amuse, mais ne viens pas pleurer si tu te retrouves carbonisée !

Cet avertissement avait décidé Enira à garder ses distances avec l'homme-lézard, mais elle n'avait pas renoncé pour autant à le suivre ni à lui parler. Petit à petit, il s'était laissé approcher et avait fini par tolérer sa présence.

Azar était alors devenu son confident. Elle lui racontait ses journées de travail et lui parlait de ses dilemmes amoureux, trop contente de trouver une oreille attentive. Le mystérieux prince ne l'interrompait jamais. Mieux encore, il ne la jugeait pas. Jamais d'haussement de sourcil réprobateur, ni de sourire goguenard, sur ce visage aussi lisse que le marbre. Il lui semblait parfois qu'il ne l'écoutait pas, en particulier quand son regard se perdait sur l'océan, mais elle n'en avait cure. Sa présence silencieuse l'apaisait.

Et puis ce jour était arrivé. Elle l'avait rejoint sur la plage, comme aujourd'hui, pour lui confier en rosissant qu'un garçon du village lui avait volé un baiser. À la fois flattée et outrée, elle n'avait su répondre à ses avances et se demandait quelle attitude adopter. Azar était alors sorti de son long mutisme pour lâcher d'un ton égal :

— Envoie-le sur les roses.

Elle avait si vite tourné la tête vers lui que son cou avait craqué, puis l'avait dévisagé sans y croire, la bouche grande ouverte, les yeux écarquillés.

— Pourquoi ? lui avait-elle demandé, des trémolos dans la voix.

— Je sens son odeur sur toi. Il pue.

Il avait un timbre grave et profond, très différent de celui qu'elle avait imaginé. Elle avait trouvé sa voix très belle et s'était émue que ses premiers mots fussent pour elle…

— À quoi songes-tu ? lui demanda-t-elle.

Azar prit une longue inspiration avant de répondre.

— Je me demande ce qu'il y a, au-delà de ces eaux.

Enira haussa un sourcil surpris.

— Il y a Stern, tu le sais bien.

— Non, dit Azar en secouant lentement la tête. Je veux dire, bien plus loin à l'ouest. Parfois, j'imagine des terres vierges, que l'Homme n'aurait pas encore souillées. Des terres belles à en pleurer, où seul le vent fait entendre sa voix. Et souvent, je suis pris du désir insensé de me lancer dans les flots et de nager tout droit, sans halte, à leur rencontre.

Enira sourit.

— C'est la première fois, depuis que tu reparles, que tu te lances dans une si longue tirade… Mais il n'y a rien, là-bas. L'océan est sans fin. Même toi, tu finirais par t'y noyer.

— Je suis sûr qu'il y a quelque chose.

— Ce monde doit drôlement te déplaire, pour que tu veuilles tant lui échapper.

Un timide sourire franchit les lèvres du prince. Un sourire résigné, presque douloureux. Jamais Enira ne l'avait vu rire aux éclats ni verser la moindre larme.

— Je ne connais qu'un seul moyen d'échapper à ce monde, chuchota-t-il.

Enira frissonna, mal à l'aise.

— Il faut vraiment rentrer, dit-elle en se levant.

Ψ

Elle fit de nouveau courir ses doigts sur les cordes et grimaça. L'ensemble était si dissonant que le chien-loup, allongé à quelques pas de là contre le flanc d'un gros python de marbre noir, se mit à grogner dans son sommeil, les oreilles couchées.

Elle se leva et jaugea d'un œil noir la grande harpe echroni de Marta, se demandant quel plaisir avait bien pu trouver la défunte reine à se couper les doigts sur ces maudites cordes. Puis elle se mit à arpenter la salle de long en large, à la recherche de quelque occupation. Pour son plus grand malheur, la douce Marta et elle avaient des goûts diamétralement opposés…

On frappa à la porte. Triska fit volte-face et invita les gardes à entrer d'une voix impérieuse. Elle réprima difficilement, comme chaque fois qu'elle les voyait, une moue dégoûtée : son cher mari avait cru bon de remplacer les affables gardes de la tour de la reine par de dégoûtants hommes-torglaths tout en muscles et en mâchoires.

— Sire Amary ! tonna l'un d'eux, roulant interminablement les *r*.

Triska soupira.

— Je vous ai dit trente fois qu'il était inutile d'annoncer ce garçon ! s'agaça-t-elle. Il s'agit de mon valet, bon sang !

Amary se faufila entre les deux monstres, fit une rapide courbette devant la reine et se précipita vers son chien-loup pour l'abreuver de caresses. Tandis que Triska, perdant patience, expliquait de nouveau que Raka et Amary étaient autorisés à entrer quand bon leur semblait, même en son absence, elle surprit sur le visage du garçon un sourire hilare.

— Bon, tant pis, ce n'est pas grave, renonça-t-elle en congédiant les deux hommes-torglaths d'un geste las.

— Vous pourrez toujours le leur dire un millier de fois, ils sont bien trop bêtes pour s'en souvenir, dit le garçon quand ils eurent refermé la porte.

Triska haussa les épaules.

— D'ordinaire, les hommes-bêtes ne sont pas plus stupides que d'autres, et j'aime à croire que mon mari n'a pas volontairement affecté les deux plus demeurés à ma porte.

Amary laissa échapper un petit gloussement chargé de sous-entendus.

— Tu as raison, soupira Triska, défaitiste. C'est si ridicule…

Elle s'assit face au métier de Marta et fixa pensivement la broderie inachevée. Elle avait bien tenté de s'y mettre, mais elle avait rapidement perdu patience. Elle avait lourdement insisté auprès d'Astar pour récupérer les effets personnels de la reine, mais il s'était avéré que les loisirs de dames cloîtrées n'étaient pas à son goût. Elle qui avait toujours aimé l'action et le mouvement s'était vue enfermée, depuis son mariage, dans une existence oisive qui l'ennuyait au plus haut point...

Ses yeux se posèrent sur le trou béant au milieu de la pièce. Astar avait fait vider le bassin, prétendant qu'il demandait trop d'entretien, mais Triska le soupçonnait d'avoir voulu la punir. Parce qu'elle avait décidé de demeurer dans la tour de la reine - pire encore, dans les anciens appartements d'Azar - et de ne pénétrer dans la chambre conjugale que lorsqu'elle y était expressément convoquée ; parce qu'elle frissonnait de dégoût chaque fois qu'il la touchait ; parce qu'elle le haïssait, en somme, et ne faisait pas le moindre effort pour le cacher… Qu'allait-il donc imaginer ? Qu'en la privant de toute distraction, elle finirait par tomber dans ses bras, juste pour tromper l'ennui ? Qu'en évinçant tous les hommes qui l'entouraient, elle finirait par penser à lui ?

Elle reporta son attention sur Amary, qui grattait Os derrière les oreilles en lui parlant tout bas, et son cœur se serra. Le gamin avait bien grandi en un an. Il avait gagné en muscles, son visage poupin s'était affiné, ses traits s'étaient durcis et sa voix commençait à muer. Astar ne tarderait pas à s'en rendre compte et réserverait au petit valet le même sort qu'à Calel : il serait interdit de séjour dans la tour de la reine et elle se retrouverait encore plus isolée.

Car ainsi était Astar : maladivement, risiblement jaloux et possessif. Il avait vu en Calel, dès leur première rencontre, un rival à chasser sur-le-champ. Elle avait éclaté de rire, car elle avait toujours considéré le jeune Echroni comme un gentil garçon fougueux et jamais l'idée de le mettre dans son lit n'aurait pu lui traverser l'esprit. Mais le roi n'avait pas voulu en démordre et lui avait ordonné de le renvoyer. Le sort de Saska avait été un peu différent, car bien qu'il fût un époux exécrable, Astar était tout de même soucieux de la sécurité de sa reine. Il avait donc autorisé l'archer à continuer son œuvre de garde du corps, à condition qu'il ne pénétrât jamais seul dans les appartements de la reine et fût toujours accompagné d'un homme-torglath choisi par ses soins. Le dénommé Urk, qui ne desserrait les dents que pour grogner, suivait avec attention tous les échanges entre la reine et Saska, puis rapportait chacun de leurs faits et gestes au roi lui-même. Ainsi, même lorsqu'elle sortait en promenade - toujours dans l'enceinte du palais, bien sûr, car toute excursion en ville lui était interdite - elle se sentait prisonnière… Dernièrement, le délire d'Astar avait encore empiré : il l'avait surprise, un soir, à échanger quelques amabilités avec les hommes-bêtes qui gardaient sa porte. Dès le lendemain, ils avaient été remplacés par les deux idiots. Il avait prétendu qu'il n'y était pour rien, mais elle n'en avait pas cru un mot…

Ne se sentant pas le courage de broder, elle se dirigea vers la fenêtre la plus proche et observa la cour du palais. Même au milieu de l'après-midi, elle était désespérément vide. Les camelots qui se pressaient autrefois contre les remparts avaient disparu. Ils étaient terrifiés par les hommes-torglaths, et à juste titre : forts de leur impressionnante carrure, ces derniers ne s'étaient pas gênés pour piller les étals des hommes sans la moindre vergogne. Les premières semaines, ils avaient mis la ville sens dessus dessous, volé, tué et violé, jusqu'à ce qu'Astar, sur les conseils de Seregrina, les eût rappelés à l'ordre. Aujourd'hui, hommes et hommes-bêtes cohabitaient plus ou moins pacifiquement, mais ils gardaient leurs distances. Il régnait, au sein même du palais, un climat de défiance permanent qui dissuadait même les nobles les plus festoyeurs de quitter la sécurité feutrée de leurs chambres. Seuls les montagnards de Jtephet, habitués au mélange des genres, s'adressaient à leurs concitoyens cornus sans la moindre crainte.

— Quoi de neuf en ville ? s'enquit-elle sans réel intérêt.

— Pas grand-chose, répondit le valet. Le peuple est las des rationnements imposés par le conseil. La colère gronde, mais personne n'ose protester. Les derniers Jugements ont dissuadé même les plus téméraires de s'exprimer.

— Il est vrai qu'ils n'y sont pas allés de mainmorte, confirma Triska. Quinze exécutions d'un coup, c'est beaucoup trop…

— Mais ô combien efficace, dit Amary avec un sourire amer. Les gens feignent merveilleusement bien de se porter comme des charmes, ces jours-ci. On commence à voir leurs côtes, ils s'évanouissent en pleine rue, mais à les écouter tout va pour le mieux. Et pendant qu'on crève de faim en ville, on dépense des milliers de khulltars pour construire des forges. Ils viennent d'en inaugurer une nouvelle sur la place Alivar.

— Encore ? s'écria Triska.

Elle alla à la fenêtre sud et remarqua, s'élevant à la verticale dans l'air immobile et suffoquant du désert, une nouvelle trace de fumée noire. Elle n'était pas seule, puisqu'une demi-douzaine de traits striait déjà le ciel d'un bleu immaculé de saphir. Les forges poussaient comme des champignons, depuis quelques mois, et cela n'avait rien de rassurant.

— Et ils prétendent encore vouloir éviter une guerre, murmura-t-elle entre ses dents serrées.

Ψ

L'odeur de l'océan était de plus en plus prononcée à mesure qu'ils approchaient de Bergin. Le nez en l'air, Myst avançait d'un pas assuré au côté de la jument chargée de lourds bagages. Assurément, ils avaient eu beaucoup de chance de la retrouver, errant dans le désert, lors de leur longue traversée. Juno était un animal à la docilité exemplaire, qui ne rechignait jamais à la tâche. Furieux, lui, n'aurait jamais accepté de jouer à la bête de somme ! Il chassa rapidement cette pensée de son esprit, car il avait un curieux pincement au cœur chaque fois qu'il songeait à son premier cheval…

Zeda bâilla à s'en décrocher la mâchoire. Elle n'avait pas ménagé sa peine pour tirer le meilleur prix de leurs récoltes et ce séjour en ville l'avait épuisée. De lourds cernes s'étendaient sous ses yeux, mais elle ne se départait pas de son expression satisfaite. Grâce à son expérience du commerce, ils s'en étaient tirés à très bon compte et avaient même pu se permettre d'acheter plus que le strict nécessaire. Le collier de perles rutilant qui pendait au cou de la jeune femme pouvait en témoigner.

— Nous arrivons bientôt, la rassura-t-il.

Zeda lui adressa un sourire las.

— Y a intérêt, marmonna Grunda, qui s'était laissé distancer de quelques toises. Mes jambes me rentrent dans le corps.

— Une force de la nature comme toi ? la taquina-t-il.

Grunda lui lança un regard assassin, puis fit mine de s'intéresser à la croupe de Juno…

Le soleil se couchait quand ils atteignirent le village. Comme chaque fois, Myst prit soin de rabattre sa capuche avant de s'y engager. Il n'avait aucune envie qu'on le reconnaisse.

Bergin ne payait pas de mine, mais il y faisait bon vivre, loin du bruit et des échauffourées de la ville. La population comptait une majorité de paysans et de pêcheurs modestes. Ils vivaient agglutinés autour de l'unique place, où l'on trouvait un minuscule commerce de première nécessité et une taverne qui pouvait, à l'occasion, loger une poignée de voyageurs égarés.

Alors qu'ils traversaient la place, Myst ne manqua pas de jeter un coup d'œil nostalgique à sa fontaine branlante. Combien d'heures avait-il passées à y inventer des jeux en compagnie de la marmaille du hameau ? Il en gardait un bon souvenir, malgré la méfiance manifeste de la plupart de ses camarades de l'époque. Car leurs parents s'échinaient à les éloigner de lui et d'Enira, les deux rejetons de la mère-fille. La "putain du village", n'hésitaient-ils pas à lancer en leur présence, pleins de mépris. Un moindre mal que leur chaumière fût située à l'écart de Bergin, isolée au cœur de la forêt. Leur enfance aurait été bien plus pénible s'ils avaient dû subir ces railleries à longueur de journée, et Guerina ne s'en serait probablement pas tirée à si bon compte…

La traversée des sous-bois fut lente et pénible. On y voyait à peine et la large jument se faufilait difficilement entre les troncs. Ils durent, finalement, se résoudre à la délester de la moitié de ses bagages, et ce ne fut pas sans soulagement qu'ils aperçurent enfin les fenêtres éclairées de la chaumière. De pâles volutes s'échappaient de la cheminée de guingois pour se disloquer aussitôt dans le ciel étoilé. La nuit commençait à fraîchir et la perspective de se prélasser devant un bon feu leur fit accélérer le pas.

Une délicieuse odeur de ragoût fit gargouiller leurs estomacs quand ils entrèrent dans la pièce principale. Guerina, Enira et Azar étaient déjà attablés, mais ils n'avaient pas encore entamé le repas. Les deux femmes se levèrent d'un bond pour les accueillir, le sourire aux lèvres.

— Je te l'avais bien dit, qu'ils arriveraient ce soir ! s'exclama Guerina avec bonne humeur.

— Je n'ai jamais prétendu le contraire, marmonna Enira.

Myst remarqua que sa petite sœur avait une tache de sauce toute fraîche à la commissure des lèvres. Elle avait dû s'impatienter et risquer quelques discrètes incursions, du bout des doigts, dans le chaudron à peine sorti du feu. La première personne qu'elle embrassa fut, comme il s'y attendait, Zeda. Malgré leur différence d'âge, ces deux-là s'entendaient comme larrons en foire.

— Alors, raconte ! la pressa-t-elle.

Zeda haussa les épaules.

— Rien d'extraordinaire, fit-elle modestement.

— Tu plaisantes ? intervint Myst. On n'a jamais gagné autant de fric d'un coup ! Cette femme est un génie des affaires !

— Ne sois pas si grossier, le sermonna Guerina, qui s'était néanmoins mise à genoux pour fouiller leurs bagages avec empressement.

Elle sortit d'une besace des petits sacs de semis et les ouvrit un à un, poussant à chaque découverte un grognement de satisfaction. Quant à Enira, elle empoigna le collier de perles de Zeda et le détailla avec un sifflement admiratif.

— Nous avons des cadeaux pour tout le monde ! annonça triomphalement Grunda.

Piaffant d'impatience, Enira se pencha à son tour sur le havresac qu'avait désigné l'Urkani. Quand elle en exhuma un bracelet doré, joliment orné de roses scintillantes, elle leva vers Grunda un regard plein d'espoir.

— Il est à toi, confirma celle-ci d'un ton bienveillant.

Un sourire lumineux fendit le visage d'Enira, puis elle reprit aussitôt son exploration.

Myst abandonna les quatre femmes occupées à se partager les pièces de tissu qu'ils avaient achetées au marché de Sefir pour s'approcher, non sans appréhension, de la table où Azar regardait pensivement son écuelle vide. Il ne s'était pas attendu à une quelconque marque d'enthousiasme, mais il était un peu déçu que le prince n'eût même pas daigné lever les yeux vers eux.

— Bonsoir, dit le voleur en tirant une chaise.

Il s'y assit lourdement et jeta au prince un regard interrogateur. Azar se tourna lentement vers lui.

— Bonsoir, Myst, murmura-t-il sans se départir de son air indifférent.

— Tout s'est bien passé pendant notre absence ?

Azar se contenta de le fixer sans rien dire. Son expression était comme souvent indéchiffrable. Myst toussota, mal à l'aise. Depuis Puits-aux-poisons, il ne savait plus quelle attitude adopter avec lui et toutes ces heures qu'ils avaient passées ensemble, à "s'entraîner" sur la plage ou dans la petite cabane que le prince occupait, n'avaient pu dissiper cette désagréable impression d'avoir affaire à un étranger. Le jeune homme naïf qu'il avait connu à Khullan avait fait place à une créature glaciale, totalement dépourvue d'émotions.

— J'ai eu peur que tu te remettes à "changer", avoua le voleur. Mais tu m'as l'air plutôt en forme.

— Je vais bien, lâcha Azar. Enira me tient compagnie.

Myst tiqua. L'inattendue complicité entre sa sœur et le prince le rendait, sans qu'il pût se l'avouer, un peu jaloux. Elle agissait avec tant de naturel avec Azar... Il aurait voulu en faire autant, mais il ressentait un tel malaise en sa présence que ses tentatives de rapprochement étaient toujours maladroites. Il hésitait à plaisanter, cherchait sans cesse ses mots, et ses échecs successifs ne faisaient que renforcer son profond sentiment de culpabilité. Car si Azar avait tant souffert, n'était-ce pas entièrement sa faute ? Lui pardonnerait-il un jour son ignoble trahison ?

— S'est-il de nouveau manifesté ? demanda le prince, manifestant pour la première fois un réel intérêt.

Myst secoua vivement la tête.

— Pas une seule fois, répondit-il. Mais nous n'étions pas si éloignés.

— Ce n'est pas une question de distance, remarqua Azar, mais de volonté.

Myst acquiesça, mais il restait sceptique. Depuis plusieurs mois, ils n'avaient eu de cesse de trouver un moyen de neutraliser définitivement l'esprit de Kaldius qui sommeillait en lui. Azar lui assurait que son soutien ne lui était pas indispensable et qu'en y travaillant bien, il serait capable de lui résister seul. C'était d'ailleurs le prince qui avait pris l'initiative de ces interminables séances de méditation destinées à "entraîner" l'esprit de Myst. Mais le voleur n'était pas le genre d'homme à rester des heures assis à ne rien faire et il s'agaçait rapidement.

— À quoi bon continuer ? s'était-il un jour emporté, alors qu'ils étaient installés en tailleur, face à face, sur le petit lit d'Azar. Tous tes machins spirituels m'énervent et c'est précisément quand je suis dans cet état que je suis le plus vulnérable ! De toute façon, tu es là pour me protéger de lui.

— Je ne serai pas toujours là, avait chuchoté Azar.

Myst n'aurait pu en jurer, car il faisait très sombre dans la cabane, mais il lui avait semblé percevoir dans le regard noir d'Azar une lueur menaçante.

— Ne dis pas des choses pareilles, avait-il rétorqué, troublé.

Depuis, il n'avait jamais plus protesté et s'était docilement prêté au jeu, mais il était toujours convaincu que ses efforts seraient vains. Il n'était qu'un homme ordinaire, dont l'esprit imparfait n'égalerait jamais en puissance celui d'un Azar ou d'un Kaldius...

— Il y a aussi un cadeau pour toi, dit-il après un long silence. Veux-tu le voir ?

— Bien sûr, répondit le prince.

Myst se leva et, tout sourire, se dirigea vers l'entrée où il avait laissé le long et lourd coffre de bois. Il l'avait longtemps cherché, s'attirant même les reproches de Zeda, mais il était très satisfait de sa trouvaille. Il revint sur ses pas et le déposa précautionneusement sur la table. Azar fixa longuement le coffre, intrigué, puis interrogea le voleur du regard.

— Ouvre-le, dit Myst, un brin nerveux.

Après une courte hésitation, Azar souleva le couvercle. Ses yeux s'écarquillèrent brièvement comme il découvrait l'arc long et son carquois assorti. Il se leva pour le sortir du coffre et le parcourut du bout des doigts, songeur.

— C'est de l'orme. Rien à voir avec celui que tu as perdu, bien sûr, mais le vendeur m'a assuré qu'il était de très bonne facture, s'excusa Myst.

— Il est magnifique, murmura Azar. Il ne fallait pas.

— Je me suis dit que ça devait te manquer.

Le prince quitta l'arme des yeux pour se tourner vers Myst et esquissa un sourire tremblotant. Ce n'était pas grand-chose, mais il était si rare de le voir sourire, ces temps-ci, que le voleur s'en contenta.

— Merci, dit-il.

Les bras chargés de nippes, Enira et Guerina les encerclèrent pour contempler l'arc d'un air ébahi.

— Ouah ! s'exclama la jeune fille en soupesant le carquois de cuir souple. Ils ne se sont pas moqués de toi !

— C'est le moins qu'on puisse dire, marmonna Zeda.

Myst lui adressa un regard mauvais, mais il garda le silence. Il n'avait aucune envie de relancer la violente dispute qu'ils avaient eu à propos du prix exorbitant de l'objet, surtout devant Azar. Guerina dut sentir la tension qui régnait entre son fils et sa compagne, car elle s'empressa d'annoncer le début du repas.

Ils débarrassèrent la table des colifichets et du coffre et s'installèrent autour du chaudron. Ils n'échangèrent que des banalités tandis qu'ils engloutissaient le ragoût sans demander leur reste. Cela faisait si longtemps qu'ils n'avaient pas mangé de viande.

Une fois les assiettes vides, Enira se leva pour leur préparer du thé. Ce fut le moment que choisit Guerina pour s'enquérir des nouvelles de l'Est. Grunda et Myst jetèrent un coup d'œil embarrassé au prince, car ce qu'ils avaient appris à Sefir risquait de le bouleverser. Finalement, ce fut l'Urkani qui se jeta à l'eau :

— Nous avons entendu dire que la nouvelle reine de Khull n'est autre que dame Triska, leur apprit-elle, embarrassée.

Le visage d'Azar ne trahit pas la moindre émotion comme il fixait intensément Grunda, mais sa peau se mit à luire dangereusement. Ils eurent tous un mouvement de recul involontaire.

— Il ne s'agit peut-être que d'une fausse rumeur, ajouta-t-elle précipitamment d'un ton apeuré. Il est si difficile de savoir ce qui se passe réellement là-bas et...

— Je le savais, annonça placidement Azar. Dans quel autre but Seregrina lui aurait-elle laissé la vie sauve ? Pour que sa victoire fût totale, il lui fallait humilier la dernière grande prêtresse de Shara.

Le calme avec lequel il avait parlé les laissa tous sans voix. Était-il possible que le sort tragique de son amie d'enfance lui inspirât une telle indifférence ? Se rendait-il seulement compte qu'elle était dorénavant condamnée à partager la couche du despote Astar, la plus répugnante de toutes les créatures ?

Ils échangèrent des coups d'œil circonspects tandis qu'Enira faisait le tour de la table afin de leur servir le thé. Pour mettre un terme au malaise général, Zeda s'éclaircit la gorge et reprit la parole :

— J'ignore si l'on peut y prêter foi, mais j'ai entendu dire qu'une délégation khullani pourrait être prochainement envoyée à Isthmir pour discuter de la réouverture de la voie commerciale de Jtephet.

— Une délégation d'hommes-bêtes ? s'écria Enira, manquant renverser du thé sur les genoux de sa mère.

— Je n'en sais rien, répondit Zeda, mais il semblerait qu'ils aient enfin décidé de sortir de leur isolement.

— Ça n'a rien de surprenant, intervint Myst. Pour un peuple comme les Sternis, il est facile de vivre en autarcie. Ils ont tout à portée de main. Mais dans le désert, les échanges commerciaux sont cruciaux. Qu'ils aient pu survivre plus d'une année sans rien importer d'Isthmir ni d'Urkan tient déjà du miracle. Ça a dû être sacrément difficile.

— Tout cela ne présage rien de bon, grommela Guerina. Tant que ces monstres restaient dans leur coin, nous pouvions encore feindre d'ignorer leur existence, mais s'ils se mettent à arpenter nos plaines, maintenant…

Grunda hocha la tête, la bouche pincée.

— Quel genre de souverain est le roi Valkir ? demanda-t-elle à Myst. Crois-tu qu'il acceptera de parlementer avec ces hommes-bêtes de Khullan ?

Myst laissa échapper un long soupir.

— Valkir n'est pas homme à se laisser marcher sur les pieds, mais j'ai peur qu'il n'ait pas le choix. À cause des événements de Khull, notre royaume se retrouve complètement isolé : au sud, nous avons la plaine des torglaths et Stern qui, comme chacun sait, est déjà sous la coupe de Seregrina ; à l'est, les montagnes sont désormais impraticables.

— Il reste encore les routes du nord, remarqua Enira.

Grunda secoua la tête.

— La route de Kizefgurg est devenue bien trop dangereuse. Les hommes-boucs se sont réveillés, paraît-il. La victoire écrasante de Seregrina leur aura donné des idées de conquête.

— Le seul moyen de quitter Isthmir, actuellement, est de prendre la mer, ajouta Myst. Depuis quelques semaines, les navires de Vilgrith et de Wige appareillent de nouveau pour Kizefgurg. Mais les glaces de Miurg ont toujours eu mauvaise réputation et seuls les marins les plus chevronnés osent s'y aventurer.

— J'ai d'ailleurs l'intention de me rendre prochainement dans l'une de ces villes pour tenter de monter à bord de l'un de ces rafiots, annonça l'Urkani d'un ton badin. Vu la réputation de Wige, j'opterai probablement pour Vilgrith…

— Vous n'y pensez pas ! s'exclama Guerina en blêmissant. C'est beaucoup trop dangereux !

— J'apprécie votre compagnie, croyez-moi, mais il me tarde de retrouver les miens, rétorqua Grunda. Si vous étiez à ma place, pourriez-vous vivre sereinement en sachant que votre époux se croit veuf et vos enfants orphelins ?

Guerina ne trouva rien à répliquer et personne d'autre n'osa tenter de dissuader l'Urkani de prendre la mer.

— Cette pute a tout calculé, lâcha soudain Azar.

Ils sursautèrent sur leurs chaises et se tournèrent comme un seul homme vers le prince pour le dévisager, les yeux écarquillés, tout ouïe. Personne ne s'était attendu à ce qu'un si vilain mot sortît avec un tel naturel de sa délicate bouche d'aristocrate. Guerina, très à cheval sur la bienséance, ne put d'ailleurs empêcher un plissement désapprobateur de tordre ses lèvres.

— Elle commence par Isthmir car elle sait très bien que le royaume est en position de faiblesse, reprit-il d'une voix blanche en fixant pensivement le chaudron vide. Elle sait que Valkir n'a pas le choix, s'il veut éviter un conflit ouvert avec Khull. Mais elle ne s'en contentera pas. Il lui faudra bien plus. Le Nord, tout d'abord : ce sera tout aussi simple. Il lui suffira de s'allier avec les hommes-boucs pour que Kizefgurg soit à sa merci. Puis ce sera le tour de Tsan, et enfin d'Urkan. Elle ne s'arrêtera pas avant d'être l'unique déesse de ce monde…

— Urkan ne se laissera jamais berner par cette traînée ! s'enorgueillit Grunda, le menton fièrement levé.

— Peu lui importera, répondit le prince sans lever les yeux. J'ai longtemps cru que Seregrina ne désirait que la vengeance, mais ce n'est pas suffisant. Elle n'hésitera pas à déchaîner son armée de monstres sur quiconque lui résistera. Elle transformera des royaumes entiers en charniers, s'il le faut, pour assouvir sa soif inextinguible de pouvoir. Elle est folle à lier.

Son corps fut soudain parcouru d'un long frisson et sa respiration s'accéléra. Puis, sans crier gare, il se leva d'un bond et quitta la maison en coup de vent.

Ψ

Recroquevillé sur son lit, la tête enfouie au creux de ses bras pliés, il tentait désespérément d'établir le lien. Mais rien n'y faisait : il aurait beau serrer les paupières à s'en donner la migraine et l'appeler de toutes ses forces, elle était définitivement absente. Un comble, tout de même ! Après avoir passé tant de temps avec elle, depuis sa plus tendre enfance, elle qui le connaissait mieux que quiconque…

Il rouvrit les yeux et contempla, une fois de plus, le portrait qu'il en avait dressé à l'encre, de mémoire, sur un bout de vélin aux bords rongés par l'humidité. Elle affichait ce demi-sourire arrogant qui l'agaçait tant, autrefois, et qu'il trouvait désormais curieusement rassurant.

— Je suis désolé, murmura-t-il à son intention. C'est peine perdue.

Un toussotement lui apprit qu'il n'était plus seul. Il s'était tant concentré sur son objectif qu'il n'avait pas senti la présence du voleur. Il se tenait pourtant face à lui, debout dans l'embrasure de la porte, le coffre du long arc sous le bras.

— Son sort ne te laisse pas si indifférent, finalement, dit Myst en pointant du doigt le portrait de Triska.

Azar hocha tristement la tête.

— J'essaie d'entrer en contact avec son esprit, mais il ne se produit rien, avoua-t-il. Mon fichu don est inutile.

Myst s'avança vers le lit pour y déposer le coffre.

— Tu as oublié ça en partant, dit-il en s'asseyant à son côté.

— Merci.

Ils observèrent un long silence, les yeux rivés au visage insolent de la prêtresse.

— J'imagine que tu n'en es pas à ton coup d'essai.

Azar secoua la tête.

— Je pense souvent à elle, tu sais. Je m'en veux tellement de...

— Tu n'as rien à te reprocher, le coupa sèchement Myst. Ce serait arrivé, quoi que tu fasses.

— J'aurais au moins pu tenter de lier mon esprit au sien, remarqua Azar. Je ne lui ai même pas dit au revoir. Et aujourd'hui, je suis aveugle. J'ignore tout de ce qu'elle endure.

— Tu ne maîtrisais pas ce don à cette époque, tu aurais pu la blesser. Souviens-toi de Yanina.

Azar eut un ricanement amer.

— Je ne maîtrise toujours rien. Je ne suis même pas parvenu à voir Kesher, alors que nous sommes liés. Je sens, tout au plus, sa présence quelque part au nord. Seregrina avait au moins raison sur ce point : je ne sais rien de ma nature ni de mes pouvoirs.

— Est-ce pour cela que tu ne laisses personne t'approcher de trop près ? As-tu peur de te “lier” involontairement à quelqu'un ?

— En partie, mais tu sais bien que ce n'est pas la seule raison.

Myst dut comprendre le sous-entendu, car il détourna le regard avec une moue gênée et le laissa vagabonder sur l'amoncellement de peintures qui s'entassaient contre les murs. Exécutées avec les moyens du bord sur de vieilles peaux et des planches de bois rugueuses, elles figuraient pour la plupart des paysages désertiques. Azar aurait volontiers varié les sujets, mais la palette de coloris dont il disposait était pour le moins réduite et la qualité des pinceaux en poils de chèvre qu'il avait lui-même fabriqués laissait à désirer. Enira avait bien tenté de vendre quelques-unes de ses œuvres au marché de Bergin, mais les pêcheurs n'étaient pas férus d'art, et encore moins attirés par les paysages arides.

— Tu aurais peut-être préféré que je t'achète des toiles et de la vraie peinture, dit Myst.

— Cet arc me plaît, répondit Azar. En doutes-tu ?

Myst haussa les épaules.

— Tu as une façon si discrète d'exprimer ta joie, ces derniers temps. Tu as tellement changé…

Azar se rembrunit.

— Dois-je comprendre que tu n'aimes pas l'homme que je suis devenu ?

— Ai-je déjà prétendu aimer celui que tu étais ? fit Myst avec un sourire taquin.

Azar tenta de le lui rendre, mais il songea avec dépit qu'il devait offrir un spectacle bien pitoyable, à grimacer ainsi un rictus sans chaleur. Il avait réappris tant de choses, depuis un an : à parler, à se nourrir convenablement, à se regarder dans un miroir, à feindre de s'intéresser, un tant soit peu, au monde qui l'entourait… Mais les émotions humaines lui semblaient encore si lointaines, si dénuées de sens...

— Je ne vais pas nier que l'ancien Azar me manque, reconnut le voleur. Tu étais un brin trop pleurnicheur à mon goût, mais j'arrivais encore à comprendre ce qui te passait par la tête. Enfin, qu'importe, on n'y peut rien changer… Pour être honnête, ce cadeau n'est pas totalement désintéressé, ajouta-t-il.

Azar tourna vers lui un regard interrogateur.

— Je t'écoute.

Myst se trémoussa quelques instants sur le lit, cherchant ses mots.

— Te souviens-tu de ma tentative pour enseigner à Enira les rudiments de l'escrime ?

— Une tentative bien vite avortée, dit Azar, vaguement amusé.

— Une vraie catastrophe, tu veux dire ! s'exclama Myst en riant. On a failli s'étriper ! Mais ce que tu ignores, c'est que ce que je lui avais présenté comme un jeu était tout à fait sérieux. J'aurais vraiment voulu qu'elle apprenne. Le problème, à mon avis, n'est pas qu'elle manque de potentiel, mais que je suis son frère. Me contrarier est un art dans lequel elle excelle et elle y prend un plaisir sans bornes.

— Tu penses donc qu'elle se montrerait plus studieuse avec moi et désires que je lui enseigne le maniement de l'arc.

— Tout à fait. Mais il ne faut surtout pas lui forcer la main. Je la connais bien, c'est une vraie tête de mule. Il faudra que l'idée vienne d'elle.

— Qu'est-ce qui te fait penser qu'elle voudra s'y essayer ?

— Elle passe le plus clair de son temps à te suivre à la trace. Elle n'a d'autre désir que de t'impressionner, quel qu'en soit le moyen. Elle te voue un véritable culte, c'est à se demander ce que tu lui as fait…

— Je ne lui ai rien fait, se défendit Azar.

— Et tu n'as pas intérêt, crois-moi, marmonna Myst en montrant les dents.

— Que vas-tu t'imaginer ? Je ne m'intéresse pas aux gamines, dit-il en enroulant soigneusement le portrait de Triska. Je tâcherai de l'initier au tir, mais je ne peux garantir aucun résultat. Rien n'indique qu'elle ait des prédispositions pour cela. Après tout, vous êtes du même sang.

Myst tiqua.

— Merci beaucoup ! s'écria-t-il en se composant un air vexé. Enfin, il faut admettre que tu as raison. Le combat à distance n'a jamais été mon point fort… Le combat rapproché non plus, à vrai dire, ajouta-t-il en faisant la moue.

— Ce n'est pas si grave, dit Azar d'un ton qui se voulait rassurant. Tu as un talent majeur et qui me fait cruellement défaut, malgré mes années d'entraînement avec Zefar : une inébranlable capacité à survivre. Tu es malin et, pour ne rien gâcher, tu as une chance insolente. Moi, je ne suis bon qu'à mourir, encore et encore, sans jamais trouver le repos…

Myst tourna vers lui un regard désolé. *Ne dis pas des choses pareilles*, s'attendit à entendre Azar. Mais le voleur garda le silence et continua de le fixer intensément, les yeux plissés. Incommodé par le mélange de pitié et de culpabilité qu'il y lut, le prince s'empressa de changer de sujet :

— J'imagine que ta requête n'est pas sans rapport avec Kaldius et les traqueurs.

— En effet, répondit Myst. Je n'en ai pas vu un seul à Sefir, mais je doute qu'ils aient abandonné la partie. Ils n'avaient eu aucun mal à retrouver ma trace quand mon père est mort et ils finiront par apprendre l'existence d'une seconde héritière.

— Une chance pour elle que ton père ne l'ait jamais officiellement reconnue.

— Oui. Si tel avait été le cas, je n'aurais déjà plus de famille. Je ne tiens pas à ce que cela arrive et j'aimerais qu'elle sache se défendre un minimum, au cas où. Je ne serai pas toujours là pour la protéger. Et puis il y a Raskit. Il sera immanquablement attiré par la sphère, tôt ou tard, et s'il vient à croiser le chemin d'Enira, il ne mettra pas longtemps à comprendre qui elle est.

— Il est vrai que vous vous ressemblez beaucoup. Vous avez le même regard.

Myst poussa un long soupir.

— Le paternel aurait pu nous léguer un héritage moins voyant que ces satanés yeux verts, tout de même…

— Et moins encombrant, ajouta Azar en pointant du doigt la chaîne qui dépassait du col du voleur.

Myst acquiesça, puis sortit de sous sa chemise les cinq coques d'argent. Azar eut, comme chaque fois, un mouvement de recul. La crainte que lui inspirait la sphère était toujours aussi forte, sans qu'il pût s'en expliquer les raisons.

— Décidément, mon père m'aura bien pourri la vie, même par-delà la mort… J'ai peut-être eu tort de ne pas la confier définitivement à l'ermite. Cette foutu bille met ma famille en danger.

— Tu ne pouvais pas la laisser à Jtephet. Raskit n'aurait eu aucun mal à venir à bout de ce vieux cinglé.

— Et alors ? fit Myst en haussant les épaules. Qu'il se démerde avec ses sphères, si ça l'amuse ! Je n'ai jamais eu l'intention de les rassembler.

Azar préféra garder le silence, mais le voleur mentait très mal. Il était évident qu'il tenait à ce bijou comme à la prunelle de ses yeux. Après tout, il n'enlevait jamais sa chaîne, même pour se baigner…

— Pourquoi n'en as-tu pas parlé à ta mère ou à ta sœur ? demanda-t-il.

— Que voulais-tu que je leur dise ? Je ne veux pas les inquiéter inutilement.

— Il est évident qu'Enira ignore tout de Kaldius et des sphères, mais qu'en est-il de Guerina ? Ton père s'était peut-être confié à elle, quand ils étaient encore ensemble.

— Ensemble ? Ils n'ont jamais vécu l'un avec l'autre. Mon père était un vrai courant d'air. Ce vieux porc n'était bon qu'à semer des bâtards ! s'exclama-t-il en serrant les poings de rage. De toute façon, si elle sait quelque chose, elle n'en pipera jamais mot.

— Il est vrai que ta mère est une femme très secrète, admit Azar. Je n'ai jamais réussi à savoir ce qu'elle pensait.

— Même en la reniflant bien ? s'étonna Myst.

— Oui. Elle a un tel contrôle sur ses émotions qu'elle ne laisse rien filtrer. Un vrai bloc de glace… Il est d'ailleurs surprenant qu'une femme si froide se soit laissé séduire par un coureur de jupons. À deux reprises, en plus !

— Elle était sottement amoureuse, va savoir pourquoi. Ces choses-là ne s'expliquent pas.

— Pas vraiment, non, reconnut Azar en mirant songeusement le beau profil du voleur, non sans un léger pincement au cœur.

Il s'efforça de chasser ce sentiment à la fois agréable et oppressant en faisant mine de s'intéresser de plus près à ses longs ongles noirs.

— Il se fait tard, dit Myst en se levant d'un bond. Zeda doit déjà être couchée.

— As-tu des obligations, demain matin ?

— À quoi penses-tu ?

— Retrouve-moi sur la plage. Je voudrais vérifier quelque chose.

Myst grimaça.

— Encore une de tes épreuves, hein ? Ça ne m'enchante pas, mais je viendrai. Bonne nuit.

Et il quitta la cabane sans se retourner. Le vent s'engouffra dans la pièce et souffla l'unique bougie qui l'éclairait. Azar fixa la porte close un long moment, indifférent au froid mordant qui formait des nuages de condensation autour de son visage, au rythme régulier de sa respiration. Il y avait déjà songé, maintes et maintes fois, mais il ne parvenait pas à se décider. Cette dernière épreuve l'aiderait peut-être à trouver le courage de se défaire, une fois pour toutes, de son odieuse faiblesse…

2

Épreuve

Il se recroquevilla dans la pénombre du placard en entendant tinter les clés dans la serrure. La porte s'ouvrit à la volée et une grosse main pâle constellée de courts poils noirs tâtonna dans le vide, juste devant son visage.

— Viens donc par-là, gamin, je ne te ferai rien.

La voix n'était pas celle de son père. Il hésita longuement, puis s'extirpa du minuscule placard, les cheveux couverts de toiles d'araignées et de poussière, les genoux et les coudes en sang de s'être tant débattu, en vain.

L'homme était grand et costaud. Il le dévisagea attentivement et grimaça à la vue de son coquard violacé.

— Assieds-toi devant le fourneau, lui ordonna-t-il sèchement.

Il s'exécuta promptement, la tête dans les épaules. Il avait déjà aperçu ce gaillard, le jour de son arrivée. De chaque côté de son visage pendaient mollement de longs cheveux noirs graisseux. Son regard, tout aussi sombre, était vaguement menaçant. Ses traits n'étaient pas à proprement parler disgracieux, mais son visage inspirait instantanément l'antipathie.

— Voici donc le nouveau protégé de mon maître dont tout le monde me rabat les oreilles, dit l'homme quand ils se furent installés, face à face, près du fourneau. Il est vrai que tu lui ressembles. Il ne pourra pas se défiler en prétendant qu'il n'a pas de descendance, cette fois. Quel est ton nom ?

— Myst, répondit timidement le jeune garçon.

— Moi, c'est Raskit. Mefir m'a chargé de m'occuper de toi aujourd'hui. Montre-moi ces écorchures, je vais les nettoyer.

Ils gardèrent le silence tandis que Raskit imbibait un linge d'alcool et tamponnait délicatement les bras et les jambes de Myst. Le garçon, en l'observant à la dérobée, songea qu'il l'avait peut-être mal jugé.

— Où est-il ? demanda-t-il, soudain moins intimidé.

— Il est occupé à des affaires importantes, répondit Raskit. Moins tu en sauras, mieux ça vaudra pour toi.

— Pourquoi m'a-t-il amené ici ?

Raskit leva vers lui un regard grave.

— Je n'en ai aucune idée, et j'aimerais bien le savoir, grommela-t-il. Quel âge as-tu ? Sept ? Huit ans ?

— J'ai neuf ans passés ! s'exclama Myst, piqué au vif.

— Tu es chétif, lâcha Raskit. Ne mangeais-tu pas à ta faim, dans ta campagne ?

— Si ! répliqua le gamin, les joues en feu.

— Je parie que tu te faisais martyriser par tous les gosses de ton âge, là-bas. Mefir a dû avoir pitié de toi. Il veut probablement faire de son rejeton un homme digne de ce nom, à son image... J'avais à peu près ton âge quand il a commencé à me former. Aujourd'hui, j'en ai plus du double.

— Est-ce qu'il te jetait dans le placard, toi aussi ? demanda Myst d'une voix hésitante.

— Jamais. Tu dois être sacrément mauvais pour qu'il te punisse ainsi.

Le garçon se renfrogna. Finalement, ce Raskit était aussi méchant qu'il en avait l'air.

— Je fais toujours sonner les cloches, bougonna-t-il en pointant d'un doigt accusateur l'espèce d'épouvantail qui trônait au milieu de la cuisine et lui permettait de s'exercer au vol à la tire.

Raskit s'esclaffa.

— Il n'y a pourtant rien de plus simple que de chiper une bourse ! ricana-t-il. C'est à la portée du dernier des imbéciles !

— Je m'en fiche ! Je n'ai jamais demandé à être voleur, moi ! Je veux rentrer chez moi ! s'écria Myst en croisant les bras sur la poitrine, les sourcils froncés.

Raskit laissa échapper un long soupir, puis se pencha sur lui avec un demi-sourire sans joie.

— C'est ici, chez toi. Quand Mefir décide, il est inutile de s'opposer à sa volonté. Il faudra te faire à l'idée. Maintenant, ferme-la et montre-moi comment tu t'y prends pour détrousser un type.

Myst leva vers Raskit un regard craintif.

— De quoi as-tu peur, gamin ? Je ne te frapperai pas si tu échoues.

Myst lui adressa un sourire reconnaissant, sauta au bas de son tabouret et vacilla un instant comme ses jambes ensanglantées menaçaient de se dérober sous lui. Il avait mal aux genoux, très mal, mais il serra les dents et marcha droit sur le mannequin de paille, décidé à impressionner son père quand il rentrerait...

Ψ

Parcourant distraitement l'une des assommantes épopées sentimentales qu'affectionnait tant la reine Marta, Triska prêtait l'oreille aux jeux d'Amary et de son chien-loup. Elle s'était confortablement installée dans le profond fauteuil de la bibliothèque, tandis que le garçon s'ébrouait dans la pièce qui faisait autrefois office d'atelier de peinture. Astar avait bien entendu détruit toutes les œuvres d'Azar, comme il détruisait tout ce qui lui rappelait, de près ou de loin, l'existence passée d'un frère. *Il est mort*, avait-il répété pour se justifier, et la lueur de satisfaction qui brillait alors dans son sombre regard n'avait pas échappé à sa jeune épouse...

La porte secrète de la bibliothèque s'ouvrit dans un grand fracas de grincements dissonants. Une Raka essoufflée en surgit, tenant dans sa main droite le plan des galeries qu'elle avait hérité du prince disparu. La vieille femme ne s'en séparait plus et semblait en proie à une jubilation sans bornes chaque fois que l'occasion lui était donnée de s'en servir.

— Cela faisait longtemps, dit platement Triska, sans même lever les yeux de l'affligeant roman où, esseulée, une pauvre princesse soupirait au sommet d'un sordide donjon en attendant un hypothétique sauveur.

Pauvre fille, songea-t-elle. *Qu'attends-tu pour te défenestrer ?*

— Un conseil des plus intéressants, dit la vieille domestique en époussetant sa tunique de coton.

Soudain très intéressée, Triska ferma l'insipide bouquin et se leva.

— Assieds-toi et raconte-moi, ordonna-t-elle en cédant l'unique fauteuil à Raka.

L'ancienne parut surprise par tant d'attention. Elle hésita un instant, toisant la reine d'un air suspicieux, puis finit par accepter son invitation. Ce n'était pas la première fois que Triska surprenait des regards méfiants de la part de la vieille femme et elle n'en prit pas ombrage. Après tout, son esprit faisait partie de ceux que Seregrina surveillait de près, bien qu'elle s'y invitât de moins en moins, ces derniers mois, trop occupée qu'elle était à acquérir de nouveaux fidèles…

— C'est en soirée, après leur journée de travail, que les nouveaux adeptes affluent en masse au temple, dit la reine pour la rassurer. Elle est toute à leurs requêtes et n'a pas le temps de se soucier de moi.

— C'est pour cette raison que je vous visite toujours à cette heure, Majesté, répondit Raka en se laissant tomber dans le fauteuil. Cependant, même ainsi, je ne suis pas tout à fait tranquille. Elle aurait pu gagner en influence, entre-temps…

— Non, démentit Triska en secouant vivement la tête. Elle est au maximum de ses capacités. Plus on la sollicite, moins son rayon d'action est étendu.

— Il s'agit tout de même d'une déesse, objecta Raka.

Triska laissa échapper un ricanement plein de méchanceté.

— Une déesse qui ne renonce pas à sa vie terrestre ne vaut pas tripettes. Shara, pour se mettre à l'écoute de tout un peuple, s'est plongée dans un sommeil éternel… Seregrina est bien trop narcissique pour s'y résigner !

— Ou bien trop humaine, remarqua Raka.

— Peut-être bien… Quoi qu'il en soit, elle est trop prise pour fouiller mon esprit comme elle le faisait les premiers temps. Je sens que ses incursions sont plus maladroites, plus superficielles qu'avant. Et puis, elle ne me considère pas comme une menace. Je ne suis, à ses yeux, qu'une pitoyable princesse coincée dans un donjon sans issue, comme cette idiote ! cracha-t-elle en jetant négligemment à ses pieds le roman qu'elle venait de renoncer à lire.

Raka haussa un sourcil intrigué.

— Je veux bien vous croire sur parole, Majesté, mais vous comprendrez que je me dois, pour la sécurité de ceux avec qui je collabore, de vous taire certaines informations…

— Bien sûr, bien sûr, fit Triska avec un geste impatient de la main. Parle-moi plutôt de ce conseil. Seregrina y siégeait-elle ?

— Non, mais sa fille Ly la représentait. Saviez-vous qu'elle a fini par jeter notre vieille oracle hors de sa tour ?

— Nooon ! s'exclama Triska, les yeux écarquillés. Elle a osé !

Raka opina du chef, un demi-sourire accroché aux lèvres.

— C'était inévitable. Personne, et encore moins les intéressées, ne croyait en la réussite de cette cohabitation décidée par les conseillers ! Connaissant le caractère de l'oracle, l'échec était assuré.

— Elle doit être remontée, supposa Triska.
— Pour sûr ! ricana Raka. Elle campe au pied de sa tour avec ses deux porteurs aveugles et insulte abondamment quiconque désire s'entretenir avec la nouvelle oracle. Elle a triste allure !
— Pauvre femme, souffla Triska, atterrée qu'une fillette pût faire preuve de tant de cruauté à l'égard de son aînée. Mange-t-elle à sa faim, au moins ?
— Ne vous en faites pas. Les serviteurs de la tour de l'oracle ont été contraints de se mettre au service de Ly, mais leur loyauté va toujours à leur ancienne maîtresse. Ils lui font régulièrement parvenir, en toute discrétion, de quoi se sustenter.
— Je devrais peut-être lui rendre une petite visite, murmura Triska pour elle-même. Qui étaient les autres membres ?
— Les mêmes que la dernière fois, à l'exception d'Hanest.
— C'était prévisible, dit Triska en se mettant à faire les cent pas, contrariée. Il avait si vivement protesté contre la destitution de Mastag !
— Ils ont remis sur le tapis cette histoire de parité entre hommes et hommes-bêtes, mais personne n'est dupe. Hanest n'est pas aussi docile que Flenak et Zogal, voilà ce qui lui a coûté sa place. Ces deux fourbes n'ont d'ailleurs pas caché leur contentement quand ils ont appris la nouvelle.
— Qui a finalement remplacé Hanest ? demanda la prêtresse.
— Un certain Grag. Pas très malin, a priori. Il suivra aveuglément Athoc, qui lui-même dit amen à tout ce qu'Astar suggère.
Triska fronça les sourcils.
— J'étais pourtant persuadée qu'ils choisiraient Sarcha.
— C'était présumer de l'ouverture d'esprit des hommes-torglaths. Elle est certes plus compétente, mais ces messieurs ne sont pas encore prêts à accepter qu'une femelle siège à leurs côtés.
Triska laissa échapper un grognement.
— Cette assemblée de flagorneurs et d'idiots ne mérite pas le nom de conseil. Et dire que l'avenir de Khull est entre leurs mains !
— Entre les mains de Seregrina, voulez-vous dire. C'est encore elle qui souffle à Astar toutes ses décisions.
— Pas toutes, démentit Triska entre ses dents serrées. L'idée stupide de libérer Himzelt et Banigara pour les nommer conjointement conseillers de Puits-vert était de lui.
La vieille domestique haussa les épaules avec une moue désolée.

— Enfin, reprit la reine dans un soupir, à quoi bon s'en indigner ? Nous n'y pouvons rien… Mais poursuis donc, en quoi cette réunion était-elle plus intéressante que les précédentes ?

— En ceci qu'une date a été arrêtée. C'est pour dans trois mois.

— Le départ pour Isthmir ?

— Non, lâcha Raka d'une voix chargée de mystère, penchée sur les accoudoirs. L'*arrivée* à Isthmir.

Triska cessa d'arpenter la bibliothèque de long en large pour se tourner d'un bloc vers la domestique, les yeux exorbités par la surprise.

— C'est impossible, tu auras mal entendu ! s'exclama-t-elle. Même en partant cette nuit, la délégation…

— Elle ne partira pas avant plusieurs semaines, la coupa Raka. Les Felknis sont en route pour Khullan et Astar tient à ce qu'ils soient du voyage.

— Les Felknis ? s'étonna Triska, de plus en plus perdue. Astar tient pourtant les hommes-cerfs en horreur ! Il ne cesse de clamer qu'il raserait volontiers la forêt de Felkon, s'il avait du temps à tuer ! Pourquoi diable feraient-ils partie d'une délégation officielle ?

— Il n'a pas daigné donner ses raisons et ses conseillers ont manifesté le même étonnement que vous.

— Cette histoire ne tient pas debout, Raka, et quand bien même ces Felknis seraient de la partie, il est tout bonnement impossible de traverser le désert et les monts Jtephet en si peu de temps !

Elle s'interrompit pour toiser Raka d'un air suspicieux.

— Es-tu certaine qu'ils ne t'ont pas percée à jour ? Ce conseil ressemble fort à une mauvaise farce !

Piquée au vif, Raka se renfrogna.

— Ces passages secrets sont sûrs, Majesté. Nous ne sommes qu'une poignée à en connaître l'existence. Cavar, vous, moi…

— Ainsi que Seregrina, poursuivit Triska. N'oublie pas qu'elle a fréquenté de très près l'esprit d'Azar…

— Et le souvenir qu'il gardait de ces chemins secrets est parti en fumée avec lui, la coupa la domestique. Faites-moi confiance, je puis vous assurer que personne d'indésirable ne pénétrera jamais ces galeries.

Il y avait une telle assurance, dans cette affirmation, que Triska préféra ne pas insister.

— De toute façon, même s'ils se savaient épiés, ils auraient autre chose à faire que d'organiser un faux conseil, reconnut-elle en se remettant à faire les cent pas. Nous devons donc prendre la chose au sérieux, aussi irréelle nous semble-t-elle. Réfléchissons : quel intérêt peuvent bien représenter les hommes-cerfs aux yeux d'Astar, et par quel miracle envisage-t-il de leur faire traverser la moitié du continent en si peu de temps ?

— Les deux mystères sont peut-être liés, suggéra Raka d'un ton finaud.

— Que veux-tu dire ?

— Que si la délégation ne peut partir sans les Felknis, c'est probablement parce qu'eux seuls sont à même de lui fournir un moyen de transport rapide. Songez que leur voyage d'Echron à Khullan sera lui-même des plus expéditifs. À en juger par la missive de Tharen, ils ne partiront que demain ou après-demain.

— Je ne connais pas d'animal ni de machine capable d'avaler de telles distances si promptement, dit Triska, le front ridé par l'intense réflexion. Seul un oiseau, un oiseau très véloce…

Elle s'immobilisa, pâle comme un linge.

— J'y ai pensé, figurez-vous, dit Raka comme elle surprenait l'incrédulité totale de la reine.

Triska secoua vigoureusement la tête et laissa échapper un rire nerveux.

— Non, ce n'est qu'une légende.

— Une légende, ou l'un des nombreux secrets si jalousement gardés par nos amis de Felkon ? Rendez-vous compte : il y a à peine un an, nous ignorions encore l'existence de la cité de Felk. Nous croyions naïvement que cette forêt était hantée ! M'est avis que les hommes-cerfs nous réservent encore bien des surprises !

Sur ces mots, la vieille femme se renfonça profondément dans le fauteuil et ferma les yeux, le visage fendu d'un large sourire satisfait.

— Je ne vois pas ce qu'il y a de si réjouissant ! s'offusqua Triska.

— Quand vous aurez atteint mon grand âge, vous comprendrez, fit Raka en ouvrant un œil taquin. Les occasions de s'émerveiller sont de plus en plus rares à mesure que l'on vieillit. Voir un ibyzohar de mes propres yeux avant de mourir serait une sorte de… *cerise sur le gâteau*, si j'ose dire.

Ψ

Il traversa la plage en bâillant tout son soûl, l'esprit davantage accaparé par la pensée d'une Zeda totalement nue dormant à poings fermés dans le lit qu'il venait de quitter que par le magnifique spectacle des premiers rayons du soleil dansant sur la surface de l'océan.

Il ne fut pas étonné qu'Azar fût déjà là, travaillant d'arrache-pied à la réalisation d'un paysage maritime. À quatre pattes dans le sable, les manches retroussées, il s'échinait à enduire une vieille planche de bois à grands coups de pinceaux, entouré de petites coupelles remplies de pigments diversement colorés. Cela faisait plusieurs semaines déjà qu'il s'était réconcilié avec son passe-temps favori, au grand dam de Guerina qui voyait d'un très mauvais œil le pillage systématique de son jardin, de sa cuisine et même de son poulailler. Myst, quant à lui, était plutôt rassuré : si la fibre artistique du prince se remettait à vibrer, cela devait signifier qu'il reprenait du poil de la bête.

— T'arrive-t-il seulement de dormir ? demanda-t-il en lorgnant le tableau par-dessus l'épaule d'Azar.

— Il n'y a rien à faire, grommela le prince en jetant son pinceau, mécontent. Je n'obtiens que des couleurs fades avec ce laurier. Quand bien même je parviendrais à en tirer quelque chose, ça ne tiendrait pas en le liant simplement avec ce jaune d'œuf dégueulasse.

Myst haussa un sourcil interrogateur. Il n'y comprenait rien à tous ces tours de peintre et doutait pouvoir y entendre quoi que ce soit un jour.

— Qu'essaies-tu t'obtenir ? Du vert ou du bleu ? l'interrogea-t-il en tentant de déterminer vers quoi tendait la pâte grisâtre qu'il regardait.

— Je n'en sais rien, ronchonna Azar. De quelle couleur est la mer, à ton avis ? De toute façon, tout tournera à l'ocre sur un support d'aussi mauvaise qualité.

— Les bois de Bergin s'excusent platement, ainsi que nos malheureuses poules qui ne pondent que des œufs “dégueulasses”, plaisanta le voleur.

Azar daigna enfin lever la tête. Ses traits étaient tirés et les cernes sombres que dessinaient ses écailles autour de ses yeux n'arrangeaient rien à son air maladif.

— Je te prie de m'excuser. Je suis un peu frustré, voilà tout, dit-il en rassemblant ses coupelles à la va-vite. À Khullan, je pouvais me procurer des pigments de Tsan et de Dzethla, savamment préparés par les meilleurs teinturiers du monde. Je n'ai pas été habitué à me contenter de si peu.

— Bienvenue chez les indigents, répondit Myst en s'asseyant dans le sable. Ce n'est pas très prudent, de te balader tête nue, ajouta-t-il en pointant du doigt la cape noire que le prince avait abandonnée, roulée en boule, à quelques pas de là.

— Personne ne vient jamais sur cette plage à part nous. Quand il m'arrive de voir des pêcheurs, ils sont en mer, bien trop loin pour remarquer que je suis anormal.

— Mais ils se posent peut-être des questions. Un de ces jours, ils pourraient avoir la curiosité de s'approcher plus près.

— Qu'ils essaient, marmonna Azar en fixant les flots d'un œil mauvais. Je suis infoutu de fabriquer des couleurs propres, mais pour ce qui est du maquillage, j'ai mis au point une toute nouvelle mixture. J'en ai toujours un échantillon sur moi, au cas où.

Myst ne cacha pas son étonnement.

— Pourquoi ne t'en es-tu jamais servi ?

— Ça me paraît évident, rétorqua Azar avec mauvaise humeur. J'ai passé quinze années de ma vie à me peinturlurer chaque matin. Crois-tu que j'y prenais plaisir ?

— Je comprends, reconnut Myst.

Il balaya la plage du regard avec l'impression désagréable que quelque chose manquait.

— Tu n'as pas amené de corde, réalisa-t-il soudain. Je pensais pourtant avoir droit à une nouvelle séance de torture. Pourquoi m'as-tu donc demandé de venir ?

Azar le fixa longuement, d'un regard intense qui le mit très mal à l'aise. Il semblait hésiter. Enfin, il prit une grande inspiration avant de lâcher d'un ton décidé :

— Pour ça.

Et soudain, sans crier gare, il sauta au cou du voleur. Myst tomba à la renverse avec un cri de surprise.

— Mais qu'est-ce qui te prend ? s'écria-t-il tandis que le prince le maintenait à terre et le chevauchait.

Azar ne répondit pas et approcha brusquement son visage du sien, les lèvres tendues. Pris de panique, le voleur le repoussa de toutes ses forces. Azar perdit l'équilibre et s'écroula dans le sable, les quatre fers en l'air.

— T'ES UN GRAND MALADE ! hurla Myst à pleins poumons en se redressant.

Pour la première fois depuis un an, Azar se mit à rire. C'était un rire de fou, plus inquiétant que joyeux. Lorsqu'il leva vers lui un regard plein de roublardise, Myst vit rouge. *Il se fout de moi !* songea-t-il, le cœur battant à tout rompre. Sa respiration s'accéléra et son poing se serra, sans qu'il le voulût, si fort que ses ongles s'enfoncèrent profondément dans sa paume.

— Vas-y ! cracha Azar d'un ton de défi. Tu es là, je le sais !

— Tu viens de signer ton arrêt de mort, siffla Myst, les dents serrées.

Mais tout en s'entendant prononcer ces mots, il eut l'étrange impression qu'un autre parlait à sa place. Il commença à comprendre, mais trop tard : il était déjà là, forçant la barrière mentale qu'il avait mis tant de temps à ériger, prenant insidieusement le dessus. Il se sentit marcher d'un pas déterminé vers Azar, les lèvres retroussées, et vit avec effroi le visage reptilien du prince se décomposer.

À son grand étonnement, Azar ne tenta pas d'esquiver et encaissa ses premiers coups sans une protestation, résigné. *Ça ne tourne vraiment pas rond dans sa tête*, pensa Myst, et cette pensée, il en était convaincu, était bien la sienne. Alors qu'il s'arrêtait un instant pour reprendre son souffle, contemplant d'un regard infiniment méprisant l'immonde créature qui se tordait de douleur à ses pieds, un incompréhensible sourire accroché aux lèvres, le phénomène désormais familier se produisit : sa vision se voila, puis il eut l'impression qu'il s'éloignait, à une vitesse prodigieuse. Les ténèbres gagnèrent du terrain, jusqu'à ce qu'il ne distinguât plus qu'un minuscule point de lumière. *Non, pas ça !* voulut-il crier, mais il savait que là où il allait, sa voix allait se perdre dans le néant. Le point lumineux s'étrécit, inexorablement, et le bruit de sa propre respiration devint assourdissant. La sensation de douleur dans sa paume et ses phalanges disparut soudain, puis ce fut l'odeur prenante de l'océan, la brise fraîche du petit matin, le contact de ses pieds sur le sable qui tombèrent dans l'oubli. Comme s'il n'avait jamais possédé le moindre corps, le moindre sens. Et pourtant, il existait toujours…

— Tu montres enfin ton vrai visage.

La voix d'Azar, à la fois lointaine et proche, lui rappela les intrusions intempestives de Seregrina, lorsqu'elle s'invitait dans sa tête.

— Qu'attends-tu pour m'achever ? Je suis à ta merci !

Je ne veux pas faire ça, songea Myst, terrifié. Il eut l'intuition que sa main se refermait sur le fourreau d'Amnor qui pendait à sa ceinture, mais il était incapable de la retenir.

— Que se passe-t-il ? cria Azar. Ça devrait déjà être terminé ! Tu te ramollis, pauvre lâche !

Son autre main empoigna la chevelure d'Azar pour l'attirer à lui. Il ne pouvait ni le voir, ni sentir son contact, mais il savait ce qu'il s'apprêtait à faire, il en avait parfaitement conscience, et c'était réellement horrible...

— Nous y voilà enfin, reprit Azar. Mais pourquoi hésites-tu ? Deviendrais-tu sentimental, KALDIUS ?

Fut-ce d'entendre prononcer ce nom ? Pendant un instant, le temps se figea et le point lumineux cessa de s'étrécir. Puis le phénomène s'inversa subitement. Le voyage de retour fut encore plus rapide qu'à l'aller, car tout lui revint d'un coup : la lumière aveuglante du soleil, le bruit du ressac contre les rochers, l'odeur si particulière du prince et le contact familier du manche tordu d'Amnor. Il découvrit avec effroi Azar agenouillé à ses pieds, le visage tuméfié. Sur sa gorge offerte à la lame de la dague commençait à perler un fin collier de sang, mais le regard brillant qu'il levait vers lui ne trahissait aucune peur.

— Est-ce toi, Myst ? demanda-t-il d'une voix pleine d'espoir.

Le voleur lâcha aussitôt Amnor et la chevelure du prince. Il recula précipitamment, les yeux écarquillés, la bouche grande ouverte.

— Victoire totale, dit Azar en souriant, d'un sourire franc et sincère tel qu'il n'en avait jamais plus esquissé depuis Puits-aux-poisons.

Myst fut tout à coup pris de nausée. Il courut à toutes jambes vers la mer pour vomir, tremblant de tous ses membres. Tandis qu'il s'essuyait le menton en reprenant difficilement son souffle, Azar le rejoignit tranquillement.

— Tu es... vraiment fou... lui reprocha Myst, haletant.

Une main compatissante se posa sur son épaule.

— Désolé. Je sais que c'est très désagréable, mais tu en as enfin la preuve : tu es capable de le vaincre seul. Tu n'as plus besoin de moi.

Myst leva vers lui un regard incrédule.

— Ça ne prouve rien, marmonna-t-il, renfrogné.

Azar s'accroupit près de lui en laissant échapper un long soupir.

— Tu devrais te faire davantage confiance. Tu es bien plus fort que Kaldius.

Sa voix calme n'était pas celle d'un homme qui avait échappé de peu à la mort. Sur ses lèvres sanguinolentes se dessinait même un vague sourire.

Et toi, tu devrais cesser de me faire aveuglément confiance, faillit rétorquer Myst…

Ce n'était pas la première fois qu'ils se prêtaient à ce petit jeu. À maintes reprises, Azar avait provoqué Kaldius pour le faire sortir de sa tanière. Mais il avait toujours pris la précaution de l'attacher. Cette fois-ci, l'exercice avait pris une tournure bien plus dangereuse. Pourquoi le prince avait-il changé sa méthode ? Il devait en avoir le cœur net…

— Comment savais-tu que je lui résisterais ?

— Je n'en avais aucune idée, répondit Azar en haussant les épaules, sans quitter des yeux la ligne de démarcation incertaine entre l'océan et le ciel. J'avais décidé de prendre ce risque.

— Tu aurais pu te faire tuer ! protesta-t-il, estomaqué.

— Une fois de plus.

Myst ne trouva rien à répliquer. La témérité d'Azar était si inconcevable qu'elle se passait de commentaire. Ils gardèrent le silence un long moment, absorbés par la contemplation des vaguelettes qui s'échouaient tout près d'eux. La marée montante ne tarderait pas à leur lécher les pieds.

— Ai-je rêvé ou… as-tu essayé de m'embrasser ? demanda le voleur avec une toux gênée.

Azar eut un rire amer.

— Peut-être ne l'avais-tu pas remarqué, les fois précédentes, mais il m'était de plus en plus difficile de te faire sortir de tes gonds pour que Kaldius se manifeste. À croire que vous commenciez à vous habituer à mes insultes. J'ai donc réfléchi à la meilleure façon de te mettre en rogne, et c'est cette idée qui m'est venue durant la nuit.

— Très efficace, commenta laconiquement le voleur.

Azar se leva.

— Ne t'inquiète pas, je ne recommencerai pas, dit-il en rejoignant d'un pas traînant son atelier de peinture improvisé.

Myst le regarda pensivement s'éloigner. Ses épaules étaient voûtées.

Tandis que le prince s'installait à nouveau au milieu de ses coupelles, il lava soigneusement ses mains souillées de sang dans l'eau de mer. Le sel provoqua un désagréable picotement qui lui arracha une grimace. Il n'y était pas allé de mainmorte, pour se blesser lui-même.

Il se redressa et essuya ses mains sur son pantalon, tout en jetant des regards intrigués à Azar, qui s'attelait de nouveau à ses mélanges, la tête basse. Il n'avait même pas pris la peine de nettoyer son visage. Myst hésita, ne sachant quoi faire. Au terme d'un long débat intérieur, il décida qu'il serait fort impoli de prendre congé sans un mot et s'approcha prudemment du prince.

— Laisse-moi au moins te soigner, proposa-t-il en dansant d'un pied sur l'autre.

Azar ne daigna pas se tourner vers lui et répondit d'une voix sans timbre :

— Je m'en chargerai moi-même quand j'aurai fini ce travail. Tu l'ignores sans doute, mais le sang est un excellent liant.

3

Méduses

L'on a oublié, depuis bien longtemps, le nom que les hommes donnaient à l'actuelle Plaine des Torglaths. Il s'agissait d'une terre fertile au climat tempéré, peuplée de nombreuses tribus prospères et plus ou moins pacifistes. La donne changea quand les premiers monstres apparurent.

Le mystère de leur origine reste entier, mais la thèse la plus répandue est qu'ils furent créés par quelque ancien dieu déchu désireux de se venger de Kendur. Ignorant tout des cultes en vigueur dans cette zone du monde avant l'avènement de Kendur, nous sommes pour l'heure incapables de mettre un nom sur le ou les responsables d'un tel malheur. Certains sont en désaccord et affirment que le torglath serait une création d'homme, le fruit d'une expérience magique ratée. D'après les quelques défenseurs de cette théorie farfelue, une tribu d'éleveurs aurait voulu, afin d'asseoir sa domination sur la plaine, créer une nouvelle race de ruminants, assez massive pour fournir en abondance peau, os et viande, et ainsi mettre à l'abri du besoin et de la famine l'ensemble de la communauté. L'intention n'était pas mauvaise, mais le sorcier qui s'y attela commit une énorme erreur : au lieu de créer de paisibles bovins, il fit du torglath un redoutable prédateur !

Pour ma part, je ne prête aucun crédit à cette deuxième hypothèse. Il aurait fallu que ce sorcier fût d'une extrême incompétence pour parvenir à un résultat si éloigné de la vache ! À moins que l'on ne considère cette méprise comme volontaire. Mais entendons-nous sur ce que signifiait être sorcier à cette époque. Il ne s'agissait pas de mener une vie d'ermite, bien au contraire. Les sorciers vivaient au sein même des tribus, y fondaient des familles, et la place qu'ils y occupaient était au moins aussi importante que celle de chef, quand elle ne s'y substituait pas purement et simplement. Difficile de croire, dans ces conditions, que l'un d'eux ait sciemment décidé de créer un monstre aussi terrifiant que le torglath. D'autant plus improbable que son créateur, s'il était bel et bien humain, fut probablement sa toute première victime…

Grandeur et décadence du Royaume d'Isthmir, par l'historien Baenryr de Sefir.

Ψ

La flèche percuta brièvement le tonneau avant de retomber mollement dans l'herbe. S'ensuivit un long cri de rage aigu qui lui vrilla les tympans.

— Je suis trop nulle ! s'impatienta Enira en levant l'arc au-dessus de sa tête, comme en guise de reproche à quelque dieu malfaisant.

Elle marqua un temps d'hésitation, durant lequel Azar se mit à craindre qu'elle jetât son bel arc de toutes ses forces à terre. Si ce jouet avait été le sien, elle serait sans doute passée à l'acte, mais à défaut d'être raisonnable, Enira était au moins bien éduquée. Son bras retomba lentement tandis qu'elle laissait échapper un long soupir.

— Ce ne sont pas le talent ni la force qui te font défaut, mais la patience, remarqua Azar, davantage pour se montrer encourageant que par réelle conviction.

Myst, qui était occupé à couper du bois à la lisière de la forêt, à quelques toises de là, adressa au prince un signe de tête approbateur. Azar ignorait depuis combien d'heures il cuisait ainsi en plein soleil, adossé au puits. Il était las de suivre les tentatives brouillonnes d'Enira, mais il n'était pas dans sa nature de revenir sur une promesse, encore moins sur une promesse faite à Myst.

— Je ne comprends pas ! s'exclama la jeune fille. Pourquoi refusent-elles de se planter ?

Azar lui prit l'arc des mains et le banda énergiquement.

— Tout est là, expliqua-t-il patiemment. Regarde comme le bois se tord. Il ne faut pas en avoir peur, tu ne vas pas le briser. Et surtout, il ne faut pas que ton bras tremble. Quand tu tires, tu donnes l'impression de vouloir te débarrasser de ta flèche le plus vite possible, comme si elle te brûlait les doigts. Ce n'est pas un jeu de vitesse, mais de précision. N'essaie pas de m'imiter. Il faut des années pour décocher aussi promptement que moi. J'étais aussi très lent, à mes débuts.

— Mais ça fait mal aux bras, grommela Enira en s'étirant de tout son long. Je n'ai pas assez de muscles.

— Les muscles, ça se forge, répliqua Azar en lui tendant l'arc. Essaie encore.

Enira le lui arracha des mains avec une moue bougonne. Alors qu'il retournait se poster près du puits, il vit que Grunda avait quitté la chaumière, un seau vide à la main. Il s'adossa à la pierre chaude et feignit de ne pas l'entendre approcher. Elle n'avait cessé de le questionner, durant tout le repas, à propos du maquillage qu'il avait dû adopter pour dissimuler les plaies infligées par Kaldius. Il ne se sentait pas d'humeur à subir un nouvel interrogatoire.

Comme Enira peinait à encocher sa flèche, le regard du prince s'égara, malgré lui, sur Myst. Le voleur avait ôté sa chemise pour s'en éponger le front. Son buste pâle était couvert de transpiration. Tandis qu'il levait la hache pour l'abattre violemment sur sa bûche, Azar s'attarda sur le roulement des muscles sous sa peau. *Bon sang*, songea-t-il en se forçant à détourner les yeux. Mais il ne put résister longtemps à la tentation d'y rejeter un coup d'œil, non sans un grisant mélange d'excitation et de culpabilité.

— Joli spectacle.

Azar se tourna dans un sursaut vers Grunda, le rouge aux joues. L'Urkani avait parlé en khullani pour ne pas être comprise de la jeune fille toute proche. Tout en attachant l'anse de son seau à la corde, elle posait sur le voleur un regard concupiscent, un demi-sourire songeur aux lèvres.

— Tu ne penses vraiment qu'à ça, ma parole ! s'indigna-t-il.

— Tu ne manques pas d'air, toi, rétorqua Grunda. Si tu veux donner le change, évite donc de baver, ajouta-t-elle d'un ton narquois.

Le sang d'Azar se mit à bouillir dans ses tempes.

— T-tu te fais des idées, bégaya-t-il.

— Tu as raison, je n'y connais absolument rien en la matière, ironisa-t-elle. Continue donc à te rincer l'œil pendant que je tire de l'eau, ça ne me dérange absolument pas.

Azar en eut le souffle coupé. Quelle grossièreté !

— Espèce de…

— De garce ? le coupa Grunda. Absolument. Moi, au moins, je ne m'en cache pas. Quand un homme est à mon goût, je ne fais pas semblant de regarder ailleurs en rougissant comme une gamine.

— J'ai réussi ! s'écria soudain Enira.

Azar reporta son attention sur la jeune fille, qui sautait comme un cabri en esquissant d'obscurs gestes de victoire. Il vit alors, avec étonnement, que la flèche était plantée, bien droite, au cœur de la cible qu'il avait tracée au charbon.

— Félicitations ! dit-il en inclinant courtoisement la tête. C'était un tir de tout premier ordre !

Enira se rembrunit.

— Pas la peine d'en faire des tonnes, je sais bien que tu ne me regardais pas, ronchonna-t-elle.

Néanmoins, son expression déçue disparut aussitôt. Encouragée par son improbable réussite, elle lui tourna le dos pour encocher une nouvelle flèche.

— Pauvre petite, commenta Grunda dans un murmure. Elle aimerait tant que tu t'intéresses un peu à elle.

— Lâche-moi, tu veux, maugréa Azar d'un ton acide.

— Est-elle au courant que tu n'as d'yeux que pour son grand frère ? reprit l'Urkani, intarissable. Elle doit avoir des doutes, ou bien elle est aveugle. Lui as-tu seulement parlé de ton grand projet ?

— Ferme-la, Grunda, dit-il entre ses dents serrées. Je n'ai pas encore pris ma décision.

— Vraiment ? Pourquoi t'es-tu enquis de la date de mon départ pour Isthmir, dans ce cas ?

Azar tourna vers elle un regard assassin.

— Par politesse. Mais de toute évidence, le sens de ce mot t'est totalement étranger.

Grunda le fixa gravement. Toute trace d'amusement avait quitté son visage à la blancheur d'albâtre.

— Tu dois te décider avant demain et leur en parler au plus tôt. C'est une question de politesse, ça aussi.

— Crois-tu que ce soit si facile ?

— Non, mais c'est inévitable. Tu ne peux pas continuer à te torturer ainsi jusqu'à la fin de tes jours.

Azar hocha sombrement la tête. L'Urkani avait raison. Cette situation inconfortable ne pouvait durer. N'avait-il pas, jusqu'à aujourd'hui, tout mis en œuvre pour y mettre un terme ?

Ψ

Accoudé au rebord de la fenêtre, il guettait pensivement l'apparition des premières étoiles dans le ciel immaculé. La lune était pleine et il n'y avait pas un souffle de vent. Ces paysages immobiles et silencieux, qui lui rappelaient tant le désert de Khull, lui procuraient toujours un singulier apaisement.

— J'ai un peu froid, murmura Zeda en disparaissant sous les couvertures.

— D'accord, répondit distraitement Myst.

Il jeta un dernier coup d'œil à la forêt en contre-bas, ferma le volet de guingois, se déshabilla à la va-vite et rejoignit avec bonheur la marchande.

— Souffle la bougie, dit-elle d'une voix endormie.

Myst s'exécuta et se pelotonna dans ses bras. Un fin rai de lumière tombait sur le joli minois de Zeda, lui donnant un teint de poupée de porcelaine.

— Je réparerai ce volet dès demain, décida-t-il comme elle cachait ses yeux sous son coude.

— C'est une bonne idée. On y voit comme en plein jour.

Sa petite main se posa sur la poitrine du voleur et elle se mit à parcourir, du bout des doigts, les contours de sa cicatrice. Myst frissonna.

— Est-ce désagréable ? demanda-t-elle.

— Non, c'est tout le contraire. Je n'aime pas qu'on y touche, d'ordinaire, mais quand c'est toi, ce picotement ne me déplaît pas.

Zeda esquissa un sourire flatté, puis enfouit sa tête au creux de son épaule. Il caressa longuement sa douce chevelure, soupirant d'aise.

— N'as-tu pas trouvé l'ambiance tendue, durant le dîner ? interrogea-t-il.

— Pas plus que d'habitude. Quand ta mère est dans les parages, je me sens toujours tendue.

Myst fit la moue. Il aurait tant aimé que l'entente entre les deux femmes fût cordiale. Ce n'était pourtant pas la faute de Zeda, qui déployait des trésors de gentillesse pour se faire accepter. Malgré cela, Guerina gardait ses distances et semblait se méfier d'elle. C'était assez prévisible…

— Je ne veux pas parler de ma mère mais d'Azar, répondit-il.

Zeda marqua un court silence.

— Encore lui, soupira-t-elle.

— Pourquoi prends-tu la mouche chaque fois que tu entends prononcer son nom ? Ne l'apprécies-tu pas ?

— Si, bien sûr. C'est juste que… rien, éluda-t-elle. Maintenant que tu en parles, je me rappelle avoir surpris quelques regards entendus entre Azar et Grunda.

— J'ai remarqué, moi aussi. Je me demande ce que ces deux-là mijotent.

Myst sentit qu'elle haussait les épaules.

— On s'en fiche. Cesse donc de te faire du mouron, il va mieux.

Le voleur n'en était pas convaincu, mais il préféra ne pas insister. Zeda se renfrognait toujours quand il manifestait trop ouvertement son inquiétude pour le prince. Peut-être était-elle jalouse de l'attention qu'il lui portait.

Il oublia enfin tous ses soucis quand la main de Zeda glissa le long de sa hanche.

— Je croyais que tu étais fatiguée, s'étonna-t-il.

La marchande gloussa.

— Pas assez, semble-t-il, susurra-t-elle au creux de son oreille.

Elle lui mordilla le lobe, puis écarta la couverture pour l'enjamber.

— Quelle énergie ! s'amusa-t-il tandis qu'elle le couvrait de baisers.

— Arrête un peu de jacasser et conduis-toi en homme, rétorqua-t-elle d'un ton défiant.

Myst éclata de rire.

— Très bien, tu l'auras voulu !

Il la fit rouler sur le côté, puis étouffa son cri de surprise d'un intense baiser tout en pétrissant sa généreuse poitrine.

— Est-ce assez viril pour toi ? plaisanta-t-il.

Zeda sourit de toutes ses dents.

— C'est parfait, répondit-elle en s'étirant de tout son long.

Myst s'immobilisa pour contempler son regard pétillant surmonté de longs cils bruns, sa bouche charnue délicieusement entrouverte et ses longs cheveux aux boucles soyeuses. Il songea dans un instant d'effroi qu'il était, à n'en plus douter, irrémédiablement amoureux de cette femme.

— Qu'y a-t-il ? demanda-t-elle avec appréhension.

— Rien, répondit-il en soulevant énergiquement sa robe.

Il la déshabilla promptement, tremblant de désir, sans cesser de l'embrasser à pleine bouche. Le contact de sa peau brûlante sous sa paume était exquis. Il la caressa de la tête aux pieds et laissa ses lèvres s'égarer entre ses cuisses, tandis que la marchande enfouissait ses doigts dans ses cheveux.

— Je ne vais pas pouvoir me retenir très longtemps, avoua-t-il comme l'excitation le submergeait.

Zeda passa sa main derrière sa nuque pour l'attirer à elle.

— Moi non plus, chuchota-t-elle d'une voix suave.

Myst allait ouvrir ses braies quand son regard fut attiré par une lueur pâle dans l'entrebâillement du volet. Une lueur qui lui sembla curieusement familière.

— Qu'est-ce que c'est que…

Il comprit soudain et se leva d'un bond.

— Myst, que fais-tu ? s'exclama Zeda, haletante, alors qu'il ouvrait précipitamment la fenêtre.

Il ne s'était pas trompé : cette lumière émanait bien du prince, qui traversait le pré en direction de la forêt, en habit de nuit.

— Que fait cet imbécile ? s'interrogea-t-il en observant d'un œil intrigué la singulière démarche d'Azar.

Celui-ci avançait d'un pas incertain, zigzaguant comme un homme ivre, les bras ballants.

— Reviens, Myst ! s'impatienta la marchande.

Azar trébucha, tomba à genoux dans l'herbe et se redressa aussitôt pour poursuivre sa route. Myst eut un très mauvais pressentiment. Sans réfléchir un instant, il enfila sa culotte longue et sa cape.

— Où vas-tu ? demanda Zeda, estomaquée.

— Azar a une attitude bizarre. Je reviens, je n'en ai pas pour longtemps.

— Non mais je rêve ! protesta la marchande. Tu me laisses dans cet état pour lui courir après ?

— Je suis désolé, on finira plus tard, s'excusa-t-il en attachant son fourreau à sa ceinture d'une main fébrile.

Et il quitta la chambre en coup de vent, abandonnant Zeda à ses protestations vigoureuses.

Quand il sortit de la chaumière, Azar avait déjà disparu dans la forêt. Il traversa le pré en courant et s'y enfonça.

— Azar ! appela-t-il en tâtonnant dans l'obscurité.

Il se prit les pieds dans une racine saillante et s'étala de tout son long.

— Qu'est-ce que tu me fais faire, petit emmerdeur ! ronchonna-t-il en se relevant péniblement.

Il reprit sa traversée en boitillant, les bras tendus devant lui comme un aveugle. La portion de bois qui le séparait de la plage était courte, mais quand il en distingua enfin la lisière, il eut l'impression d'y avoir passé des heures.

Il tentait désespérément de se défaire des brindilles qui s'étaient fichées dans sa chevelure emmêlée quand il l'aperçut enfin : plongé dans l'eau jusqu'à la taille, le prince semblait se débattre contre un ennemi.

— Azar ! cria-t-il en se précipitant sur la plage à toutes jambes.

Le prince ne réagit pas à son appel, et alors qu'il s'approchait, Myst découvrit qu'il tenait dans la main droite un long couteau de cuisine, dont la lame étincelait sous la lune. Plus stupéfiant encore, il était seul et abattait son arme dans les flots tel un forcené, comme s'il voulait assassiner l'océan.

— Bon sang, mais qu'est-ce que tu fous ? s'écria Myst, sidéré.

Mais Azar ne répondit pas et plongea, la lame brandie au-dessus de sa tête. Il réapparut quelques instants plus tard quand une vague le rejeta sur la plage. Myst approcha d'un pas prudent pour se rendre compte, non sans une certaine impression d'irréalité, qu'une dizaine de méduses éventrées venaient de s'échouer avec lui.

Azar se redressa, le souffle court, et repartit à la charge avec un cri rageur. Myst le regarda se démener contre les méduses sans pouvoir réagir, bouche bée. Ce fut alors qu'il remarqua le regard vitreux du prince. Il semblait complètement absent.

Ce con est encore endormi ! comprit-il, incrédule.

Il dansa d'un pied sur l'autre sur la rive. Il avait déjà été piqué par ces maudites bêtes, enfant, et n'avait aucune envie de réitérer l'expérience. Mais quand Azar perdit l'équilibre et faillit se planter son couteau dans la cuisse, il n'hésita plus et courut à sa rencontre dans l'eau glacée. Il fit une halte à distance respectable du prince et surveilla d'un œil craintif ses mouvements désordonnés. Puis, comme Azar abattait une nouvelle fois le couteau dans l'eau, il en profita pour l'immobiliser entre ses bras.

— Réveille-toi ! cria-t-il comme le prince se débattait furieusement pour se dégager.

Au prix de maintes contorsions, il parvint à lui arracher le couteau des mains et le jeta au loin. Son pied buta alors contre un rocher. Azar lui échappa et il tomba à la renverse dans l'eau. Le changement brutal de température lui fit tourner la tête et, dans un horrible instant d'effroi, il pensa qu'il allait peut-être s'évanouir et mourir sottement, noyé dans moins d'un mètre d'eau. Comme si cela ne suffisait pas, une méduse profita de l'aubaine pour se lover contre lui. Il ressentit aussitôt une intense sensation de brûlure sur son avant-bras nu et ses dernières réserves d'air lui échappèrent alors qu'il criait de surprise et de douleur mêlées. Désorienté et pris de panique, il agita les bras en tous sens, sans grand résultat. Une main ferme se referma alors sur l'attache de sa cape et il se retrouva projeté sur la plage.

Un instant plus tard, il crachait de l'eau salée, à quatre pattes au milieu des méduses massacrées. Azar s'était agenouillé à son côté pour lui tapoter le dos. Il affichait une expression pour le moins ahurie et semblait peiner à retrouver son souffle.

— Que… Que s'est-il passé ? demanda-t-il bêtement.

Myst tourna vers lui un regard d'une noirceur insondable.

— Que s'est-il passé ? Il s'est passé que tu es devenu cinglé ! cracha-t-il, fou de rage.

Azar se rendit soudain compte qu'ils étaient cernés par des méduses éclatées.

— Qu'est-il arrivé à ces pauvres créatures ? souffla-t-il, les yeux écarquillés.

— C'est ton œuvre, pardi !

Azar hoqueta de surprise.

— Mais… Et les hommes-bêtes ? Où sont-ils passés ?

— Quels hommes-bêtes ? demanda Myst.

— Ceux de Seregrina, dit Azar en jetant des coups d'œil craintifs autour de lui.

Myst resta sans voix. C'était donc de ses bourreaux qu'il rêvait tandis qu'il massacrait consciencieusement ces innocentes bestioles ! Imaginait-il qu'il se vengeait d'eux ? Sa colère retomba aussitôt.

— Tu étais endormi, Azar. Tu dois bien te rendre compte que ça ne pouvait être réel ! Ils sont morts à Puits-aux-poisons. Grunda les a empoisonnés, souviens-toi…

— Et Laran a incendié les cachots après notre départ, ajouta Azar, les yeux dans le vide.

— Oui. Tout le monde pense que tu t'es tué en emportant tes geôliers dans la tombe. Tu n'as plus rien à craindre. Ils ne te feront plus jamais de mal et personne ne te recherche. Allez, je te ramène dans ta chambre, dit-il en se levant.

Azar prit docilement la main qu'il lui tendait et le suivit d'un pas traînant sur la plage. Il semblait très préoccupé.

— Ma mère va être furieuse quand elle remarquera la disparition de l'un de ses précieux couteaux, marmonna Myst alors qu'ils entraient dans la forêt. Avais-tu déjà eu des crises de somnambulisme auparavant ?

— Je ne crois pas.

Myst trébucha de nouveau sur une racine. Il allait s'écrouler quand Azar le retint fermement par le bras. Sa poigne puissante ne manqua pas d'étonner le voleur.

— C'est dans ce genre de situation que ta fichue lumière serait la bienvenue, dit Myst d'un ton de reproche.

— Excuse-moi, je n'y avais pas pensé, balbutia Azar en s'illuminant. C'est que j'y vois comme en plein jour, moi.

Myst s'apprêtait à faire une remarque très désagréable quand une vive démangeaison lui rappela soudain l'incident de la méduse. Il résista héroïquement à la tentation de frotter son avant-bras, la mâchoire serrée, pour se concentrer sur les divers obstacles qui se présentaient devant lui. Mais alors qu'ils quittaient le couvert de la forêt, il n'y tint plus : il se mit à se gratter jusqu'au sang, les yeux mi-clos, en poussant de longs gémissements de soulagement.

Azar le fixa en inclinant la tête, décontenancé. Myst se surprit alors à penser que ses soupirs de plaisir pouvaient être très mal interprétés, pour qui ignorait qu'une urticaire fulgurante menaçait de le rendre fou.

— C'est une de tes fichues méduses, expliqua-t-il. Elle s'est frottée contre mon bras.

Azar afficha un air désolé de circonstance.

— Tu ne devrais pas gratter, ça ne fera qu'empirer, remarqua-t-il d'un ton prudent.

— Tu en as de bonnes, toi ! rugit le voleur. J'imagine que tu es immunisé contre ça, aussi !

— Eh bien, probablement… Cela dit, je connais quelques remèdes.

Myst lui jeta un regard suspicieux, les sourcils froncés.

— Sache que si tu as l'intention de me pisser sur le bras, je préfère encore me l'amputer moi-même !

Azar sursauta. La lumière qu'émettait sa peau se mit à trembloter, trahissant sa profonde consternation.

— Je pensais plutôt à un nettoyage au vinaigre, un cataplasme de feuilles de chou et une infusion de camomille et d'ortie, dit Azar avec une rigueur toute professionnelle.

— Oh… fit Myst en baissant la tête. Je me sens un peu ridicule, tout à coup, s'excusa-t-il.

— Il n'y a pas de quoi. L'urine peut également soulager en pareil cas, mais comme nous sommes presque arrivés, ça ne vaut pas la peine de te salir.

— D'autant plus que nos habits puent déjà la méduse crevée et les algues, renchérit le voleur.

Ils entrèrent dans la chaumière en prenant grand soin de ne pas faire de bruit. Tout le monde semblait dormir à poings fermés et seuls les ronflements cadencés de Guerina troublaient le pesant silence. Tandis qu'Azar rassemblait les ingrédients dont il avait besoin et ravivait le feu pour faire chauffer de l'eau, Myst rongea son frein en jetant des coups d'œil coupables à la porte close de sa chambre. Zeda devait être folle de rage…

— C'est bon, allons-y, chuchota le prince.

Ils refermèrent la porte et parcoururent la courte distance qui les séparait de la cabane d'Azar. Quand ils furent entrés, celui-ci s'empressa d'allumer quelques bougies et lui ordonna de se dévêtir. Myst quitta avec soulagement sa cape et ses chausses détrempées et s'assit sur le lit. Tous ses muscles lui faisaient mal, comme s'il avait couru des heures durant.

Azar essora sa longue chevelure, enfila des vêtements secs et s'agenouilla face à lui. Il nettoya son bras avec attention, sans un mot, puis s'attela à la confection du cataplasme. Tandis qu'il s'affairait, Myst remarqua que ses avant-bras et son cou étaient couverts d'ecchymoses et de griffures. De lourds cernes témoignaient de son manque de sommeil, mais il ne bâilla pas une seule fois. Sa résistance à la fatigue et à la douleur avait de quoi forcer l'admiration.

— L'odeur n'est pas des plus plaisantes, commenta Azar en plissant le nez, mais cela devrait te soulager jusqu'au matin. Il faudra probablement renouveler l'opération demain soir, pour que tu passes une bonne…

Il se mit alors à tanguer, les yeux mi-clos. Myst freina son inévitable chute et l'aida à s'asseoir sur le lit.

— Ce n'est rien, juste un petit vertige, murmura le prince.

— Allonge-toi, je m'occupe de l'infusion.

Azar acquiesça et se laissa tomber sur le lit, à bout de forces, avec un soupir rauque. Myst alla se servir son infusion et revint à son chevet, sa tasse à la main, le front plissé par l'inquiétude. Le prince haletait, la bouche grande ouverte. Sa pâleur était effrayante.

— Depuis combien de temps n'as-tu pas dormi profondément ? s'enquit le voleur.

— Je ne m'en souviens plus, avoua Azar d'une voix faible. Chaque fois que je ferme les yeux, ils reviennent...

Myst observa un silence embarrassé. Ils avaient toujours soigneusement évité d'évoquer les sombres heures que le prince avait passées dans les cachots de Puits-aux-poisons, et il en était venu à penser, bien naïvement, qu'il s'était remis des atroces maltraitances qu'il y avait subies. Mais il avait beau être fort, il n'était pas un surhomme. *À sa place, j'aurais sans doute définitivement perdu la raison*, songea-t-il.

— Pourquoi ne m'as-tu jamais parlé de ces cauchemars ? demanda-t-il d'une voix peinée.

— Je ne veux pas être un fardeau pour toi, se justifia Azar.

Il le fixait intensément, mais il n'y avait pas la moindre trace d'émotion dans son regard noir. Pris de pitié, Myst prit sa main dans la sienne et la serra fermement.

— Tu n'es pas un fardeau. Tu ne l'as jamais été, et je t'interdis de penser une chose pareille. Tu devrais essayer de dormir, à présent. Je veillerai sur toi.

Azar enfouit sa tête dans l'oreiller et ferma les paupières avec un long soupir. Il sombra presque aussitôt dans le sommeil.

Malgré son désir ardent de rejoindre Zeda pour se faire pardonner, Myst ne put se résoudre à lâcher la main du prince. Il éprouvait, malgré lui, un sombre sentiment de satisfaction : enfin, au terme d'une longue année d'indifférence, Azar semblait de nouveau avoir besoin de lui.

Il remonta les couvertures sous le menton du prince et posa la tête sur le rebord du lit. Il finit par s'endormir à genoux, grelottant de froid.

4

Annonce

Les commentaires allaient bon train dans la grand-salle souterraine. Debout au centre de l'hémicycle, Mefir présidait les débats. Il venait d'annoncer à l'assemblée son projet fou de dépouiller le château de Valkir en une nuit.

Assis au milieu de ses aînés, Myst tentait désespérément de se faire le plus petit possible. Il ne connaissait aucun de ces hommes, à l'exception de Raskit qui, bien que chargé de veiller sur lui, lui faisait très peu de cas. Il s'était senti mal à l'aise dès qu'il avait pénétré le dédale de sombres corridors enfouis sous terre qui faisaient office de quartier général de la confrérie des voleurs. L'on n'avait cessé de se retourner sur son passage et de le pointer du doigt en parlant à voix basse, et même si l'improbable annonce de son père occupait en cet instant tous les esprits, il sentait encore bien des regards rivés à sa frêle personne. Était-ce à cause de son incroyable ressemblance avec le fondateur de la confrérie, ou parce qu'il était le seul enfant autorisé à siéger ?

Il jeta un timide coup d'œil par-dessus son épaule, vers les hommes, femmes et enfants qui étaient restés debout. Il ignorait pourquoi ces gens-là n'étaient que spectateurs et n'avaient pas voix au chapitre, mais il était certain d'une chose : le privilège accordé à un petit bâtard sorti de la campagne était perçu comme injuste et provoquait beaucoup de rancœur. Comme pour confirmer cette évidence, un gamin deux fois plus large que lui fit courir l'ongle de son pouce le long de sa gorge en lui adressant un regard lourd de menaces…

— Tu n'as pas l'air dans ton assiette, petit.

Dans un sursaut, Myst se tourna vers son voisin de gauche. Ce dernier était affublé d'un visage carré que surplombait une toison pour le moins éparse de cheveux frisottés. Un début de calvitie dénudait ses tempes tandis que ses lobes ployaient sous une demi-douzaine de lourds anneaux de cuivre. Myst tenta de lui donner un âge, mais il en était incapable.

— Je ne sais pas ce que je fais ici, dit-il.

L'homme eut un curieux petit rire, puis il se tourna vers le garçon bagarreur pour le gratifier d'un large sourire. Il devait y avoir plein de sous-entendus dans cette grimace, car l'intéressé rentra aussitôt la tête dans les épaules et se mit à fixer avec attention la pointe de ses bottes miteuses, le visage blême.

— Ne fais pas attention aux autres, dit l'homme en se tournant à nouveau vers Myst. Ils sont jaloux de toi et ce n'est pas près de changer.

— Pourquoi ? demanda innocemment Myst.

— Parce que tu es plus à ta place ici qu'ils ne le seront jamais, répondit-il.

— Vous dites n'importe quoi. On m'a forcé à venir dans cette ville. Je n'aime pas voler, lança Myst d'un ton de défi.

À sa grande surprise, l'homme ne se fâcha pas. Son sourire mystérieux, au contraire, parut s'élargir.

— L'important, Myst, n'est pas ce que tu veux faire, mais ce que tu peux faire, répondit l'inconnu en pointant sur lui un index prophétique.

— Et que puis-je faire ?

— Qui sait ? répliqua-t-il.

Myst haussa un sourcil sceptique. Assurément, ce grand type se moquait de lui.

— Ma mère dit que la première des politesses, c'est de se présenter, dit-il avec toute la sécheresse que lui permettait son jeune âge, le menton fièrement levé.

Le regard gris acier de l'homme s'assombrit. Songeant soudain qu'il était allé trop loin, Myst comprit pourquoi le gosse qui l'avait menacé quelques instants plus tôt avait fait profil bas. Cependant, son interlocuteur se contenta de lui tendre cordialement la main.

— J'ai bien peur que ta grande gueule te perde un jour, petit, mais je dois admettre que tu as raison. Je suis un vieil ami de ton père et je me nomme Haskir.

Ψ

Il quitta la cabane d'un pas énergique, plus en forme que jamais. Il n'avait pas aussi bien dormi depuis des mois, et la présence réconfortante du voleur à ses côtés y était sûrement pour quelque chose. Il s'étira devant l'entrée, se délectant de la brise fraîche du matin. Le soleil était déjà haut et il n'y avait pas le moindre nuage à l'horizon.

Il traversa la cour avec une détermination nouvelle et entra dans la chaumière. Il y trouva Enira qui, installée à table, engloutissait un copieux en-cas d'un air endormi. Elle ne cacha pas sa surprise.

— Apparemment, je ne suis plus seule à paresser au lit ! plaisanta-t-elle. Peut-être pourras-tu, toi, convaincre ma mère des bienfaits de la grasse matinée ?

Azar refusa poliment le pichet de lait qu'elle lui tendait.

— Où sont les autres ? demanda-t-il.

Enira haussa les épaules.

— En train de se crever à la tâche, j'imagine. Je n'ai vu personne, je viens seulement de me réveiller. Pourras-tu me prêter ton arc ? J'ai envie de tirer quelques flèches pour me dégourdir.

— N'as-tu pas de corvées, aujourd'hui ?

— Elles peuvent bien attendre une heure de plus, non ?

Azar esquissa un timide sourire amusé. Plus il fréquentait Enira, plus la ressemblance avec son frère le frappait. Elle était aussi légère et insolente que Myst... mais peut-être un peu trop fainéante à son goût.

— Mon arc est dans ma cabane. Sers-t-en à ta guise, et préviens-moi si tu as besoin de nouvelles flèches.

Le visage de la jeune fille s'illumina.

— Mon frère a été bien inspiré de t'amener ici, dit-elle, la bouche pleine de pain.

Flatté par ce maigre compliment, Azar quitta la chaumière de bonne humeur. Sa joie fut néanmoins de courte durée, car alors qu'il longeait la façade, il entendit des éclats de voix provenant du poulailler tout proche. Il reconnut sans peine le timbre grave de Myst et celui, plus aigu et ferme, de Zeda. Ils conversaient en khullani, ce qui ne manqua pas de l'intriguer. D'ordinaire, la marchande faisait l'effort de parler la langue d'Isthmir...

Il s'immobilisa à quelques pas du poulailler et s'adossa au mur de torchis pour épier leur conversation.

— Je ne veux pas le savoir ! s'emportait la marchande. Somnambule ou pas, tu n'avais pas à me laisser en plan sans un mot d'explication !

— Il aurait pu se blesser ! se justifia Myst d'une voix qui manquait d'assurance.

— Et alors ? Un petit bobo de plus, qu'est-ce que ça change quand on est immortel ? Crois-tu que je n'ai pas été blessée, moi, quand tu m'as laissée tomber pour lui courir après ?

Un lourd silence s'abattit. Azar risqua un rapide coup d'œil dans le poulailler. Myst prélevait les œufs avec une attention exagérée tandis que la marchande, les bras croisés sur la poitrine, le toisait d'un œil noir.

— Je t'ai déjà présenté des excuses, je ne sais pas ce que tu veux de plus, marmonna-t-il tout bas.

Zeda prit une longue inspiration chevrotante. Elle semblait sur le point d'exploser de colère.

— Je voudrais que tu comprennes, une bonne fois pour toutes, que ton cher prince n'a pas le monopole de la douleur !

Myst se retourna sèchement pour lever vers elle un regard surpris. Craignant d'être vu, Azar reprit sa place derrière le mur.

— Qu'entends-tu par là ? demanda le voleur.

Zeda laissa échapper un long soupir exaspéré.

— J'ai perdu toute ma famille à Puits-aux-poisons. Toute ma vie a été fichue en l'air en seulement une nuit ! J'en ai bavé, moi aussi, mais à t'entendre il n'y a qu'Azar qui souffre ! Azar par-ci, Azar par-là, il n'y en a que pour lui ! Tu ne me demandes jamais comment je me sens, moi, tu ne cherches même pas à savoir si ma vie d'avant me manque et s'il m'arrive de pleurer les miens !

— C'est faux ! démentit Myst. Je sais très bien que tu as de la peine et fais tout mon possible pour que tu t'adaptes au mieux à cette nouvelle vie !

— À la bonne heure ! s'écria Zeda. Si tu crois que tes caresses et tes mots doux suffisent, tu es loin du compte ! Je sais bien que dans le fond, tu ne te soucies que de lui !

— Ta jalousie est injustifiée.

— Injustifiée ? répéta-t-elle, hors d'elle. Pourtant, il est évident que tu l'aimes plus que moi ! Tu parcours Sefir de long en large pour lui trouver un cadeau hors de prix, tu accours à son chevet au moindre petit problème, tu me parles de lui sur l'oreiller… À ce compte-là, c'est peut-être avec lui que tu devrais coucher !

Myst hoqueta d'indignation.

— Cette conversation tourne vraiment au n'importe quoi ! s'exclama-t-il, courroucé. Azar a vécu des épreuves terribles, et j'en suis en partie responsable ! Comment peux-tu me reprocher de tout faire pour me racheter ?

— Oui, tout Puits-aux-poisons lui est passé dessus pendant que tu jouais au méchant de pacotille, on va finir par le savoir ! cracha-t-elle.

Elle quitta le poulailler en tapant des pieds, furibonde. Azar se blottit contre le mur, le cœur battant.

— Si tu veux faire de moi ta femme, il va falloir me montrer un peu plus de respect ! conclut-elle en s'éloignant d'un pas déterminé, le menton fièrement levé.

Au terme d'une longue minute de silence, Azar jeta un nouveau coup d'œil dans le poulailler. Myst était agenouillé au milieu des fientes de poules et fixait d'un air absent le panier rempli d'œufs, la tête basse. Il paraissait sincèrement peiné.

Ce fut en cet instant précis que le prince prit sa décision…

Ψ

Enira se resservit généreusement, pour la troisième ou quatrième fois, comme si manger à s'en faire éclater la panse pouvait faire disparaître son impression de malaise. L'ambiance était particulièrement tendue autour de la table, et elle avait beau se creuser la tête, elle n'en comprenait pas la raison.

Zeda faisait ostensiblement la moue, tandis que Myst poussait ses lentilles du bout de sa cuillère, le regard vide. Face à eux, Azar évitait consciencieusement tout contact visuel avec quiconque. Il semblait en proie à un grave dilemme. Quant à Grunda, elle ne cessait d'observer tout ce petit monde à la dérobée, d'un œil sévère. Enfin, Guerina était aussi glaciale qu'à son habitude.

N'y tenant plus, Enira lâcha sa cuillère et soupira ostensiblement.

— Quelqu'un est mort, ou quoi ? explosa-t-elle.

Tous levèrent vers la jeune fille un regard surpris.

— Vous tirez tous une de ces tronches, on se croirait à une veillée funèbre ! renchérit-elle. Si c'est comme ça, je préfère autant manger dans ma chambre !

Elle s'apprêtait à joindre l'acte à la parole quand Grunda lui fit signe de se rasseoir d'un geste impérieux.

— Il serait peut-être temps de leur annoncer, dit l'Urkani entre ses dents.

Ne sachant trop à qui elle s'adressait, Enira haussa un sourcil stupéfait. Finalement, ce fut Azar qui mit un terme au lourd silence :

— J'ai l'intention de partir pour Isthmir. Après-demain, avec Grunda. Je ne reviendrai pas, annonça-t-il d'une voix blanche.

Le souffle coupé, Enira se laissa tomber sur sa chaise. Elle remarqua alors que Zeda avait quelques difficultés à retenir un demi-sourire satisfait. Cette réaction lui sembla passablement odieuse et lui donna envie, soudain, de gifler son amie. Puis elle posa les yeux sur Grunda, qui hochait lentement la tête, approbatrice. Quant à Myst, il devint aussi pâle qu'un linge et adressa au prince un regard plein de reproches.

— Que ferez-vous, une fois là-bas ? demanda Guerina d'un ton égal.

— Je l'ignore encore, avoua Azar d'une voix chevrotante. Mais à Isthmir, je me tiendrai plus facilement au courant des nouvelles du désert. En m'y prenant bien, je parviendrai peut-être à m'introduire à la cour. Je ne veux pas rester les bras ballants pendant que mon frère tyrannise mon peuple.

— C'est n'importe quoi ! s'écria Enira, les larmes aux yeux. Tu ne peux plus rien faire pour ton peuple ! Pour eux, tu es mort et enterré ! Dites-lui, vous autres, que c'est peine perdue !

Mais personne n'intervint et un silence de mort s'abattit autour de la table, aussi pesant qu'une chape de plomb. Enira tourna vers son frère un regard incrédule.

— Pourquoi ne dis-tu rien, toi ? cria-t-elle, les joues tremblant de rage.

— Si c'est son choix, je ne vais pas l'en empêcher, marmonna Myst, la tête basse. D'autant plus qu'il a raison : Bergin ne peut rien lui apporter de bon. Il ne va tout de même pas végéter ici indéfiniment.

Enira trouva que le ton de son frère manquait cruellement de conviction. Il était évident qu'il se forçait à approuver le prince.

— Menteur ! lança-t-elle en pointant sur son visage livide un index accusateur. Toi non plus, tu ne veux pas qu'il parte !

— Enira ! tonna impérieusement sa mère. Vas-tu la fermer ?

La jeune fille en resta pantoise. Elle fut incapable de prononcer le moindre mot et fixa sa mère en ouvrant de grands yeux ronds. Jamais Guerina ne s'emportait de la sorte, et la scène avait quelque chose de vaguement irréel. Elle songea soudain qu'elle devait avoir l'air d'une parfaite petite idiote, à déclamer debout, seule contre tous, telle une mauvaise tragédienne capricieuse.

Elle retint à grand-peine les larmes de vexation qui lui montaient aux yeux et se rassit lourdement, les bras pendant mollement de chaque côté de sa chaise. Quand elle croisa brièvement le regard d'Azar, elle n'aima pas l'expression compatissante qu'il tentait vainement de se composer et détourna les yeux.

— J'imagine que tu voudras emporter tes toiles pour tenter de les vendre en chemin, dit calmement Myst. Notre vieille charrette devrait faire l'affaire, à condition que je la répare. Juno n'aura aucun mal à la tirer.

Enira nota que son frère évitait soigneusement de regarder le prince en face. Son ton était bien trop neutre et posé pour être naturel.

— Je ne voudrais pas vous priver de votre unique monture, protesta Azar. Nous allons trouver une autre solution…

— Il n'y a pas d'autre solution, rétorqua Myst sans quitter son assiette à moitié pleine du regard. Vous disposez d'à peine assez d'argent pour vous payer quelques nuits à l'auberge et serez peut-être obligés de braconner pour vous nourrir.

— Il a raison, approuva Guerina. Acheter une nouvelle monture est hors de question, et il ne serait pas non plus judicieux de laisser vos œuvres moisir ici. Voyez-vous, les petits seigneurs des campagnes apprécient les artistes méconnus. Si vous vous présentez à la porte de leurs manoirs avec une pleine charrette de toiles et de dessins qui, quoique modestes, démontrent un talent incontestable, ils vous offriront de bonne grâce le gîte et le couvert, pour le simple plaisir de votre compagnie. Et ils ne manqueront pas de jouer les mécènes, dans la mesure de leurs petits moyens. De quoi améliorer substantiellement vos conditions de voyage jusqu'à la capitale.

— Peut-être pourraient-ils également m'introduire à la cour ? demanda Azar, plein d'espoir.

Myst fit la moue.

— Rien n'est moins sûr. Dans ton pays, les titres sont surtout décoratifs, mais ici, ils déterminent tous les actes de la noblesse. Avant d'adresser la parole à quelqu'un, on se renseigne sur son ascendance et sa fortune. Les gens de la cour sont d'un rang élevé et jouissent souvent du privilège de s'y pavaner depuis leur plus tendre enfance. Ils ont un mépris sans bornes pour la petite noblesse des campagnes, qui peine parfois à entretenir ses propriétés. Si tu te présentes à la cour en compagnie d'un petit baron aux bottes crottées, on ne te fera aucun cas.

— Je vois, marmonna Azar. Si je veux m'approcher au plus près de Valkir, il me faudra donc obtenir les bonnes grâces de l'un de ces prestigieux courtisans.

Il laissa échapper un long soupir.

— Et moi qui ai toujours détesté les mondanités… grommela-t-il, morose.

Ψ

Ils traversaient les jardins d'un pas vif, emmitouflés dans leurs capes. Aux journées suffocantes succédaient des nuits glaciales, d'autant plus fraîches qu'un violent vent d'est balayait continuellement le désert.

Saska ouvrait la marche, une torche à la main et un gros balluchon sur le dos. Malgré le poids de son chargement, il avançait de son habituelle démarche féline, sans un bruit. Triska, qui le suivait de près, ne quittait pas des yeux les jambes interminables de l'archer. L'obscurité aidant, elle parvenait presque à se convaincre que ses pieds ne touchaient pas terre.

Le troisième membre de l'expédition, pour sa part, ne risquait pas de briller par sa discrétion. Son énorme hache brandie, il jetait des coups d'œil mauvais à droite et à gauche, comme s'il y avait le moindre risque que la reine se fît agresser dans ses propres jardins, de nuit, alors que la grille était verrouillée et gardée. *Ridicule*, songea Triska en lui jetant un regard agacé.

Urk était l'archétype même de l'homme-torglath : démesurément grand et musclé, il semblait avoir été grossièrement taillé dans un roc. Son front proéminent était orné de quatre cornes d'ivoire d'un marron terne, assorti à l'épais cuir qui lui faisait office de peau. Sa mâchoire excessivement large était si déformée par ses deux rangées de petites dents pointues que lorsque, par accident, il lui prenait l'envie de sourire, le rictus qu'il parvenait difficilement à esquisser glaçait les sangs. Triska avait fini par conclure que cette difformité expliquait l'affligeant manque d'humour de ces créatures…

Après avoir longé l'odorant jardin aromatique, ils empruntèrent l'allée bordée de cyprès qui menait à la tour du deuil. Puis ils quittèrent le couvert des arbres pour bifurquer au sud. La progression devint difficile, car plus personne, depuis des décennies, n'entretenait les abords de la tour de l'oracle, et des ronces acérées se mêlaient sournoisement aux herbes hautes.

Tandis que ses deux gardes du corps lui frayaient un passage, Triska jeta un regard plein de respect au sombre édifice. Dressée au milieu des broussailles desséchées, la tour de guingois avait un aspect menaçant et provoquait, immanquablement, un sentiment d'oppression et une singulière aversion. Sous ses grands arcs de pierre noire aux faux airs de tentacules, elle distingua la lueur diffuse d'un petit feu de camp. Près de là, deux hommes massifs flanquaient une tente minuscule. Parfaitement immobiles, ils ne semblaient pas affectés le moins du monde par le froid mordant.

Elle prit une longue inspiration pour se donner du courage, puis s'avança d'un pas déterminé. Elle se sentait trop coupable d'avoir ignoré si longtemps la vieille femme pour rebrousser chemin.

Quand ils arrivèrent aux abords du campement de fortune, les gardiens de l'oracle firent rempart de leurs corps.

— La dame peut passer. Les deux hommes restent ici, dit l'un d'eux d'un ton péremptoire.

Saska et Urk tournèrent un regard surpris vers Triska.

— Comment peut-il savoir qui nous sommes ? demanda l'archer. Ses yeux sont bandés.

Triska haussa les épaules.

— Ils n'ont pas plus besoin de leurs yeux que l'oracle.

— Il n'est pas question que je reste en arrière, intervint Urk en toisant le gardien d'un air menaçant.

L'homme-bête faisait trois têtes de plus que le gardien, mais celui-ci ne parut pas impressionné et répéta d'un ton monocorde :

— Elle n'a rien à dire aux deux hommes. Ou la reine entre seule, ou vous repartez tous les trois.

Urk s'apprêtait à marcher sur le gardien quand Triska le retint d'une voix ferme :

— Fichez-nous donc la paix ! Que voulez-vous qu'une vieille dame impotente me fasse, à la fin ? Vous êtes payé pour me protéger, par pour épier des conversations privées !

Sans prêter attention à sa réaction, elle prit le balluchon que Saska lui tendait et passa entre les deux gardiens.

— Nous vous attendons ici ! l'informa l'archer tandis qu'elle contournait le feu de camp.

Un pan de toile s'écarta et une main décharnée lui fit signe d'approcher. Elle hésita un instant avant de s'engouffrer sous la tente, le cœur battant.

Comme à son habitude, la vieille femme était en position allongée. Il y avait à peine assez d'espace pour Triska, qui s'agenouilla tant bien que mal au pied de la couche. Elle risqua un coup d'œil effaré à la silhouette squelettique que l'on devinait sous la longue robe noire, mais n'eut pas le courage de regarder le visage fripé de l'oracle.

— Je vous ai amené des couvertures, dit-elle en posant le lourd balluchon, tête basse. Les nuits sont si froides, ces temps-ci.

— Merci, petite reine, répondit la vieille femme de sa voix rauque et traînante. Mais ce n'est pas pour me faire l'aumône que tu es ici, n'est-ce pas ?

Triska s'empourpra.

— Je suis venue pour vous présenter mes excuses, mais vous le savez déjà. J'ai refusé de vous croire. Je vous ai prise pour une folle, toutes ces années, alors que vous m'aviez dit la vérité.

— Ces excuses arrivent un peu tard, petite reine. Cela fait des mois que j'attends ta venue.

Piquée au vif, Triska releva la tête et planta ses yeux droit dans ceux, aveugles, de l'oracle.

— Vous en avez de bonnes, vieille femme ! J'ai eu d'autres chats à fouetter, figurez-vous, quand on m'a catapultée reine de Khull du jour au lendemain ! Croyez-vous que j'ai immédiatement songé à cette absurde prophétie ? J'étais sous le choc ! Et puis si vous vouliez me voir, vous n'aviez qu'à me convoquer tant que vous en aviez encore le pouvoir !

— Calme-toi, petite reine, dit l'oracle d'un ton apaisant. Rien de tout cela n'a plus d'importance, puisque tu es venue. Par chance, il n'est pas encore trop tard.

— Je n'aurais jamais cessé de vous consulter si vous aviez été plus claire, ronchonna Triska, moyennement calmée. Si vous m'aviez dit que ce torglath était moitié homme, si vous m'aviez parlé d'Astar…

— Je n'en avais aucune idée, la coupa la vieille femme. Les oracles ne voient que des représentations symboliques de l'avenir. Elles sont parfois difficiles à interpréter, et l'erreur est toujours possible. Mais ce n'était pas le cas en ce qui te concerne.

— Qu'avez-vous donc vu ?

— Je t'ai vue, toi, au côté d'un torglath, portant le traditionnel bouquet d'astrefeuille de la mariée. Il n'y avait pas trente interprétations possibles… Et de toute façon, même si j'avais reconnu Astar, je ne t'en aurais soufflé mot.

— Et pourquoi ? s'enquit Triska d'un ton indigné.

— Parce que tu aurais tout fait pour fuir ce destin, et les conséquences auraient été désastreuses. Il valait mieux, finalement, que tu me prennes pour une folle et ne cherches pas à en apprendre plus.

— Essaieriez-vous de me dire que je *devais* devenir la reine de Khull ? Que c'était une *nécessité* ou je ne sais quoi ? s'exclama Triska, sidérée.

L'oracle secoua lentement la tête, la bouche pincée.

— C'est un peu plus compliqué que ça.

— Expliquez-moi ! fit la reine avec agacement. Je ne suis pas idiote.

La vieille femme soupira.

— Il y avait d'autres possibilités, bien d'autres destins qui, pour la plupart, t'auraient probablement mieux convenu. Mais chaque fois que j'envisageais l'un d'eux, tu disparaissais aux yeux du monde.

— *Aux yeux du monde* ? Que me chantez-vous là ?

— Tu sortais de mon champ de vision, si tu préfères. Les oracles ne voient que les gens d'importance, ceux qui influent, à un moment ou à un autre, sur le cours des événements. Les hommes et femmes insignifiants ne présentent aucun intérêt pour nous, nous ne les *voyons* pas.

Triska observa un silence circonspect. Ces histoires de destin lui semblaient plus qu'absconses.

— J'aurais pu être heureuse, en somme, finit-elle par lâcher amèrement.

— Peut-être, mais tu n'aurais plus été utile.

La reine se prit la tête dans les mains. Elle sentait une sourde colère poindre en elle, mais elle ne désirait pas y céder.

— En quoi puis-je être utile au monde, recluse dans ma prison dorée ? demanda-t-elle d'un ton las.

L'oracle se trémoussa un instant au milieu de ses oreillers, mal à l'aise, puis haussa les épaules.

— J'aimerais pouvoir t'aider, mais mes visions sont floues, ces temps-ci.

— Floues ? répéta Triska, au bord de l'explosion.

— Je n'en suis en rien responsable, s'excusa platement la vieille. Je pense d'ailleurs qu'aucun oracle n'y voit plus clair que moi en ce moment. Nous traversons tous une période difficile, semble-t-il. Même cette petite peste de Ly doit souffrir de cette situation, bien qu'elle feigne habilement d'être au mieux de sa forme pour ne pas contrarier sa maîtresse.

— Avez-vous une explication ? demanda Triska, le front plissé par l'inquiétude.

— Aucune, répliqua l'oracle. Il y a une anomalie dans le cours du temps, comme une interférence qui nous empêche d'avoir une vision complète des futurs possibles. Quelqu'un, ou quelque chose, est en train d'altérer l'avenir de façon sournoise, à notre insu.

— Quelqu'un… répéta Triska avec une moue songeuse.

Elle se souvint alors d'une conversation qu'elle avait eue avec le prince, alors qu'ils croupissaient dans les geôles de Fagmir, à Valjteph. Il était le Deihijin, disait-il. Il s'était lui-même défini comme une erreur de la nature, une créature dont personne n'avait pu prévoir la naissance, une *anomalie*, en somme… Un espoir insensé naquit en elle, et ce fut d'une voix chevrotante qu'elle demanda :

— Se pourrait-il qu'Azar…

L'oracle l'interrompit d'un geste brusque de la main, anéantissant d'un coup toute espérance.

— Il aurait pu se soustraire à nos visions, s'il l'avait seulement voulu. Il en avait le pouvoir, mais il ne l'a jamais exploité. S'il s'était un peu intéressé à ce qui se passait dans son crâne, au lieu de courir après ce démon aux yeux verts…

Les épaules de Triska s'affaissèrent.

— Pendant un instant, j'ai pensé qu'il pouvait avoir survécu, avoua-t-elle tristement.

— J'y ai songé, moi aussi, mais depuis quelques semaines, lorsque je pense à lui, la même vision me vient : je le vois entouré de flammes, le sourire aux lèvres.

Triska sentit les larmes lui monter aux yeux, mais elle s'efforça de les retenir. Azar était, selon tous les témoignages, mort dans l'incendie qu'il avait lui-même provoqué. Il avait dû beaucoup souffrir dans ces cachots de Puits-aux-poisons, pour partir en souriant…

— N'as-tu jamais cessé de l'aimer ?

La reine leva vers l'oracle un regard surpris, mais elle garda le silence. Il était inutile de nier que, malgré ses sentiments pour Kesher, Azar avait toujours occupé une place de choix dans son cœur. Il était son premier amour, le seul qu'elle ne pourrait oublier.

— N'en parlons plus, songer à lui me fait trop de peine, éluda-t-elle en baissant les yeux.

L'oracle acquiesça, puis elle se redressa péniblement sur sa couche pour soulever un à un ses oreillers. La fouille s'éternisa tant que Triska perdit patience.

— Que faites-vous, à la fin ?

— Ah, te voilà, fit l'oracle avec satisfaction.

Elle extirpa de sous un oreiller une cordelette effilochée qu'achevait une sorte de vilain talisman. Une pierre informe, d'un gris terne, y était emprisonnée dans un entrelacs mal fichu de tiges de paille desséchées, d'où s'échappaient de tristes et dégoûtantes vieilles plumes de corbeau.

Comme l'oracle lui tendait l'étrange objet avec insistance, Triska le prit du bout des doigts en grimaçant.

— Voilà pour toi, dit l'ancienne.

Triska haussa un sourcil intrigué.

— M-merci, bredouilla-t-elle. De quoi s'agit-il ?

— Tu devras l'offrir à une personne de confiance. Ne me demande pas qui, je n'ai pas réussi à la voir. Tout ce que je sais, c'est qu'il doit quitter ce désert. Je l'ai vu voyager vers l'ouest, puis être confié à quelqu'un d'autre.

— Ce n'est pas très précis, objecta Triska en approchant prudemment le talisman de son visage. Par Shara, cette chose pue ! Vous parlez d'un cadeau !

— Surveille tes paroles, petite reine. C'est une partie de moi que tu tiens dans tes mains.

Triska écarquilla les yeux. Comme le silence perplexe s'éternisait, l'oracle se lança à contrecœur dans une explication :

— J'ai fait, à peu de choses près, ce que Seregrina fait avec ses statues. J'ai imprégné cette pierre de mon esprit.

— Je croyais que seuls les dieux pouvaient faire cela ! dit Triska, subjuguée.

— Les oracles sont de lointains cousins des dieux, petite reine.

— Et les Deihijin ? risqua-t-elle.

L'oracle éluda la question d'un geste impatient.

— Assez parlé. Tu dois trouver celui ou celle qui emportera mon esprit à l'ouest, et tâche de ne pas te tromper.

— Plus facile à dire qu'à faire ! protesta Triska. Parmi les délégués qui se rendront à Isthmir, je ne vois que des traîtres et des fourbes ! Aucun ne m'inspire confiance. N'auriez-vous pas un indice ?

— Pas le moindre, rétorqua l'oracle. Tu sauras faire ton choix le moment venu.

— Si vous le dites, dit Triska sans parvenir à dissimuler son trouble.

Un courant d'air frais lui arracha un frisson. À rester si longtemps immobile, elle allait attraper la mort. Elle repensa soudainement à Saska, qui devait grelotter à quelques pas de là.

— Puis-je y aller, ou aviez-vous d'autres révélations à me faire, Oracle ?

L'ancienne sembla hésiter, puis lâcha d'un ton plein de mystère :

— Il s'agit plus d'une suggestion que d'une révélation, petite reine. Mes anciens serviteurs m'ont rapporté une conversation entre Ly et Seregrina. Selon la gamine, le sort des derniers foyers de rébellion de Puits-des-Larmes est scellé. Ce n'est qu'une question de jours avant que la ville tombe définitivement aux mains d'Astar. Sais-tu ce que cela signifie ?

— Oui. J'imagine que Seregrina partira aussitôt pour Puits-des-Larmes afin de faire ériger la dernière de ses maudites statues.

— Exactement. Lors de son absence, tu seras enfin libre d'agir.

Triska secoua tristement la tête.

— J'y ai déjà songé, mais à son retour, elle pourra sonder mon esprit à loisir. Je ne préfère pas prendre le risque de trahir qui que ce soit.

— Raka et ses amis font du bon travail, mais elle n'a pas la carrure d'un chef. Si tu te joins à la rébellion, petite reine, tu amèneras bien plus de monde à résister.

— Malheureusement, je ne suis pas assez forte pour cacher mes pensées à Seregrina. Je crains déjà tant pour la sécurité de Raka…

— Les souvenirs sont plus malléables que tu ne l'imagines. Agis sans contraintes et reviens me voir au retour de Seregrina. Je ferai en sorte qu'elle ne puisse rien apprendre de toi.

Triska en resta sans voix. Elle savait l'oracle puissante, mais au point de contrer une déesse…

— Et n'aie crainte quant à cet entretien, ajouta la vieille femme avec un demi-sourire. Elle n'a pu entendre quoi que ce soit.

— Mais… Et ce talisman ? Elle se rendra forcément compte…

L'oracle éclata d'un rire féroce.

— Aucune chance ! s'exclama-t-elle. Tu pourrais le porter autour du cou qu'elle ne le verrait même pas !

Triska jeta un coup d'œil dégoûté à l'affreux bijou odorant.

— Il n'est assorti à aucune de mes robes, s'excusa-t-elle avec complaisance.

Ψ

Le clou s'enfonça si bien qu'il disparut purement et simplement dans le cerclage. Il contempla longuement le petit trou, surpris par sa propre force. Il fallait admettre qu'il était un brin énervé…

Agenouillé au milieu du pré qui s'étendait derrière la chaumière, en plein soleil, il s'échinait à remettre en état la vieille charrette familiale qui n'avait plus servi depuis des lustres. Ils l'avaient utilisée, quelques fois, pour emmener leurs récoltes jusqu'à Bergin, et s'étaient rapidement rendu compte que c'était inutile. Personne, à l'exception des voyageurs de passage, ne voulait acheter au su de tous les produits du labeur de la vieille "putain" du village…

Il essuyait du dos de la main les gouttes de transpiration qui perlaient sur son front quand il perçut son odeur si particulière. Il feignit d'ignorer qu'il s'approchait de lui et, bien qu'ils fussent tous rouillés et plus ou moins tordus, fit mine de sélectionner soigneusement ses prochains clous.

Azar s'immobilisa quelques pas derrière lui et le regarda travailler en silence. De toute évidence, il ne désirait pas engager la conversation. Il attendait, les bras croisés sur la poitrine, avec une décontraction que Myst trouva, sur le moment, pleine d'arrogance. *S'il a décidé de me mettre en rogne, il peut toujours courir*, songea-t-il en s'efforçant de garder toute l'apparence du calme. Il caressa d'un geste expert le nouveau cerclage de la roue, grimaçant chaque fois qu'une bosselure trahissait son manque d'habileté.

— Je ne pourrai pas mieux faire, il faudra s'en contenter, lâcha-t-il sèchement, sans se retourner.

— Ce sera amplement suffisant, répondit placidement Azar. Je voulais te remercier…

— Pas la peine, le coupa Myst avec un geste vague de la main. Je pensais la réparer un jour ou l'autre, de toute façon…

— Je ne parlais pas de la charrette.

Myst se tourna enfin vers Azar. Le prince avait revêtu sa robe khullani gris perle. Cette couleur, si proche de celles de sa peau et de sa longue chevelure argentée, lui donnait un air étrange de statue de pierre monochrome. Cette impression était d'autant plus forte qu'il se tenait parfaitement immobile et le fixait d'un regard qui ne cillait pas. Myst détourna les yeux, mal à l'aise.

— De quoi veux-tu donc me remercier ?

— D'avoir contenu ta colère, quand j'ai annoncé mon départ.

— Je ne suis pas en colère, répliqua froidement le voleur.

Azar soupira, les yeux fermés.

— Aurais-tu oublié que les mensonges ne prennent pas avec moi ?

— Non, et c'est toujours aussi exaspérant, cracha Myst en jetant rageusement son marteau.

Il se redressa vivement pour faire face au prince et le foudroyer du regard.

— Pourquoi ne m'as-tu jamais parlé de tes projets ? lui demanda-t-il, la mâchoire serrée.

— Par lâcheté, j'imagine.

Myst hoqueta. Il ne s'était pas attendu à ce qu'Azar reconnût si aisément ses torts.

— Et puis je n'étais pas encore certain de ma décision, jusqu'à hier matin, ajouta le prince.

— Pas encore certain ? s'exclama Myst. Et toutes ces manigances pour que je puisse enfin vaincre Kaldius "sans toi" ? Cela fait des mois que tu insistes pour que je “m’entraîne” à lui résister ! Vas-tu me faire croire que l’idée de partir ne te trottait pas déjà dans la tête quand nous avons commencé à nous exercer ?

— Je ne vais pas le nier. Mais ce n’est pas la seule raison…

— Tu te fous bien que je puisse me défendre seul ! éructa Myst en pointant sur lui un index accusateur. Tu voulais juste te donner bonne conscience avant de filer ! T’assurer que tu ne laissais pas un monstre livré à lui-même en t’enfuyant ! Avant-hier, tu as enfin eu la preuve que je n’avais plus besoin de toi et tu as décidé de me laisser tomber ! Tu es un putain d’égoïste !

Le masque de tranquillité d’Azar tomba d’un coup. Contre toute attente, il empoigna fermement le col du voleur, l’attira à lui et le souleva d’un seul bras. Trop subjugué pour même songer à se débattre, Myst s’accrocha désespérément au poignet du prince.

— Comment oses-tu me taxer d’égoïsme ? murmura ce dernier d’une voix glaciale. J’ai tout perdu là-bas : mon identité, mes rêves, ma dignité, ma fierté d’homme ! Je ne suis plus rien…

— A-azar, t-tu m’ét-trangles, bredouilla Myst, dont les joues commençaient dangereusement à se teinter d’écarlate.

Le prince le reposa doucement, sans que la moindre goutte de transpiration ou le moindre signe d’essoufflement n’indiquât qu’il avait dû fournir un quelconque effort pour soulever un homme plus corpulent que lui d’une seule main.

— Pendant que tu te pavanais devant moi au bras de ta femme, que chaque jour tu exhibais sans vergogne ton bonheur, je me suis échiné à trouver un nouveau sens à ma minable existence, un nouveau but à atteindre, poursuivit Azar tandis que le voleur massait sa gorge douloureuse, la tête basse.

— Je pensais que c’était cette existence-ci que tu appelais de tes vœux. Une vie simple, sans faux-semblants, loin du tumulte de ton palais…

— C’est aussi ce que je croyais. Mais tout a changé depuis. Le monde a changé… *J’ai* changé.

— Et que fais-tu de ta promesse ? lança Myst d’un ton défiant.

Azar sourcilla.

— Quelle promesse ?

— *Je te suivrai, où que tu ailles*. N’est-ce pas ce que tu m’as dit, aux portes de Khullan ?

Le prince battit des cils. Pour la première fois, il semblait pris au dépourvu.

— Je suis désormais tenu par une autre promesse. Celle que j'ai faite à Seregrina, le jour où elle m'a donné en pâture à ces monstres.

— Tu as juré que tu la tuerais, pas vrai ?

Azar acquiesça.

— C'est incroyable comme tu as changé. Toi, l'homme le plus pacifique du monde, qui te laisses soudain guider par la haine ! Te rends-tu seulement compte que tu ne parviendras jamais à tes fins ? Bon sang, Azar, il s'agit d'une déesse !

— J'ai parlé d'un but à atteindre, je n'ai jamais prétendu qu'il était réalisable. Il faut que tu comprennes, Myst, que c'est la puissance de cette haine pour elle qui m'a maintenu en vie, dans ce cachot…

— C'est du suicide. À supposer que tu parviennes à t'approcher d'elle, tu ne…

— Et veux-tu savoir quelle est la deuxième chose qui m'a maintenu en vie, celle qui m'a incité à rouvrir les yeux chaque fois que je m'éveillais ? poursuivit Azar comme s'il n'avait jamais été interrompu. Tout simplement l'espoir de te revoir, une dernière fois, à ton retour de Jtephet.

Myst haussa les sourcils, interdit.

— Qu-que veux-tu dire ? demanda-t-il, le rouge aux joues.

— Je veux dire que tu dois cesser de te sentir coupable pour m'avoir fait cette promesse cruelle, alors que Kaldius s'était emparé de toi. Qu'il est inutile de faire tant d'efforts pour te racheter, au risque de mettre ton bonheur en péril…

— M-mais… bégaya Myst.

— J'ai entendu votre dispute, hier matin, annonça Azar, sans le moindre remords, et je suis d'accord avec Zeda. Tu en fais beaucoup trop pour moi, alors que tu n'as rien, absolument rien à te faire pardonner. Car vois-tu, chaque fois que j'entendais des pas dans le couloir, je cessais de respirer et priais pour que ton odeur me parvienne. Je me raccrochais à cet infime espoir et me fichais pas mal que ce soit cette ordure de Kaldius qui apparaisse devant moi, que son regard soit plein de mépris, et qu'il brandisse Amnor au-dessus de sa tête pour me l'enfoncer dans le cœur. Je m'étais résigné à mourir, à condition que ce fût de ta main…

Myst déglutit péniblement. Azar avait l'art de dire des choses horriblement embarrassantes avec un tel naturel !

— Ça n'a aucun sens. Tu n'es pas resté en vie juste pour que ce soit moi qui te tue… Et ce n'est pas à toi de décider si je dois me racheter ou pas ! ajouta-t-il d'un ton définitif, les bras croisés sur la poitrine.

— Ne sois pas ridicule, répliqua Azar. Tu aimes Zeda, n'est-ce pas ?

Myst s'empourpra comme un gosse.

— Elle me rend fou, avoua-t-il avec un demi-sourire gêné.

Azar posa une main sur son épaule et esquissa une grimace tremblotante qui devait faire office de sourire.

— Alors c'est à elle que tu dois penser avant tout. Oublie-moi un peu, je suis un grand garçon. Je m'en sortirai très bien.

Il le lâcha et poursuivit sa route, sans se retourner, vers le bois en contrebas. Il allait probablement faire un dernier tour sur sa plage.

Myst le regarda pensivement s'éloigner. Avec sa démarche lente et sa longue chevelure d'argent, il avait l'air d'un vieux sage en pleine promenade méditative.

— Mais moi, je ne suis pas si certain de pouvoir m'en sortir sans toi, murmura-t-il.

Et il se moquait bien de savoir si, à cette distance, Azar pouvait ou non l'entendre.

5

Voyage

N'ayant aucun prédateur, les torglaths se multiplièrent à une vitesse prodigieuse. Il leur fallut moins d'une année pour dévaster la plaine et l'on n'ose imaginer combien de tribus furent décimées durant cette courte période. Les survivants n'eurent d'autre choix que d'abandonner leurs villages, n'emportant qu'une poignée de vivres. Les montagnes de Stern constituaient l'abri le plus sûr, mais les barbares qui y sévissaient n'entendaient pas partager leur territoire. Ceux qui tentèrent de s'y réfugier moururent en nombre.

D'autres survivants traversèrent l'Ornis pour mander secours aux occupants du Sud actuel d'Isthmir. Cette décision fut plus heureuse, car si Sefir, le chef de la tribu qui s'était installée aux abords du fleuve, ne leur réserva pas à proprement parler un accueil chaleureux, il avait le mérite d'être un homme pragmatique : après avoir écouté les récits d'horreur des réfugiés, il prit peur pour les siens, car le fleuve n'offrait qu'une bien maigre protection face aux monstres des plaines. Au lieu de massacrer ces encombrants nouveaux venus, il prit la judicieuse décision de mettre à profit leur force de travail pour prévenir définitivement toute incursion des monstres au nord de l'Ornis et leur promit la vie sauve s'ils noyaient les gués du fleuve dans les plus brefs délais. Trop contents de s'en tirer à si bon compte et tremblant de terreur à l'idée qu'un torglath pouvait à tout moment s'aventurer sur leur rive, les réfugiés mirent tant de cœur à l'ouvrage qu'ils accomplirent ce travail de forçat en quelques jours. La légende dit que Sefir fut si impressionné par leur labeur qu'il ne songea même pas à les chasser de son territoire et les intégra, le plus naturellement du monde, à sa propre tribu.

Grandeur et décadence du Royaume d'Isthmir, par l'historien Baenryr de Sefir.

Ψ

Ils décidèrent de bivouaquer à distance respectable de la route d'Isthmir, à la lisière d'une dense forêt. L'endroit était loin d'être idéal, mais la petite corniche qui les surplombait les protégerait du vent qui soufflait sans discontinuer de l'ouest.

Ils couchèrent les fougères sous le soleil déclinant et plantèrent tant bien que mal leur modeste tente. Quand ils eurent fini de préparer le feu, ils s'assirent en soufflant de soulagement et firent l'inventaire de leurs provisions. Il en restait juste assez pour deux repas.

— Bon appétit, marmonna Grunda en mordant à pleines dents dans sa tranche de lard.

— De même, répondit distraitement Azar en l'imitant.

L'Urkani observa le prince à la dérobée. Dans la lumière ténue du crépuscule, sa peau commençait à luire diffusément. Azar mâchait très lentement, comme s'il répugnait à s'alimenter. Elle le soupçonnait de se rationner pour que leurs réserves de nourriture durent plus longtemps.

— Il y a du gibier en abondance, dans cette région, remarqua-t-elle comme il rangeait son lard à peine entamé.

— Je n'ai pas très faim, dit-il en se pelotonnant dans sa couverture.

Grunda préféra ne pas faire part de son incrédulité et continua d'observer attentivement le prince, sans vraiment savoir ce qu'elle attendait. Peut-être espérait-elle qu'un quelconque tressaillement trahît enfin ses pensées…

Trois jours plus tôt, ils avaient fait leurs adieux à Myst et à sa famille. Enira était en larmes quand Azar lui avait offert l'arc qu'il avait passé deux nuits entières à confectionner avec les moyens du bord. Puis elle s'était enfuie en courant vers la plage, sans un merci, secouée de sanglots. Son impolitesse et son sens exacerbé de la tragédie n'avaient pas manqué d'agacer Grunda. Myst, au moins, avait eu le bon goût de montrer une froideur digne. Il s'était contenté d'accolades viriles et les avait salués de la main tandis qu'ils s'éloignaient de la chaumière, serrant Zeda tout contre lui.

Azar parlait peu. La plupart du temps, ils voyageaient en silence, chacun perdu dans ses pensées. Le prince avait le regard lointain, mais son visage restait impassible. À croire que la perte de l'être le plus cher à son cœur ne l'affectait pas le moins du monde.

Ils n'avaient pas encore eu l'occasion de côtoyer de près les rares voyageurs dont ils croisaient le chemin, et elle s'en félicitait. Elle redoutait leur réaction à la vue du prince, même s'il ne ménageait pas ses efforts pour paraître le plus "normal" possible. Chaque matin, il se fardait soigneusement pour recouvrir ses singulières écailles aux indéfinissables nuances de blanc nacré, de gris et de bleu. Elle ignorait comment il était parvenu à produire une telle substance et s'extasiait chaque fois que son teint changeait du tout au tout. La mixture brune peinait cependant à dissimuler totalement les écailles les plus foncées qui cerclaient ses yeux. Pour un étranger, il semblerait au mieux très fatigué, au pire outrageusement maquillé, et elle doutait que ce genre de pratique fût, chez un homme, plus populaire à Isthmir que dans le désert. Quoique partiellement cachée sous un large bandeau de coton, sa très longue chevelure d'argent ne manquerait pas non plus d'attirer l'attention…

— Que regardes-tu ? demanda-t-il sèchement.

Grunda sursauta.

— Je te regarde toi, répondit-elle, sur la défensive. Tu recommences à luire.

Le prince souleva l'un de ses gants. Il ne les ôtait que pour dormir.

— C'est pourtant vrai, marmonna-t-il, et la lumière disparut aussitôt.

— Tu parviens donc à la contrôler, s'étonna l'Urkani.

— La plupart du temps. C'est presque impossible si je suis ému, troublé ou en colère… Comme je ne ressens plus grand-chose, à présent, l'on peut considérer que la luminosité de ma peau est sous mon entier contrôle, ajouta-t-il dans un murmure, comme s'il s'adressait à lui-même.

Grunda haussa un sourcil sceptique, mais elle jugea plus sage de ne pas commenter cet aveu.

— Où comptes-tu aller, quand nous serons entrés dans la capitale ? s'enquit-elle pour changer de sujet.

— Je l'ignore.

— N'y as-tu pas même réfléchi ? s'effraya-t-elle.

— À quoi bon ? Je ne saurai où me rendre que lorsque j'aurai passé les portes d'Isthmir. Mon odorat me guidera.

— Ton *odorat*? s'exclama Grunda, estomaquée. Veux-tu dire que tu t'attends à "sentir" quelque chose de particulier là-bas ?

Azar acquiesça.

— Ne vas-tu rien m'expliquer ? demanda-t-elle comme il observait un silence farouche.

— Crois-tu que le savoir te fera avancer plus vite ? Si ce n'est pas le cas, cette conversation est totalement inutile, rétorqua-t-il en la toisant d'un regard hautain.

Grunda en resta bouche bée. Elle le fixa longuement, entre courroux et consternation puis, n'ayant pu se décider, éclata d'un rire sonore.

— Bon sang, quel rogue ! Et dire que je voulais qu'on t'achève, à Puits-aux-poisons ! Les autres ont bien fait de ne pas m'écouter.

Ce fut au tour d'Azar d'être pris au dépourvu. Il la dévisagea d'un air intrigué, la tête légèrement inclinée.

— Nous autres Urkanis aimons les caractères forts, expliqua-t-elle. La sensiblerie nous donne la nausée. Si j'avais dû voyager avec l'ancien Azar, je t'aurais déjà probablement mis mon poing dans la gueule et abandonné dans un fossé.

— Comment peux-tu savoir que tu ne m'aurais pas apprécié ? Tu ne m'as connu que sous les traits de Zara, je jouais un rôle, objecta-t-il.

— Myst m'en a raconté de belles à propos de tes grandes pleurnicheries. J'en ai assez entendu pour deviner quel genre d'homme faible tu étais, lâcha-t-elle.

Azar se rembrunit.

— Quand t'en a-t-il parlé ?

— À plusieurs reprises. La dernière fois, c'était à Sefir, quand nous étions partis vendre les récoltes. Nous étions seuls dans une taverne, lui et moi. Mais il était assez saoul, je n'ai pas trop prêté attention à ses délires.

Le prince baissa la tête, les lèvres pincées. Il pouvait toujours prétendre ne plus rien ressentir, il était évident, cette fois-ci, qu'il était réellement contrarié. Pour en témoigner, un léger halo lumineux se forma aussitôt autour de son visage.

— J'ignore si ça peut te remonter le moral, mais sache une chose, Azar : dès que Zeda avait le dos tourné, il ne me parlait que de toi. Il te voue un véritable culte, tu sais, même s'il est parfois difficile de savoir s'il préfère te dénigrer ou t'encenser.

Azar soupira.

— Pourquoi me dire cela maintenant ? Je suis parti, c'est de l'histoire ancienne…

— Quand on aime, il est toujours bon de savoir qu'on est aimé en retour, non ?

— Tu ne m'apprends rien, grommela-t-il. Je sais que son amitié était sincère, mais cela ne me suffisait pas. Tu avais raison, partir était la meilleure chose à faire. Crois-moi, le nouvel Azar ne se complaira pas dans de vaines passions. J'oublierai vite ce petit voleur.

Qui essaies-tu de convaincre ? songea-t-elle, mais elle se garda bien de formuler sa pensée à voix haute.

— Combien de temps comptes-tu séjourner à Isthmir ? demanda-t-il soudain.

Grunda haussa les épaules.

— Je reprendrai ma route dès que je me serai assurée que tu n'as plus besoin de moi. Je m'en voudrais d'abandonner Votre Altesse dans un caniveau.

— Me crois-tu trop sot pour m'en sortir seul ? lança-t-il avec irritation.

— Tu es loin d'être sot, Azar, mais ta vie de palais t'a malheureusement tenu éloigné des réalités de ce monde. Tu n'as eu, jusqu'ici, qu'un très vague aperçu de la misère des peuples. Je te parle de la véritable misère, celle qui laisse crever des nouveau-nés de faim. Tu n'as pas idée de ce que c'est.

— Essaierais-tu de me faire croire que l'observatrice Grunda, épouse du conseiller Morlek, en a davantage l'expérience ? grogna le prince. La fonction d'observateur s'achète parfois aussi cher qu'un titre de noblesse, à Urkan. Ta famille ne devait pas être dans le besoin.

— La fonction d'observateur nous amène à fréquenter les bas-fonds des villes, rétorqua froidement l'Urkani. Je sais de quoi je parle.

Le prince ne trouva rien à redire. Il se détourna d'elle pour tisonner distraitement le feu, ruminant probablement de sombres pensées. Pendant un instant, Grunda se reprocha sa brusquerie, puis elle décida que c'était un mal nécessaire : il valait mieux le préparer au pire.

Les exilés khullanis, bien que peu nombreux, n'avaient pas dû être accueillis à bras ouverts par les habitants d'Isthmir. Comme sur les hauts plateaux d'Urkan, on se méfiait ici de ces hommes à la peau trop sombre et aux manières trop délicates. Il fallait être fou pour supporter la fournaise du désert et se pavaner en robe ! pensait-on.

Azar, s'il avait l'avantage d'être très pâle, pouvait difficilement dissimuler ses origines : son visage fuselé aux pommettes hautes étaient très caractéristique des hommes du désert, et il avait beau parler un isthmiri presque parfait, son accent khullani était encore prononcé…

Azar releva vivement la tête, les yeux exorbités et la bouche ouverte. Grunda eut un mouvement de recul effrayé.

— Qu'est-ce qui te prend ? demanda-t-elle comme il s'élançait vers son arc et son carquois tout proches.

Il tomba de tout son long dans les fougères avant d'avoir pu atteindre son arme. Grunda se releva d'un bond pour se précipiter à sa rencontre et le trouva se tordant de douleur en silence, les dents serrées. Elle découvrit alors, avec horreur, la dague profondément plantée entre ses omoplates.

Elle dégaina le couteau qu'elle portait à la ceinture et tourna plusieurs fois sur elle-même, à la recherche de leur agresseur. Mais la nuit était trop sombre et les braises mourantes du feu ne lui étaient d'aucun secours.

— Grunda, derrière toi ! cria Azar de toutes ses forces.

Mais il était déjà trop tard : une grosse main calleuse se referma sur son poignet, la forçant à lâcher le couteau. Elle tenta de se débattre, en vain. L'homme qui empoignait à présent ses cheveux pour l'obliger à s'agenouiller devait être bien plus fort qu'elle. Elle voulut résister, mais le contact glacial d'une longue lame contre sa gorge la fit renoncer.

— R'gardez-moi ça ! s'exclama son assaillant en riant. Jolie prise, non ?

Face à eux, un deuxième homme avança d'un pas tranquille dans la lumière. Il avait un visage rieur surmonté d'une épaisse chevelure filasse qui, en d'autres circonstances, aurait pu inspirer la sympathie. De corpulence moyenne, il était vêtu de haillons si sales qu'il était impossible d'en déterminer la couleur d'origine. Il se pencha au-dessus du prince qui rampait tant bien que mal en direction de son arc et l'observa avec curiosité.

— L'a n'tronche bizarre, c'type, commenta-t-il avec un reniflement inélégant.

Réalisant soudain qu'Azar s'apprêtait à récupérer son arme, il fit un petit saut de cabri et éloigna l'arc d'un agile coup de pied. Puis il se pencha sur le prince pour le tirer par le col.

— Viens par là, toi, dit-il en le faisant asseoir.

Grunda vit avec angoisse qu'un mince filet de sang coulait sur le menton d'Azar, qui dodelinait de la tête, les yeux mi-clos. Il était groggy, mais toujours conscient. L'homme qui se tenait derrière elle, et dont elle ne percevait que la respiration régulière et la forte odeur de transpiration, se mit à trépigner d'impatience.

— Alors, qu'est-ce que ça donne ? vociféra-t-il en direction des étoiles.

L'Urkani ne comprit pas à qui il s'adressait, jusqu'à ce qu'une pluie de petits cailloux et de terre sèche tombent à quelques pas.

— Meeerde ! s'écria le troisième larron en glissant de la corniche.

Dans la lumière ténue du feu, elle distingua vaguement les contours d'un corps longiligne qui se débattait. L'homme parvint à se raccrocher à une racine saillante et se hissa sur le bord en soufflant de soulagement.

— T'approche pas, c'est foutrement dangereux ! prévint-il.

Grunda en conclut qu'un quatrième homme complétait la bande. Elle espérait que le compte s'arrêtait là, car ses chances de se débarrasser seule de ceux-là étaient déjà bien minces !

— Qu'est-ce que vous foutez, là-haut ? tonna celui qui la menaçait et qui devait être leur chef.

Ils entendirent, au loin, un long hennissement mécontent. Juno avait dû prendre la fuite quand on s'était approché de la charrette.

— Y a rien à se mettre sous la dent ! répondit celui qu'ils n'avaient pas encore entendu.

Au son de sa voix, le garçon ne devait pas avoir plus de douze ou treize ans. *Un bon point*, songea Grunda, qui envisageait déjà, le cœur battant, un combat sanglant avec les malandrins. La fuite aurait été envisageable, si elle avait été seule, mais elle ne pouvait abandonner un blessé sur le champ de bataille…

— C'ment ça, ren à s'met'sous l'dent ? cria le crasseux blond d'un ton déçu.

— Y a que des fichues peintures, répondit celui qui était assis sur la corniche. Gamin, essaie donc de rattraper la mule ! cria-t-il par-dessus son épaule.

— D'accord, patron ! répondit l'enfant.

Ils l'entendirent trottiner en direction des bois. L'homme de la corniche reporta alors son attention sur le chef et le toisa d'un œil noir.

— De l'or, qu'y disait ! Pfff ! soupira-t-il.

— Je ne pouvais pas deviner ! se défendit le chef, piqué au vif. Ils avaient l'air de la haute, c'est toi-même qui en as fait la remarque !

— Tu parles ! Une femme et un grand maigrichon, ça fait pas bézef pour protéger un convoi de valeur ! Je me tue à le dire : pas de gardes du corps armés, pas de trésor ! C'est pourtant simple, non ?

— Fais gaffe à ce que tu dis, connard, c'est encore moi qui commande ici ! s'emporta le chef en pointant sa dague en direction de l'insolent.

Grunda sut qu'elle n'aurait peut-être pas de deuxième chance : sans hésiter, elle asséna un violent coup de coude entre les jambes du bandit et se dégagea. La bouche de l'homme s'ouvrit en grand tandis qu'il se pliait en deux, les mains serrées contre son aine, mais le choc lui avait coupé le souffle et aucun son n'en sortit. Grunda s'empara sans difficulté de sa dague et la pointa, menaçante, vers le blond à l'accent de paysan. Ce dernier pâlit d'un coup. Les yeux rivés à son chef qui se tordait en suffoquant, il semblait attendre des instructions.

— Qu'est-ce que tu attends pour menacer son ami, bougre de con ? s'exclama le bandit de la corniche d'un ton dépité.

Le blond revint à lui dans un sursaut. Il tira la tête d'Azar en arrière et appuya la lame de son coutelas contre sa gorge.

— P-pas un gest'd'plus ou j'l'égorg'com'un goret ! dit-il d'une voix mal assurée.

Elle remarqua que les yeux gris du malheureux tremblaient. Ses paupières ne cessaient de battre et de grosses gouttes de transpiration perlaient sur ses joues. Assurément, cet abruti n'avait aucune expérience du combat ni du meurtre de sang-froid.

— Tu fais une grosse bêtise, l'informa-t-elle calmement, un demi-sourire accroché aux lèvres.

Elle se mit à lui tourner autour. Il fallait faire vite, car si le soi-disant chef était pour l'instant hors d'état de nuire, le troisième larron ne tarderait pas, pour sa part, à les rejoindre : elle entendait distinctement sa course entrecoupée de halètements sur le sentier de la corniche.

Azar respirait difficilement, les yeux fermés. Son menton était tout ensanglanté. Soudain, sa tête s'affaissa. S'imaginant probablement qu'il venait de rendre son dernier souffle, le blond risqua vers son otage un coup d'œil effaré. Il n'en fallut pas plus à Grunda : d'un bond, elle se lança sur lui, la dague brandie au-dessus de sa tête. Le malheureux paysan croisa les bras devant son visage dans un ultime geste de protection dérisoire.

La victoire était assurée, mais une chose inattendue se produisit : Grunda fut soudain immobilisée, en plein élan, quand deux énormes bras se refermèrent autour de sa taille. Son arme lui échappa comme elle était soulevée au-dessus du sol, avec autant de facilité que si elle n'avait été qu'un fétu de paille. Elle enfonça ses ongles dans les bras qui la maintenaient immobile en battant frénétiquement des pieds.

— Lâche-moi, sale brute ! cria-t-elle sans cesser de se demander à qui appartenaient ces membres disproportionnés.

S'était-elle trompée dans ses calculs ? Y avait-il cinq rançonneurs, finalement ?

— Bien joué, gamin ! s'exclama l'homme de la corniche en apparaissant dans la lumière, à bout de souffle d'avoir dévalé la pente.

Grunda comprit alors, avec une stupéfaction teintée de fatalisme, que le géant qui la soulevait si facilement était l'improbable propriétaire de la voix enfantine qu'elle avait entendue au loin. Si la situation n'avait été si désespérée, elle en aurait sûrement ri…

— Apparemment, on n'a pas complètement perdu notre journée, fit l'homme au corps longiligne en la détaillant de la tête aux pieds.

Son visage émacié, qui semblait taillé à coups de serpe, était déformé par un sourire tordu. Il lui manquait plusieurs dents.

— Vous allez le regretter, salauds ! cracha Grunda.

Le maigrichon écarta Azar d'un violent coup de pied pour s'approcher d'elle. Le prince tomba à la renverse, les yeux fermés. Il avait perdu connaissance. Elle se débattit désespérément tandis que le rançonneur enfouissait ses longs doigts dans ses boucles blondes, le regard brillant d'avidité.

— Pas mal du tout, commenta-t-il d'un ton lubrique.

Il jeta son couteau pour soupeser ses seins. Grunda hoqueta d'indignation et de dégoût mêlés.

— Fais gaffe, l'est du genre coriace, le prévint le blond qui observait la scène, à quelques pas de là, sans plus se préoccuper du prince gisant inconscient à ses pieds.

— La ferme, grogna le grand échalas. C'est pas une femme qui va me faire peur.

Il la prit alors à la gorge et serra. Ses mains étaient si grandes qu'elles se refermèrent sans peine autour de son cou. Sa poigne était bien plus puissante qu'elle ne l'avait imaginé, et sa vue ne tarda pas à se brouiller. Le gamin la lâcha, puis elle sentit qu'on la tirait par le bras.

— Je passe en premier, dit l'échalas en la menant, chancelante, vers la tente toute proche.

— Non ! cria-t-elle en se laissant tomber à genoux.

L'homme ne fit aucun cas de sa piètre tentative de résistance et continua de tirer. Elle entendit son poignet craquer mais ne ressentit aucune douleur. Son bras était trop ankylosé. Alors qu'elle jetait un coup d'œil désespéré au prince allongé, elle aperçut du coin de l'œil le jeune garçon qui l'avait immobilisée. Il lui sembla immense et difforme, mais sa vue n'était pas assez nette pour qu'elle pût distinguer ses traits.

Le rançonneur écartait la toile quand un hurlement déchira le silence de la nuit. Il s'immobilisa et se tourna, bouche bée, vers le timoré à la tignasse blonde. Tout se passa alors très vite : le corps sans vie du paysan venait à peine de s'écrouler en soulevant une gerbe de sang qu'une lumière aveuglante transperça les ténèbres en direction de l'enfant géant. Il tomba à son tour et se débattit avec des beuglements de porc égorgé. À l'instant où sa voix s'éteignit, le grand échalas lâcha le poignet de Grunda et prit ses jambes à son coup, vers la forêt toute proche. La lumière se détacha aussitôt du monstre pour se lancer à sa poursuite. Elle eut tôt fait de le rattraper. L'homme eut à peine le temps de pousser un cri et s'effondra, raide mort.

Groggy et désorientée, Grunda se redressa tant bien que mal. La lumière disparut d'un coup, et ce fut seulement à cet instant qu'elle comprit : le prince, de nouveau conscient, était assis à califourchon sur le rançonneur dont la gorge avait été arrachée avec une brutalité sans nom. Sa longue chevelure pâle dissimulait son visage. Elle reporta son attention sur les deux premières victimes et remarqua, incrédule, qu'ils avaient succombé à des blessures similaires.

— Azar ! bredouilla-t-elle.

Le prince leva alors son visage souillé de sang vers elle. Elle poussa un cri d'effroi et recula vers la tente en rampant, terrorisée : la bouche d'Azar était déformée par quatre longs crocs effilés !

— Qu'est-ce qui t'arrive, Azar ? demanda-t-elle, toute tremblante.

Il la dévisagea longuement, haletant, comme s'il ne comprenait pas sa langue. Elle remarqua alors que son regard avait changé : ses yeux étaient entièrement noirs. Puis il se mit à cracher et à siffler, comme l'aurait fait un serpent menaçant, la bouche grande ouverte. Des lambeaux de peau humaine étaient restés accrochés à ses crocs démesurés.

— D-du calme, murmura-t-elle en tendant ses mains devant elle.

Azar ne semblait pas lui réserver le même sort qu'aux autres, mais elle ne pouvait s'empêcher de frémir. Elle ne le reconnaissait pas.

— Il en ressste un, crachota-t-il difficilement, handicapé par les crocs qui barraient sa bouche.

Grunda réalisa soudain que le chef de la bande qu'elle avait passagèrement émasculé avait disparu. Le salaud avait profité de la confusion générale pour prendre la poudre d'escampette !

Tout à coup, Azar poussa un long râle et tomba sur le flanc. Le silence qui s'abattit sur la clairière parut assourdissant à Grunda. Méfiante, elle hésita longuement avant de bouger. Puis, s'efforçant d'ignorer sa peur, elle se leva pour le rejoindre. Il semblait peiner à retrouver son souffle.

— Ce n'est pas le moment de flancher ! s'écria-t-elle, paniquée, en le secouant par l'épaule.

Au même instant, les yeux du prince reprirent leur teinte naturelle. Puis ses crocs se rétractèrent, sans qu'elle pût s'expliquer comment, à l'intérieur de sa bouche. Un rictus douloureux déformait son visage.

— Tu dois le rattraper, prononça-t-il laborieusement.

— Il est trop loin, maintenant ! objecta-t-elle en tentant de percer du regard les ténèbres de la forêt.

— Il va sûrement raconter qu'il a vu un monstre et revenir avec d'autres.

— Je ne peux pas te laisser dans cet état ! gémit-elle.

Azar cracha une gerbe de sang. Elle songea, effarée, qu'il s'agissait probablement du sien.

— Alors cache-moi quelque part… en attendant que je revienne, murmura-t-il.

— Que tu reviennes ? s'exclama-t-elle, atterrée. Qu'est-ce que tu veux dire ?

— Je ne peux pas mourir.

Il ferma les yeux, puis poussa un ultime, interminable soupir chevrotant.

Grunda laissa la tête du prince mort retomber sur sa cuisse. Le souffle coupé par la consternation, elle contempla d'un air estomaqué, les yeux grands ouverts, les trois autres cadavres qui l'entouraient.

— Et merde, chuchota-t-elle.

Ψ

— Donne-moi un baiser.

Elle considéra avec écœurement les lèvres craquelées que lui tendait avec espoir son prétendant, les yeux fermés. Il n'était pas si mal fait de sa personne, mais cette bouche pleine de gerçures n'avait rien de très ragoûtant.

— Beurk, laissa-t-elle échapper.

À son plus grand soulagement, le garçon renonça à sa stupide mimique et rouvrit les yeux pour lui adresser un regard peiné.

— Comment ça, *beurk* ? demanda-t-il en prenant un ton sévère.

Enira se composa un air désolé, tout en se demandant comment elle avait bien pu se mettre, à nouveau, dans une situation si embarrassante. Certes, ce fils de fermier l'avait assidûment poursuivie pendant des semaines et lui avait offert un tas de bouquets de fleurs des bois, mais ce n'était pas une raison pour se laisser traîner à l'écart, dans cette horrible grange qui puait la sueur et la chèvre ! Il faudrait qu'elle apprenne à dire non, ou tout cela allait mal finir...

— Je n'ai pas envie, répondit-elle d'une voix qui manquait assurément de fermeté.

— Je vois, rétorqua l'autre en bombant le torse. Je ne dois pas être assez bien pour la fille de la putain !

Enira sentit le rouge de la colère lui monter aux joues. La gifle partit aussitôt, sans préméditation.

— Ne m'adresse plus jamais la parole ! lança-t-elle en tournant les talons.

Elle quitta la grange d'un pas soutenu, le cœur battant la chamade et les sens en alerte. S'il la rattrapait avant qu'elle n'atteigne la place… Mais le fier adolescent n'avait pas bougé d'un pouce. Prostré, il la regardait filer d'un air abasourdi, la main sur sa joue meurtrie. Gonflée d'orgueil, elle s'immobilisa pour lui tirer ostensiblement la langue, puis s'enfuit en courant…

Elle allait aborder la place du marché quand elle surprit un curieux manège : savamment dissimulé derrière un bosquet non loin de là, Myst observait les étals d'un œil suspicieux. Son regard se portait plus particulièrement sur Zeda, qui tentait tant bien que mal de vendre le fruit de leur labeur aux passants. La marchande khullani avait, depuis quelques jours, réussi par quelque tour dont elle seule avait le secret à convaincre les résidents de Bergin qu'aucun produit issu de la chaumière de Guerina n'était empoisonné ni maudit.

— T'as peur qu'un galant vienne débaucher ta femme ? lança Enira en s'agenouillant près de son frère.

Myst sursauta et lui jeta un regard coupable.

— N'importe quoi. C'est toi que je cherchais.

— Moi ? s'étonna-t-elle.

Myst leva les yeux au ciel.

— Tu n'as pas fait tes corvées de la matinée, comme à ton habitude, et tu sembles oublier ton entraînement.

Enira soupira.

— Ne te fiche pas de moi. Je suis une paysanne, pas une guerrière.

— Tu as un certain talent pour le tir à l'arc, objecta-t-il.

— J'ai fait quelques progrès, admit-elle avec un fier sourire, mais je tire bien uniquement lorsque ça m'amuse. À quoi bon m'imposer un entraînement strict ? Ce talent ne me servira jamais.

— Tu n'en sais rien, rétorqua Myst avec mauvaise humeur. Il pourrait bien t'être utile, et plus tôt que tu ne l'imagines.

— Explique-toi, fit-elle avec défiance.

Myst grimaça, comme chaque fois qu'elle lui demandait de se justifier. Il semblait obsédé par l'idée que sa petite sœur devait savoir se défendre seule, mais il était incapable de lui soumettre le moindre argument valable.

— Tu pourrais tomber sur un homme mal intentionné, murmura-t-il sans grande conviction.

Enira pouffa de rire.

— Il n'est pas nécessaire de trouer la panse d'un homme pour lui faire comprendre qu'on n'est pas intéressée. Un bon coup de pied où je pense fait l'affaire ! ricana-t-elle.

Myst ne répondit pas. De fait, son attention était ailleurs, car pendant qu'ils parlaient, un client en habits de pêcheur s'était approché de l'étal de Zeda. Il venait probablement de plaisanter, car la jeune femme riait à gorge déployée.

— C'est Frigrin, dit Enira. L'un de nos meilleurs clients. Il vit dans la crique. Zeda dit qu'il possède plusieurs bateaux et emploie pas moins de trois apprentis, ajouta-t-elle pour le simple plaisir d'attiser la jalousie de Myst.

— Je me fous de son pedigree, grommela-t-il, les sourcils froncés.

— Soucieux ? le titilla-t-elle d'un ton moqueur.

— Absolument pas. J'ai confiance en Zeda, et ce n'est pas un parvenu aux guêtres puant le poisson mort qui lui fera tourner la tête.

Il se tourna vers sa sœur pour la foudroyer du regard.

— Dans deux heures sur la colline, et tu n'as pas intérêt à être en retard. Je t'ai préparé tout un assortiment de cibles.

Enira voulut protester, mais Myst avait déjà tourné les talons. Les poings serrés le long du corps, il se dirigeait vers la forêt en tapant des pieds.

— Pas jaloux, hein ? Mon œil, murmura-t-elle.

Elle quitta le couvert des buissons et marcha à la rencontre de Zeda. Tandis qu'elle traversait la place, un garçon de son âge la salua et voulut entamer une conversation, mais elle l'ignora crânement. Frigrin, qui était engagé dans une longue tirade pleine d'œillades, se tut dès qu'il la vit approcher. Il s'empressa de rassembler ses achats, puis prit congé de Zeda avec un formalisme guindé.

— Où étais-tu passée ? lâcha la marchande d'un ton de reproche. Tu avais pourtant promis de m'aider, aujourd'hui.

— J'étais avec ce…

— Et que voulait Myst ? Il aurait au moins pu venir jusqu'ici.

Enira haussa un sourcil étonné.

— Ne fais pas cette tête-là, ajouta Zeda. Je l'ai vu repartir. Il n'est pas très discret, pour un voleur. Me surveillait-il ?

— N-non, balbutia Enira, prise au dépourvu. Il me cherchait. Il veut encore m'entraîner au tir à l'arc.

Zeda lâcha un ricanement amer.

— Encore cette fichue lubie. Il a un comportement vraiment étrange, depuis que son fidèle lézard a mis les bouts. Et pourquoi diable ne veut-il pas m'accompagner au marché ?

— Il a peur qu'on le reconnaisse, tu sais bien. Il se croit traqué par je ne sais qui. D'ailleurs, on ne devrait même pas prononcer son nom en public. Il veut qu'on l'appelle Hilir, désormais.

— C'est absurde, réprouva énergiquement la marchande. Tous les ennemis qu'il a pu se faire dans le désert le croient mort et enterré.

Je gage plutôt qu'il n'a pas envie de croiser de vieilles connaissances. Quant à l'affubler de ce sobriquet ridicule, je préfère encore m'entailler les veines à coups de nageoire de poisson boucher !

Enira fit une moue éloquente.

— C'est une expression de Frigrin, s'excusa Zeda. Maintenant que je me suis entendue la prononcer, je réalise qu'elle n'est pas extraordinaire.

— C'est le moins qu'on puisse dire, acquiesça Enira. Vous avez l'air de bien vous entendre, tous les deux.

Zeda entreprit soudain de réagencer son étal, non sans une paire de toussotements gênés.

— Ne va pas te faire des idées. Il est l'un des seuls à acheter, et je tiens à le garder, dit-elle, le regard fuyant, tout en inversant pour quelque obscure raison les emplacements des pommes et des choux.

Enira sourit.

— Ce doit être très pénible, j'imagine, de devoir se forcer à éclater de rire à chacune de ses plaisanteries de lourdaud.

— C'est assez éprouvant, confirma Zeda en rougissant de plus belle.

Face à la mine déconfite de la marchande, Enira décida de ne pas insister. Elle songea un instant à saisir son amie par le col et à la menacer de représailles si elle avait l'audace de tromper son frère, puis renonça. Elle pouvait aisément la comprendre, car Myst n'était pas des plus joyeux, depuis le départ d'Azar, et avait tendance à ruminer seul dans son coin. Les disputes entre Zeda et lui se multipliaient, souvent pour des motifs futiles. La pauvre n'avait pas beaucoup d'occasions de rire, ces temps-ci, et ce gentil pêcheur semblait de bonne compagnie. Et s'il parvenait à la distraire, Enira doutait qu'il pût arriver à ses fins. Il était évident que la marchande aimait toujours son frère...

Zeda montra soudain des signes d'agitation. Enira suivit son regard, intriguée, et constata avec étonnement qu'elle fixait intensément une vieille femme qui venait d'arriver sur la place. Vêtue de multiples épaisseurs de tissu noir, cette dernière ne jouissait pas d'une bonne réputation au village. On racontait qu'elle portait malheur et qu'il ne valait mieux pas se la mettre à dos. "Sorcière", murmuraient les villageois à son approche, tout en exécutant discrètement divers gestes censés les protéger du mauvais œil. Néanmoins, nul n'osait manifester ostensiblement son mécontentement et elle parvenait toujours, malgré la crainte qu'elle inspirait, à vendre quelques-unes des étranges plantes qu'elle trimbalait toujours à bout de bras dans trois grands paniers d'osier.

— Je te confie l'étal quelques instants, annonça Zeda en s'essuyant les mains sur le devant de sa robe.

— Mais j'ai promis à Myst de…

— Ça ne prendra pas longtemps, rétorqua sèchement la marchande.

Et, sans attendre de réponse, elle traversa la place à grandes enjambées pour aller à la rencontre de la sorcière. Enira l'observa, bouche bée, tandis qu'elle sélectionnait soigneusement diverses plantes. Ce ne devait pas être la première fois qu'elle commerçait avec la vieille, car son choix était sûr. Les deux femmes échangèrent même, à sa plus grande stupéfaction, quelques paroles aimables.

Zeda la paya, puis rejoignit aussitôt l'étal, une inexplicable expression de soulagement sur le visage. Enira examina rapidement ses achats, mais elle ne parvint pas à identifier la moindre essence. Par manque d'intérêt pour les fruits de la terre, elle n'avait jamais réussi, malgré les leçons répétées de sa mère, à différencier les plantes.

— Ce n'est pas très prudent, dit-elle. On dit que les cultures de la sorcière sont maudites.

— Balivernes, répliqua Zeda en haussant les épaules.

— À quoi servent ces plantes ? demanda-t-elle en lorgnant la marchande d'un air suspicieux. Maman n'en utilise aucune en cuisine.

— Leur usage est essentiellement médicinal, expliqua patiemment Zeda. J'ai parfois d'affreuses migraines, et elles seules me soulagent.

Enira nota que, tout en parlant, la Khullani se grattait nerveusement la nuque. Elle eut l'intuition qu'elle mentait, mais préféra garder le silence.

Ψ

Il prit une longue inspiration douloureuse et ouvrit les yeux. La première bouffée d'air faisait toujours très mal. Tout était blanc autour de lui… Il lui fallut un long moment pour comprendre qu'un drap le recouvrait de la tête aux pieds. Une sorte de linceul, probablement. Avant de s'en défaire, il écouta attentivement les bruits des alentours, au cas où des témoins indésirables se seraient tenus à proximité. Une résurrection en public serait pour le moins malvenue…

Il distingua des sortes de grognements, des bruits de sabots foulant la paille, et il régnait dans cet endroit une odeur nauséabonde d'excréments et de transpiration animale. Il y avait aussi, à peine perceptible, une vague fragrance humaine qu'il lui sembla reconnaître.

Il tendit les bras, écarta prudemment le linceul et s'assit. Habituer sa vue à la lumière éclatante de l'unique lampe à huile qui éclairait l'endroit lui prit quelque temps. Quand il put enfin distinguer les formes, il découvrit sans le moindre étonnement qu'il était au beau milieu d'une étable. À sa gauche se dressait un ersatz de clôture transpercée de mangeoires et fermée par un portillon de guingois. Au-delà, vaches et cochons semblaient cohabiter pêle-mêle. Il distingua même, recluse tout au fond, dans la pénombre, la silhouette avachie d'une ânesse hors d'âge. Tout ce petit monde leva la tête pour lui jeter des regards intrigués, puis reprit ses activités dans l'indifférence la plus totale.

— Voilà donc ce que tu entendais par “revenir”, entendit-il.

Il se tourna vivement vers l'entrée de l'étable. Inconfortablement assise sur un ballot de paille, Grunda le dévisageait d'un air méfiant. Elle paraissait très fatiguée.

— Depuis quand ? demanda-t-il, la bouche pâteuse.

— Deux jours, répondit-elle. Je commençais à m'impatienter.

Azar sauta de la table de découpe sur laquelle on l'avait allongé et s'avança d'un pas sûr vers l'entrée pour jeter un coup d'œil à l'extérieur. Il faisait nuit noire, mais cela ne l'empêcha pas de distinguer clairement, à une cinquantaine de toises, les contours d'une longue bâtisse surmontée de tourelles en pierre. L'une d'elles était si mal en point qu'elle menaçait de s'écrouler.

— Myst m'avait prévenu que tu étais increvable, mais je peinais à le croire, dit Grunda en réprimant un long bâillement. Je ne mettrai jamais plus sa parole en doute, désormais.

— Où sommes-nous ? demanda-t-il en pointant le manoir défraîchi du doigt.

— Chez le baron de Rarvin. Il a été pris de pitié en apprenant qu'un bandit t'avait tué pour te voler ta bourse. Un homme aussi croulant que son domaine, ce baron, mais très accueillant. Il m'a gentiment permis de veiller mon frère mort, mais il commence à se demander pourquoi je ne t'ai toujours pas enterré. Je lui ai fait croire qu'il s'agit d'un rite funéraire urkani. Il n'a rien trouvé à redire, mais je le sens de plus en plus nerveux. Lui et ses vieux domestiques sentent que quelque chose cloche dans mon histoire. Un jour de plus et j'aurais été contrainte de te mettre sous terre.

— A-t-il aperçu mon corps ?

Grunda secoua lentement la tête, les yeux mi-clos.

— Je t'avais recouvert d'une couverture, n'aie crainte.

— Merci d'avoir attendu.

— Je n'ai pas fermé l'œil depuis que je suis ici. Je craignais que tu ne reviennes à toi au moment où ils nourrissent les bêtes.

Elle s'interrompit pour lever vers lui un regard suspicieux.

— Quel effet ça fait ? demanda-t-elle de but en blanc. De "revenir", précisa-t-elle.

— C'est plutôt désagréable, éluda-t-il.

Grunda le fixa en plissant les yeux, visiblement intéressée.

— Et comment est-ce, de l'autre côté ?

Azar haussa un sourcil surpris.

— Il n'y a pas d'autre côté. Absolument rien.

L'Urkani réprima difficilement une moue déçue.

— Ce n'est pas très encourageant, tout ça, commenta-t-elle.

Azar tenta de se remémorer les circonstances de son dernier décès, mais seules des images floues de gorges déchirées lui revinrent. Il pouvait encore sentir le goût de leur sang dans sa bouche… mais pas la moindre trace de remords.

— As-tu eu le temps de cacher les corps des rançonneurs ?

— Et puis quoi encore ? J'ai déjà eu assez de mal à retrouver Juno ! La pauvre bête était terrorisée... Ne t'en fais pas, on croira sûrement à une attaque de loups.

— Des loups affamés n'auraient pas laissé tant de viande pourrir au soleil, objecta-t-il. Où sont la jument et la charrette ?

— Aux écuries, avec les vieilles montures du baron. Elles se situent à quelques pas des chambres. Il va falloir nous montrer très discrets si nous voulons partir cette nuit.

— Et mes toiles ?

— Elles sont intactes. Mieux encore, le vieux m'en a acheté quelques-unes. De quoi nous assurer un voyage confortable jusqu'à Isthmir. Il n'est pas très riche, mais il a lourdement insisté.

— Brave homme, dit Azar avec un demi-sourire satisfait.

Un petit picotement entre les omoplates lui rappela soudain sa blessure. Il se contorsionna pour la toucher. Il y avait un gros trou dans sa chemise, dont le sang avait rigidifié le tissu, mais la peau était parfaitement lisse.

— Tu m'as fait très peur, avoua Grunda. Pourquoi ne pas m'avoir informé que tu pouvais te transformer en bête sauvage ?

Azar ne répondit pas. Il se sentait un peu gêné.

— Je me suis permis d'observer ta bouche, pendant que tu étais... *endormi*, l'informa-t-elle. Ça ressemble à des crocs, mais ils se rétractent comme les crochets d'un serpent. Tu ne me feras pas croire qu'ils sont apparus d'un coup !

— Cela fait plusieurs mois, avoua-t-il. Souviens-toi, j'étais resté alité trois jours durant, cet hiver.

— Tu prétendais muer !

— C'était un mensonge. Je ne voulais pas vous inquiéter inutilement.

— Est-ce aussi à ce moment-là que ta langue s'est mise à fourcher ? s'exclama-t-elle d'un ton de reproche.

Azar fit la grimace. Il aurait voulu que cette difformité ne fût jamais découverte. Il détestait par-dessus tout cette langue grisâtre pourvue de deux extrémités au lieu d'une. Il les avait longuement regardées, dans le petit miroir d'Enira, s'effrayant qu'elles pussent bouger indépendamment l'une de l'autre et, à l'occasion, s'enrouler ensemble comme des amants en plein ébat...

— Ce n'est qu'un détail, se justifia-t-il platement.

— Depuis quand ? insista Grunda, péremptoire.

— Quelques semaines, répondit-il en baissant la tête, tout honteux.

L'Urkani laissa échapper un long soupir.

— Je ne comprends pas que tu nous l'aies caché, lâcha-t-elle. C'est insultant.

— C'est que... Comme ça ne se voit pas et ne me gêne pas pour parler...

— Peu importe, le coupa froidement Grunda en se levant. Nous allons devoir fausser compagnie au gentil baron sans nous faire remarquer, et la nuit est déjà bien avancée. Préparons-nous. Tu nous as fait perdre assez de temps, à te faire tuer bêtement !

Et elle quitta l'étable d'un pas décidé, le menton fièrement levé, la mâchoire serrée de colère. Azar voulut lui reprocher son manque de gratitude, puis se ravisa pour lui emboîter le pas. Après tout, elle l'avait veillé deux jours durant sans fermer l'œil, probablement folle d'inquiétude. La fatigue pouvait bien excuser quelques paroles indélicates.

6

Sorcière

Assis face à un énorme bol de lait chaud, il suivait des yeux l'homme dégarni qui s'agitait en tous sens. Partagé entre crainte et curiosité, il n'avait pas osé prononcer un mot.

Son père l'avait tiré du lit - ou plutôt du placard poussiéreux où il l'avait enfermé la veille - sans raison apparente, pour lui faire traverser la moitié d'Isthmir et le faire asseoir au comptoir d'une immonde gargote de saoulards. Mefir s'était entretenu avec le tenancier, en qui Myst avait immédiatement reconnu les traits d'Haskir, puis s'était volatilisé sans un au revoir. Myst n'avait pas entendu un mot de leur entretien, tant les beuglements des ivrognes attardés étaient assourdissants, mais il n'avait pas manqué de remarquer la nervosité inhabituelle de son père.

— Je superviserai la suite de ton apprentissage, l'avait informé Haskir.

Sans plus d'explications, il l'avait invité à pénétrer dans ses appartements privés, avait rempli son bol et lui avait enjoint de rester tranquille tandis qu'il lui aménageait "un petit coin à lui". Myst était trop intimidé pour lui dire qu'il avait une sainte horreur du lait chaud, mais il appréciait la chaleur du bol, qu'il serrait avec délectation de ses doigts rendus gourds par la longue traversée de la ville enneigée.

Haskir s'immobilisa. Les mains sur les hanches, il regarda avec circonspection la minuscule paillasse installée dans un coin de la pièce, fit la moue, puis décida qu'une deuxième couverture était nécessaire. Il en recouvrit rapidement la première et eut un hochement de tête satisfait. Enfin, avec un soupir content, il contourna la table et sortit.

Les yeux rivés à la porte close, Myst se demanda si son nouveau maître allait le laisser tout seul pour passer le reste de la soirée derrière son comptoir. Il fut alors pris d'une terrible angoisse et sentit des larmes amères lui monter aux yeux. Il avait l'habitude, désormais, d'être livré à lui-même, mais il s'était naïvement imaginé que cet homme-là n'était pas comme son père, et qu'il prendrait au moins la peine de lui adresser quelques gentilles paroles. Il repensa alors à sa mère, loin dans le Sud, et se prit à craindre de ne jamais la revoir.

Il y eut une paire de cris dans la gargote, puis une porte claqua. Quelques instants plus tard, Haskir apparut à nouveau, une gigantesque chope de bière à la main. Il gratifia Myst d'un sourire et vint s'asseoir face à lui. Son air jovial s'effaça comme il remarquait ses yeux rouges.

— Eh bien, petit, qu'est-ce qui ne va pas ? demanda-t-il, l'air sincèrement préoccupé.

Myst ravala courageusement ses larmes et s'empressa d'essuyer son visage. Le geste trop brusque réveilla la douleur du gros hématome qui maculait sa joue gauche, conséquence du dernier emportement de son père.

— J'ai cru que vous alliez me laisser tout seul, parvint-il péniblement à répondre.

— Je suis juste allé fermer la boutique pour que nous soyons tranquilles. Les retardataires ont été difficiles à déloger... Ton lait va refroidir.

— Je n'aime pas ça, dit Myst avec embarras.

— Qu'aimes-tu, dans ce cas ? Si tu vis sous mon toit, il faut que je connaisse tes goûts.

Myst haussa les épaules. Il avait bien quelques préférences, autrefois, lorsque maman veillait au grain, mais cela faisait si longtemps qu'on le nourrissait d'eau croupie et de pain sec qu'il avait oublié jusqu'au nom des aliments qu'il affectionnait.

— Tu n'as que la peau sur les os, reprit Haskir, désapprobateur. Il va falloir te remplumer un peu, si tu ne veux pas tomber en poussière.

— Mefir se fiche pas mal, lui, que je tombe en poussière.

Haskir fronça les sourcils. Il semblait contrarié.

— Mefir ? répéta-t-il. Drôle d'idée que d'appeler son père par son nom.

— Comment dois-je l'appeler ? Papa ? Un type qui m'a abandonné à ma naissance et qui, neuf ans plus tard, décide soudain de m'enlever pour faire de moi un voyou ?

— C'est un peu plus compliqué que ça... commença Haskir.

— Bien sûr que non ! s'écria Myst, oubliant d'un coup toute timidité. Il a fait du mal à ma mère, et maintenant c'est mon tour ! Il n'arrêtera pas tant qu'il n'aura pas détruit toute ma famille ! Je le déteste !

Haskir s'appuya contre le dossier de sa chaise avec un long soupir. Il semblait à la fois exaspéré et désolé.

— Je comprends ta colère, Myst, mais tu es sûrement trop jeune et irréfléchi pour entrevoir les réelles intentions de ton père. Pourquoi crois-tu qu'il fasse siéger un gamin haut comme trois pommes au conseil de la confrérie, au risque de s'attirer les foudres de ses collaborateurs ? Et s'il tient tant à te détruire, pourquoi a-t-il jugé préférable de te confier à moi ? J'ai formé un tas de petits voleurs avant toi, et je suis réputé pour n'avoir jamais levé la main sur l'un d'eux. Ton père a essayé de te former, mais il s'est rendu compte qu'il n'y parviendrait pas. Sa volonté est gouvernée, vois-tu, par des forces qui...

Il s'interrompit soudain.

— Je m'égare, je crois, reprit-il avec un toussotement gêné.

— Si j'ai bien compris, Mefir m'a amené ici pour me protéger ? demanda Myst sans chercher à dissimuler son incrédulité.

— Oui. Il veut te protéger car il t'a choisi, toi, son fils, pour hériter de son royaume.

— C'est ridicule. Mefir n'est pas un roi.

— Détrompe-toi, petit. Tu n'as pas idée de l'influence qu'exerce la confrérie des voleurs ici, à Isthmir. Crois-tu que Valkir vouerait une telle haine à ton père s'il ne se sentait pas en danger ?

Ψ

Il finissait de dessiner le cœur de la cible sur une vieille planche rongée par l'humidité quand un curieux cliquetis raisonna dans sa tête. Il laissa le pinceau en suspens, le cœur battant, et retint sa respiration.

Dérisoire, entendit-il distinctement. *Quand ils viendront, et ils viendront tôt ou tard, elle ne sera pas plus capable que toi de défendre sa peau.*

Un long frisson lui parcourut l'échine. Il s'était senti de plus en plus oppressé par la présence de Kaldius, depuis le départ d'Azar, mais c'était la première fois que son double maléfique s'adressait directement à lui.

Je suis de plus en plus impatient, ajouta ce dernier. *Quand tu seras mort, je serai enfin libre de me chercher un héritier digne de ce nom.*

Myst déglutit péniblement. Ses mains se mirent à trembler et le pinceau lui échappa.

Ce qui serait amusant, c'est que sœurette te survive. Je serais curieux d'explorer ses pensées les plus intimes...

Le voleur se boucha les oreilles.

— Va-t'en ! gémit-il. Tu n'existes pas !

— Myst ?

Il se retourna d'un bloc en dégainant Amnor et pointa l'arme tremblante en direction d'Enira. La jeune femme recula d'un pas en ouvrant de grands yeux effarés. Elle était blanche comme un linge.

— Je ne t'avais pas entendue approcher, s'excusa-t-il, le souffle court, en rangeant l'effrayant couteau de chasse.

Droite comme un i au milieu des cibles fraîchement peintes, Enira le fixa bouche bée. Il remarqua alors qu'elle n'était pas armée.

— Non seulement tu te permets d'arriver en retard, mais en plus tu oublies ton matériel ! lui reprocha-t-il avec véhémence.

Enira baissa un regard contrit sur ses souliers crottés.

— Je... J'ai... balbutia-t-elle en se tordant les mains. Je crois que... Il y a eu un petit problème avec les lapins...

Myst haussa un sourcil stupéfait.

— Comment ça ?

Enira se mordit la lèvre supérieure et leva vers son frère un regard larmoyant de gamine fautive.

— Eh bien ils... ne bougent plus, avoua-t-elle d'un ton coupable.

Le voleur se redressa d'un bond et, sans un mot, se dirigea d'un pas vif vers les clapiers. Trottinant sur ses talons, Enira poursuivit d'une voix tremblotante :

— Je ne comprends pas ce qui s'est passé. Je les ai soignés hier soir, comme d'habitude, et ils m'ont semblé en pleine forme.

En approchant des clapiers, Myst découvrit un spectacle pour le moins désolant : allongées sur le flanc, les pauvres bêtes peinaient visiblement à trouver leur souffle. Leurs petits yeux rouges roulaient dans leurs orbites, grands ouverts. Deux d'entre elles avaient fermé leurs paupières et ne respiraient plus. Seul un lapereau grassouillet gambadait d'un bout à l'autre de sa minuscule cage, à l'évidence épargné par le mystérieux mal qui avait atteint ses congénères.

— Que leur as-tu donné à manger ? demanda gravement Myst en s'accroupissant.

— Des restes de salade… et le navet trop vieux dont maman n'avait pas voulu pour le dîner.

Myst explora le contenu des auges d'un œil expert. Une feuille rabougrie attira alors son attention, qu'il préleva et examina en pleine lumière.

— Ce n'est pas une feuille de salade, déclara-t-il dans un soupir.

Enira se pencha par-dessus son épaule et considéra le végétal d'un air ahuri.

— J-je suis désolée ! gémit-elle. J'ai pris le panier où l'on met les restes, comme toujours. Il y avait de la salade, j'en suis sûre, et je n'ai pas remarqué les autres feuilles…

— Inutile de t'excuser, la coupa froidement le voleur. Personne ne t'accuse, et ça n'explique en rien pourquoi les lapins sont tombés malades. Je ne connais pas cette plante. Sais-tu de quoi il s'agit ?

Enira leva les mains au ciel, les bras écartés.

— Tu sais bien que la botanique et moi… commença-t-elle.

Elle s'interrompit soudain et fronça les sourcils, les yeux rivés à la feuille à demi rongée par les lapins.

— Qu'y a-t-il ? s'enquit Myst.

— Je me souviens, maintenant. Zeda en a acheté à la vieille du village. Tu sais, celle que tout le monde appelle la sorcière. C'est une plante médicinale, qui sert à soigner les migraines.

— Des migraines ? releva-t-il, incrédule. Zeda ne m'a jamais dit qu'elle y était sujette.

Enira haussa les épaules.

— Elle ne voulait peut-être pas t'ennuyer avec ses problèmes.

Myst se redressa en blêmissant.

— Cette vieille garce lui a refilé du poison, murmura-t-il.

— En tout cas, Zeda n'a pas dû en prendre. Je l'ai croisée, tout à l'heure, et elle ne m'a pas semblé malade…

— Je vais à Bergin, décida Myst. Tu n'as qu'à commencer à t'entraîner sans moi.

— Que vas-tu faire ? demanda Enira avec inquiétude.

— Je vais trouver cette sorcière et lui demander des comptes ! lança-t-il, furibond, en s'éloignant des clapiers.

Il ignora les recommandations de prudence de sa sœur et trottina en direction du village. Il avait un très mauvais pressentiment et voulait tirer cette histoire au clair au plus vite. Si la sorcière n'était pas au marché, il irait jusqu'au taudis qu'elle habitait, quelque part au cœur de la forêt la plus sombre et la moins fréquentée de la région.

Tandis qu'il s'enfonçait dans les sous-bois, il envisagea toutes sortes d'hypothèses afin d'expliquer cette ignominieuse tentative d'empoisonnement. Après avoir écarté les plus farfelues, il en retint deux : ou la vieille était une folle meurtrière, ou Zeda était, comme beaucoup avant elle, la malheureuse cible de la haine anti-khullani qui était de mise dans les campagnes d'Isthmir. Il lui vint alors une troisième idée, qui lui glaça les sangs : et s'il s'agissait d'une attaque commanditée par les traqueurs ? L'avaient-ils déjà repéré ? Voulaient-ils l'attirer dans un piège ?

La main serrée sur la garde d'Amnor, il accéléra le pas, plus déterminé que jamais à en découdre avec d'éventuels ennemis.

Ψ

Tapi à l'ombre d'un bosquet, il observait attentivement la bicoque de guingois depuis plus d'une demi-heure. La sorcière devait être occupée à la concoction de quelque potion, car des tintements de gamelles lui parvenaient et de minces volutes au désagréable fumet d'œuf pourri s'échappaient d'une fenêtre ouverte. Mais nulle trace d'autre présence humaine aux alentours.

Le soleil était déjà haut. Il serait probablement en retard pour le repas, et Guerina ne manquerait pas de le semoncer vertement. Il décida qu'il avait assez attendu et dégaina Amnor en quittant le couvert des arbres. Il ne serait pas difficile de neutraliser une vieille femme seule…

— Enfin ! entendit-il alors qu'il s'approchait de la porte d'entrée entrouverte.

Il s'immobilisa, le cœur battant. La vieille femme n'était peut-être pas seule, finalement…

— Qu'attendez-vous pour entrer ? ajouta-t-elle avec impatience. Je ne vais pas vous manger !

Myst réalisa, non sans stupéfaction, qu'elle s'adressait à lui. Pourtant, il avait pris soin de ne faire aucun bruit. Il se sentit soudain idiot, et ce fut d'un pas moins déterminé qu'il franchit la porte. Il resta un long moment sur le seuil, Amnor pendant mollement au bout de son bras, à détailler avec ahurissement le coquet intérieur de l'ancienne. Il s'était imaginé, durant sa longue attente, une pièce en désordre remplie de vieux chaudrons cabossés, de gris-gris infects et de bocaux au contenu douteux dormant, pêle-mêle, sous un inextricable tapis d'antiques toiles d'araignées. Mais ce qu'il découvrait à présent était à mille lieues de l'idée que l'on se faisait, d'ordinaire, d'un cabanon de sorcière. La vieille aurait aisément pu remporter le prix de la meilleure femme d'intérieur, tant le sol était propre, les ustensiles bien ordonnés et les modestes meubles de bois brut dépourvus de la moindre poussière.

Occupée près du foyer, la sorcière prit le temps d'ajouter quelques ingrédients à la soupe qui mijotait dans son chaudron, de la touiller une paire de fois et de la humer, les yeux fermés, avant de se tourner vers Myst.

— Vous en faites, une tête, fit-elle avec un demi-sourire plein d'espièglerie. Qu'est-ce qu'on vous a raconté sur mon compte, pour que vous hésitiez tant à vous présenter ?

Tandis qu'elle avançait lentement vers lui pour l'accueillir, Myst détacha son regard des jolis napperons aux motifs naïfs qui trônaient au milieu de la minuscule table pour observer la vieille. Elle était aussi laide qu'on le prétendait, mais les pattes d'oie au coin de ses yeux trahissaient, curieusement, un tempérament joyeux. Plus étonnante encore était son attitude : face à un étranger qui épiait sa maison pendant une demi-heure et entrait chez elle avec un long couteau de chasse à la main, une vieille femme sans défense aurait normalement dû céder à la panique !

Décontenancé, il fixa la main qu'elle lui tendait sereinement d'un air halluciné. Il eut tout à coup le sentiment qu'il était le dernier des goujats et s'empressa de rengainer son arme en rougissant de honte.

— A-acceptez mes excuses, balbutia-t-il en lui serrant la main.

Sa poigne était ferme et chaleureuse. De toute évidence, elle n'avait pas ressenti la moindre peur à la vue d'Amnor. Elle devait savoir, par quelque tour de magie, que son interlocuteur n'était dangereux qu'en apparence.

— Installez-vous, lui proposa-t-elle dans un sourire.

Myst la remercia d'un hochement de tête et s'assit. Il se retrouva nez à nez avec un napperon figurant un chevreuil mal fichu gambadant joyeusement dans la forêt.

— Qu'est-ce qui vous amène, mon grand ? Voulez-vous une potion, un talisman, des herbes spéciales ou une simple consultation ?

Myst quitta des yeux le chevreuil au museau bizarrement porcin pour lever vers la vieille dame un regard méfiant.

— Je vois, dit-elle comme il gardait le silence. Cela explique pourquoi vous avez tant hésité. N'ayez crainte, j'ai ce qu'il vous faut…

— De quoi parlez-vous ? demanda le voleur alors qu'elle se dirigeait avec assurance vers l'impressionnante armoire d'apothicaire qui jouxtait le foyer.

— De votre impuissance, répondit-elle le plus naturellement du monde. N'est-ce pas pour ce genre de problème que vous me consultez ?

Le sang de Myst ne fit qu'un tour, et ce fut d'un ton plus que scandalisé, le torse bombé, qu'il lâcha sèchement :

— Je n'ai aucun problème de cet ordre, vieille dame !

Lorgnant d'un œil roublard le faciès écarlate du voleur, la sorcière laissa échapper un vilain gloussement.

— Quel malheur vous amène donc, bec-jaune ? demanda-t-elle d'une voix mielleuse.

— Je ne vous permets pas ! s'exclama Myst en se redressant d'un bond, la main sur la garde d'Amnor. Je suis un homme, tout ce qu'il y a de plus entier ! Dites-moi plutôt ce que vous reprochez à la femme que j'aime, pour avoir tenté de l'empoisonner !

Ponctuant l'accusation d'un grand geste théâtrale, il lança la feuille rabougrie collectée dans l'auge des lapins sur l'affreux napperon au chevreuil. La vieille ne parut pas aussi contrariée qu'il l'avait espéré, et ce fut avec un calme admirable qu'elle se dirigea vers un tiroir orné d'un collier de pâquerettes, l'ouvrit et en extirpa une étrange loupe concoctée à l'aide d'un vieux tesson de verre et de branchettes. Elle s'approcha à petits pas de la table et se pencha pour examiner attentivement la feuille, sans se départir de son agaçant sourire attendri.

— Hmmmm… Je vois, fit-elle avec une langueur exaspérante. Vous devez être l'élu de la jolie brune venue du désert.

— Oui, et alors ? Dites-moi plutôt pour quelle raison vous voulez la mort d'une innocente jeune femme !

— Je ne veux aucun mal à cette délicieuse enfant, démentit-elle en secouant la tête. Les plantes que je lui ai vendues peuvent s'avérer toxiques, sans préparation préalable, mais j'ai bien pris garde de l'en informer. Quand bien même elle se tromperait dans les dosages, cet adorable minois ne risquerait rien de plus qu'une bonne diarrhée…

— Allez donc dire ça aux pauvres lapins qui sont en train de crever ! s'écria Myst, à bout de nerfs, en pointant du doigt la direction qu'il pensait être celle des clapiers touchés par l'infortune.

La vieille eut une moue chagrine.

— Si c'était pour éviter aux lapins de proliférer, elle aurait dû me prévenir, marmonna-t-elle.

— Quoi ?

La sorcière poussa un long soupir.

— Hysope, rue et armoise, voilà tout ce que j'ai vendu à ta belle. Elle voulait éviter de tomber en cloque, disait-elle.

— Quoi ? répéta Myst, estomaqué.

Face à la mine défaite du voleur, l'expression de la vieille femme se radoucit.

— Un petit remontant vous fera le plus grand bien, déclara-t-elle en l'invitant à se rasseoir.

Myst se laissa tomber sur la chaise, les bras ballants, et fixa sans un mot le chevreuil difforme dont la maudite feuille barrait la gueule…

Ψ

Une foule dense et bigarrée s'entassait devant les portes de la ville. Les créneaux des remparts étaient décorés de grands fanions rouge et or tandis que sur les plaines alentour, les tentes poussaient comme autant de champignons multicolores. Un peu plus loin, des clôtures de fortune délimitaient d'immenses parcs peuplés de vaches, chèvres, brebis et porcs.

Ils avaient fait halte sur une colline et observaient toute cette agitation d'un œil intrigué.

— Irbin, l'informa Grunda. La foire annuelle bat son plein. C'est le plus grand marché aux bestiaux de la région. Chaque printemps, les éleveurs viennent de tout le duché, et parfois de plus loin, pour vendre leurs plus belles bêtes.

— Comment sais-tu cela ? s'étonna Azar.

— Guerina m'en a parlé.

— J'imagine que toutes les auberges ont été prises d'assaut, soupira-t-il, défaitiste. Dommage, j'aurais vraiment aimé me laver.

— Allons voir ça de plus près. Au pire, nous camperons au milieu des garçons vachers, grommela-t-elle, visiblement peu enthousiasmée par cette idée.

Ils tirèrent sur les rênes de Juno et descendirent la colline. Tandis qu'ils fendaient la foule, tous les regards se tournèrent vers eux, mais c'était davantage la belle jument d'un blanc immaculé que leurs deux silhouettes encapuchonnées qui retenait l'attention des forains et voyageurs. Juno, pour sa part, ne semblait pas à son aise au milieu de tout ce vacarme. Les oreilles couchées, elle jetait des regards craintifs de tous côtés, les yeux roulant dans leurs orbites.

Ils prenaient leur place dans l'interminable procession qui franchissait les portes de la ville quand un petit homme trapu affublé de gigantesques moustaches les accosta.

— Je vous en offre cent cinquante écus ! s'exclama-t-il en lorgnant la jument d'un œil expert.

— Nous n'avons pas l'intention de nous en séparer, répondit Azar d'un ton désolé.

L'homme laissa échapper un grognement déçu. Ils crurent un instant qu'il allait tourner les talons, mais après une courte hésitation, il se mit à marcher à leurs côtés, sans lâcher une seconde Juno des yeux.

— Deux cents, c'est mon dernier prix, lâcha-t-il après mûre réflexion.

— N'insistez pas, grogna Grunda. Nous en avons besoin.

— Je vous l'échange contre une autre monture et vous offre quatre-vingt écus en compensation, proposa le moustachu, nullement impressionné par les regards menaçants de l'Urkani.

— Nous voulons garder cette jument, répondit Azar sans parvenir à dissimuler son irritation croissante.

L'homme eut un petit ricanement.

— Je vois, je vois. Vous êtes durs en affaire. Et si nous en discutions chez moi, autour d'une chope ? Quand vous aurez vu mon haras, vous changerez probablement d'avis. J'ai en ma possession d'excellentes bêtes, aussi robustes et bien plus jeunes que celle-ci.

— Si vous tenez tant à l'acheter, c'est qu'elle doit être meilleure que vos carnes, cracha Grunda d'un ton méprisant.

À leur plus grande surprise, le moustachu éclata de rire.

— Meilleure, sûrement pas. Plus rare, à n'en pas douter. Il se trouve qu'elle ferait une excellente partenaire pour l'un de mes étalons. Cela fait des années que je recherche une belle femelle nordique, en vain. Il commence à prendre de l'âge, voyez-vous, et je désespère d'en obtenir une descendance de sang pur. Je peux monter jusqu'à cent écus si vous acceptez l'échange !

Azar et Grunda échangèrent un regard entendu, puis se rapprochèrent l'un de l'autre pour se consulter à voix basse.

— Qu'en penses-tu ? demanda l'Urkani. Sa proposition est plutôt alléchante, en fin de compte. À moins que tu ne tiennes vraiment à garder cette bête.

Azar prit le temps de réfléchir. Juno les avait bien servis jusqu'ici, et une jument d'une telle robustesse et d'une telle docilité ne se trouvait pas à tous les coins de rue. D'un autre côté, une bourse bien pleine leur serait plus utile qu'une bonne monture, une fois arrivés à Isthmir. *Qu'en dirait Myst ?* se demanda-t-il. Il se reprocha aussitôt de penser au voleur. Il s'était juré de ne plus jamais se préoccuper de lui…

— Faisons monter les enchères, répondit-il, décidé.

Il se tourna vers le dresseur de chevaux et lui adressa un sourire mielleux.

— Cent vingt écus nous aideraient probablement à surmonter le chagrin de la séparation, rusa-t-il. Nous cherchons un logement pour cette nuit. Un repas chaud serait également le bienvenu.

Une ombre passa brièvement sur le visage du moustachu tandis qu'il pesait le pour et le contre, mais la réflexion fut de courte durée : il se mit à caresser l'encolure de Juno et se fendit d'un large sourire.

— C'est entendu. J'ai assez de place pour vous accueillir, et puis ça me changera les idées, répondit-il en haussant les épaules. Depuis la mort de mon épouse, je jouis rarement de compagnie humaine. Mes chevaux sont mes seuls amis.

— N'avez-vous pas d'enfants ? demanda l'Urkani.

Le moustachu lâcha un grognement maussade.

— Ils ont préféré rejoindre la capitale pour “faire fortune”, comme ils disent, plutôt que de perpétuer la tradition familiale. Si j'avais su que ces petits cons me mépriseraient à ce point, je les aurais noyés à la naissance.

Azar et Grunda s'abstinrent de tout commentaire, mais tandis qu'ils franchissaient péniblement la porte sud, le prince eut une triste pensée pour son père. Cavar, s'il était encore en vie, songeait-il à sa progéniture avec autant de dédain ? C'était plus que probable…

— Nous ne sommes plus très loin, annonça le moustachu alors qu'ils traversaient une vaste place marchande noire de monde. Mon haras est bien situé, tout près des ruines de l'ancien temple. Vous serez au cœur des festivités.

— Nous désirons surtout nous reposer, répondit Grunda en jetant un regard las à un gros forain qui criait à tue-tête que sa volaille était la plus savoureuse de tout le royaume.

Ils quittèrent la place et s'engagèrent dans une venelle à peine plus large que leur charrette. Le long des murs s'alignaient des hommes à la mine patibulaire, lesquels jaugeaient les passants d'un œil vindicatif. Après s'être assurés qu'aucun garde ne traînait dans les parages, ils écartaient les pans de leurs capes pour montrer leurs marchandises, tels des paons exhibant leur plus beau plumage. Sachets d'herbes à fumer, stylets, colifichets et flasques d'alcool étaient savamment disposés dans de petites poches cousues à même le tissu de leurs nippes informes.

— Ne prêtez pas attention aux contrebandiers, leur conseilla leur bienfaiteur. Ils ne sont pas aussi ombrageux qu'ils en ont l'air.

Il dut, à plusieurs reprises, héler les trafiquants pour qu'ils s'écartent de leur passage. Le dresseur de chevaux devait être une figure connue, car les hommes, s'ils ronchonnaient en faisant la moue, s'éloignaient de bonne grâce.

L'altercation fut bien plus houleuse quand un vieil homme hirsute leur barra le chemin en brandissant sous leurs nez deux grands bâtons de bois chargés de gris-gris répugnants. L'un d'eux était même surmonté d'un crâne de chat à la mâchoire brisée.

— Repentez-vous, charognes ! vociféra-t-il. L'heure de la pénitence a sonné ! Égorgez vos femmes et vos enfants, brûlez vos maisons et jetez-vous dans les flammes ! Qu'il en soit fini de l'Homme !

— Écarte-toi, prêcheur ! tonna le dresseur de chevaux avec un geste méprisant de la main.

L'importun jeta l'un de ses bâtons au sol, fit un pas en avant et cracha aux pieds du dresseur.

— Tu regretteras de m'avoir battu froid, quand la mort te prendra par surprise ! La seule sagesse est d'aller au-devant d'elle ! Il n'y a de salut que sous terre !

— Si tel est le cas, pourquoi ne donnes-tu pas l'exemple ? remarqua judicieusement le dresseur.

Pris au dépourvu, le prêcheur déguenillé eut un mouvement de recul. Une ombre de doute passa sur son visage usé par l'errance, puis il carra les épaules pour lancer, sûr de lui :

— Il faut bien que quelqu'un répande la bonne parole. Je suis prêt à renoncer à ma propre rédemption pour le bien de tous. Le sacrifice n'est-il pas le fardeau des élus ?

Le dresseur éclata de rire. Il fut bientôt imité par les contrebandiers qui s'étaient approchés, plus curieux que menaçants. Azar et Grunda échangèrent un regard furtif, entre amusement et appréhension.

— Tu m'en diras tant ! Ne crois-tu pas, cependant, que tu serais plus convaincant si tu te zigouillais maintenant, devant nos yeux ?

À court d'arguments, le prêcheur fit mine de prendre congé. C'était sans compter sur les contrebandiers qui, les visages fendus de sourires goguenards, l'avaient discrètement encerclé. Réalisant qu'il était pris au piège, il se mit à tourner sur lui-même, son précieux bâton à crâne de chat serré contre sa poitrine.

— L-laissez-moi partir, bégaya-t-il.

— Tu fais moins le fier, prophète ! lança alors l'un des contrebandiers en sortant un court poignard de sous sa cape. Tu vois, c'est finalement toi que la mort cueillera par surprise aujourd'hui…

— Laissez-le ! intervint Azar.

Tous tournèrent vers le prince un regard étonné.

— Et qui c'est, celui-là ? demanda l'homme au poignard.

— C'est mon invité, dit le dresseur d'un ton d'excuse. Fais ce qu'il dit, s'il te plaît.

— Depuis quand accueilles-tu des étrangers chez toi, Belit ? s'étonna le trafiquant. Et pourquoi diable devrais-je écouter ce…

Il observa Azar, les yeux plissés, avec une grimace plus qu'éloquente.

— … type bizarre, acheva-t-il, songeur.

Le prince fit un pas vers le trafiquant et s'inclina respectueusement.

— Amnor de Khullan, archer et peintre, se présenta-t-il cérémonieusement. Je pense que vous vous méprenez quant aux véritables motivations de ce pauvre bougre. Qui élève le suicide au rang d'art suprême ne peut qu'appeler la mort de ses vœux. Seulement, tous ne trouvent pas le courage de passer à l'acte. C'est à n'en pas douter le cas de ce fou qui se prétend prophète. Pourquoi se serait-il aventuré dans cette venelle étroite, sinon pour se faire tuer ? Un homme qui tient à la vie ne se risquerait pas à vous provoquer, assurément.

— Es-tu en train de dire que nous avons des gueules d'assassins ? demanda le contrebandier en se renfrognant.

Azar se fendit d'un sourire qui se voulait chaleureux.

— Je dis seulement que vous avez l'air d'hommes qu'il ne faut pas trop chatouiller. Avec tout mon respect. Et quelque chose me dit que vous ne rendez pas si facilement service. Ce fou veut se faire étriper, même s'il n'en a pas tout à fait conscience. Vous ne voudriez pas lui offrir ce qu'il désire sans contrepartie, n'est-ce pas ?

Le contrebandier consulta ses compagnons du regard, hésitant. Il semblait un peu perdu.

— Qu'on le laisse aller, décida-t-il soudain. Mais je te préviens, maudit prophète, ajouta-t-il en pointant vers le malheureux un index menaçant, si je te revois ici, je te crève sur-le-champ !

Le prophète ne se fit pas prier. Omettant de récupérer le bâton jeté à terre, il remonta la venelle en courant comme un dératé, sans se retourner. Belit et ses invités reprirent leur route sans attendre, soulagés d'être enfin tirés de cette rixe. Le contrebandier marcha quelques instants à la hauteur du prince en le toisant d'un air suspicieux.

— Tu m'as bien embrouillé avec ton beau langage, je t'ai à l'œil, murmura-t-il avant de tourner les talons.

Azar ignora l'avertissement. Que risquait-il, après tout ? Ce ne serait pas la première fois qu'on lui planterait un poignard dans le dos…

La venelle débouchait sur une deuxième place. Elle était moins vaste que la première, mais la foule y était impressionnante. Le moustachu pointa du doigt un large portail surmonté d'un écriteau figurant deux chevaux courant au grand galop, crinière au vent, mais Grunda et Azar y prêtèrent à peine attention. Car de l'autre côté de la place, face à eux, une longue file de curieux s'étendait devant l'entrée d'un grand chapiteau aux couleurs rouge et or de la fête.

— Qu'attendent-ils ? s'enquit l'Urkani.

— Le montreur de monstres ! répondit leur hôte d'une voix enjouée. Celui-ci est venu spécialement d'Oswin ! Je vous l'avais dit, que mon haras était bien situé ! En tant que riverain, j'ai même accès à l'entrée secondaire, celle des privilégiés. On n'y fait pas la queue.

Et il se dirigea d'un pas assuré vers son portail.

Grunda jeta un coup d'œil embarrassé à Azar qui, immobile et blême, ne quittait pas des yeux l'entrée du chapiteau. Il se demanda, fugacement, ce qu'elle pouvait bien lire dans son regard, et si la haine profonde que lui inspirait cet endroit y était clairement perceptible. Ce devait être le cas, car elle s'empressa de tirer sur sa manche.

— N'y fais pas attention, murmura-t-elle. Demain, nous serons ailleurs.

Azar acquiesça à contrecœur et lui emboîta le pas, la tête basse.

Ψ

Tout en inspectant le cheval bai clair sous tous les angles, elle jetait des coups d'œil inquiets au prince. Celui-ci avait à peine desserré les dents depuis qu'ils avaient commencé la visite du haras. Il regardait les bêtes d'un air absent, comme si la transaction ne le concernait pas le moins du monde. Belit, le dresseur, ne semblait pas s'en rendre compte. Avec un enthousiasme exagéré, il n'avait de cesse de vanter les mérites de chacune de ses montures.

— Vous feriez une excellente affaire en choisissant Trèfle. Son ascendance est tout ce qu'il y a de plus pure.

— De quelle contrée vient cette race ? demanda Grunda, intriguée par le regard doré de l'animal.

— De Reycin. C'est une race très robuste, on s'en sert là-bas pour tirer les chariots miniers. Celui-ci est encore jeune, mais il gagnera en puissance au fil des ans.

— L'avez-vous nommé ainsi à cause de sa tâche ? s'enquit-elle en pointant du doigt la marque blanche sur son front, dont la forme indéfinie rappelait vaguement une feuille trilobée.

— J'ai eu tellement de bêtes, vous savez, s'excusa Belit avec une grimace navrée. À force, on est vite à court d'idées. Rien ne vous empêchera de lui trouver un autre nom.

— C'est parfait, dit Azar, sortant ainsi de son long mutisme.

Grunda leva un sourcil étonné.

— Dois-je en conclure qu'il te plaît ?

Le prince acquiesça.

— Il ne ressemble à aucun de ceux que j'ai connus, dit-il d'une voix blanche.

Et, sans attendre la conclusion de la transaction, il fit volte-face et se dirigea vers l'entrée de l'écurie. Tandis que Belit lui serrait chaleureusement la main, trop heureux d'être arrivé à ses fins pour percevoir la tension qui régnait, Grunda se demanda où Azar voulait en venir. Désirait-il tant tirer un trait sur son passé qu'il pensait devoir fuir tout ce qui lui rappelait de près ou de loin son pays et ce qu'il avait vécu en compagnie de Myst ?

— Allons fêter ça chez moi ! s'exclama Belit en l'invitant à le suivre.

Ils traversèrent la vaste cour circulaire où s'affairaient quelques garçons d'écurie à l'air fatigué, puis entrèrent dans la maison du dresseur. La pièce principale était basse de plafond et la lumière du jour y pénétrait difficilement. Sans la moindre gêne, Azar s'y était déjà installé. Assis dans un profond fauteuil de velours, il fixait pensivement les flammes qui dansaient dans la cheminée.

Belit leur avait permis de s'installer à l'étage, dans les chambres de ses ingrats de fils. Elles étaient d'une propreté irréprochable et rangées avec minutie. À croire que le pauvre homme, malgré son ressentiment, espérait encore le retour de l'un d'eux. Les garçons d'écurie, pour leur part, étaient logés de l'autre côté de la cour, au plus près du haras, dans des maisonnettes en bois qui n'étaient plus de première fraîcheur.

Comme Belit disparaissait dans sa cave pour se mettre en quête d'un alcool quelconque, Grunda et Azar se retrouvèrent enfin seuls. L'Urkani s'approcha prudemment du prince morose et posa une main sur son épaule. Azar sursauta.

— Tu sembles soucieux, remarqua-t-elle.

Le prince roula des épaules pour lui signifier qu'elle devait ôter sa main, puis s'enfonça plus profondément dans son fauteuil avec un soupir agacé.

— Il faut que j'y entre, grommela-t-il.

— Veux-tu parler de ce grand chapiteau ? demanda-t-elle. Je ne pense pas que ce soit une très bonne idée.

Azar leva les yeux sur elle.

— Allons-y ensemble, s'il te plaît. Je dois voir cela de mes propres yeux. J'en ai besoin, mais je ne sais pas si j'arriverai à le supporter sans une amie à mes côtés.

Grunda hésita. Elle était assez peu convaincue par la mine suppliante que le prince tentait difficilement de se composer.

— Si tu as une idée derrière la tête, je préférerais que tu me mettes au courant, dit-elle d'un ton méfiant.

Azar secoua la tête.

— Je veux juste savoir si je suis vraiment le seul, répondit-il.

Grunda écarquilla les yeux, stupéfaite. Caressait-il vraiment cet espoir insensé de trouver, un jour, d'autres "hommes-reptiles" en ce monde ? *S'il y en avait d'autres comme lui, ça se saurait*, songea-t-elle, mais elle se garda bien d'en faire la remarque.

Belit remonta de sa cave, un énorme pichet de vin dans les mains et un sourire lumineux accroché aux lèvres. Grunda se pencha sur le prince tandis qu'il disposait méticuleusement des chopes d'étain sur la table de pierre.

— C'est d'accord. Je t'accompagnerai sous le chapiteau dès que nous pourrons quitter notre hôte sans paraître impolis, chuchota-t-elle à son oreille.

Le prince lui adressa un timide sourire reconnaissant. Elle s'efforça de le lui rendre, tout en espérant qu'ils seraient trop saouls, d'ici quelques heures, pour seulement songer à quitter les profonds fauteuils de velours.

Quand chacun fut servi, le maître des lieux souleva sa chope au-dessus de sa tête.

— Au bienheureux hasard qui m'a fait croiser votre chemin ce matin ! déclama-t-il.

Puis il but une longue gorgée de vin, trempant ses impressionnantes moustaches.

— Au bienheureux hasard ! répéta Grunda. Si nous ne vous avions pas rencontré, nous planterions sûrement notre tente au milieu des bouses de vaches, à l'heure qu'il est.

Elle but à son tour et fut bientôt imitée par le prince qui, s'il semblait plus détendu, ne se départait pas de sa mine morose. Soudain, au-dehors, une voix s'éleva au-dessus du brouhaha continu de la foule qui se pressait sur la place.

— Repentez-vous, charognes ! Ouvrez les ventres des femmes et jetez leurs entrailles aux chiens ! Qu'aucun homme ne vienne plus à naître !

— Quel casse-pieds, celui-là ! s'emporta Belit en reposant brutalement sa chope. C'était très généreux de votre part, de prendre sa défense tout à l'heure, mais j'avoue que je n'aurais pas été mécontent d'assister à son exécution ! Ces prophètes de pacotille pullulent à tous les coins de rue ! Il en naît un nouveau chaque jour, encore plus cinglé que les précédents…

Il s'interrompit soudain et dévisagea ses invités comme s'il les voyait pour la première fois. Quand son regard se posa sur Azar, ses sourcils se soulevèrent brièvement, puis il s'empressa de détourner les yeux. Trop accaparé par l'acquisition de Juno, il venait seulement de remarquer l'étrange apparence du prince.

— Je vois, murmura-t-il. J'imagine que vous adorez encore les anciens dieux. Vous ne savez rien de ce qui se passe ici, depuis que Kendur nous a abandonnés... D'où venez-vous exactement ?

— Je suis Urkani, répondit Grunda, non sans méfiance. Et mon ami est Khullani.

— Ça fait une sacrée trotte, commenta-t-il. Qu'est-ce qui vous amène en Isthmir ?

Grunda consulta Azar du regard avant de répondre. Comme il hochait discrètement la tête, elle décida de dire la vérité.

— Nous avons réussi à fuir Puits-aux-poisons juste avant l'invasion des hommes-bêtes du despote Astar. Je me dirige vers Vilgrith, où j'espère trouver un navire qui me ramènera à Urkanir.

Belit eut une moue désolée.

— C'est une entreprise risquée et un tel voyage coûte cher.

Grunda haussa les épaules.

— Avec un peu de chance, on acceptera de m'engager comme mousse. Si je coupe mes cheveux, je devrais pouvoir me faire passer pour un homme.

Belit la détailla de la tête aux pieds, mais il ne fit aucun commentaire. Il ne semblait pas convaincu que le subterfuge pût fonctionner. Il se tourna vers Azar et demanda, hésitant :

— Et vous, jeune homme? Comptez-vous suivre votre amie ?

— Non. Je n'ai rien à faire à Urkanir, et rentrer à Khullan est pour l'instant inenvisageable. Je trouverai un moyen de gagner ma vie à Isthmir.

— Je vous souhaite bien du courage, marmonna le dresseur. On n'aime pas trop les gens du désert, dans la capitale. Avez-vous quelque talent ?

— Je suis bon archer, sais peindre et connais quelques remèdes de guérisseur, répondit humblement Azar.

Belit reposa sa chope et laissa échapper un curieux grognement.

— Je doute que ces idiots de la capitale acceptent de se faire soigner par un étranger, dit-il, et l'armée de Valkir est essentiellement composée d'Isthmiris. Quant à la peinture, ce n'est pas un art très populaire chez nous. Nous préférons le théâtre. Savez-vous jouer la comédie ?

— Pas vraiment, fit Azar en grimaçant.

— C'est fort dommage, soupira Belit. Les bons acteurs sont encensés par le peuple, et qu'importe d'où ils viennent. J'ai ouï dire qu'un immigrant de Dzethla brillait actuellement sur les planches de la capitale. Il serait devenu, en quelques mois, l'un des proches du roi lui-même... Mais j'y pense, ajouta-t-il avec enthousiasme, une troupe locale interprète son dernier succès ce soir même, sur la place du marché ! Bien sûr, ça ne vaut sûrement pas la pièce originale, mais on dit qu'ils sont bons, pour des amateurs…

— Nous avons fait une longue route, le coupa froidement Azar. Nous nous coucherons tôt et partirons à l'aube.

— Oh, fit faiblement Belit, déçu. Je comprends. C'est regrettable, d'autant plus que le thème aurait pu vous intéresser. L'intrigue se déroule précisément dans votre royaume. D'après ce qu'on m'en a dit, elle retrace l'histoire de ce prince héritier un peu efféminé qui aurait trahi son propre père avant de mourir sottement dans un cachot. Il paraît qu'il était à moitié homme-bête, vous savez. Son nom ne me revient pas, marmonna-t-il en se rongeant un ongle, le front plissé.

— Azar.

C'était le prince lui-même qui venait de lâcher son nom. Comme elle tournait vers lui un regard effaré, Grunda remarqua qu'il avait blêmi. Il fixait intensément le dresseur, la mâchoire serrée.

— Oui, c'est cela, approuva Belit en claquant des doigts, un large sourire aux lèvres. Je n'arrive décidément pas à me mettre ce foutu nom dans la tête !

— Comment s'intitule cette pièce ? demanda Azar d'un ton détaché.

— *Le Prince Anathème*, il me semble, répondit Belit.

Azar déglutit péniblement.

— *Anathème* ? répéta-t-il entre ses dents.

Belit leva les mains au ciel, l'air désolé.

— Je sais, le titre n'est pas terrible, mais tous ceux qui l'ont vue m'ont assuré qu'ils n'avaient jamais autant ri de leur vie ! J'ai un client, du genre austère pourtant, qui m'a avoué avoir mouillé ses chausses en y assistant ! C'est dire qu'elle est hilarante !

— Il s'agit donc d'une comédie, constata platement Azar.

Il s'était efforcé de parler posément, gardant un visage aussi lisse qu'à l'accoutumée, mais il n'échappa pas à Grunda que ses longs doigts gantés s'enfonçaient profondément dans les accoudoirs de velours de son fauteuil. Sentant le danger approcher, elle décida de mettre un terme à la conversation. Elle se leva d'un bond et lança, d'un ton guilleret qui sonna faux à ses propres oreilles :

— Eh bien, Amnor, si nous allions jeter un coup d'œil à ce chapiteau ?

Azar et Belit sursautèrent de concert et levèrent vers elle un même regard surpris. Mais si le prince semblait sur le point de commettre un meurtre, le visage du dresseur venait de s'illuminer.

— Très bonne idée ! s'exclama-t-il. Allons-y !

Il se leva à demi, puis s'immobilisa soudain.

— Excusez-moi, peut-être désirez-vous y aller seuls ? bredouilla-t-il, confus.

Grunda se mit à rire.

— Qu-qu'y a-t-il ? demanda le dresseur d'une voix tremblante.

— Rien, répondit-elle. Je vous trouve très attachant, dans votre genre.

Belit s'empourpra plus que de raison et de grosses gouttes de transpiration commencèrent à perler sur sa moustache poivre et sel. Tandis qu'il la dévisageait en ouvrant de grands yeux ronds, Azar finit d'extraire ses griffes du fauteuil et se dirigea d'un pas décidé vers la porte d'entrée.

— Nous acceptons que vous nous accompagniez, à condition que vous nous fassiez passer par l'entrée secondaire, dit-il d'un ton péremptoire.

Belit haussa un sourcil étonné, mais le brave homme était bien trop gentil pour remettre son invité à sa place.

— Je vais essayer, répondit-il servilement.

Il les précéda dans la cour, puis leur demanda de l'attendre devant le portail tandis qu'il allait prévenir ses employés de son départ. À peine avait-il tourné les talons que Grunda foudroya le prince du regard.

— Tu pourrais au moins te montrer poli avec l'homme qui nous héberge ! cracha-t-elle.

— Je fais ce que je peux, rétorqua Azar, glacial.

— Tu n'en donnes pas l'impression ! objecta-t-elle en croisant les bras sur la poitrine, réprobatrice.

Azar prit une profonde inspiration, les yeux mi-clos.

— Je voudrais bien t'y voir, toi ! explosa-t-il. Comment réagirais-tu si tu apprenais que tu es le personnage principal d'une bouffonnerie si hilarante que les bourgeois en viennent à se pisser dessus ?

— Eh bien, je crois que je serais… *agacée*, avoua Grunda en le lorgnant par en dessous.

Elle eut, fugacement et bien involontairement, la vision du fier prince déguisé en bouffon isthmiri, affublé de l'un de ces curieux bonnets à clochettes et d'une coquille bicolore exagérément bombée, cabriolant et dansant en imitant le cri de quelque animal de basse-cour.

— Comme si ma vie prêtait à rire, ronchonna-t-il. Je n'ai pas ri du tout, moi, ces dernières années. Si je tenais le scribouillard prétentieux qui m'a rendu si drôle, je te jure que je le…

Il s'interrompit soudain pour toiser Grunda d'un regard plus noir qu'une nuit sans lune : la tête dans les épaules, l'Urkani se mordait les lèvres pour retenir un fou rire.

7

Brasier

Curieusement, la fondation du royaume isthmiri découle directement de l'apparition des torglaths. Effarouchés par cette nouvelle menace, les tribus qui avaient déjà appris à cohabiter pacifiquement commencèrent à se rassembler afin d'évoquer les divers moyens de se prémunir contre un tel fléau. Les alliances se multiplièrent, les communautés s'élargirent et bientôt, la famille ne fut plus au centre de la société.

C'est à cette époque que les premières ébauches de Sefir, Irbin, Isthmir et Wige virent le jour. Il ne s'agissait alors que de villages fortifiés où se rassemblaient plusieurs tribus qui désiraient unir leurs forces contre l'adversité. Chaque chef de clan avait son mot à dire quant à l'administration de la communauté, ce qui ne manqua pas de créer des tensions.

Le village qui s'était installé sur la rive gauche du Kirn était le plus peuplé d'entre eux, et fut donc le premier à comprendre qu'afin d'assurer une paix durable, il était nécessaire de se doter d'un chef unique. Il fallut, dit-on, plus de trois ans pour mettre tout le monde d'accord, mais au terme de bien des débats, et grâce à quelques assassinats savamment orchestrés, le dénommé Isthmir s'imposa comme l'homme le plus apte à régner.

Grandeur et décadence du Royaume d'Isthmir, par l'historien Baenryr de Sefir.

Ψ

— Pourquoi ?

Elle resta muette, les yeux résolument baissés sur ses mains croisées. Dans la pièce adjacente, Enira et Guerina finissaient de débarrasser la table en conversant à voix basse. L'atmosphère pesante du repas n'avait pas dû leur échapper.

— Je croyais que tu voulais fonder une famille ! ajouta-t-il comme Zeda gardait farouchement le silence. N'es-tu pas heureuse, avec moi ?

La marchande laissa échapper un long soupir.

— Bien sûr que si, murmura-t-elle en lissant distraitement le drap sur lequel elle était assise.

— Alors où est le problème ? s'emporta Myst.

Zeda jeta un coup d'œil craintif à la porte de leur chambre.

— Parle moins fort, elles vont nous entendre.

— Je parle fort si ça me chante ! vociféra-t-il, à bout de nerfs.

Zeda sursauta d'effroi, mais il n'en avait cure. La colère qu'il avait contenue depuis son retour de Bergin devait éclater.

— Tu n'arrêtais pas de répéter que tu voulais un enfant de moi, que nous construirions notre propre chaumière pour l'y élever ! Nous avions même décidé de l'endroit où nous nous installerions ! déclama-t-il en faisant les cent pas, rouge de rage. Et voilà que j'apprends que tu te concoctes des potions pour ne pas tomber enceinte, au risque de te rendre malade ! Qu'est-ce qui ne tourne pas rond chez toi, à la fin ?

— Je devrais te retourner la question, lança-t-elle en le foudroyant d'un regard défiant.

Myst s'immobilisa, les bras ballants.

— Que veux-tu dire ?

Mal à l'aise, Zeda se mit à entortiller le coin du drap entre ses doigts.

— Je veux dire que le problème ne vient peut-être pas de moi, répondit-elle d'une voix tremblante. Oui, je veux des enfants et je veux qu'ils mènent une vie simple. Je veux avoir ma propre maison et vivre du travail de la terre… Mais toi, est-ce vraiment ce que tu désires ?

La question prit Myst au dépourvu. Ses yeux roulèrent dans leurs orbites alors qu'il réfléchissait intensément, le front plissé.

— Je veux te rendre heureuse, moi.

Zeda pouffa, mais son rire était plein d'amertume.

— C'est bien ce que je pensais. Tu ne veux pas vraiment de cette vie ordinaire. Tu rêves d'autre chose.

— Bien sûr que non ! démentit-il en se précipitant vers le lit.

Il s'agenouilla devant elle et prit ses mains dans les siennes pour les baiser.

— Je t'aime, Zeda. Tout ce qui m'importe, c'est d'être avec toi ! Si tu décidais de vivre sur un glacier de Miurg et d'élever des phoques, je te suivrais sans hésitation ! Tu ne veux pas d'enfants ? Peu m'importe. Mais je t'en prie, ne mets plus ta vie en danger avec ces saletés de plantes toxiques ! Je ferai attention, je te le promets…

À son grand désarroi, Zeda le repoussa doucement. Elle semblait sur le point de pleurer.

— Tu ne comprends pas, Myst. Je veux un enfant de toi, mais pas avant d'être sûre et certaine que tu es prêt, toi aussi.

— Je le suis ! s'exclama le voleur, aux abois.

Zeda secoua lentement la tête.

— Je ne te crois pas.

— Ne me fais-tu pas confiance ?

— Non.

Un lourd silence s'abattit dans la chambrette. Myst se rembrunit. Il se leva pour retourner se poster devant la porte, les bras croisés sur la poitrine. Il ne se serait pas senti plus blessé si Zeda lui avait enfoncé un poignard en plein cœur.

— Tu me prends pour un gamin irresponsable, pas vrai ? rognonna-t-il en fixant le bout de ses bottes.

— Absolument pas.

— Alors quoi ? Ne suis-je pas assez bien pour toi ? geignit-il, les lèvres tremblantes. Préférerais-tu un homme plus mûr ou plus riche, comme cet idiot de Frigrin qui te fait tant marrer ?

Zeda releva précipitamment la tête pour le dévisager d'un air ahuri, les yeux exorbités.

— Qu'est-ce que Frigrin vient faire sur le tapis ? demanda-t-elle.

— Ah ! rétorqua-t-il en pointant sur son nez un index accusateur. Il est à ton goût, hein ?

Zeda se prit la tête dans les mains, exaspérée. Il réalisa soudain qu'il était ridicule et s'empressa de ranger le doigt fautif dans sa poche. Au même instant, la porte s'ouvrit et Guerina apparut sur le seuil. Elle dévisagea son fils d'un regard sévère.

— Quand cesseras-tu de tourmenter cette pauvre femme ? tonna-t-elle. C'est moi qui ai conseillé à Zeda de prendre ses précautions pour ne pas tomber enceinte, alors si tu dois engueuler quelqu'un, engueule-moi !

Myst hoqueta. Il était si éberlué qu'il ne put esquisser le moindre geste, et ce fut avec une impuissance atterrante qu'il regarda Zeda filer, les épaules secouées de sanglots, hors de la chambre.

— Tu m'as bien entendue, reprit Grunda quand elle eut disparu. J'ai dit à Zeda qu'il valait mieux attendre.

— J'aurais dû me douter que tu étais derrière tout ça, dit-il d'un ton de reproche. Tu ne l'as jamais aimée, je le sais bien...

— Tu te trompes, le coupa gravement Guerina. J'ai beaucoup d'estime pour elle. Si ce n'avait pas été le cas, je l'aurais laissée se fourvoyer sans aucun remord.

— Se fourvoyer ? répéta Myst, scandalisé. Sous-entendrais-tu qu'aimer un type comme moi est une erreur ?

— Oui, lâcha-t-elle calmement.

S'ensuivit un pesant silence. La mère et le fils échangèrent de longs regards lourds de reproches.

— J'ai eu tort d'aimer ton père, daigna enfin s'expliquer Guerina. Son inconstance et son égoïsme ont fait de ma vie un enfer. Il disait vouloir fonder une famille, lui aussi. Si quelqu'un m'avait raisonnée, à l'époque, et m'avait convaincue de le fuir à toutes jambes, peut-être aurais-je eu droit à ma part de bonheur. J'aurais pu me marier avec un homme aimant, mes enfants auraient eu un vrai père et l'on m'aurait respectée. Voilà pourquoi j'ai mis en garde Zeda. Cette fille ne mérite pas d'être la nouvelle "putain" de Bergin, non ?

— Je ne suis pas mon père ! cria Myst. Comment oses-tu me comparer à ce porc ? Il a fait de ta vie un enfer, dis-tu, mais as-tu la moindre idée de ce que j'ai traversé quand je vivais avec lui ? Il me battait constamment et me rabaissait à la moindre occasion ! Tu dois me haïr encore plus que lui pour penser que je pourrais faire subir le même sort à Zeda et à mes enfants !

La voix de Myst s'étrangla.

— Tu es exactement comme ton père, dit Guerina. Tu es un homme bon et doux, mais tu ne maîtrises rien.

— Peut-être, reconnut-il dans un murmure, mais je fais tout pour lui résister.

— Tu n'y peux rien, Myst. Kaldius fait autant partie de toi qu'il faisait partie de lui. Tôt ou tard, et aussi fort soit ton désir de rester près d'elle, l'esprit des Hait-dieux te poussera à reprendre la route.

— Je lui résisterai, déclara Myst, d'un ton cependant peu assuré.

— C'est ce qu'il disait, lui aussi...

Le voleur essuya péniblement les larmes qui commençaient à perler sur ses joues. Il avait fini par faire de modestes projets, croire à une vie toute simple, loin du tumulte des guerres et de ces absurdes conflits de dieux auxquels il ne comprenait rien, et il fallait que ce maudit esprit fiche tout en l'air ! Zeda ne croyait pas en lui, et encore moins sa propre mère qui lui enjoignait, à demi-mot, de repartir loin d'elle. Seul Azar avait cru en lui et avait tout fait pour qu'il se défît de l'emprise de Kaldius, jusqu'à risquer sa vie. Azar qui l'avait lâchement abandonné, le laissant seul aux prises avec ses propres doutes !

— Je n'étais pas certain que tu connaissais l'existence de Kaldius, dit-il. Je comprends, à présent, pourquoi tu te méfies de mes promesses. Je suis rassuré, dans un sens. J'ai cru, un instant, que tu me détestais réellement.

— Bien sûr que non, mon fils, répondit Guerina d'une voix douce. Sache que pas un jour n'a passé, lors de tes cinq années d'exil, sans que je m'inquiète pour toi. Sache aussi que si je suis ravie de t'avoir retrouvée, il me tarde de te voir repartir.

— Pourquoi ?

Guerina eut un curieux gloussement amusé.

— Allons, Myst. Kaldius ou pas, tu ne me feras jamais croire qu'une simple vie de fermier pourrait te convenir !

— Tu as peut-être raison, avoua-t-il. Mais je ne veux pas renoncer à Zeda. J'ai vécu si longtemps dans la solitude…

Un bruit de course effrénée l'interrompit. Quelqu'un entra dans la chaumière, haletant, et renversa une écuelle qui s'abattit sourdement sur le sol. Il dégaina Amnor et écarta sa mère de l'entrée de la chambre pour faire rempart de son corps. La porte s'ouvrit à la volée et Enira apparut sur le seuil. Elle ouvrit et ferma la bouche comme un poisson hors de l'eau, peinant à reprendre son souffle, le doigt tendu vers la fenêtre.

— Il y a… un type… trop bizarre dans la forêt ! parvint-elle à cracher entre deux longues inspirations.

Ils quittèrent précipitamment la chambre et se ruèrent au-dehors. Ils virent alors qu'un chariot avait quitté la forêt pour se diriger droit sur eux. Tiré par deux gros bœufs à la robe sombre, il cahotait péniblement sur les fondrières de la prairie. Le conducteur, un petit homme mince en habits de ville, portait le chapeau en pointe caractéristique des camelots isthmiris.

Ils observèrent son étrange manège avec appréhension. Il n'était pas dans l'habitude de ces marchands de s'éloigner des routes, et jamais l'un d'entre eux n'avait traversé cette clairière isolée pour leur proposer ses babioles. S'était-il égaré ? Si tel était le cas, ce devait être un fieffé crétin !

Le chariot s'immobilisa à quelques pas du puits. Le conducteur en descendit lentement, peinant à détendre ses jambes. Ils crurent un instant qu'il allait, sans aucune vergogne, se servir de l'eau sans en demander l'autorisation aux propriétaires, mais contre toute attente, il se dirigea d'un pas sûr vers la chaumière. Lorsqu'il les vit, il leur adressa un petit signe de la main. Ils ne purent en jurer, car il était encore loin, mais il leur sembla qu'il souriait.

— Restez là, dit Myst, blême, en appréciant du bout des doigts le tranchant de sa lame.

Il avança d'un pas déterminé vers l'inconnu, le cœur battant. S'agissait-il de l'un de ces chasseurs de Hait-dieux qui battaient la campagne à la recherche des descendants de Kaldius ? Il devait se tenir prêt…

Il s'immobilisa près du puits. Ces profondes cicatrices, cet air chafouin ne pouvaient appartenir qu'à une seule personne...

— Par les couilles atrophiées de Kendur ! s'exclama-t-il, incrédule.

Il lâcha Amnor et sauta au cou du camelot pour l'étreindre. Il entendit, derrière lui, les hoquets éberlués des deux femmes, qui s'étaient sans doute attendues à autre chose qu'à de sympathiques accolades.

— Que fais-tu ici ? demanda-t-il, incrédule.

— C'est une ben longue histoire. Une d'ces histoires qui s'racontent pas ave' l'gorge sèche, filouta Futé, le regard brillant.

Ψ

Intriguée, elle ne cessait d'observer l'étranger à la dérobée. Il s'était laissé choir sur la première chaise à sa portée et s'était littéralement jeté sur la chope de vin que lui avait tendue Myst, comme s'il venait de traverser le désert de Khull d'une traite. Puis il s'était lancé dans un long récit. Myst et lui s'étaient perdus de vue à Valjteph et beaucoup d'eau avait coulé sous les ponts depuis.

Il était laid et ses manières manquaient assurément de délicatesse. Ses frusques étaient sales et puaient la transpiration. Pour ne rien arranger, il avait une voix nasillarde fort désagréable et il fallait faire de gros efforts pour comprendre ce qu'il racontait. Enira avait décidé, sans trop d'hésitation, qu'il lui était antipathique, et à en juger par la mine pincée qu'elle affichait, sa mère devait partager ses sentiments.

Ils s'installaient autour de la table quand Zeda était rentrée de la plage, visiblement calmée. Son visage était sec et seul son regard lointain trahissait une humeur mélancolique. Lorsqu'elle avait vu Futé, elle s'était fendu d'un large sourire et l'avait étreint affectueusement. Enira et Guerina avaient échangé un regard incrédule. Que Myst pût sympathiser avec un homme si louche n'avait rien de très surprenant, mais Zeda…

— La cam'lote s'vend pas très ben dans l'coin, conclut Futé. Les gens d'la campagne ont pas d'sous pou'l'superflu...

— Ça alors ! s'exclama Myst, ébahi. Si l'on m'avait dit, il y a un an de ça, que tu te retrouverais à vendre des bijoux de contrefaçon, je n'en aurais pas cru un mot !

— Et moi donc ! renchérit Futé, tout sourire.

— Avec Egar et Samma, en plus ! On ne peut rêver trio plus mal assorti.

Futé haussa les épaules.

— La bonn'femme a un fichu caractère, dit-il en faisant la moue, mais c'est grâce à ses talents d'faussaire qu'on est pas à la rue. Et pis, ajouta-t-il avec un clin d'œil qu'Enira jugea passablement déplacé, l'est pas désagréab' à r'garder, la bougresse !

— Et Egar ? demanda Myst en se penchant sur la table, le regard brillant de curiosité. Comment arrives-tu à supporter ce blanc-bec ?

— C't'un brav'gamin, y m'dérange pas. C'est plutôt pour lui qu'c'est difficile.

— Pourquoi ?

— Parce qu'la Samma lui en fait voir d'toutes les couleurs, pardi ! L'arrête pas d'l'rembarrer, l'pauv' ! L'pire, c'est qu'j'le soupçonne d'en pincer pour elle…

Myst eut un sourire torve, mais il ne fit pas le moindre commentaire. Enira se demanda pourquoi cette nouvelle le réjouissait tant. Elle fut tentée de lui demander qui étaient Egar et Samma, et pourquoi ni lui ni Zeda n'avaient jamais daigné lui parler de ces gens, mais elle n'osa pas. L'étranger l'intimidait et sa mère n'apprécierait sûrement pas qu'elle s'immisce dans des “conversations d'adultes”.

Elle baissa le nez et se perdit dans la contemplation de la table. On lui faisait toujours des cachotteries, à elle. Elle avait beau avoir dix-sept ans, tout le monde la traitait encore comme une gamine, et si elle voulait se tenir au courant, il lui fallait toujours jouer à l'espionne. Ce matin même, lorsque Guerina lui avait demandé d'aller chercher de l'eau au puits...

Elle s'était alors docilement exécutée, mais elle n'était pas dupe : sa mère voulait juste l'éloigner de la chaumière afin qu'elle n'entendît pas la dispute entre Myst et Zeda. Elle avait rempli un seau à demi, sans cesser de grognonner ni de jeter des coups d'œil revanchards à la chaumière toute proche, mais quand elle avait vu Zeda s'enfuir en courant vers la plage, pleurant à chaudes larmes, sa curiosité avait été la plus forte. Elle était alors revenue vers la maison et s'était glissée sous la fenêtre de la chambre de son frère.

Les bribes de conversation qu'elle avait surprises étaient incompréhensibles. Sa mère et son frère semblaient se disputer à propos d'un certain Kaldius, mais elle n'avait jamais entendu parler de cet homme. Elle avait particulièrement tendu l'oreille quand ils avaient évoqué Mefir, ce père dont on ne devait jamais prononcer le nom, dont elle ignorait tout et brûlait pourtant de tout connaître. Mais une fois de plus, elle était restée sur sa faim : les propos de Myst et Guerina étaient contradictoires et elle n'aurait su dire, à la fin, si son géniteur avait été un tortionnaire ou un homme de bien…

— Il y a quelque chose qui m'intrigue, dit Myst. Je ne me souviens pas t'avoir parlé de mon village. Comment as-tu su où me trouver ?

— C'est l'gamin qui m'l'a dit.

— Egar l'ignorait tout autant, remarqua Myst.

— Pas c'lui là, répondit Futé en se resservant, sans même en demander l'autorisation, une généreuse chope de vin. C'lui qu'était dans la Charge et qu't'as fait exiler.

Myst ouvrit des yeux ronds comme des soucoupes et laissa échapper un inélégant gargouillis étonné.

— Dugust ? lâcha-t-il dans un souffle.

— Ouais, répondit le camelot. L'est installé à Isthmir, lui aussi…

— J'ignorais que vous vous connaissiez.

— J'l'avais jamais vu avant, mais avec Egar, on est tombés su'l'cap'taine Kesher et son lieut'nant, c'lui qu'a plus qu'un bras, et d'fil en aiguille, nous ont présenté l'Dugust.

À son tour, Myst remplit sa chope vide. Enira remarqua que sa main tremblait légèrement. Il semblait sous le choc.

— Alors… tout le monde est à Isthmir, murmura-t-il, les yeux dans le vague.

Il y avait comme de l'envie dans ce soupir. Zeda ne parut pas s'en apercevoir, ou peut-être feignait-elle habilement d'y être indifférente, mais Enira remarqua, du coin de l'œil, le regard grave que sa mère jeta à son fils, par-dessus son épaule. Agenouillée devant le foyer, elle était occupée à surveiller une infusion de feuilles de sauge. La tisane, selon une vieille tradition familiale, était toujours servie aux voyageurs fourbus. Elle était censée leur éviter un refroidissement.

— Azar avait donc raison, reprit Myst après un long silence. J'étais si persuadé que Kesher et Verth resteraient dans les montagnes, au plus près des événements…

— L'auraient fait s'ils avaient pas eu une bande d'loqueteux à s'occuper, lui apprit Futé. Y a eu beaucoup d'morts dans les montagnes, et l'Kesher s'est fait un point d'honneur à protéger ceux qu'avaient pas crevé. L'a réussi, mais c'tait p't'êt' pas un service à leur rend'.

— Pourquoi ? demanda Zeda.

— Parc'qu'ils crèvent de faim, pardi ! L'vivent comme des rats et les Isthmiris s'en foutent. S'y pouvaient les achever, l'feraient sans vergogne. L'Kesher passe l'plus clair d'son temps au château, à essayer d'se faire entend', mais tout l'monde l'prend pour un hurluberlu.

Myst grimaça.

— Si je comprends bien, tous les réfugiés de Khullan sont plus ou moins dans la mélasse. Excepté vous trois, ajouta-t-il.

— T't'en sors pas mal non plus, remarqua Futé. Une belle p'tite femme, un coin tranquille… T'es loin d'toutes les embrouilles, ici.

Myst approuva d'un hochement de tête content tandis que, flattée par le compliment, Zeda rosissait légèrement.

— Sers la tisane, ordonna Guerina en se rasseyant à table.

Enira réprima un long soupir. C'était toujours à elle qu'incombait cette tâche, et elle se demandait bien pourquoi ! Elle se leva, prit la bouilloire et s'employa à remplir les bols le plus rapidement possible, histoire de ne pas perdre une miette de la conversation. Ce nom de Kesher lui était plus familier que les autres. Myst en avait déjà parlé devant elles. Il l'avait présenté comme un grand chef de guerre, ce qui n'avait pas manqué de les impressionner…

— De quel genre d'embrouilles voulez-vous parler ? s'enquit Guerina, les sourcils froncés. Les familles d'armateurs auraient-elles encore tenté de faire assassiner Valkir ?

— Non, m'dame. J'ai pas ouï conter d'manigance pareille, répondit Futé en inclinant courtoisement la tête. J'voulais plutôt parler d'tous ces prédicateurs dégénérés qui pullulent un peu partout, d'puis quelqu'temps.

Guerina haussa les épaules.

— Cela n'est pas nouveau. Nombre de sectes se sont faites et défaites depuis la mort de Kendur, et aucune n'a assez duré pour inquiéter la couronne.

— Sauf vot'respect, m'dame, c'est ben plus grave qu'vous n'croyez. Semblerait qu'l'invasion d'Khullan inspire beaucoup d'tarés. Y disent qu'les torglaths vont v'nir nous dévorer, nous aussi, ou ben s'mettent à adorer ces saletés comm'des animaux sacrés. Mais c'est pas ceux-là l'plus dang'reux. Y tapagent beaucoup mais font pas grand mal. Ceux qu'm'inquiètent, moi, c'est les discrets, ceux qui distillent leur poison sans qu'on l'voie, qui chuchotent aux oreilles des gens, comme ces bons à rien en robes d'bure qui s'baladent deux par deux et t'posent des questions sur les dieux qu'tu pries…

— QUE DIS-TU ? s'écria Myst.

Tous sursautèrent. Enira, qui s'apprêtait à le servir, faillit lâcher la bouilloire.

— Ça va pas de hurler comme ça ? s'exclama-t-elle, le cœur battant la chamade. J'aurais pu t'ébouillanter !

— Parle-moi de ces hommes, exigea Myst sans prêter la moindre attention à sa petite sœur.

Futé écarquilla les yeux, intrigué, puis répondit de son éternel ton nonchalant :

— J'sais pas qui y sont, mais j'en ai vu un tas dans l'rues d'Sefir. Y font qu'errer et poser des questions. Y s'revendiquent d'aucune secte et n'prêchent rien, mais j'imagine qu'y finiront par déclamer en place publique, comme les aut'.

Myst continua de regarder fixement son ami. Son visage immobile ne trahissait aucune émotion, mais il était devenu blême, plus pâle qu'un linge. Enira le connaissait peu, ce frère si longtemps absent, mais à cet instant, elle sut qu'il était terrifié.

Ψ

Assis sur le lit, il attendait patiemment, les mains jointes entre ses genoux serrés. Cela ne faisait pas longtemps que l'Urkani avait disparu derrière le paravent défraîchi qu'il fixait intensément, mais il avait déjà tant rongé son frein que chaque minute lui semblait plus longue que la précédente.

Il commençait sérieusement à s'impatienter quand le signal fut donné. C'était une sensation subtile, une intuition qu'il aurait été bien incapable de définir, mais l'impression soudaine que son amie *s'éloignait* de lui ne pouvait signifier qu'une chose.

Il enfila ses bottes, rabattit l'ample capuche de sa cape et s'approcha du lit de Grunda sur la pointe des pieds. Il tendit l'oreille et retint son souffle. Comme il l'avait déjà pressenti, elle venait de s'endormir.

Avec un soupir satisfait, il se dirigea d'un pas décidé vers la fenêtre qu'il avait volontairement laissée entrouverte, la poussa en prenant garde de ne pas faire grincer les gonds et enjamba le rebord. Après avoir jeté un coup d'œil en contrebas, il songea un instant à renoncer à sa folle entreprise. L'étage était bien plus haut qu'il l'avait imaginé et le talus de terre qui bordait les murs de la demeure ne l'inspirait guère. Il était immortel, certes, mais se casser une jambe ou la nuque n'était jamais agréable…

Il prit une longue inspiration et, le cœur battant, se laissa tomber en serrant les dents, fermement convaincu qu'il allait se blesser. Il parvint à atterrir à pieds joints sur le sommet de la butte, mais fut déséquilibré par la pente abrupte du talus. Alors qu'il tombait en avant, il tenta tant bien que mal de se rouler en boule. Il dévala la pente en retenant des hoquets de douleur et de surprise chaque fois qu'un gros caillou venait se ficher entre ses côtes.

Arrivé au bas du talus, il resta un long moment sur le dos, haletant, les bras en croix. Dans cette nuit étonnamment claire, les nuages laiteux semblaient briller d'une lumière propre. Il s'étonna que la lune fût pleine. Cela faisait-il si longtemps qu'il avait quitté Bergin ? Fugacement, il revit les grands gestes d'adieu de Myst et de Zeda, tandis qu'il s'éloignait sur la route de Sefir. Il avait l'impression de les avoir quittés hier…

Il se redressa soudainement, en colère contre lui-même. Il avait décidé de ne plus se laisser aller à penser au voleur ! Plus déterminé que jamais, il trottina vers l'enceinte du domaine de Belit. Il avait, en revenant de leur excursion chez le montreur de monstres, repéré un magnifique cerisier. Il avait remarqué que l'une de ses branches touchait presque le mur de la propriété. Elle semblait assez solide pour supporter le poids d'un homme.

Il ôta ses gants et entama péniblement l'ascension du cerisier. Tandis qu'il s'écorchait les mains jusqu'au sang sur l'écorce rugueuse, les images de l'après-midi défilèrent pour la énième fois dans son esprit. Si les nains, colosses et autres femmes à barbe l'avaient vaguement amusé, ces hommes-loups de la forêt d'Oswin enfermés dans des cages exiguës comme de vulgaires chiens lui avaient donné la nausée. Plus répugnant encore était le cadavre d'un soi-disant "homme-poisson" qui, faute d'eau suffisamment salée, était mort asphyxié à peine quelques heures après qu'on l'avait capturé au large des côtes vilgrithis. La créature, longiligne, avait les pieds palmés, des sortes de fines nageoires sur les flancs et le corps entièrement recouvert d'écailles brillantes aux reflets brun or. On l'avait maladroitement naturalisée et exposée dans une alcôve au décor naïf et de fort mauvais goût, où coquillages, sable fin et tentures bleutées étaient censés figurer le milieu marin.

Azar s'était approché, le cœur battant très fort contre ses côtes, de la dépouille desséchée. Il avait tenté de se trouver quelque point commun avec l'étrange homme-bête. Mais après quelques minutes d'observation, il avait dû se rendre à l'évidence : il n'avait rien, absolument rien à voir avec cette chose.

Il avait quitté l'alcôve la tête basse, déçu et dégoûté. L'empaillage était d'ailleurs si grossier qu'en sortant, il avait été subitement pris d'un doute : et s'il s'agissait d'un faux homme-bête, créé de toutes pièces par un montreur de monstres cupide dans le but d'attirer plus de curieux ? Peut-être n'y avait-il rien à voir, dans l'océan, ou peut-être la bêtise des hommes avait-elle provoqué la disparition pure et simple d'une telle race, comme elle s'apprêtait à provoquer l'extinction des fiers hommes-loups de la forêt d'Oswin…

Il se hissa sur la branche et avança à quatre pattes vers le mur. Son équilibre était précaire, mais il ne manqua pas de s'étonner de sa propre souplesse. Il y avait bien longtemps qu'il n'avait plus joué à escalader les arbres du cimetière de Khullan en compagnie de son amie Triska.

Il s'immobilisa soudain comme l'odeur méphitique de deux hommes lui parvenait. Craignant d'être trahi par sa peau luminescente, il rabattit sa capuche devant son visage et risqua un prudent coup d'œil par-dessus le mur.

Vêtus de longues robes de bure beiges, ils longeaient la propriété côte à côte, les mains dans le dos. Leur attitude était celle de promeneurs tranquilles, mais leurs visages aux traits tirés affichaient une mine sévère.

— C'est une hérésie, marmonna le plus grand des deux, un brun à la mâchoire carrée qui n'avait jamais dû sourire de sa vie.

Le plus courtaud s'arrêta net pour jeter un coup d'œil assassin à son acolyte.

— Va donc dire ça aux milliers de Dzethlis qui se saignent aux quatre veines pour pouvoir y participer une fois dans leur vie ! cracha-t-il.

Le grand brun eut un ricanement méprisant.

— S'ils tiennent tant à forniquer trois nuits durant sans reprendre leur souffle, ils n'ont qu'à organiser des parties fines dans leur coin ! Les mœurs légères de votre dieu stupide ne sont qu'un bon prétexte pour donner raison aux pervers de tous poils !

— Forniquer, forniquer ! rétorqua l'autre, les joues rouges de colère. Vous n'avez que ce mot à la bouche ! C'est bien plus que cela, et sache que la fête ne tourne pas toujours à l'orgie !

— Mon œil ! Ce n'est qu'un rassemblement de sauvages, et voilà tout ! Les gens de bien ne se complaisent pas dans l'adoration d'un dieu qui n'a même pas la décence de porter des braies !

L'érudit râblé fit un pas en avant, les poings serrés le long du corps. Azar crut un instant qu'il allait le gifler, mais le regard hautain et plein de confiance de son acolyte sembla l'en dissuader.

— Vous vous croyez si parfaits, vous autres de l'Est ! grogna-t-il en croisant les bras sur la poitrine. Vos rites du sang ne sont-ils pas la preuve que vous n'avez aucun respect pour le corps que Sitark vous a donné ?

— Sitark approuve la bravoure, répliqua l'Urkani avec une assurance insolente.

— La bravoure ? répéta le Dzethli en haussant un sourcil perplexe. Se mutiler n'a rien d'héroïque.

— Se balader la queue à l'air non plus, que je sache…

Azar soupira. Cette dispute idiote pouvait durer des heures, et il avait fallu que les deux seuls occupants de la place décident précisément de prendre racine sous son nez ! *Fermez-la et dégagez, imbéciles !* pensa-t-il rageusement.

Comme en réponse à son injonction muette, les deux hommes interrompirent leur pugilat. Ils se regardèrent longuement, la bouche grande ouverte, visiblement surpris. Le plus grand parut vouloir reprendre son argumentation, mais aucun son ne franchit ses lèvres. Puis le Dzethli, lui aussi sans voix, haussa les épaules d'un air désolé.

La stupéfaction menaçait de s'éterniser quand ils décidèrent enfin, d'un même pas, de se diriger vers la ruelle la plus proche. Azar les regarda s'éloigner avec étonnement. À sa plus grande consternation, les deux érudits reprirent leur conversation en disparaissant dans la ruelle. Il tendit l'oreille, curieux.

— Avez-vous compris ce qui vient de se passer ? demandait humblement le Dzethli.

— C'est étrange, répondit l'autre. Je me suis senti oppressé, tout à coup. Je crois que les dieux désapprouvent les dissensions au sein de notre ordre. Ils auront voulu couper court à notre discussion…

La place était enfin déserte, mais Azar mit un long moment à reprendre ses esprits. Il fixa le dernier endroit où il avait vu les deux hommes d'un air ahuri, se demandant avec effroi si ce n'était pas lui qui, par la seule force de sa volonté, les avait incités à s'éclipser. Il ne les avait même pas touchés… Était-il possible que ses incompréhensibles pouvoirs eussent encore gagné en efficacité ?

Il dut secouer énergiquement la tête pour s'obliger à se souvenir de ce qu'il était venu faire au bout de cette stupide branche. Comme son grand projet lui revenait en tête, il se hissa sur le mur et sauta sans la moindre hésitation sur la place, aussi silencieusement qu'un chat.

Ψ

Il contourna sans difficulté les gardes passablement avinés que le montreur avait embauchés pour veiller sur le chapiteau et se faufila par l'entrée secondaire. Il resta un long moment dans le vestibule plongé dans le noir, saisi par la chaleur suffocante et la forte odeur animale qui y régnaient. À quelques pas devant lui, la toile tendue qui le séparait de la salle principale ondoyait faiblement.

Il se demanda, le cœur battant, s'il devait ôter sa cape avant d'entrer. Il décida finalement de ne rien en faire. Peut-être allait-il les effrayer, mais au cas où les choses tourneraient mal, il valait mieux que personne ne pût reconnaître son visage.

Il prit une profonde inspiration et écarta doucement la toile. Un feu de camp avait été allumé au centre du chapiteau bordé de grandes cages d'acier rouillé. Comme il les parcourait des yeux, son souffle se coupa net : à l'exception de l'une d'elles, où un massif homme-loup mirait tristement ses pieds nus recouverts de longs poils bruns, toutes les cages étaient vides et grandes ouvertes.

Il tourna sur lui-même, désorienté, en se demandant s'il n'était pas la victime d'une farce de très mauvais goût. L'homme-bête remarqua alors sa présence. Il se redressa d'un bond, les lèvres retroussées, et se lança de toutes ses forces contre les barreaux avec des grognements sauvages. Effrayé, Azar recula d'un pas dans le vestibule et remit le rideau en place. Le souffle court, il écouta avec angoisse les crissements de l'acier battant frénétiquement contre les charnières de métal. Si elle ne retrouvait pas rapidement son calme, la créature pourrait tout bonnement arracher la porte de sa cage.

Comme les grognements ne faiblissaient pas, il décida sagement de renoncer à son projet. Mais alors qu'il faisait volte-face, il se retrouva nez à nez avec un individu entièrement recouvert de tissu noir. Il laissa échapper un cri de surprise.

— Tiens donc, dit platement le nouveau venu en replaçant le pesant tonnelet qu'il portait sur l'épaule. Êtes-vous venu pour nous tuer, vous aussi ?

Azar hoqueta, les yeux écarquillés.

— Hein ? demanda-t-il, incertain d'avoir bien entendu.

— Je ne vois aucune arme, constata l'homme le plus tranquillement du monde. Vous devez être notre sauveur, dans ce cas.

Décontenancé, Azar balbutia une série d'onomatopées inintelligibles. Pour toute réponse, son mystérieux interlocuteur poussa un soupir las et l'écarta d'un geste impérieux. Trop abasourdi pour s'en offusquer, le prince le regarda écarter la toile avec des yeux ronds. Au-delà, l'ombrageux homme-loup gronda de plus belle en tirant comme un forcené sur les barreaux de sa cage.

— Ne restez pas planté là comme un idiot, entrez, fit l'homme vêtu de noir avec impatience.

Après un instant d'hésitation stupéfaite, Azar lui emboîta timidement le pas. Tout en jetant des coups d'œil inquiets à la créature déchaînée, il détailla son hôte de la tête aux pieds. Si celui-ci arborait un accoutrement similaire au sien, il était allé beaucoup plus loin dans l'art de la dissimulation, puisqu'un voile grisâtre cachait jusqu'à son regard. Il n'avait cependant aucun mal à voir ce qui l'entourait, car il se dirigea droit sur la cage et pointa un doigt assuré vers le front de l'homme-bête.

— Estfoï dlajo gröm ! tonna-t-il, péremptoire.

La créature velue se tassa sur elle-même et s'éloigna précipitamment des barreaux, jappant tel un chiot apeuré. Elle fit plusieurs tours sur elle-même, puis s'assit lourdement sur son lit de paille souillé.

— Allons-y, dit l'homme en traversant d'un pas compassé la salle déserte.

Azar le suivit docilement, non sans un dernier regard subjugué à l'impressionnant homme-loup qui lui avait semblé si redoutable, une minute auparavant.

— Que lui avez-vous dit ? demanda-t-il tandis qu'ils dirigeaient leurs pas vers le fond du chapiteau, là où se situait l'entrée de la salle dite des “monstres humains”.

— Je lui ai demandé de se calmer, rien de plus, fit son guide en haussant son épaule libre.

À mesure qu'ils approchaient du deuxième rideau, ils entendirent de plus en plus distinctement des conversations animées entrecoupées de grands rires.

— Comment connaissez-vous sa langue ? s'enquit le prince, de plus en plus intéressé.

L'homme laissa échapper un ricanement moqueur en guise de réponse. Il s'immobilisa un instant devant la toile et se tourna vers son invité.

— Il va sans dire que cela ne doit pas être ébruité, dit-il d'un ton vaguement menaçant. Les hommes ne comprendraient pas.

— Je suis venu en ami, répliqua Azar en se demandant où ce curieux individu voulait en venir.

L'homme acquiesça lentement. Puis, d'un geste brusque, il écarta le rideau pour révéler une scène aussi inattendue que cocasse : assis sur des souches de bois mort, êtres difformes, géants et femmes à barbe étaient rassemblés autour d'une table de jeu. Cela avait déjà de quoi surprendre, mais que les hommes-loups fussent également de la fête était tout simplement incroyable !

Tous interrompirent leurs parties de cartes pour se tourner comme un seul homme vers l'intrus. Un oppressant silence s'abattit tandis que les hommes-bêtes transperçaient le prince de leurs énigmatiques regards dorés. Pris à la gorge par l'insupportable odeur de transpiration et de bile, celui-ci retint à grand-peine un haut-le-cœur. Il songea tout à coup qu'il aurait mieux fait d'imiter Grunda et de se coucher au crépuscule.

Celui qui l'avait mené jusqu'ici ne daigna pas faire les présentations et se contenta de poser son lourd bagage au bord de la table. Aussitôt, l'on se désintéressa de l'invité pour mettre le précieux tonnelet en perce et tâtonner à la recherche des chopes vides posées à même le sol. Les conversations reprirent et quelques rires fusèrent comme si de rien n'était.

— Je parie que vous vous attendiez à tout sauf à ça, dit l'homme en noir en ôtant son voile.

Azar sursauta en découvrant le visage velu de son interlocuteur. Il était difficile d'estimer l'âge d'un être dont on ne distinguait pas les rides, mais à en juger par la couleur orangée de ses yeux, celui-ci ne devait pas être né d'hier. Avec le sourire triomphant de l'enfant qui a mené à terme la meilleure de ses farces, l'homme-loup dénoua le bandeau qui aplatissait ses oreilles en pointe de chaque côté de son long visage.

— J'ai failli me faire avoir plus d'une fois, à cause de mes oreilles, expliqua-t-il en jetant la bande de tissu sur le sol souillé d'alcool renversé et de vomissures. Le patron m'a passé un savon, vous pensez bien.

— Votre patron ? répéta Azar, subjugué. Parlez-vous de l'odieux individu qui vous exhibe comme des animaux ?

L'homme-loup laissa échapper un long soupir. Il semblait irrité.

— Asseyez-vous, dit-il en pointant une souche désertée de son doigt ganté de cuir noir.

Azar le remercia et s'exécuta. Tandis que son hôte faisait déguerpir le nain qui occupait la souche voisine, il observa la partie qui se jouait sur la table la plus proche. Un homme si gros que son postérieur occupait cinq souches tentait, semblait-il, de voler un maximum de cartes à une grande et svelte femme-loup. Il avait déjà eu le loisir, lors de son premier séjour à Isthmir, de tenir entre ses doigts l'un de ces jeux de cartes traditionnels. Il se souvint de l'avidité avec laquelle il avait parcouru les figures vivement colorées qui l'ornaient, lui qui ne connaissait alors que les dés de son désert natal. Malheureusement, il n'avait pas eu l'occasion d'apprendre les rudiments de la beka, ce jeu si populaire qu'on le pratiquait tant dans les salons que dans les tripots de campagne. L'on avait bien confié à Mirodith, la fille aînée de Valkir, le soin de lui en enseigner les règles, mais la turbulente princesse n'avait fait preuve d'aucune patience et avait fini par le prendre en grippe…

— Si vous pensiez devoir nous sauver, vous vous trompiez gravement.

Azar sortit de sa rêverie pour se tourner vers l'homme-loup qui tirait sa souche près de lui et s'y asseyait lourdement.

— Vous voyez, nous avons la belle vie, poursuivit-il en montrant la pièce enfumée d'un grand geste théâtral.

Le prince reporta son attention sur les convives. Ils riaient, mais l'alcool n'était sûrement pas étranger à l'hilarité générale. Même les enfants des hommes-loups, qui observaient le tripot sagement assis contre les parois du chapiteau, tenaient entre leurs genoux serrés des chopes à moitié pleines. Il remarqua alors que tous, sans la moindre exception, s'exprimaient en isthmiri.

— Je devine beaucoup de tristesse, derrière ces sourires, murmura-t-il.

L'homme-loup se rembrunit.

— Tu nous observes depuis deux minutes et tu crois nous connaître ? lâcha-t-il sèchement. D'autres sont venus avant toi, qui se disaient émus de notre sort. Ils sont repartis aussitôt, le cœur plus léger.

— Je ne me laisse pas berner par les apparences, rétorqua Azar avec un coup d'œil réprobateur en direction d'une vieille naine si saoule qu'elle s'était endormie au pied d'une table. Une vie de jeux et de beuveries peut donner l'illusion de la liberté, mais elle ne la remplacera jamais. Votre patron, que dis-je, votre maître, est un homme très habile. La chaîne invisible qu'il vous a passée autour du cou est bien plus solide que les barreaux de vos cages factices…

— Quelle insolence ! grogna l'homme-loup en se levant d'un bond.

Les conversations s'interrompirent comme tous se tournaient vers eux, expectatifs. Le silence était à couper au couteau.

— Nous sommes libres, tu m'entends, totalement libres !

— Et ce malheureux enfermé dans sa cage, peut-il en dire autant ? objecta Azar.

— Il consent à ce qu'on l'y enferme. Les nuits de pleine lune, il devient mauvais. C'est sa nature sauvage qui reprend le dessus.

— Sa nature ? répéta Azar. Ne voulez-vous pas parler de *votre* nature ? Qu'en avez-vous fait ? L'avez-vous jetée aux oubliettes, comme la langue de vos ancêtres dont vous semblez être le dernier à vous souvenir ?

— Tu ne sais pas de quoi tu parles, étranger ! s'emporta l'homme-loup en montrant les dents. Notre forêt est ravagée, nous ne sommes plus qu'une poignée de survivants ! Que crois-tu qu'il adviendrait de nous, si nous décidions d'y retourner ? Nous serions chassés, une fois de plus, ou nous mourrions de faim car le gibier manque. Notre temps est révolu, il faut s'y résigner. Nous préférons que nos enfants ne manquent de rien et dorment au chaud…

— Un os à ronger ! s'exclama Azar en se levant à son tour. Un humain vous offre une jolie niche et vous vous transformez en bons toutous ! Quel courage !

— Et que ferais-tu, à notre place ? demanda l'homme-loup en faisant un pas vers lui, les poings serrés le long du corps.

— J'ouvrirais la cage de mon sauvage de cousin, je tuerais mon maître dans son sommeil et je m'enfuirais vers Oswin ! répliqua Azar d'un ton définitif.

L'homme-bête le fixa longuement, la bouche grande ouverte, les yeux exorbités. Puis il éclata d'un rire tonitruant. Il fut aussitôt imité par ses congénères et les soi-disant "monstres humains". Azar les toisa d'un regard hautain, entre fureur et vexation.

— Et après ? demanda l'homme-loup entre deux rires. Nous reconstruirions nos cabanes, réapprendrions à nos enfants à chasser, lutterions jusqu'à la mort pour notre bout de forêt ? Ne rêve pas trop, brave homme ! Nous ne sortirions même pas de cette ville vivants !

— Préférez-vous donc cette vie de déchéance servile ?

— Oui ! répondit-il sans la moindre hésitation. Mieux vaut notre vie que pas de vie du tout, non ? Et puis je te trouve bien présomptueux, pour un lâche…

Il approcha son visage tout près de celui d'Azar et le lorgna par en dessous.

— Depuis quand te fais-tu passer pour l'un des leurs ? demanda-t-il d'un ton curieux. Si la liberté a tant de prix à tes yeux, pourquoi ne te montres-tu pas au grand jour ?

Azar déglutit difficilement, mal à l'aise.

— Comment avez-vous su ? fit-il d'une voix chevrotante.

— Tu es venu cet après-midi, n'est-ce pas ? Je t'ai tout de suite reconnu, dès que je suis entré. On sait reconnaître les odeurs d'hommes, depuis le temps, mais la tienne est bien différente. De quelle race es-tu ?

Azar secoua lentement la tête.

— Je l'ignore, répondit-il.

— Comment est-ce possible ? intervint la svelte femme-bête.

— Je suis né parmi les hommes. Je ne me l'explique pas. J'ai toujours vécu comme l'un d'eux, même s'il m'a fallu pour cela ruser. Je n'ai aucune raison de fuir cette vie, car je n'en connais aucune autre. Mais vous, qui êtes nés libres, comment pouvez-vous accepter si sereinement l'esclavage ? Est-ce le seul avenir que vous proposez à ces gamins ? Se saouler en attendant patiemment la mort ? Pourquoi abandonnez-vous si facilement ?

Le gros homme jeta avec impatience ses cartes sur la table en poussant un grognement si rauque que le sol parut trembler. Il leva vers Azar son regard bouffi, la mâchoire serrée. Le prince sentit un désagréable frisson lui parcourir l'échine : ces yeux-là étaient ceux d'un homme que toute espérance avait quitté depuis bien longtemps.

— Tu nous fatigues, étranger, dit-il en suffoquant, de la voix la plus grave et profonde qu'il avait jamais entendue. J'ai essayé de lutter, moi, ma vie durant. Contre la graisse qui s'accumulait sur mes os, jusqu'à m'empêcher de respirer, contre - il reprit difficilement son souffle, la bouche grande ouverte comme un poisson hors de l'eau - les quolibets et les injures, contre la vie même qui se cramponnait à moi, hors de toute logique. Je me suis fait bien plus de mal que de bien en luttant ainsi… Puis un jour, et sache que je bénirai toujours ce jour entre tous, mon corps a enfin eu raison de ma volonté : je ne pouvais plus bouger, te rends-tu compte, pas même faire un pas en avant sans risquer de succomber, étouffé par ma propre graisse ! C'est à cet instant que j'ai compris : l'inertie était la seule voie possible vers le bonheur. Envolés, tous ces choix douloureux qui s'offraient à moi et m'empêchaient de fermer l'œil la nuit ! Je pouvais enfin me laisser vivre, et vaille que pourra ! Désormais, le seul choix épineux est celui de la prochaine carte que j'abattrai sur cette table, tant que mes bras pourront encore se mouvoir…

— Répugnante mentalité, cracha Azar, profondément écœuré.

— Et alors ? rétorqua l'obèse. Répugnant, je le suis, ainsi que tous ceux qui m'entourent ! Estimons-nous déjà contents que de jolis enfants aux joues roses daignent poser les yeux sur nous, quand bien même nous les faisons rire ou pleurer d'effroi ! Si tu avais un doigt de jugeote, tu ôterais cette cape et te joindrais à nous, au lieu de te bercer d'illusions. Tu auras beau te travestir, tu ne feras jamais partie de la société des hommes. Et d'aussi loin qu'il m'en souvienne, ce monde leur appartient. Ni aux bêtes, ni aux êtres difformes, ni aux femmes velues… Seulement aux humains bien portants, ajouta-t-il entre deux respirations sifflantes.

La vague de haine qui menaçait de submerger Azar était si puissante qu'il fut incapable de prononcer le moindre mot. Il redoutait de perdre tout contrôle, comme cette nuit où Grunda et lui avaient été agressés par des malandrins. Il dut se mettre à briller trop fort sous sa capuche, car il vit dans bien des regards passer une ombre de terreur.

— Vous feriez mieux de partir et de nous oublier à jamais, dit calmement l'homme-loup qui l'avait accueilli.

Mais Azar ne fit pas un pas. Comme il les dévisageait froidement, un par un, certains convives commencèrent à s'agiter sur leurs souches. Il vit, du coin de l'œil, deux hommes-loups se lever et s'approcher de lui d'un air menaçant. Il lui sembla apercevoir l'éclat d'une lame, dans la main de l'un d'eux. Puis ce fut le tour d'un homme à la peau rouge dont les joues étaient striées de coupures rituelles, et enfin de la femme-loup qui jouait aux cartes avec l'obèse. Il se retrouva rapidement encerclé, mais il ne bougea pas.

— J'ignore ce que tu cherches, l'ami, grommela la femme-loup en retroussant ses manches, mais tu ferais mieux d'abandonner la partie.

Azar lui rendit calmement son regard. Tous répugnants, avait dit l'affreux obèse. Pourtant, il fallait être aveugle pour ignorer la beauté de cette grande créature aux yeux dorés.

— Vous avez encore une chance de retrouver la liberté, dit-il dans un souffle, incapable de détacher le regard de ce fascinant visage recouvert de poils auburn. Je peux vous aider à quitter cette ville sans vous faire remarquer.

Les yeux de la femme-loup se plissèrent, laissant à penser qu'elle était soudain la proie d'un doute.

— Ne l'écoute pas ! intervint l'homme rouge en empoignant son bras. C'est un démon envoyé par les dieux pour te tenter. Je suis le seul à pouvoir te protéger !

Ce fut à cet instant que le premier coup fut porté. Azar tomba à genoux, le souffle coupé. À son grand étonnement, c'était le tranquille homme-loup qui l'avait accueilli qui venait de le frapper en plein ventre. Il voulut se redresser, mais les deux hommes-bêtes armés le cernèrent en pointant leurs lames sur sa gorge.

— Nous ne voulons pas te tuer, dit l'homme-loup vêtu de noir en massant son poing endolori. Va-t'en avant que les esprits ne s'échauffent trop.

La réponse à ce genre de menace aurait dû être immédiate, et un être normalement constitué se serait réjoui de s'en tirer à si bon compte. Mais Azar n'était pas un homme ordinaire, et malgré son irrésistible envie de prendre ses jambes à son cou, il demeura immobile, au milieu d'eux. Peut-être était-ce cela, finalement, la force de l'inertie dont parlait l'obèse…

Il songea alors, non sans effarement, au prophète qu'il avait si habilement défendu le matin même. Il avait prétendu, pour lui épargner le châtiment des trafiquants en colère, que ce pauvre bougre s'était sciemment mis dans cette situation dans l'espoir de trouver la mort. Il ignorait si c'était bien le cas, et la vérité importait peu. Mais il n'avait pas réalisé, alors, qu'il était capable d'une telle folie. Ne désirait-il pas, en cet instant, que ces deux hommes-loups le punissent pour son imprudence ? Il se réveillerait sûrement de cette mort, comme il s'était éveillé tant de fois auparavant. Mais il ne pouvait nier que l'infime espoir que ce fût enfin la dernière lui effleurait l'esprit chaque fois qu'il sentait ses forces le quitter…

Une onde de terreur glacée parcourut son échine. Il se trouvait soudain abject et méprisable, aussi répugnant que cet obèse qui avait fait de la plus abominable des lâchetés son credo. Comme piqué par un insecte invisible, il se redressa d'un bond et rebroussa chemin. Les convives eurent à peine le temps de réaliser qu'il prenait la poudre d'escampette qu'il parcourait déjà d'un pas déterminé la salle principale. Il les entendit rabattre le lourd rideau et reprendre leurs conversations à voix basse. Il n'écouta pas ce qu'ils se disaient, cela n'avait pas le moindre intérêt.

Il s'immobilisa devant le feu et réfléchit. La colère qui bouillonnait en lui devait trouver un exutoire... Il jeta un coup d'œil à la cage où le vieil homme-bête dormait à poings fermés, roulé en boule. Il peinait à croire que l'on pût ainsi choisir l'enfermement. Il craignait probablement de faire du mal aux habitants de cette ville, mais ne le méritaient-ils pas, dans le fond, tous ces porcs qui payaient si chèrement le droit de se rire de nobles créatures enchaînées ? Ne serait-ce pas un juste retour des choses, que cette nuit de pleine lune devînt enfin celle de leur règne ?

Sans plus réfléchir, Azar préleva une branchette enflammée dans le feu et s'approcha de la cage.

— Réveille-toi, vieux loup, dit-il en frappant les barreaux d'un coup sec.

L'homme-loup se réveilla en sursaut et tendit ses mains faméliques devant ses yeux pour se protéger de la lumière de la torche.

— Estfoï dlajo gröm, marmonna le prince en sortant son petit crochet de sa manche. Ton heure de gloire est enfin venue.

La serrure céda presque aussitôt et la porte s'ouvrit en grand. Azar fit un bond en arrière, le cœur battant, tandis que le vieil homme-bête approchait lentement de l'entrée en reniflant, le nez en l'air. Il descendit les trois marches qui le séparaient de la terre ferme et grogna en direction de la flamme. Songeant que le feu devait l'importuner, le prince brandit la torche devant lui pour le dissuader de s'approcher et le guider vers la sortie. L'homme-loup montra les dents, menaçant, puis eut un curieux hochement de tête. Azar se demandait encore s'il s'agissait d'un geste de remerciement quand le vieux loup, comme monté sur des ressorts, partit au grand galop vers la sortie principale du chapiteau. Il courait sur deux pattes, comme un homme, mais son échine était courbée et ses oreilles dressées. Il disparut dans le boyau étroit qui menait sur la grand-place avec des jappements ravis.

Prêtant à peine attention aux cris terrifiés des deux gardes postés devant l'entrée, Azar jeta sa torche de fortune dans la cage déserte. Le feu prit rapidement et eut tôt fait d'embraser la toile du chapiteau. Alertés par les hurlements des sentinelles et l'odeur de l'épaisse fumée qui envahissait les lieux, les autres membres de la troupe quittèrent précipitamment leur tripot. Ne faisant pas plus de cas de leur sort que de celui des gardes, le prince se dirigea d'un pas tranquille vers la sortie secondaire, le sourire aux lèvres…

8

Ibyzohars

— Les maîtres Haskir et Olyst superviseront le bon déroulement des opérations depuis notre base près des murailles. J'explorerai personnellement les appartements royaux avec Raskit, Siria et Myst, conclut Mefir.

Raskit fut le premier à se lever.

— C'est aberrant ! Ce gamin va tout faire foirer ! s'écria-t-il en pointant un index accusateur en direction de Myst.

Il fut aussitôt imité par Olyst qui, le front barré d'un trait contrarié, n'avait fait aucun effort pour dissimuler son scepticisme.

— Je désapprouve également, annonça-t-il avec circonspection. Voilà près de deux ans que nous préparons cette nuit. Changer nos plans au dernier moment me semble inconsidéré, voire suicidaire.

— Il est bien trop jeune et inexpérimenté, renchérit Rhonnyn, un voleur qui avait toujours effrayé Myst avec ses faux-airs de barbare nordique.

La table vibra comme Haskir, qui siégeait comme toujours au côté de l'enfant, se levait d'un bond.

— Je m'en porte garant ! Vous n'avez pas idée des progrès qu'il a accomplis...

— Tes petits protégés sont toujours des génies, à t'entendre, lança l'obscur et antipathique Sarkir. À croire que toi seul es capable de...

— Ma décision est prise, le coupa brutalement Mefir. Jusqu'à preuve du contraire, je suis encore votre chef. Il s'agissait de mon projet, libre à moi d'y apporter les modifications que je juge opportunes. Et puis, c'était Carmina qui devait initialement m'accompagner. Son décès brutal...

La voix de Mefir s'étrangla. Il ne montrait jamais sa peine, mais personne n'était dupe. Carmina, Olyst et Haskir étaient les trois plus vieux membres de la confrérie. Parmi eux, c'était elle qui connaissait le mieux Mefir. Ils avaient, semblait-il, partagé le même caniveau étant enfants, et ne s'étaient plus jamais quittés depuis.

— Ce n'est pas rendre hommage à feue Carmina que de confier sa tâche à un garçonnet sans talent, lança alors Olyst d'un ton méprisant.

Mefir le foudroya du regard, la mâchoire serrée.

— Cette remarque me semble pour le moins déplacée, de la part du commanditaire de son assassinat.

— Diffamation ! s'écria Olyst en tapant du poing sur la table. Tu n'as aucune preuve !

S'ensuivit un brouhaha de protestations. Tout le monde se leva pour faire entendre son opinion à grands cris et les accusations en tout genre fusèrent. Mefir tenta de calmer les esprits, les bras levés dans un geste apaisant, mais plus personne autour de la table du conseil ne prenait la peine de demander la parole.

Myst baissa la tête, les joues en feu. Le débat quant à la mort étrange de Carmina aurait dû détourner l'attention de lui, mais on continuait à le montrer du doigt, égrenant avec hargne une liste de reproches longue comme un décret royal. Il aurait voulu disparaître dans un trou, d'autant plus qu'il était d'accord avec eux…

Cela faisait deux années qu'il s'entraînait à voler avec Haskir. Pas un jour ne passait sans qu'il fût soumis à une série d'exercices visant à parfaire sa furtivité, son habileté et son intelligence. Il avait certes progressé et pouvait se targuer, du haut de ses onze ans, de quelques coups louables, mais il ne se sentait pas encore prêt à accompagner Mefir au cœur même des appartements royaux, là où les dispositifs de sécurité étaient les plus difficiles à contourner.

La confrérie avait pris son temps. Des voleurs triés sur le volet s'étaient fait employer au château et, durant de longs mois, avaient repéré jusqu'à la plus minuscule des remises afin de dresser un plan détaillé des lieux. L'on avait fait appel à des empoisonneurs expérimentés pour concocter un sédatif assez puissant pour endormir les gardes jusqu'au matin, puis conçu des fléchettes si minuscules que leur piqûre n'était pas plus douloureuse que celle d'un moustique. Sarkir, qui selon les dires d'Haskir était plus habile pour les manigances que pour le vol, était parvenu à gravir les échelons de la garde royal en très peu de temps. C'était lui qui, désormais, établissait les tours de garde…

L'assaut était prêt depuis plusieurs semaines, mais encore avait-il fallu attendre le bon moment. Cela ne rimait à rien d'humilier Valkir sans raison. Mefir tenait à ce que l'attaque fût hautement symbolique. L'occasion s'était enfin présentée quand, quelques jours plus tôt, la création de nouvelles taxes avait plongé les Isthmiris les plus modestes, déjà pris à la gorge, dans un profond désarroi.

Tous ces efforts, *songea Myst,* et cet idiot est prêt à tout faire capoter au dernier moment, juste pour prouver que je suis son digne héritier…

Ψ

Dans l'arène de Khullan régnait un pesant silence. Cela faisait bien longtemps que Triska ne l'avait pas vue si vide et ce calme ne lui disait rien de bon. Elle s'appuya contre le garde-fou de la tribune royale et regarda le ciel. Au-dessus de leurs têtes, il était d'un bleu immaculé, mais l'horizon sud arborait une inquiétante teinte rougeâtre.

— Peut-être auront-ils été retardés par une tempête de sable, suggéra-t-elle à Athoc, l'un des hommes-torglaths qui siégeaient au conseil.

Il lui jeta un coup d'œil bovin, puis s'empressa de détourner le regard. Il devait craindre qu'Astar le châtie pour avoir osé adresser la parole à son épouse. *Crétin*, pensa-t-elle avec agacement en rejoignant la fraîcheur bienfaisante du salon.

Zogal venait de se joindre aux autres membres du conseil. La mise et la coiffure comme toujours impeccables, il tendait à l'un des domestiques préposés aux rafraîchissements une coupe vide, en le toisant d'un air infiniment méprisant. Affalés sur les canapés, Flenak et Grag conversaient à voix basse. Tandis qu'elle s'approchait d'eux, ils se turent et firent mine de s'intéresser au sol tapissé. Décidément, Astar avait bien dressé ses sbires…

Elle arpentait le salon, sentant l'ennui la gagner de plus en plus profondément, quand Saska surgit des escaliers, Urk sur les talons.

— Votre époux arrive, la prévint-il. Seregrina et Ly l'accompagnent.

Une boule se forma au creux de son ventre. Elle savait que la jeune oracle serait de la fête, mais elle ne s'était pas préparée à recevoir la déesse.

— Surveillez bien vos pensées, ajouta l'archer dans un murmure.

Aussitôt, Urk s'interposa entre la reine et son garde du corps.

— Pas si proches, tonna-t-il de cette voix gutturale propre à ceux de sa race.

Saska fit un pas en arrière, les bras innocemment écartés.

— Ça va, mon vieux, je ne fais rien de mal, s'excusa-t-il.

— Que lui disais-tu ? demanda Urk, suspicieux.

— Je m'enquérais seulement de sa santé.

L'homme-torglath fit une grimace tout en mâchoires qui ne prêtait pas à discussion. Fugacement, son expression rappela à Triska celle qu'affichait Os lorsqu'il était mécontent.

— Cessez donc vos enfantillages, Urk, fit-elle d'un ton sévère. Vous n'impressionnez personne.

L'intéressé, malgré son imposante stature, fourra ses deux inélégantes rangées de dents dans sa gueule et prit un air de gamin vexé. Triska réprima un sourire satisfait.

La porte s'ouvrit sur un Astar à la mine renfrognée. Elle ne s'en inquiéta pas, car d'aussi loin qu'elle s'en souvînt, elle l'avait toujours vu faire cette tête. Il laissa Seregrina et sa fille entrer en premier, comme le voulait le protocole, puis referma la porte.

L'un après l'autre, les conseillers se fendirent de périlleuses génuflexions devant la déesse qui, malgré la chaleur, était couverte de la tête aux pieds de son éternel manteau de fourrure. À ce jeu-là, Zogal et Flenak étaient passés maîtres. Le premier en moulinets alambiqués, le deuxième en rampements dignes d'un crotale. S'efforçant d'ignorer son énervement grandissant, Triska s'avança à son tour devant Seregrina. Elle mit un genou à terre, la tête humblement baissée, car il était de très mauvais goût de regarder une déesse droit dans les yeux. Elle eut l'intuition que Seregrina lui adressait un sourire dédaigneux, sans pouvoir toutefois s'en assurer.

— Avançons, dit cette dernière en pointant du doigt la tribune baignée de soleil. C'est imminent, je sens leur approche.

Tous s'empressèrent de lui emboîter le pas. Triska, à son grand désarroi, fut contrainte de siéger au côté de son époux. Sa simple proximité la dégoûtait, mais elle n'en montra rien. Ce n'aurait pas été digne de la reine de Khull. Elle risqua un coup d'œil par-dessus son épaule, cherchant désespérément Saska du regard. Mais domestiques et gardes n'étaient pas autorisés à fouler les planches de la tribune royale…

À peine furent-ils installés qu'une inquiétante clameur parcourut la ville. Sur les marchés qui battaient leur plein, au-delà des murs de l'arène, les cris hargneux des camelots firent progressivement place à des hurlements de femmes et d'hommes effrayés. Le cœur battant, les convives de l'arène regardèrent le ciel avec appréhension. Personne n'osait prononcer un mot, et seuls Seregrina et Astar affichaient une mine sereine. Même la petite Ly, d'ordinaire si tranquille, commença à montrer des signes d'agitation.

Deux ombres noires se dessinèrent au loin, puis de grands bruits de battements d'ailes fendirent le silence paisible de l'arène. Triska posa les mains sur le garde-fou, se préparant à bondir au moindre signe de danger, mais quand la forme des volatiles se précisa, elle fut si abasourdie par leur taille qu'elle fut incapable d'esquisser le moindre geste. Elle entendit, quelque part sur sa droite, un hoquet étouffé. Il émanait probablement du timoré Flenak, mais elle était dans l'incapacité la plus totale de quitter les deux immenses formes noires du regard pour s'en assurer.

Les ibyzohars tournoyèrent durant d'interminables secondes au-dessus du cirque en poussant des cris stridents. La tribune royale fut à plusieurs reprises plongée dans l'obscurité, car leurs ombres étaient si monumentales qu'elles dissimulaient le soleil. Triska plissa les yeux pour tenter d'en distinguer les détails, et elle s'étonna que ces animaux légendaires fussent à ce point distincts de ceux que figuraient les planches peintes qui avaient bercé son enfance. Elle s'était attendue à découvrir de majestueux aigles géants aux plumes d'or, mais ces sortes de serpents volants aux pattes et aux ailes décharnées, d'un noir de charbon, et dont les yeux d'un rouge profond semblaient baignés de sang, ne pouvaient inspirer qu'effroi et dégoût.

Leur aspect général rappelait vaguement un oiseau affamé que l'on aurait, pour d'obscures raisons, partiellement déplumé et brûlé. Leurs corps étaient recouverts d'épaisses écailles, leurs longues queues fines évoquaient celles des rats, et les membranes de leurs ailes, semblables à de la dentelle, étaient surmontées de plumes grasses et éparses. Leurs gueules reptiliennes s'achevaient curieusement en becs effilés qui semblaient aussi tranchants que des lames d'épées.

En quelques battements d'ailes assourdissants, les monstres piquèrent droit sur eux et se posèrent, non sans grâce, face à la tribune. Ce fut seulement quand ils se furent immobilisés que Triska vit les deux Felknis qui les chevauchaient. Ils étaient, de toute évidence, aussi grands et massifs que l'avait prétendu Tharen dans ses missives, mais comparés aux ibyzohars, ils paraissaient ridiculement frêles. Elle remarqua, non sans surprise, que l'un des deux délégués de Felkon était une femme-cerf. Quant au deuxième cavalier, il arborait un pelage aussi sombre que sa monture.

Les Felknis mirent pied à terre, prirent le temps de calmer les bêtes qui jappaient et sifflaient en secouant leurs plumes, puis s'avancèrent d'un pas tranquille jusqu'au pied de la tribune. La femme-bête fut la première à s'incliner respectueusement devant eux.

— Ezephrael, prêtresse de Sathariel, déclama-t-elle d'un timbre qui, quoiqu'anormalement grave, ne manquait pas d'harmonie. Et voici Ethel, poursuivit-elle en désignant son compagnon noir. J'ai commencé à lui apprendre votre langue, mais il éprouve encore trop de difficultés pour pouvoir se présenter lui-même.

Le dénommé Ethel s'inclina à son tour, avec une sécheresse qui trahissait son manque d'expérience dans cet exercice.

— Le doyen Negel et le conseiller Tharen vous présentent leurs hommages, reprit Ezephrael d'un ton protocolaire. Quant à mon maître Sathariel, il attend avec impatience votre visite, Grande Déesse.

Triska vit, du coin de l'œil, que l'intéressée grimaçait. Sa réaction ne dut pas échapper à la prêtresse felkni, qui eut beaucoup de difficulté à dissimuler sa franche déception. Un silence tendu s'installa. Puis, à contrecœur, Seregrina se leva.

— J'entends sa requête, répondit-elle avec froideur, mais je ne puis y accéder.

— C'est regrettable, lâcha la femme-bête, renfrognée. Ayant accompli sa tâche avec dévotion, il s'attendait à davantage de reconnaissance.

Le premier réflexe de Seregrina fut de montrer les dents. Triska crut, dans un instant d'effarement, qu'elle allait foudroyer l'insolente Ezephrael sur place. Mais la déesse dut se souvenir qu'elle avait grand besoin de l'aide des Felknis, car elle se fendit d'un sourire de circonstance.

— Soyez les bienvenus à Khullan, susurra-t-elle d'une voix mielleuse.

Ψ

— Depuis que son vilain petit camelot khullani est parti, il a complètement perdu la boule. Il nous a interdit, à moi et à Zeda, d'aller à Bergin pour vendre nos récoltes au marché, et il passe le plus clair de son temps à piéger la forêt autour de la chaumière. En venant, j'ai failli tomber dans l'un des trous qu'il a creusés !

— De quoi a-t-il si peur ?

— Je n'en sais rien, soupira-t-elle. J'ai questionné ma mère et Zeda, mais ni l'une ni l'autre n'a voulu m'expliquer.

— Peut-être n'en savent-elles pas plus que toi.

— Mon œil ! Elles ne se laisseraient pas docilement séquestrer si elles ne partageaient pas ses craintes. J'en ai ma claque d'être toujours mise à l'écart ! S'ils s'imaginent que je vais me laisser faire, ils ne savent vraiment pas à qui ils ont affaire !

— Il serait peut-être plus sage que tu leur obéisses. Je ne veux pas que tu prennes des risques inutiles juste pour me voir.

Enira jeta un coup d'œil agacé à Danyr. Il n'allait tout de même pas s'y mettre, lui aussi !

Ils s'étaient rencontrés par hasard, quelques semaines plus tôt, à l'endroit même où ils étaient assis, dans une clairière proche de la cabane de la sorcière. Ce jour-là, Guerina l'avait envoyée cueillir des oreilles de cochon. Enira connaissait bien d'autres coins à champignons, souvent plus prolifiques. Pourtant, elle avait opté pour celui-ci. Peut-être était-ce parce qu'il était le plus éloigné de la chaumière, et qu'elle avait grand besoin de se changer les idées après le départ d'Azar, ou peut-être voulait-elle goûter au silence si particulier qui régnait ici, et qui n'était sûrement pas étranger à la présence de la vieille dame.

Quelles que fussent les raisons qui la poussèrent alors à venir dans ce coin perdu, elle était sûre et certaine qu'elle n'y rencontrerait pas âme qui vive. Puisque même les oiseaux ne s'y attardaient pas… Sa surprise avait alors été de taille lorsque, arrivant sur les lieux, elle avait découvert un grand dadais blond comme les blés occupé à piller consciencieusement *ses* champignons !

— D'où tu sors, toi ? s'était-elle écriée, outrée.

Ainsi avait-elle fait la connaissance de Danyr. Il était un peu plus vieux qu'elle, dix-huit ou dix-neuf ans, et bien plus grand que tous les garçons qu'elle connaissait, à l'exception d'Azar et Myst. Il vivait seul avec son père, quelque part au sud de Bergin. Ils subsistaient grâce à la chasse et écumaient toutes les forêts de la côte dès le début du printemps. Ils s'étaient provisoirement installés dans le coin, où le gibier proliférait. Étranger au village, Danyr ignorait la réputation de la famille d'Enira. Peut-être n'auraient-ils pas sympathisé si ç'avait été le cas.

Ils s'étaient retrouvés à plusieurs reprises depuis ce fameux jour. Il n'y avait plus une seule oreille de cochon dans la clairière, mais ils ne manquaient jamais de prétextes pour y revenir. Chacun de leurs rendez-vous clandestins répondait au même rituel : elle s'asseyait toujours sur la même vieille souche, Danyr s'installait à ses pieds, et ils parlaient des heures durant en entortillant des herbes hautes entre leurs doigts, probablement pour dissimuler leur nervosité.

Lui parlait peu, mais il savait écouter. Elle se reprochait parfois de trop jacasser, mais il ne semblait pas s'en lasser. Elle avait fini par comprendre, non sans honte, qu'il était devenu pour elle une sorte d'Azar de substitution, un confident précieux auquel elle pouvait tout raconter. Mais lors de leur dernier rendez-vous, les choses avaient un peu changé. Elle s'était rendu compte que Danyr lui plaisait et avait commencé à nourrir quelques espoirs. Seulement, le fringant jeune homme n'avait pas fait un geste, et c'était avec un salut courtois qu'il avait pris congé, comme à son habitude…

— C'est gentil de t'inquiéter pour moi, mais je ne suis pas une petite princesse qu'on enferme dans un donjon, répondit-elle. J'ai besoin de bouger, bon sang !

— Est-ce pour cela que tu viens toujours t'enfermer dans cette sordide petite clairière ? demanda Danyr avec un sourire finaud.

Enira s'empourpra.

— Tu te moques de moi, lui reprocha-t-elle en croisant les bras sur la poitrine.

— Pas du tout, démentit l'insolent godelureau. Je voudrais juste que tu prennes conscience de la chance que tu as.

— Que veux-tu dire ?

— Le mouvement n'a rien de si palpitant, tu sais. Mon père et moi passons notre vie à arpenter les forêts. Nous sommes déjà allés très loin dans le Nord, et une fois, nous avons traversé les forêts du Sud jusqu'à la plaine des torglaths...

— Vraiment ? s'exclama Enira, tout ouïe. En as-tu déjà vu un ?

— Une bonne dizaine, oui, répondit Danyr, mais ce n'est pas le propos…

— Est-il vrai qu'ils craignent l'eau ?

Les épaules de Danyr s'affaissèrent.

— Tu ne m'écoutes pas, soupira-t-il. Tu t'imagines que c'est une belle vie, mais la vérité c'est que le soir venu, mon père et moi ne rêvons que d'une chose : rentrer à la maison. Voilà pourquoi tu devrais t'estimer heureuse.

Enira hocha lentement la tête.

— Si cette vie est difficile, pourquoi ne restez-vous pas chez vous toute l'année ?

— Pas assez de gibier, dit-il en haussant les épaules.

— Je vois. Il doit te tarder que la saison prenne fin ici.

— Plus maintenant, répondit-il en levant les yeux vers elle.

Transpercée par le regard bleu de Danyr, elle se sentit rougir jusqu'à la racine des cheveux. Terriblement gênée, elle eut un petit rire nerveux qui lui parut parfaitement ridicule. Elle détourna les yeux, honteuse, tandis que le silence s'éternisait.

— Je dois rentrer, dit alors Danyr en se levant. Quand reviens-tu ?

— D-demain, bégaya-t-elle, déçue par la soudaineté de son départ.

— Je t'attendrai, dit-il en s'inclinant presque jusqu'à terre.

Il ramassa sa gibecière et tourna les talons en la gratifiant d'un petit salut de la main. Elle le suivit des yeux tandis qu'il disparaissait entre les arbres. Elle n'avait pas osé esquisser le moindre geste.

Elle demeura un long moment immobile, le regard dans le vide, à maudire la timidité de Danyr et sa propre maladresse. Puis elle fut soudain prise d'un doute horrible : et s'il ne s'intéressait pas à elle ? S'il la quittait chaque fois sans cérémonie pour aller rejoindre une autre fille, plus belle et plus mûre qu'elle ? Elle secoua la tête pour chasser ses idées noires et se leva d'un bond. Il commençait à se faire tard.

Elle rejoignit rapidement la lisière de la forêt, bifurqua au sud et longea la langue de sable qui serpentait le long du rivage. Elle s'arrêta à plusieurs reprises pour remplir ses poumons de l'air chargé d'iode, jeter des galets dans l'eau et regarder passer les barques de pêcheurs qui zigzaguaient à quelques toises de la côte, bringuebalant sous le vent. Perdue dans ses pensées, elle ne prit pas garde au temps qui s'écoulait, et ce fut avec un sursaut de panique qu'elle réalisa soudain que l'heure du repas était passée. Elle se mit à courir à perdre haleine vers la chaumière, manquant à plusieurs reprises tomber dans l'un des nouveaux pièges que Myst avait savamment dressés dans la matinée.

Elle reprenait son souffle derrière le poulailler, les mains sur les genoux, quand une voix glacée l'interpella.

— Où étais-tu passée ?

Elle sursauta et tourna un regard coupable vers son frère, qui se tenait à quelques pas de là, les bras croisés sur la poitrine. Ses chausses recouvertes de boue et ses cheveux tout emmêlés témoignaient de sa longue matinée de labeur. De lourds cernes violacés autour de ses yeux rougis par la fatigue finissaient de l'enlaidir. Enira le soupçonnait, depuis plusieurs jours, de ne plus fermer l'œil...

— Je t'ai posé une question, reprit-il entre ses dents serrées tandis qu'elle réfléchissait à toute allure, à la recherche d'une histoire convaincante.

— C'est maman qui m'a demandé d'aller cueillir des champignons dans le bois. Ça m'a pris un temps fou de contourner tes pièges…

— Ne me prends pas pour un idiot, répliqua-t-il d'un ton sévère.

Il décroisa les bras, s'approcha lentement d'elle et, sans crier gare, la saisit par les cheveux. Trop estomaquée pour réagir, elle se laissa tomber à genoux.

— Aïe, tu me fais mal ! gémit-elle alors qu'il lui tordait violemment l'oreille.

— Il va falloir que tu comprennes, une bonne fois pour toutes, qu'il y a des règles à respecter ! cracha-t-il.

Une larme de douleur lui échappa. Elle tenta de se débattre, mais Myst raffermit sa prise et, de son autre main, empoigna son col pour l'obliger à se redresser. Ce fut alors qu'elle croisa son regard, et elle comprit, non sans effroi, que l'homme qui la brutalisait ainsi n'était pas son frère.

— Je ne vais pas laisser une hôte potentielle se faire bêtement massacrer par des chasseurs de Hait-dieux ! l'entendit-elle grogner.

Sans cesser de la tirer par les cheveux, il l'entraîna vers le coin de prairie où elle avait pris l'habitude de s'exercer au tir à l'arc. À travers ses larmes de terreur, elle vit qu'il avait disposé de nouvelles cibles et que le petit arc fabriqué par Azar trônait sur la souche au centre de l'aire de tir.

— Au travail ! ordonna-t-il en la poussant vers son arc.

Enira tomba de tout son long dans l'herbe. Sans cesser de pleurer, elle tenta péniblement de se redresser, mais ses jambes tremblaient trop pour la porter. Elle entendit alors des pas précipités, à l'endroit même où se tenait son frère, derrière elle, et son instinct fut de rentrer la tête dans les épaules.

Elle était si persuadée qu'il allait la frapper que, lorsqu'un grand claquement fendit l'air, elle n'osa pas immédiatement se retourner. Quand elle comprit enfin qu'elle était hors de danger, elle se redressa pour découvrir, avec stupeur, que Guerina et Zeda les avaient rejoints. Myst se frottait la joue en fixant le bout de ses bottes tandis que la Khullani, rouge de rage, le foudroyait du regard. La main dont elle s'était servi pour le gifler tremblait.

— Tu ne l'as pas volée, celle-là, commenta placidement Guerina.

Zeda s'approcha d'Enira et, d'un geste qui manquait assurément de douceur, remit ses cheveux en ordre et réajusta sa robe de paysanne. Elle semblait au moins aussi en colère contre elle que contre son frère. Puis, sans un sourire, elle tourna les talons. Enira la suivit des yeux, incrédule, tandis qu'elle se dirigeait d'un pas lourd vers la chaumière.

— Myst, rentre à la maison, dit Guerina d'un ton qui ne prêtait pas à contestation. Tu as besoin de repos, je crois.

Le jeune homme s'exécuta sans demander son reste, la tête basse. Il paraissait terriblement honteux et n'osa même pas jeter un coup d'œil à Enira, qui tentait laborieusement d'essuyer ses joues baignées de larmes.

— Tu es privée de collation, reprit Guerina en toisant sa fille d'un regard implacable. Entraîne-toi jusqu'à la tombée de la nuit et ne t'avise plus de t'éloigner de cette clairière, ou c'est à moi que tu auras affaire.

— Mais… bredouilla Enira, interdite par tant d'injustice. Il m'a molestée, et c'est moi qui suis punie ?

— Obéis à ton frère, rétorqua froidement Guerina.

Et elle la planta là, sans un mot de réconfort, toute penaude au milieu de son champ de tir de fortune.

Sentant une haine sourde la submerger, Enira saisit l'arc et encocha une flèche. Elle visa la première de ces détestables cibles, lui donna le visage de ses geôliers et décocha. Sa vue brouillée par les larmes lui fit rater son tir. Fulminant de colère, elle se frotta les yeux, saisit une nouvelle flèche et banda son arc à s'en casser les bras…

Ψ

Grunda se pelotonna dans sa cape en jurant tout bas. Elle avait assez soupé de cette interminable attente face au sinistre portail gardé du château d'Isthmir. Elle jeta un coup d'œil craintif au ciel menaçant, tourna vers le prince un regard furibond, ouvrit la bouche pour lâcher quelque juron bien senti, puis renonça mollement. De toute façon, cette grande courge d'Azar se moquait de ses récriminations comme de sa première mue. Il ne tentait même plus de se défendre et se contentait de lui adresser des sourires polis. *Cause toujours*, semblaient-ils signifier, et il n'y avait rien de tel pour la faire enrager…

Elle ne décolorait pas depuis leur départ précipité d'Irbin. Il fallait admettre que pour ses débuts d'incendiaire, Azar avait fait les choses en grand ! Elle avait rêvé de sanglier à la broche, cette nuit-là. Elle se souvint avoir salivé, mais l'appétit s'était vite mué en profond dégoût. Elle s'était finalement réveillée, l'esprit peuplé de malheureux cochons en feu, pour découvrir qu'un épais nuage de fumée avait envahi la chambre qu'elle partageait avec le prince. Au-dehors, le tocsin sonnait déjà.

Elle s'était précipitée vers la fenêtre et s'était étonnée de la trouver grande ouverte. Elle avait alors compris que la fumée ne provenait pas de la maison qu'elle occupait, mais de la place qui lui faisait face. À travers la brume, elle pouvait deviner les contours rougeoyants du grand chapiteau qu'ils avaient visité l'après-midi même. La malchance avait voulu que le vent soufflât précisément en direction du haras.

Elle s'apprêtait à refermer la fenêtre quand un volet s'était brutalement rabattu sur elle. Elle avait fait un bond en arrière pour l'éviter, puis avait hurlé d'effroi en remarquant que deux longues mains spectrales avaient percé l'épais écran de fumée pour s'agripper au rebord de la fenêtre. Elle était restée prostrée, les yeux écarquillés, à songer aux monstres qui avaient dû profiter de l'incendie pour sortir de leurs cages. Peut-être s'agissait-il de l'un de ces effrayants hommes-loups d'Oswin ! Le pauvre devait être affamé…

— Qu'est-ce que tu attends pour m'aider, Grunda ? avait dit la créature d'une voix qui trahissait un effort trop intense.

L'Urkani s'était gourmandée d'être si sotte : comment n'avait-elle pas reconnu les longues griffes noires du prince ? Mais pourquoi diable avait-il tenté de sauter par la fenêtre ?

— Ce n'est pas la maison qui brûle, idiot, c'est le chapiteau ! avait-elle crié en l'aidant à se hisser. Nous pouvons sortir par la porte, inutile de te casser une jambe.

Azar l'avait fixée sans mot dire, les yeux plissés. Il ne semblait pas comprendre ce qu'elle disait. Elle avait alors remarqué que son visage et ses mains étaient couverts de terre. Il était très essoufflé.

— Ne me dis pas que… tu viens de dehors ?

Azar s'était contenté d'acquiescer, avec un curieux sourire satisfait.

— Comment as-tu réussi à sauter jusqu…

Elle avait alors compris ce qui était arrivé.

— Tu n'as pas fait ça, avait-elle murmuré, abasourdie.

— Bien sûr que si, avait-il admis le plus naturellement du monde.

— Mais pourquoi ?

Azar avait haussé les épaules.

— Ça m'a soulagé.

Grunda n'avait su quoi répondre. Elle était restée à le fixer comme une idiote, les bras ballants. Elle sentait une noire colère poindre, plus dévastatrice que toutes les colères qu'elle avait connues sa vie durant, mais elle était trop estomaquée, en cet instant, pour y laisser libre cours.

Avec un calme déroutant, Azar s'était approché de la fenêtre ouverte et avait pensivement miré son œuvre. Au-dehors, les cris des villageois qui tentaient de circonscrire l'incendie ne faiblissaient pas.

— Ne t'en fais pas, l'avait-il rassurée. Personne n'a vu mon visage, et je me suis couvert de purin pour qu'ils ne puissent me suivre à l'odeur. Nous pouvons attendre l'aube pour partir.

Belit était arrivé sur ces entrefaites. Azar s'était empressé d'enfiler ses gants et avait rabattu sa capuche. Le dresseur s'était confondu en excuses et les avait aidés à rassembler toutes leurs affaires pour quitter au plus vite la chambre enfumée. Ils avaient fini leur nuit dans une annexe d'ordinaire réservée aux garçons d'écurie et quitté Irbin, comme prévu, à la levée du jour.

Une fois les portes de la ville franchies, la fureur de Grunda avait enfin pu éclater. Elle avait rongé son frein toute la nuit, car elle ne pouvait hurler à son aise au milieu des cabanes de palefreniers, mais en rase campagne, plus rien de l'en empêchait. Elle s'était immobilisée au milieu de la route déserte, sans crier gare, et s'était lancée dans un monologue fleuri. Elle ne se souvenait pas de la teneur exacte de ses propos, mais elle se rappelait avoir épuisé tout son répertoire d'insultes en quelques minutes. Azar l'avait patiemment écoutée, impassible, puis avait opiné du chef.

— Tu as raison, avait-il dit d'un ton égal.

Et il était reparti d'un pas compassé, comme si de rien n'était.

Grunda avait remis la question de l'incendie sur le tapis à plusieurs reprises depuis, mais elle n'avait pas rencontré plus de résistance. Elle avait donc fini par renoncer. Elle aurait tout de même préféré qu'il se défendît bec et ongles et tentât de justifier son acte criminel, mais à quoi bon s'époumoner s'il ne jouait pas le jeu ? Il était évident qu'il évitait le conflit. Pire encore, il ne semblait pas se soucier du sort des malheureux occupants du chapiteau…

— Bien, dit-elle d'un ton définitif en se levant. Il fait froid et j'ai faim. J'en ai plus qu'assez de tes mystères. Je m'en vais.

Elle s'avança vers Trèfle et fit mine de replacer son harnais.

— Cela fait cinq fois que tu menaces de t'en aller, la taquina Azar. Tu es toujours là.

Grunda soupira.

— Je ne vois pas bien l'intérêt de me cacher tes intentions. Pourquoi refuses-tu de me dire qui nous attendons, à la fin ? Est-ce si amusant de jouer avec mes nerfs ?

— Si je te le dis maintenant, tu n'auras plus aucune raison de rester, rétorqua-t-il. Je sais très bien que je t'exaspère et que seule la curiosité te pousse à patienter en ma compagnie. J'aimerais que nous prenions le temps de nous dire adieu.

L'Urkani en resta coite. Se moquait-il d'elle ?

— Tu préjuges de la curiosité des femmes, grogna-t-elle.

Elle allait tourner les talons quand Azar commença à montrer des signes d'agitation. Il se mit à arpenter la place déserte de long en large en inspirant profondément.

— Je le sens qui approche, dit-il.

Grunda hésita, se demandant s'il ne lui jouait pas encore l'un de ses mauvais tours. Elle aurait voulu pouvoir le moucher en quittant dignement les lieux, mais elle devait admettre qu'il avait eu le nez fin : elle brûlait de curiosité !

Une ombre se dessina soudain sur le large pont-levis qui surplombait les douves asséchées. Elle se précisa quand le portail de fer forgé fut entrouvert par les deux gardes armés qui le flanquaient. Dans la brume opaque du crépuscule, elle distingua la silhouette dégingandée d'un grand homme vêtu de la traditionnelle cape brune isthmiri. L'inconnu échangea quelques mots avec les gardes, puis se dirigea droit sur eux. Il marchait courbé, comme si tout le poids du monde reposait sur ses maigres épaules.

Azar attendit patiemment qu'il se fût approché pour le saluer.

— Je savais que tu entendrais mon appel, dit-il d'un ton satisfait.

Le grand homme s'immobilisa face au prince. Grunda le dévisagea, les yeux plissés. Elle connaissait ce visage, mais elle avait quelques difficultés à mettre un nom dessus.

— Je te croyais mort, dit-il.

Ce ne fut qu'en entendant sa voix qu'elle le reconnut.

— Kesher ? s'exclama-t-elle, subjuguée par son changement d'apparence.

L'ancien capitaine de la Charge tourna vers elle un regard morne. De lourds cernes entouraient ses yeux et ses joues creuses arboraient une teinte maladive. Le vaillant gaillard qui avait survécu au rituel des eaux de Puits-aux-poisons n'était plus que l'ombre de lui-même.

Quand il reporta son attention sur le prince, un rictus plein de haine déforma ses traits. Puis soudain, sans crier gare, il dégaina un long poignard et marcha sur Azar.

— ORDURE ! cria-t-il.

Par chance, ses gestes étaient lents et son bras tremblait. Grunda eut tout juste le temps de s'interposer. Elle saisit son poignet et le désarma sans difficulté, mais Kesher se débattit en crachant à l'intention du prince :

— C'est ta faute, monstre de malheur ! Tout est ta faute !

Azar n'avait pas bougé d'un pouce ni manifesté la moindre surprise. Savait-il que les choses tourneraient ainsi ?

— Tu aurais mérité de crever dans ton cachot !

— Calmez-vous, Kesher ! lui enjoignit sévèrement Grunda en lui maintenant les bras dans le dos.

Elle pouvait sentir ses os sous sa paume. Il était si amaigri qu'elle aurait pu lui briser les membres sans trop d'effort. Elle jeta un coup d'œil effaré par-dessus son épaule, en direction des gardes. L'un d'eux les montrait du doigt.

— Fermez-la, bon sang ! dit-elle entre ses dents serrées. Vous allez nous faire arrêter !

La résistance de Kesher faiblit, mais il ne cessa pas de maugréer contre Azar. Puis soudain, l'impensable se produisit : des larmes perlèrent au coin de ses cils et il s'effondra à genoux, secoué de sanglots.

— Triska, murmura-t-il tristement. Je l'ai perdue à jamais !

Quand les gardes les rejoignirent, l'épée au clair, le fier capitaine était recroquevillé sur lui-même dans la boue, la tête dans les mains.

— Que se passe-t-il ? demanda l'un des hommes en les toisant d'un œil méfiant.

— Ce n'est rien, répondit l'Urkani. Notre ami vient d'apprendre une mauvaise nouvelle.

Les gardes se consultèrent du regard, puis haussèrent les épaules.

— Mes condoléances, m'sieur Kesher, marmonna l'un d'eux.

Et ils s'en retournèrent tranquillement.

Azar et Grunda attendirent sans un geste que Kesher recouvrât son calme. Son accès de mélancolie retomba rapidement, et lorsqu'il se redressa, ses joues étaient sèches. Après quelques reniflements contrits, il leur fit signe de le suivre et prit le chemin des quartiers pauvres sans un mot.

— Tu savais qu'il réagirait ainsi, n'est-ce pas ? demanda-t-elle discrètement à Azar tandis qu'ils quittaient la place. Voilà pourquoi tu tenais à ce que je reste.

— J'avais en effet envisagé cette possibilité, répondit-il d'une voix égale.

9

Visiteurs

Lorsque les torglaths envahirent les plaines, les barbares de Stern ne s'inquiétèrent pas outre mesure. Peinant déjà à se déplacer en terrain découvert, ces massives créatures semblaient incapables de se frayer un chemin jusqu'aux places fortes de la péninsule. Or, après quelques années de tranquillité, certaines tribus eurent maille à partir avec elles. Les premiers attaqués furent les Fulns, qui occupaient les forêts du Sud, puis les Srorns dont la société s'était formée autour des riches bois de Burnfen, sur la côte est.

Quand enfin les premiers torglaths s'égaillèrent aux abords du lac Storten et commencèrent à terroriser la prospère communauté de Stern, les péninsulaires n'y tinrent plus. Les tribus se rassemblèrent et prirent une décision…

Les barques de fortune qui s'échouèrent quelque temps plus tard sur les côtes de l'actuelle Oswin prêtent à sourire, quand l'on pense à la réputation dont jouit de nos jours l'inimitable marine sterni. Mais replaçons ce modeste périple dans son contexte : à cette époque, le voyage en mer n'en était qu'à ses balbutiements. La plupart des voyages entrepris à plus d'un mille de la côte se concluaient immanquablement par un naufrage. Les Sternis, qui vivaient jusque-là en complète autarcie, étaient totalement inexpérimentés en la matière. Pourtant, au péril de leur vie, ils s'attelèrent à la construction de bâtiments capables de braver la mer et la prirent sans aucune assurance d'arriver à bon port.

Grandeur et décadence du Royaume d'Isthmir, par l'historien Baenryr de Sefir.

Ψ

— Par les couilles de Sitark, souffla Grunda en observant d'un air ahuri la bicoque branlante qui leur faisait face.

Érigée à la va-vite à l'aide de vieilles planches récupérées çà et là, la construction relevait plus de la cahute de chasseur que du logement urbain. Percé en de nombreux endroits, le toit ne devait protéger que partiellement ses occupants de la pluie battante, et les planches étaient si mal ajustées que l'on pouvait distinguer la lueur du feu de cheminée de l'extérieur.

Ils avaient été sots d'espérer mieux. Dans ce quartier où régnait la misère la plus absolue et où beaucoup dormaient à même le sol, au milieu des ordures et des déjections de rats, un semblant d'abri était déjà un luxe très appréciable. À plusieurs reprises, Azar avait failli rebrousser chemin tant les odeurs nauséabondes de la rue l'avaient pris à la gorge.

Comme la porte de guingois refusait de s'ouvrir, Kesher dut lui asséner un violent coup de pied. Elle battit avec un grincement sinistre, mais ce fut avec soulagement qu'ils s'engouffrèrent à l'intérieur.

Ils étaient trois, emmitouflés dans des couvertures et serrés autour d'une minuscule table à laquelle il manquait un pied et où trônaient des restes de repas frugal. Les flammes du feu avaient beau être hautes, il faisait à peine plus chaud que dans la rue.

— Tu en as mis, du temps, dit l'homme massif qui leur tournait le dos.

— Nous avons des invités, annonça Kesher.

Les occupants de la cabane se tournèrent d'un bloc vers l'entrée. Azar reconnut deux d'entre eux. L'homme qui avait parlé n'était autre que Verth, l'impressionnant soldat qui avait veillé sur lui lors de la campagne d'Echron. Contrairement à Kesher, il ne semblait pas avoir souffert des privations et affichait toujours l'air goguenard d'oiseau de proie qu'il lui connaissait. Une seule chose avait changé depuis leur dernière rencontre, il y avait si longtemps, dans un entrepôt de Puits-aux-poisons : il n'avait plus qu'un bras. Quant au deuxième, sa présence en ces lieux était bien plus inattendue…

— Dugust ? s'étonna Azar, entre joie et consternation.

Le jeune homme se leva pour le dévisager bouche bée, et la surprise lui fit retrouver, pour un instant, son air nigaud d'autrefois. Néanmoins, il n'avait plus rien à voir avec l'adolescent complexé qui avait maladroitement tenté d'empoisonner l'héritier du trône. Il avait grandi d'un coup, comme souvent à cet âge, pour atteindre une taille presque égale à celle d'Azar, et ses traits s'étaient durcis. On n'aurait pu dire qu'il était beau, car ses dents étaient toujours plus grandes que la normale, mais il n'y avait plus trace des disgracieux boutons qui jalonnaient jadis ses joues et son front.

— Mon Prince ? lâcha-t-il dans un souffle.

— Qu'est-ce que tu racontes, Dug ? fit la jeune fille au crâne rasé qui était assise à son côté.

Dugust ne prit pas la peine de lui répondre et s'avança vers Azar. Un sourire ravi étira ses lèvres, puis il le gratifia d'une accolade peu solennelle.

— Je leur ai toujours dit que vous n'étiez pas mort ! s'écria-t-il, triomphant. Le seul homme qui a jamais survécu au venin d'Izacar ne peut pas mourir aussi facilement !

Azar lui rendit son étreinte, non sans stupéfaction, tandis que Verth s'avançait timidement vers Grunda, la main tendue. Quant à Kesher, il se désintéressait déjà des chaleureuses retrouvailles pour jeter un coup d'œil dans la marmite cabossée qui l'attendait sur le feu.

— Ça ne va pas faire grand-chose, partagé en trois, grommela-t-il.

Dugust, hilare, fit rapidement les présentations.

— Voici Arnela, ma bonne amie, dit-il en faisant signe à la fille de les rejoindre. Arnela, je te présente Azar, le prince de Khull.

— Celui à cause de qui tu as dû t'exiler ? demanda-t-elle, les yeux écarquillés.

— Celui-là même ! s'exclama le jeune homme en riant.

— Enchantée, Monsieur le Prince, dit-elle en lui serrant la main.

Azar tiqua. Cette gamine avait la poigne d'un ours ! Ses manières et son langage manquaient incontestablement de féminité, et son crâne rasé lui donnait un air singulier de mauvais garçon, mais elle était plutôt jolie et son sourire à fossettes était communicatif.

— Et vous, qui êtes-vous ? demanda-t-elle en se tournant vers l'Urkani.

— Dame Grunda, je viens d'Urkan.

Arnela eut un sifflement impressionné.

— C'est pas la porte à côté, ça, remarqua-t-elle en la lorgnant d'un air suspicieux.

— Malheureusement pour moi.

— Vous ne m'en voudrez pas, les amis, je commence sans vous, lança Kesher, qui s'était déjà installé à table et garnissait son écuelle d'une bouillie indéterminée. Je n'ai rien avalé depuis hier, marmonna-t-il dans sa barbe. Crois-tu qu'ils m'auraient donné une collation au château ? Non, ils se fichent bien des ventres khullanis qui gargouillent…

Il continua de grogner tout bas tandis que les nouveaux venus prenaient place à ses côtés. Azar lui jeta des coups d'œil inquiets. Ainsi courbé au-dessus de la table, tremblant de la tête aux pieds et se parlant à lui-même, Kesher lui faisait l'effet d'un vieillard sénile. Les contrariétés avaient dessiné un profond sillon au centre de son front. On lui aurait donné dix ans de plus.

Azar et Grunda savourèrent chaque modeste bouchée de leur premier repas chaud depuis plusieurs jours. La mixture n'était pas terrible, mais la sauce épaisse tenait au corps. Quand ils eurent fini, ils contèrent à leurs compagnons leur périple à travers les montagnes et leur long séjour à Bergin. Dugust regretta l'absence de Myst, mais il ne manqua pas de se réjouir pour lui.

— Il me parlait parfois de son village natal, à Khullan. Il voulait tant le revoir. J'espère seulement qu'il passera par Isthmir, un de ces jours. Il manque beaucoup à Haskir.

— Haskir ? releva Azar. Ce nom ne m'est pas inconnu.

— C'est le maître voleur qui lui a tout enseigné, l'informa Dugust. C'est également notre maître, à Arnela et à moi. Il est comme un père pour tous ceux qu'il forme.

Azar le dévisagea bouche bée.

— Tu es donc… *un voleur* ?

Dugust se fendit d'un sourire lumineux.

— En effet, répondit-il. J'ai bien tenté de gagner ma vie autrement, mais personne ici n'offre de travail aux Khullanis. Nous n'avons pas bonne réputation. Alors plutôt que de crever de faim, j'ai suivi les indications de Myst et j'ai rejoint la confrérie. Ce n'était pas facile, au début, et Haskir s'est arraché ses derniers cheveux avec moi, mais je commence à être doué.

— Ne te vante pas trop, lui dit Arnela d'un ton de reproche. La dernière fois, il s'en est fallu de peu que les gardes t'arrêtent. Si je n'avais pas veillé au grain, ils t'auraient sûrement allégé de tes deux pouces !

— Arnela est mon ange gardien, reconnut Dugust en gratifiant la jeune fille d'un regard débordant d'affection. Elle est l'une des plus talentueuses apprenties de la confrérie.

— C'est faux, le contredit-elle, pleine de morgue. Je suis la meilleure.

Azar et Grunda échangèrent un regard entendu. Inutile de se demander qui portait la culotte au sein de ce couple étrangement assorti.
— Et vous ? s'enquit l'Urkani en se tournant vers les deux soldats. Faites-vous également partie de cette confrérie ?
— Non, répondit Verth, mais Haskir accepte de nous donner un coup de main, de temps en temps. Ce ragoût, par exemple, est l'un de ses généreux dons.
— Nous ne sommes pas hommes à laisser nos amis crever de faim, à la confrérie, claironna Dugust.
— Comment vous êtes-vous retrouvés ? demanda Azar.
— Par hasard, au détour d'une rue, dit Verth. C'était un sacré coup de chance.
— Myst m'a dit que vous meniez un groupe de malades dans le désert, la dernière fois qu'il vous a vus. Qu'est-il advenu d'eux ?
— Beaucoup sont morts dans les montagnes, répondit Kesher d'une voix rendue sourde par la lassitude. Quelques autres ont succombé au dernier hiver. Quand ils sont en bonne santé, les Khullanis supportent déjà mal le climat d'ici, alors les estropiés, vous pensez bien… Il en reste néanmoins une poignée, qui peuple ce quartier de malheur. Nous nous rassemblons régulièrement, et je les tiens au courant des dernières nouvelles de Khull. Comme moi seul ai accès au château, je suis un peu devenu leur porte-parole.
Azar se pencha en avant, tout à coup très intéressé.
— Je dois trouver un moyen de m'incruster à la cour. Peut-être pourrais-tu m'y aider.
Kesher tourna vers lui un regard sévère.
— Je me doute bien que tu ne m'as pas attendu des heures durant dans le froid pour le simple plaisir de ressasser le bon vieux temps, Azar, dit-il d'un ton glacial. Malheureusement pour toi, je suis un vrai paria à la cour. T'y présenter en ma compagnie relèverait du suicide mondain. Les ministres de Valkir ne daignent me recevoir que parce que je siégeais autrefois au conseil de Cavar. Ils ne m'écoutent que d'une oreille et filtrent soigneusement les nouvelles de Khull.
— À propos, qu'as-tu appris de nouveau aujourd'hui ? demanda Verth avec curiosité.
— Rien que je ne sache déjà, soupira Kesher. La visite d'une délégation khullani a été confirmée, mais nous en ignorons encore la

date. Ce pourrait être dans un mois comme dans un an. Mais qu'importe, puisque de toute façon, je ne serai pas convié aux négociations.

— Je ne vois pas ce qu'il y a de si compliqué, intervint Arnela. Les princes ne sont-ils pas accueillis à bras ouverts au château ?

— Azar est censé être mort, lui expliqua patiemment Dugust. Il ne peut pas révéler son identité sans risquer de mettre la pagaille ou de se faire tuer. N'est-ce pas ?

Azar confirma d'un hochement de tête.

— La prudence est de mise, en pareil cas, d'autant plus que je ne serais pas le seul à me mettre en danger si la nouvelle de ma survie venait à s'ébruiter. Valkir se trouverait au cœur d'un dilemme diplomatique et devrait faire un choix difficile : soutenir l'héritier officiel du trône, à savoir moi-même, ou s'allier à l'usurpateur en place, mon frère Astar. La solution la plus simple pour lui serait sûrement de m'éliminer, mais alors, il ne pourrait plus prétendre être neutre. Et comme Astar a sans doute des projets de conquête, Valkir serait contraint de s'y associer.

— Ce qui signifie qu'Isthmir entrerait tôt ou tard en guerre, conclut judicieusement Arnela.

— Exactement, confirma Azar. Et personne ne souhaite cela, pas vrai ?

— D'autant plus que les Isthmiris ont déjà fort à faire avec la multiplication des sectes de tous poils qui menace de diviser le royaume, renchérit Kesher. On ne parle que de cela dans les couloirs du château. Chaque journée voit surgir son lot de prophètes en herbe, et plus il y en a, plus ils font dans la surenchère. Leurs théories fumeuses sont la plupart du temps risibles, mais certains cultes sont dangereux, subversifs ou franchement malsains. Curieusement, ce sont ces derniers qui rencontrent le plus vif succès.

Il se tut pour gratter sa courte barbe et bâiller à s'en décrocher la mâchoire. Il semblait sur le point de défaillir de fatigue. Puis soudain, il ouvrit les yeux en grand, comme si un éclair de génie venait de le traverser.

— J'y pense, il y aurait peut-être quelqu'un qui pourrait t'introduire à la cour.

— Qui ? demanda Azar, plein d'espoir.

Kesher l'observa d'un air circonspect, puis fit la grimace.

— Non, c'est une mauvaise idée, dit-il avec un geste vague de la main. Il n'est vraiment pas fiable.

— De qui s'agit-il ? répéta le prince avec impatience.
— Oublie ça. Je n'ai pas l'esprit clair, ce soir.
Il se leva, tendit sa couverture devant la cheminée, s'y allongea et sombra presque aussitôt dans un profond sommeil.

Ψ

— Elles disent que s'il s'est emporté, c'est parce qu'il était fou d'inquiétude pour moi. Je n'en crois pas un mot. Il était différent, et ce qu'il m'a dit n'avait aucun sens. Ou il est complètement fou, ou c'est moi qui deviens folle.
— Et tu es quand même venue jusqu'ici, dit Danyr d'un ton où perçait une pointe d'inquiétude. Je suis très flatté.
— Je n'en peux plus de cette atmosphère pesante. Ils me cachent des choses. S'ils s'en faisaient vraiment pour moi, ils me diraient toute la vérité, non ?
— Pas si cette vérité peut te nuire, répliqua-t-il avec assurance.
Enira baissa vers Danyr un regard plein de rancune. Comment pouvait-il continuer à prendre leur défense, après ce qu'elle venait de lui raconter ? Il dut percevoir son ressentiment, car il se redressa et tendit la main pour saisir la mèche de cheveux rebelles qui s'échappait toujours de son fichu. Tandis qu'il la faisait tourner entre ses doigts, le corps d'Enira fut parcouru d'un long frisson et toute colère la quitta.
— Je me fais du souci pour toi, moi aussi, avoua-t-il avec un sourire tremblotant. Un grand danger semble planer sur ta famille…
— Tant que je suis avec toi, je ne risque rien, pas vrai ? le coupa-t-elle avec un clin d'œil taquin.
Danyr se mit à rire.
— Décidément, tu as un don pour flatter l'orgueil des hommes ! répondit-il.
À cet instant, Enira sut qu'il allait se passer quelque chose. La voix de Danyr avait changé, et une lueur nouvelle venait d'apparaître au fond de ses yeux. Son cœur se mit à tambouriner dans sa poitrine. Tétanisée, elle fut incapable d'esquisser le moindre geste alors que le visage du jeune homme s'approchait du sien, et ce fut avec une stupéfaction teintée d'euphorie qu'elle ferma les yeux et accueillit son baiser. Ce n'était pas le baiser fougueux dont elle avait mille fois rêvé, mais un baiser tout simple d'adolescent timide et un peu

gauche. Cependant, elle se sentit transportée, et ce fut avec regret qu'elle laissa ses lèvres s'éloigner des siennes.

S'ensuivit un long silence gêné. La tête basse, Danyr réprima un sourire victorieux en rougissant comme une tomate, tandis qu'Enira toussotait avec embarras.

— Désolé, je n'ai pas pu m'en empêcher, dit-il au terme d'une longue hésitation.

— Il n'y a pas de mal.

Tandis que le malaise s'installait, elle se gourmanda pour sa sottise. *Il n'y a pas de mal*, se répéta-t-elle. *C'est ridicule !*

— On peut recommencer, si tu veux, suggéra-t-elle pour rompre l'accablant silence.

Danyr eut comme un sursaut étonné, puis il se fendit d'un sourire enthousiaste. Il approcha à nouveau son visage du sien, avec plus d'aplomb cette fois, mais un bruissement de feuilles mit un terme à cette nouvelle tentative.

Ils se redressèrent d'un bond, comme deux gamins fautifs, et se tournèrent avec crainte vers l'origine du bruit. Un ou plusieurs hommes marchaient dans la forêt, à quelques pas de la lisière, mais ils ne pouvaient les voir.

— Il n'y a pas plus de vieille femme que d'hommes-loups dans cette forêt, entendirent-ils. Ce villageois nous aura probablement menés sur une fausse piste.

— Il n'était peut-être pas très clair dans ses explications, mais il ne mentait pas, répondit un deuxième homme affublé d'un terrible accent étranger, kizefgurgi peut-être. J'ai déjà entendu parler d'elle lors de la dernière grande chasse.

— Avait-elle permis la capture du Hait-dieux ?

— J'ai entendu dire qu'elle était plutôt du genre à nous mettre des bâtons dans les roues, mais elle sait beaucoup de choses…

Enira tressaillit. Les Hait-dieux… Myst n'avait-il pas prononcé ce nom ?

— J'ai un mauvais pressentiment, dit-elle en glissant sa main dans celle de Danyr.

Elle tira sur son bras pour l'inciter à quitter discrètement la clairière, mais alors qu'ils s'apprêtaient à rebrousser chemin, les deux hommes sortirent des bois. Ils étaient vêtus de simples robes d'érudits et avaient chacun, pour tout bagage, une petite besace et un long bâton de marche. Dès qu'ils aperçurent Enira et Danyr, ils leur adressèrent un grand sourire avenant et les saluèrent de la main.

— Ils m'ont l'air bien inoffensifs, murmura Danyr à l'intention d'une Enira blême.

— Oh là, jeunes gens ! Peut-être pourrez-vous nous renseigner, lança l'érudit qui n'avait pas d'accent en s'approchant d'eux, son acolyte sur les talons. Je crains que nous nous soyons perdus…

— Je t'en prie, Danyr, partons ! chuchota-t-elle en se cachant derrière lui.

— Allons, ce ne sont que des voyageurs égarés, répliqua le jeune homme, nullement impressionné. Nous connaissons bien la région, ajouta-t-il à l'adresse des hommes.

— Vous êtes bien aimable, le remercia le Kizefgurgi. Nous cherchons la sorcière qui réside en cette forêt.

Danyr eut un rire indulgent.

— Voulez-vous parler de cette vieille bique qui vit en ermite ? Elle n'a rien d'une sorcière, croyez-moi. Elle fabrique des potions et des talismans pour les vendre aux gens crédules de Bergin, mais elle serait incapable de transformer un crapaud en pantoufle !

— Nous ne te demandons pas ton avis, rétorqua l'érudit isthmiri.

Le ton avait brusquement changé. Cramponnée aux épaules de Danyr et n'osant regarder les deux inconnus, Enira sentit son protecteur sursauter sous l'effet de la surprise.

— J-je disais cela comme ça, pour faire la conversation, s'excusa-t-il d'une voix hésitante.

— Où habite la vieille ? demanda le Kizefgurgi avec brusquerie.

Tandis que Danyr indiquait la direction d'un doigt tremblant, l'érudit isthmiri jeta un coup d'œil par-dessus son épaule, en direction d'Enira. Elle avait enfoui son visage entre ses omoplates, terrassée par une peur insondable dont elle ne parvenait pas à comprendre l'origine.

— C'est quoi, son problème ? demanda-t-il sans aménité.

— Elle est très timide, répondit Danyr d'un ton méfiant.

— Est-ce ta femme ?

— Non, répondit-il avec amusement. Nous nous connaissons depuis peu…

— Priez-vous un dieu ? interrogea alors l'érudit à l'accent.

Danyr hoqueta d'indignation.

— Je vous trouve bien indiscret ! s'exclama-t-il. Je vous ai indiqué le chemin, alors pourquoi nous poser toutes ces quest…

Enira sentit qu'on agrippait brutalement son épaule. Elle se débattit pour se soustraire à la poigne de l'érudit, tandis que Danyr, outré, tentait de s'interposer entre eux. Ce fut alors que le regard d'Enira croisa celui du voyageur. Il se décomposa, recula de plusieurs pas et, la bouche déformée par un rictus écœuré, pointa un long doigt accusateur dans sa direction.

— Les yeux du Hait-dieux ! vociféra-t-il. C'est un rejeton du Hait-dieux !

Presque aussitôt, le deuxième homme extirpa un long couteau de chasse de sa botte et s'élança vers Enira.

— Laissez-la tranquille ! cria Danyr en se glissant, sans réfléchir, entre elle et le fou furieux.

Le couteau rendit un son étrange comme sa lame s'enfonçait dans le jeune corps de Danyr. Enira, comme dans un rêve, le regarda tomber lentement à genoux devant elle, secoué de spasmes de douleur. Le temps sembla s'étirer à l'infini comme elle voyait les deux mains qu'il tenait serrées contre son ventre se teinter du rouge de son sang. Elle réalisa, soudain, qu'il allait mourir et qu'elle serait probablement la prochaine. Elle fut incapable de crier, ni même de pleurer, mais elle eut la force de prendre ses jambes à son cou…

Ψ

Assis sur une souche pourrie au milieu du champ de tir, il taillait avec attention son dixième pieu quand il sentit que quelqu'un s'approchait de lui. Il tendit l'oreille, aux aguets, le cœur battant, mais le parfum épicé de Zeda eut tôt fait de le rassurer.

— Je présume que tu comptes placer ces petits jouets au fond de l'un de tes maudits fossés, lança-t-elle en s'immobilisant derrière lui.

Le ton désapprobateur de la marchande le fit tiquer, mais il préféra garder le silence. Il essuya son front baigné de sueur et reprit sa besogne à grands gestes agacés, ignorant la brûlure d'Amnor contre sa paume criblée d'ampoules éclatées.

— Et si l'une de nous tombait dans l'un de tes pièges ? Ou un simple promeneur, ou même un autre de tes amis de Khullan venu te rendre visite ? Y as-tu déjà songé ?

— Ce n'est pas par plaisir que je fais tout ça, rétorqua-t-il avec mauvaise humeur. Je m'efforce de vous protéger.

— De quoi ? demanda-t-elle. Tu auras beau tuer tous ceux qui te traquent, tu ne pourras jamais nous protéger de notre véritable ennemi… Celui qui est dans ta tête, ajouta-t-elle d'une voix sourde.

Il s'interrompit pour tourner vers Zeda un regard noir. La marchande le toisait de toute sa hauteur, les bras croisés sur la poitrine, avec cette froideur dédaigneuse qu'il ne connaissait désormais que trop bien.

Depuis l'incident avec Enira, leurs rapports étaient pour le moins tendus. Elle ne lui adressait la parole que pour lui faire des reproches et refusait d'entendre ses excuses. Le soir venu, quand il se blottissait contre elle dans la pénombre, elle soupirait et le repoussait brutalement. Il finissait par lui tourner le dos, peiné et profondément humilié, pour passer une nouvelle nuit à ruminer, les yeux grands ouverts sur les ténèbres, se demandant si elle lui pardonnerait un jour. Il en était même venu à envisager, le cœur lourd, d'aller s'installer dans la cabane qu'occupait autrefois Azar…

— Devrais-je les laisser me tuer ? grogna-t-il entre ses dents serrées. Je le ferais volontiers, si cela pouvait vous épargner des problèmes, mais vous ne seriez pas pour autant débarrassées de Kaldius. Il choisirait de s'installer en Enira, à n'en pas douter.

— Personne ne te demande de te sacrifier, et nous savons que tu n'as d'autre but que de nous défendre, dit Zeda d'un ton plus doux. Mais par pitié, repose-toi un peu. Tu ne manges quasiment plus et tu veilles toute la nuit. Quand tu seras si épuisé que tu ne pourras plus mettre un pied devant l'autre, qui prendra le relais, à ton avis ?

Myst écarquilla les yeux. Il n'y avait jamais vraiment songé, mais il devait reconnaître que Zeda avait raison : en se malmenant ainsi, il abaissait ses défenses contre Kaldius, lequel savait si bien se faufiler par la plus infime brèche pour se manifester.

— J'irai manger un morceau et faire un petit somme quand j'aurai fini ce travail, répondit-il en appréciant du bout des doigts l'effilage de son pieu.

Satisfait, il le posa parmi les autres et prit un nouveau bout de bois.

— Bien, comme tu voudras, soupira Zeda, déçue.

— Et dit à Enira de venir, ajouta-t-il en pointant du doigt l'arc et le carquois tout proches. Elle doit s'entraîner.

— Elle n'est toujours pas sortie de sa chambre.

Myst fronça les sourcils. Il n'était pas dans les habitudes de sa sœur de rester enfermée des journées durant, même lorsqu'il lui prenait l'envie de bouder ostensiblement. La lame d'Amnor buta contre un nœud, provoquant une douleur aiguë dans sa paume écorchée, et l'isolement anormal d'Enira sortit aussitôt de son esprit.

— Peut-être devrais-tu lui en parler, suggéra Zeda.

— De quoi ? demanda-t-il en soufflant sur sa main.

— De toute cette histoire de Hait-dieux et de traqueurs. Elle comprendrait enfin pourquoi tu lui interdis de quitter la clairière et ne serait plus tentée de se rebeller.

— Hors de question, dit-il d'un ton définitif.

— Il faudra bien qu'elle l'apprenne, un jour ou l'autre.

— Et le plus tard sera le mieux, rétorqua-t-il, passablement énervé par l'insistance de la marchande. Ça a été un choc rude, pour moi, d'apprendre qui j'étais. C'est un fardeau qui pèse déjà très lourd sur des épaules d'adulte, alors sur celles d'une enfant...

Zeda laissa échapper un ricanement.

— Allons, Myst, serais-tu le dernier à n'avoir pas remarqué qu'Enira n'est plus une gamine ? C'est une femme, à présent, et de celles qui ne laissent personne indifférent…

— Quoi ? s'exclama-t-il, outré. Veux-tu dire qu'elle a déjà, euh…

L'idée était si farfelue et scandaleuse que les mots restèrent coincés dans sa gorge.

— Couché avec un homme ? acheva Zeda, qui ne dissimulait plus sa jubilation. Je n'en sais rien, mais si ce n'est pas déjà fait, ça ne devrait pas tarder.

— J'étriperai le salaud qui osera toucher à ma petite sœur ! cracha-t-il en pointant la lame menaçante d'Amnor dans la direction qu'il imaginait être celle de Bergin.

Zeda pouffa de rire.

— Comme si tu pouvais l'empêcher de grandir ! Quoi qu'il en soit, si elle est en âge de connaître les hommes, elle devrait pouvoir apprendre la vérité sur ses origines sans devenir folle. Je suis d'avis qu'on lui raconte tout ce…

Elle fut interrompue lorsque des cris paniqués s'élevèrent de la forêt toute proche. Myst jeta son pieu et se leva d'un bond.

— Pas sortie de sa chambre, hein ? vociféra-t-il comme il reconnaissait la voix d'Enira.

Il s'élança en direction des hurlements, Zeda sur les talons. Ils allaient atteindre la lisière quand ils virent la jeune fille qui courait à perdre haleine entre les troncs.

— Myst ! cria-t-elle, à bout de souffle, les yeux agrandis par la peur.

Tel un naufragé apercevant un filin salvateur, elle tendit les bras vers eux. Trop contente de les retrouver, elle ne prit toutefois pas garde au piège qui se dressait devant elle. Myst voulut la prévenir, mais il était déjà trop tard. Elle eut un hoquet effaré comme le lasso dissimulé par des feuillages enserrait sa cheville. Elle tomba de tout son long, son menton heurta violemment le sol, puis elle fut soulevée dans les airs, tête en bas.

Elle se balançait comme un lapin égorgé, les bras ballants, quand ils la rejoignirent enfin. Elle était groggy, mais par chance consciente.

— Ça devait arriver un jour ou l'autre ! s'écria Zeda, folle de rage, à l'intention de Myst.

Le voleur préféra ne pas relever la pique. Il escalada promptement le chêne à la branche duquel sa sœur était suspendue et rampa jusqu'à la corde, manquant glisser à plusieurs reprises.

— Tiens-la bien ! ordonna-t-il à la marchande.

Il coupa prestement la corde et la jeune fille tomba dans les bras de Zeda. Il sauta aussitôt sur la terre ferme, mais manqua sa réception et se tordit la cheville.

— Qu'est-ce qui s'est passé ? demanda la marchande à Enira.

— Nous avons été attaqués, répondit-elle difficilement.

Alors qu'il boitillait dans sa direction, Myst remarqua qu'un mince filet de sang coulait sur son menton. Elle avait dû se mordre la langue en tombant.

— Ce sont eux, reprit la jeune fille en dodelinant de la tête. Les hommes en robe de bure !

Myst sentit le sang refluer de ses tempes. Il fit un tour sur lui-même, à l'affût de la moindre présence, mais les alentours semblaient déserts.

— Où sont-ils ? demanda-t-il, le cœur tambourinant dans sa poitrine.

— Je ne sais pas, répondit-elle. Ils me poursuivaient, mais je crois que je les ai semés.

— Où les as-tu vus pour la dernière fois ?

— Je n'en sais rien. Ils nous ont attaqués près de la cabane de la sorcière, mais j'ai fait des détours et…

Elle fut interrompue par une violente quinte de toux et dut cracher le trop-plein de sang pour pouvoir reprendre son souffle.

— Zeda, emmène-la à l'intérieur. Enfermez-vous à double tour et ne sortez sous aucun prétexte.

— Que comptes-tu faire ? demanda la marchande avec appréhension.

— Je vais débusquer ces salauds, répondit-il, déterminé.

— C'est de la folie !

— C'est la seule chose à faire. Ils savent où nous sommes, désormais. Ils vont prévenir les autres traqueurs, puis se mettre en quête de mercenaires qu'ils paieront grassement pour exécuter la basse besogne. Ils ne doivent pas quitter cette forêt vivants !

— Je viens avec toi, dit Enira en tentant péniblement de se redresser.

— Plutôt crever, répliqua-t-il.

Sans attendre de réponse, il s'élança dans les sous-bois.

10

Bouffon

Ayant essuyé de grandes pertes face aux hommes-loups de la forêt d'Oswin, les émissaires sternis reprirent la mer et poussèrent leur exploration de la côte jusqu'à sa pointe la plus septentrionale. La tribu qu'ils rencontrèrent alors ne manqua pas de les étonner, car leur science de la navigation était bien plus avancée que la leur. Plus surprenant encore, elle était dirigée d'une main de fer par une femme répondant au nom de Vilgrith.

La légende dit que les quelques Sternis qui avaient survécu étaient en si piteux état à leur arrivée qu'il ne vint même pas aux Vilgrithis l'idée de prendre les armes. Les voyageurs furent nourris, soignés, et une fois remis sur pied, ils contèrent leur histoire en traçant, dit-on, des dessins dans le sable.

Leurs récits, bien que très imprécis, impressionnèrent tant la matriarche Vilgrith qu'elle décida d'informer tous les chefs de village dont elle connaissait l'existence. Elle envoya des messagers à Wige et Isthmir, avec qui il lui arrivait de commercer, puis au fier Ayvacik qui, non sans mal, protégeait les plaines de l'Est des sauvages incursions de son frère et ennemi Reycin. Isthmir informa à son tour Irbin et Sefir.

Grandeur et décadence du Royaume d'Isthmir, par l'historien Baenryr de Sefir.

Ψ

Après maints détours par les rues tortueuses du quartier marchand, il entra enfin sur la place que Kesher lui avait indiquée. Elle était encore baignée de soleil, quoique celui-ci fût déjà bas. Il avait dardé ses pâles rayons depuis le matin, sans qu'aucun nuage ne vînt troubler le ciel bleu, et les nombreux isthmiris qui se massaient devant les échoppes marchandes avaient remisé leurs sinistres capes d'hiver pour arborer leurs pourpoints et hauts-de-chausses de mi-saison. Les femmes, quant à elles, se pavanaient joyeusement dans des robes aux couleurs gaies à la propreté irréprochable. Le printemps, s'il s'était installé sur la côte de Sefir depuis plusieurs semaines déjà, avait tardé à chasser la mauvaise saison dans les terres, et tous se réjouissaient ici de la fin des incessantes pluies glacées qui avaient trop longtemps assombri le ciel.

Beaucoup se retournèrent sur son passage et le montrèrent du doigt tandis qu'il arpentait la place en regardant de tous côtés, à la recherche de Kesher.

— Ils sont vraiment tordus, ces Khullanis, dit un homme d'un ton réprobateur.

— Je trouve qu'il a fière allure, rétorqua sa femme, admiratrice.

Il préféra ne pas y prêter attention et s'immobilisa au centre de la place, là où il pourrait avoir un œil sur tous les bâtiments environnants. L'endroit n'avait rien de particulier, et il en vint à se demander s'il ne s'était pas fourvoyé. Il remarqua alors qu'une file d'attente s'était formée devant l'entrée d'une vieille bâtisse surmontée d'une coupole moribonde et dont les massives colonnades de pierre grise menaçaient de s'écrouler. Qu'attendaient-ils donc ?

Ce fut un violent coup sur l'épaule qui le sortit de sa rêverie. Azar se retourna dans un sursaut pour se retrouver nez à nez avec un Kesher furibond.

— Je t'avais dit des habits décents, pas l'attirail de bal, cracha-t-il avec mauvaise humeur.

Azar baissa un regard contrit sur son ample robe khullani gris perle, puis écarta les bras d'un air désolé.

— C'était la seule qui n'était pas trop rapiécée, et les habits de Dugust sont trop petits pour moi, se justifia-t-il.

— Tout de même, une robe ! grommela Kesher. On n'aime pas trop ça par ici, tu as de la chance qu'on ne t'ait pas jeté des pierres ! Enfin, qu'importe. J'espère au moins qu'on te laissera entrer.

— Où allons-nous ? demanda Azar, car le capitaine avait été pour le moins évasif quant à la teneur du rendez-vous.

— Nous allons au théâtre, répondit Kesher en pointant du doigt la bâtisse à colonnades.

— Au théâtre ? répéta le prince, incrédule.

— Suis-moi, et ne te fais pas trop remarquer, dit le capitaine en le précédant. J'ai dû batailler pour nous trouver des places en moins de deux jours. Toutes les représentations sont complètes jusqu'au mois prochain. Nous n'aurons pas d'autre chance.

Ils prirent place dans la file d'attente, sous les regards intrigués de la foule. On chuchotait beaucoup en jetant des coups d'œil à la dérobée à la tenue du prince, et l'on ricanait avec gêne.

— Vas-tu me dire ce que nous faisons ici ? interrogea Azar.

— C'est une surprise, éluda Kesher. Grunda est-elle partie ce matin comme prévu ?

— Oui. Elle a finalement opté pour Wige, car un groupe de camelots s'y rendait. Ils sont une quinzaine, hommes et femmes de tous âges, et accompagnés de deux grands gaillards armés. Ils m'ont plutôt fait bonne impression.

— C'est une sage décision, approuva Kesher. Voyager seul est déjà risqué pour un homme. En revanche, je ne suis pas très rassuré quant à la direction qu'elle a prise. Wige est au moins aussi mal famée que Valjteph.

— C'est pourquoi j'ai insisté pour qu'elle prenne Trèfle avec elle, mais elle a préféré nous le laisser, en cas de besoin. Elle a promis de défendre notre cause à Urkan… Enfin, si elle y arrive un jour, ajouta-t-il en faisant la moue.

— Elle y arrivera. Elle perdra peut-être une paire de doigts dans les mers du Nord, mais elle s'en remettra. C'est une solide bonne femme, je lui fais confiance.

Azar acquiesça, puis il repensa songeusement à leur séparation, le matin même. Les adieux de la grande Urkani avaient été à son image : simples et sans atermoiement. Il avait tout de même eu un petit pincement au cœur en la regardant s'éloigner. Ils avaient eu quelques bons moments…

On commença à avancer, à petits pas, vers l'entrée du théâtre. L'attente fut interminable et Azar s'impatienta. Il se sentait mal à l'aise, comme toujours au milieu des foules d'étrangers.

Alors qu'ils franchissaient le porche et montaient les marches entre les colonnades, il s'immobilisa, stupéfait : il venait de découvrir le titre de la pièce, écrite en lettres d'or au-dessus des portes grandes ouvertes.

— Ce n'est pas drôle du tout, marmonna-t-il à l'intention de Kesher.

Le capitaine se composa un air innocent.

— Eh bien quoi ? *Le Prince anathème* est la dernière pièce en vogue, c'est un beau cadeau que je te fais.

Azar trouva son demi-sourire triomphant passablement déplacé.

— En vogue ou pas, je n'ai aucune envie d'assister à cette bouffonnerie, dit-il entre ses dents serrées. Je m'en vais.

— Tu assisteras à la représentation, lâcha sèchement Kesher. L'un des acteurs peut te faire entrer à la cour. C'est un homme très pris, mais il reçoit ses admirateurs dans sa loge, après le spectacle. C'est ta seule chance de le rencontrer. Bien sûr, si tu crains que cette pièce ne froisse ton amour-propre, tu es libre de partir.

— De qui s'agit-il ?

Kesher éluda la question en lui assénant un coup de coude sans douceur.

— Prends donc ça et tais-toi, dit-il en lui tendant un jeton de bois.

— Qu'est-ce que c'est ?

— Notre billet d'entrée.

Azar détailla l'objet, intrigué. Gravé à la gouge, un énigmatique griffon aux ailes cuivrées et aux yeux rouge sang le contemplait avec une expression vaguement moqueuse, comme s'il savait qu'il allait être contraint d'assister à la parodie de sa propre existence. Tout cela ne lui disait rien de bon.

Près de la porte d'entrée, deux hommes obèses à la mine rébarbative inspectaient avec soin les précieux sésames que leur donnaient les spectateurs. Kesher et Azar franchirent les portes du théâtre sans encombre, mais le prince n'échappa pas à leurs regards suspicieux. Les Khullanis exilés devaient être rares en ces parages.

La salle n'avait rien à voir avec les auditoires luxueux de Khullan où il avait, son enfance durant, assisté aux concerts de sitar de la talentueuse Gazara. Les fauteuils dépareillés et pour le moins hors d'âge semblaient avoir subi les assauts répétés des rats et les murs décrépis suintaient d'humidité. C'était à se demander comment les torches qui les jalonnaient parvenaient à rester allumées.

L'hémicycle, de proportions modestes, était déjà à moitié plein. Azar repéra deux sièges libres en bout de rang et s'y dirigea d'un pas assuré, mais Kesher l'arrêta d'un geste impérieux et l'obligea à prendre place en plein centre de la troisième travée. Ils furent rapidement cernés par une foule de spectateurs impatients.

— Je n'aime pas trop ça, marmonna le prince, mal à l'aise.

— Je ne veux pas que tu profites de la première occasion pour prendre la poudre d'escampette, rétorqua Kesher.

Azar s'assit en bougonnant. Il crut qu'il allait disparaître au fond du fauteuil aux relents de moisissures, dont le rembourrage n'était plus qu'un vague souvenir.

— Je ne suis même pas certain de pouvoir me relever, alors pour ce qui est de m'enfuir… plaisanta-t-il.

Kesher remarqua le regard méfiant qu'il jetait au massif lustre qui les surplombait. Il se balançait en grinçant et seul un miracle semblait capable de l'empêcher de s'écrouler sur le public.

— Je sais bien que cette salle est pourrie, mais les entrées pour le théâtre royal sont hors de prix, se défendit le capitaine, piqué au vif. De toute façon, nous n'aurions pas eu la moindre chance d'y être acceptés, même avec des jetons d'or. Estime-toi heureux que le théâtre soit ici si populaire. Les acteurs jouent aussi bien pour les nantis que pour les indigents.

— Changent-ils d'endroit tous les soirs ?

Kesher haussa les épaules.

— Tout dépend de la demande, répondit-il. Une fois qu'ils ont arpenté tous les théâtres respectables de la ville, ils voient s'il y a quelques cachets à glaner dans les quartiers populaires. Avec *Le Prince Anathème*, ils sont sûrs de faire salle comble où qu'ils aillent. Ils continueront à jouer la pièce jusqu'à ce que l'engouement retombe, ou jusqu'à ce que tout le monde l'ait vue.

Azar grimaça. D'ici quelques mois, tout Isthmir aurait probablement assisté à la farce dont il était le triste héros, de la famille royale au plus modeste des artisans. À la pensée de devenir d'ici peu la risée de tout un peuple, ses joues s'enflammèrent de rage. Il songea même, malgré lui, à réserver à tous les théâtres du royaume le même sort qu'au chapiteau d'Irbin…

Les trois coups de bâton rituels ne tardèrent pas à retentir et le silence se fit dans l'assistance. Le cœur du prince se mit à battre très fort contre ses côtes comme le rideau se levait lentement. La pièce s'ouvrit sur une scène d'intérieur. Comme il s'y attendait, le décor était surchargé de fausses dorures tape-à-l'œil et de meubles inutiles recouverts d'horribles motifs tarabiscotés. Une vision stéréotypée du luxe khullani, à donner la nausée. Même le lit à baldaquin qui trônait au centre de la pièce était d'un suranné navrant.

Les voilages s'écartèrent soudain et un petit homme hirsute affublé d'une affreuse perruque blanche et d'une robe de nuit rosâtre s'assit au bord du matelas en s'étirant. Avec une profonde consternation, Azar identifia cet affligeant nabot comme sa propre caricature.

— Je ne suis pas si petit ! chuchota-t-il, scandalisé, à l'adresse de Kesher.

Le capitaine fit semblant de ne pas l'avoir entendu, mais un sourire narquois étira ses lèvres.

Le prince d'opérette bâilla à s'en décrocher la mâchoire et se frotta les yeux. Azar se pencha en avant, tout à coup très intrigué. Ce menton anguleux ne lui était pas inconnu mais il ne parvenait pas à mettre un nom dessus. Tandis que le faux Azar tâtonnait à l'aveuglette pour trouver ses mules ridiculement surmontées de petits pompons jaunes, il fouilla désespérément ses souvenirs. Il en était certain à présent : il connaissait cet homme.

L'acteur se leva et, d'une agile cabriole, fit mine de s'emmêler les pinceaux et de s'étaler de tout son long au pied du lit. Les premiers rires éclatèrent comme sa perruque tombait sur ses yeux et qu'il tentait maladroitement de se redresser. Azar étouffa alors un cri indigné : la tignasse rousse qu'il venait d'apercevoir ne permettait plus le moindre doute !

— Yrch ! cracha-t-il, fou de colère. Ne me dis pas que ce petit merdeux…

— Calme-toi, tu vas attirer l'attention, lui enjoignit âprement Kesher.

Alors que le Dzethli replaçait promptement sa perruque en adressant au public des regards contrits, de nouveaux rires fusèrent autour d'eux. Azar en profita pour empoigner le col du capitaine et le foudroyer du regard.

— Pourquoi ne m'as-tu rien dit ? fulmina-t-il.

— Aurais-tu accepté d'entrer dans cette salle si tu avais su ?

— Sûrement pas ! Je ne veux pas avoir affaire à ce nain prétentieux !

Le voisin de Kesher donna un coup de coude à la femme qui l'accompagnait et pointa Azar du doigt. Le prince réalisa alors que plusieurs spectateurs s'étaient tournés vers eux et les toisaient d'un air soupçonneux. Il se hâta de lâcher le capitaine et leur adressa un sourire qui se voulait rassurant. À en juger par leurs mines austères, l'effet n'était pas de première qualité, mais ils eurent tôt fait de se désintéresser de l'amorce de bagarre pour reporter leur attention sur le loufoque héros aux prises avec la porte de son armoire.

Azar se renfonça dans son fauteuil, les bras croisés, et s'efforça de suivre les pitreries d'Yrch avec détachement. Il fallait avouer que l'ancien intendant de Puits-vert ne manquait pas d'habileté pour feindre la plus désolante des maladresses, mais ses baladinages vulgaires auraient probablement beaucoup de mal à lui arracher le moindre sourire. *Enfin, maintenant que j'y suis... Ce n'est qu'un mauvais moment à passer*, songea-t-il, morose, en s'étonnant de la jubilation générale.

L'unique porte de la chambre s'ouvrit sur la silhouette plantureuse d'une femme à la crinière blonde et au maquillage outrancier. Sa robe de velours d'un vert scintillant ne laissait pas le moindre doute quant à l'identité du personnage.

— L'expédition pour Echron est sur le point de partir ! lança la Triska de pacotille d'une voix grave de tenancière de bordel.

— Je suis presque prêt ! s'exclama Yrch, qui à présent s'échinait à enfiler une robe si cintrée qu'il avait dû la voler à une fillette de dix ans.

Sa voix de fausset déclencha instantanément une nouvelle vague d'hilarité dans le public. Comme Kesher pouffait à son tour, Azar lui jeta un regard pour le moins dissuasif. Le capitaine s'enfonça dans son fauteuil en se mordant la lèvre inférieure.

Le prince se détourna de lui pour ne plus quitter des yeux l'infect Dzethli. Dans son esprit échauffé tournoyaient déjà mille sinistres plans de représailles…

Ψ

Accroupi parmi les fougères, il surveillait d'un œil attentif la progression des deux hommes. Il n'avait pas eu à aller bien loin pour les trouver, mais sa courte marche avait tout de même été éprouvante pour sa cheville endolorie. Il changea silencieusement de position pour détendre sa jambe, craignant qu'elle eût déjà enflé.

Ils n'avaient rien de très impressionnant, mais ils avaient l'avantage du nombre. Le Nordique qui parlait d'une voix gutturale lui faisait l'effet d'un homme retors, qui ne reculerait pas devant le danger, tandis que le gringalet, moins à l'aise au milieu des denses taillis, était probablement du genre à prendre la poudre d'escampette au moindre bruit.

Myst réfléchissait à toute allure, élaborant divers plans d'attaque dont l'issue ne le satisfaisait guère. Il s'efforçait de ne pas céder à la panique, ni de se laisser submerger par la haine profonde qui lui serrait les entrailles, et qui devait appartenir à l'esprit de Kaldius plus qu'à sa propre personne. Il devait à tout prix garder la tête froide.

Tandis que les deux hommes s'éloignaient d'un pas énergique, il remarqua qu'ils se dirigeaient vers l'un de ses pièges. Il songea qu'il n'aurait sûrement pas d'autre chance, car ils allaient bientôt quitter la zone de défense qu'il avait savamment établie durant ses longues journées de labeur. Il les suivit à pas de loup, prenant grand soin de rester dissimulé par les fougères, mais les hommes passèrent à quelques pas du piège.

Merde ! pensa-t-il. *Ils vont m'échapper !*

Il devait abattre sa dernière carte avant qu'il ne soit trop tard. Il décida de ne plus tergiverser et, d'une main tremblante, tâtonna autour de lui. Il trouva un caillou de bonne taille, se redressa assez pour distinguer la trajectoire et le lança à proximité du fossé.

Alors qu'il s'accroupissait à nouveau, les deux hommes s'immobilisèrent et dégainèrent leurs armes, sur le qui-vive.

— Qu'est-ce que c'était ? demanda l'Isthmiri.

Le Nordique poussa un grognement pour lui intimer le silence. L'arme au clair, il s'approcha prudemment de l'origine du bruit. Myst, le cœur battant, suivit tant bien que mal sa progression. Il distinguait à peine la silhouette de son ennemi entre les feuillages, mais il lui sembla qu'il se dirigeait droit vers le fossé.

— Laisse tomber, dit l'Isthmiri, pas très rassuré.

L'autre ne répondit pas. Myst ferma un instant les yeux, comme pour prier un quelconque dieu, retint sa respiration et attendit. L'apnée s'éternisa, et il allait reprendre une longue inspiration quand, tout à coup, un cri de surprise fendit le silence de la forêt.

Il n'en fallut pas plus pour le décider à agir. D'un bond, il sauta sur ses pieds puis, ignorant la douleur cuisante dans sa cheville droite, se rua vers l'Isthmiri. Il aperçut, du coin de l'œil, les moulinets désespérés du Nordique qui, tout au bord du trou, faisait son possible pour ne pas y glisser. Il y avait une infime chance pour qu'il parvînt à garder l'équilibre, mais Myst n'avait pas le temps de s'en préoccuper, car le couard Isthmiri s'enfuyait déjà à toutes jambes entre les troncs.

Il crut, durant un instant de panique, qu'il ne parviendrait pas à le rattraper. Sa jambe menaçait de se dérober sous lui et le traqueur était vif. Par chance, ce dernier connaissait mal la forêt et perdait beaucoup de temps en détours inutiles, permettant au voleur de ne pas se laisser distancer.

Ce qui devait arriver se produisit enfin : voyant qu'il était toujours suivi de près, le traqueur décida de filer tout droit pour gagner du temps et se jeta au cœur d'un taillis trop dense. Il tenta de sautiller tel un cabri par-dessus les arbustes, mais un roncier s'était agrippé si opiniâtrement à sa robe de bure qu'il fut brutalement ramené à la terre ferme.

Plus habitué à progresser en forêt, Myst n'eut aucun mal à se frayer un passage jusqu'à lui. Alors que l'homme tentait de lui échapper en rampant, poussant des petits gémissements apeurés, le voleur s'assit sur son dos pour l'immobiliser. Il prit quelques instants pour reprendre son souffle, empoigna sa courte chevelure et tira sa tête en arrière.

— Combien êtes-vous à Bergin ? demanda-t-il d'un ton faussement calme.

— Qu'est-ce que ça peut te foutre ? répondit le traqueur avec un ricanement moqueur. Tu ne nous échapperas pas, quoi que tu fasses, sale bâtard !

— Bien. Dans ce cas, j'imagine que tu peux mourir en paix.

Sans autre sommation, il égorgea l'insolent traqueur d'un geste sûr. Il y eut un gargouillis immonde, puis plus rien. Alors qu'il se redressait, Myst songea, non sans effarement, que ce meurtre de sang-froid ne l'affectait pas le moins du monde. Il avait toujours ressenti du dégoût, même lorsqu'il avait tué cette ordure de Gonnyn, mais pas aujourd'hui. Il y avait bien quelque émoi, tout au fond de lui, mais il s'apparentait curieusement à de la... *jubilation* ?

Un choc violent dans le bas du dos mit un terme à ses interrogations. Sonné, il tomba de tout son long près du corps inerte. Le Nordique, qui avait échappé par miracle à son piège, posa un pied entre ses omoplates. Il tenta de l'immobiliser en pesant de tout son poids, mais Myst, qui était plus rapide, parvint à se retourner. Il eut tout juste le temps d'apercevoir le visage courroucé de son adversaire, dont la chevelure constellée de brindilles et de feuilles boueuses témoignait d'un bref passage dans le fossé, avant qu'un violent coup de pied en pleine mâchoire ne le laisse à demi évanoui.

Il dut avoir une brève absence, car lorsqu'il rouvrit les yeux, l'homme était à califourchon sur lui et s'apprêtait, les bras haut au-dessus de sa tête, à lui enfoncer brutalement son couteau en plein cœur. Myst revit, durant un bref instant, sa pitoyable vie défiler devant ses yeux. Il allait mourir ici, tout seul comme un couillon, et Kaldius allait se repaître de son innocente petite sœur... Mais le traqueur n'abattit pas son couteau. Il resta figé, comme une statue, avec un rictus mêlant stupéfaction et écœurement sur son visage carré de vaillant gaillard du Nord. Il fallut un certain temps à Myst pour remarquer, dépassant de son torse, la pointe acérée d'une flèche.

Il venait de comprendre qu'il avait échappé, une fois de plus, à une mort certaine, quand il vit le corps de l'homme pencher dangereusement dans sa direction. Il n'eut pas le temps de se dégager avant qu'il ne tombe sur lui de tout son poids.

— AÏEEEE ! hurla-t-il.

Il y eut des pas précipités, puis Zeda apparut à ses côtés. Elle dégagea tant bien que mal le cadavre et aida Myst à s'asseoir. Il se tint la poitrine en grimaçant, persuadé qu'il avait été embroché par la pointe de la flèche.

— Merde, ça me brûle ! gémit-il.

Zeda ouvrit précipitamment sa tunique pour observer la blessure.

— Ce n'est rien, le rassura-t-elle, une toute petite piqûre de rien du tout !

Il baissa les yeux sur son propre torse, incrédule. La douleur était si intense qu'il avait l'impression d'être transpercé de part en part ! Mais il n'y avait qu'un trou minuscule, là où la pointe avait percé la peau, dont une unique et ridicule petite goutte de sang s'échappait.

Il ravala ses geignements, un peu honteux, mais la brûlure ne faiblit pas pour autant. Ce fut alors qu'il remarqua Enira, à quelques pas de là. La jeune fille était pâle comme un linge. Bouche bée, elle fixait d'un air ahuri le cadavre du Nordique. Son arc pendait mollement au bout de son bras.

— Merci, petite sœur, dit-il en se levant, soutenu par Zeda. J'ai bien cru que j'allais y passer, cette fois.

Enira n'eut aucune réaction. Elle semblait pétrifiée. Il s'approcha d'elle et posa une main compatissante sur son épaule.

— Ça fait toujours un choc, la première fois, mais on s'y fait, tenta-t-il de la rassurer.

Enira détacha son regard halluciné du mort pour le tourner vers son frère. Puis soudain, elle se mit à pleurer.

— Cette charogne ne mérite pas tes larmes, dit Zeda.

— Ce n'est pas pour lui que je pleure, bredouilla la jeune fille entre deux sanglots. Ils ont tué Danyr !

Myst interrogea Zeda du regard, mais la marchande semblait aussi surprise que lui.

— Qui c'est, ce Danyr ?

Enira renifla piteusement.

— Il est resté là-bas, près de chez la sorcière. Il faut qu'on aille le chercher !

— Pas question. Le plus urgent, c'est de cacher les corps de ces deux-là avant la nuit, dit-il en désignant d'un geste méprisant les traqueurs morts.

— S'il te plaît, Myst ! le supplia Enira. On ne va pas le laisser tout seul dans la forêt ! Il va se faire dévorer par les bêtes !

— Ton Danyr n'est pas une priorité, répliqua Myst, impitoyable. Ces deux hommes ne sont pas les seuls à arpenter le coin, et si un autre groupe trouve ces corps, il rameutera toute la clique !

— Je m'en occupe, proposa Zeda.

— Ça va te prendre des heures ! objecta Myst.

— Pas si ta mère me donne un coup de main. Nous ne sommes pas si loin de la chaumière, aller la chercher ne me prendra pas longtemps.

Myst secoua vigoureusement la tête.

— Elle t'a sauvé la vie, ajouta-t-elle. Tu lui dois bien ça.

Le voleur soupira.

— Décidément, je n'ai jamais le dernier mot avec toutes ces bonnes femmes ! grommela-t-il.

Ψ

Il n'en pouvait plus. Il allait littéralement exploser de frustration d'un instant à l'autre. Il jeta un coup d'œil à la dérobée à Kesher et se demanda si l'infortuné capitaine ne ferait pas un bon exutoire. Il fut alors pris d'un désir ardent de l'entraîner dans un coin sombre et de le chiffonner un peu. Après tout, il s'était bien payé sa tête, ce salaud ! Rien de tel qu'un bon tabassage en règle pour se calmer les nerfs...

La porte de la loge des artistes s'ouvrit sur le visage béat d'une femme rondelette. Elle remonta lentement la file d'admirateurs qui s'étirait tout au long de l'étroit couloir en poussant des soupirs de contentement, sa précieuse rose serrée contre son cœur.

Azar grimaça. Toutes les femmes qui l'avaient précédée avaient reçu d'Yrch le même cadeau. Elles affichaient chaque fois ce même air comblé et ne semblaient pas se rendre compte que leurs fleurs étaient presque fanées. Elles passaient devant eux sans les regarder, perdues dans leurs pensées, d'un pas si léger qu'elles paraissaient flotter au-dessus du sol.

— Je n'ai jamais compris comment ce Dzethli faisait pour mettre les femmes dans cet état, commenta Kesher. Il est certes beau parleur, et plutôt bien fait de sa personne, mais n'est-il pas un peu petit ? Et roux, en plus… Par Shara, sont-elles donc aveugles ?

Azar ne répondit pas. Il était trop occupé à songer au sort qu'il allait réserver à ce sale traître. Allait-il directement lui arracher les yeux, ou commencerait-il par lui brûler la plante des pieds ? Il laissa échapper un long soupir et ses épaules s'affaissèrent : ce petit jeu ne l'amusait plus du tout. S'il avait pu le rencontrer juste après la fin de la pièce, il l'aurait probablement étripé sur-le-champ, mais cette longue attente avait calmé ses ardeurs. Car il devait se rendre à l'évidence : il avait mérité cette satire. Il avait été faible, et sa lâcheté avait condamné tout un peuple à vivre sous le joug d'un tyran. Il avait refusé d'obéir à son père pour poursuivre une quête égoïste et futile. Il avait été assez stupide pour croire que le bonheur l'attendait quelque part, loin de la cage d'or de son palais. Quel idiot ! Le bonheur n'était pas pour lui ! Décidément, il avait tendu le bâton pour être battu, et le personnage grotesque que campait Yrch lui ressemblait bien plus qu'il n'aurait voulu l'admettre…

Le couple qui les précédait fut enfin invité à entrer dans la loge. Azar tendit le cou pour en apercevoir l'intérieur, mais le garde massif posté devant la porte lui fit signe de reculer d'un geste qui ne prêtait pas à contestation. Il eut tout juste le temps d'entendre des éclats de rire avant que la porte ne se referme.

— Il y a plein de monde, là-dedans, dit-il avec appréhension. Je croyais qu'il serait seul !

— La plupart des gens viennent pour lui, mais les autres membres de la troupe aiment aussi entendre des compliments. Dans un théâtre plus grand, il aurait eu sa propre loge, mais ici…

— Et s'il commet un impair en me voyant ? chuchota Azar, paniqué. C'est trop dangereux !

— Yrch est peut-être un emmerdeur, mais il est loin d'être bête. Ne t'en fais pas.

— Sous le coup de l'étonnement, n'importe qui peut laisser échapper des informations compromettantes, et…

La porte se rouvrit et le couple sortit tout sourire, visiblement très satisfait de son entrevue. La brièveté de la rencontre prit Azar au dépourvu. Il ne se sentait pas prêt.

— C'est à vous, dit le garde d'une voix sans timbre.

Kesher entra d'un pas assuré dans la loge. Azar lui emboîta le pas et resta derrière lui, dans l'ombre. Il avait soudain très peur, sans savoir de quoi. Son cœur battait trop vite et ses mains devenaient moites dans ses gants de taffetas gris. À l'idée de revoir Yrch, il se sentait très mal à l'aise. Était-ce à cause de la façon peu conventionnelle dont ils s'étaient séparés à Puits-vert ? Il lui avait tout de même brisé le nez et la mâchoire…

Si l'éclairage était chiche et la plupart des acteurs plongés dans la pénombre, l'on avait doctement disposé de grands chandeliers en demi-cercle afin de mettre le héros de la soirée en lumière. Au centre du halo ainsi créé trônait Yrch, nonchalamment affalé dans un large fauteuil de velours, les jambes croisées sur l'accoudoir. Il avait remisé son affreuse perruque et enfilé de somptueux vêtements de cour du même bleu vif que ses yeux. Il faisait mine de sentir le parfum de l'une de ses roses moisies, dont un seau plein gisait au pied du fauteuil. Peut-être pensait-il qu'une nouvelle femme venait d'entrer et que cette posture languide la séduirait.

Derrière le maître de cérémonie, les autres membres de la troupe s'affairaient en conversant. Certains étaient occupés à se démaquiller, tandis que d'autres rangeaient soigneusement les costumes et accessoires dans de grandes malles de voyage.

— Approchez-vous donc, les invita Yrch avec un geste indolent de la main, un sourire charmeur accroché aux lèvres.

Kesher s'avança dans la lumière. Aussitôt qu'il le vit, Yrch se décomposa, jeta violemment la rose et bondit de son fauteuil pour se précipiter vers le capitaine. Il s'immobilisa très près de lui et jeta des coups d'œil gênés par-dessus son épaule.

— J'avais dit pas en public, Kesher ! chuchota-t-il hâtivement. Tu vas ruiner ma réputation si ça s'apprend !

— Si tu ne te méfiais pas autant de mes coursiers, j'aurais pu te faire prévenir ! se défendit Kesher.

Yrch eut un hoquet méprisant.

— Cette bande de va-nu-pieds avec qui tu traînes, des *coursiers* ? Si l'on me surprend avec l'un d'eux, c'est encore pire que si l'on me voit en ta compagnie !

— Autant que je vienne en personne, dans ce cas, rusa Kesher.

— Où tu veux mais pas ici, va-t'en avant qu'ils ne te remarquent, fit sèchement Yrch en jetant un nouveau coup d'œil à ses compagnons affairés.

— Je ne suis pas venu seul, lui fit remarquer Kesher en désignant le prince.

Le Dzethli lança un bref regard à la grande silhouette qui se découpait dans l'ombre et haussa les épaules.

— J'm'en fous, rétorqua-t-il.

L'insupportable arrogance d'Yrch poussa Azar à intervenir. Faisant fi de son incompréhensible appréhension, il avança d'un pas théâtral dans la lumière. Dès qu'il le vit, Yrch devint blanc comme un linge. Ses yeux s'écarquillèrent et sa bouche s'ouvrit en grand. Il resta ainsi un long moment, comme statufié par le choc.

La réaction du Dzethli arracha à Azar un demi-sourire satisfait. Le miracle s'était enfin produit : Yrch était sans voix. Un silence inespéré et des plus plaisants, que le prince mit à profit pour détailler de plus près le mufle qui avait osé le tourner en dérision.

Son allure générale n'était plus celle du séducteur invétéré de Puits-vert. Sa tenue cintrée lui donnait un air plus sérieux, presque guindé. Ses cheveux d'un roux vif, qui autrefois s'égaillaient dans un désordre confus au sommet de son crâne, étaient à présent soigneusement lissés et peignés. Ils avaient suffisamment poussé pour qu'il les noue en catogan. Même s'il fallait reconnaître qu'il était bien moins laid ainsi, Azar se sentit un peu déçu. Il paraissait plus adulte, plus viril, mais aussi plus fade. Le chien fou qui se pavanait dans des guêtres terriblement mal assorties et se moquait ouvertement de la bienséance avait-il définitivement disparu ? L'impétueux provocateur s'était-il laissé gagner par la médiocrité ambiante de la cour ?

— Il y a une autre salle derrière, nous y serons plus tranquilles, dit Yrch d'une voix lointaine et traînante, sans quitter le prince de son regard halluciné.

— Nous te suivons, dit Kesher.

Yrch se dirigea d'un pas engourdi vers le fond de la pièce. Il marchait comme un fantôme et ne sembla pas remarquer les coups d'œil interrogateurs de ses compagnons de scène.

— Où vas-tu ? demanda le vieil acteur qui interprétait Cavar en le tirant par la manche.

— J'ai à parler avec ces deux-là, répondit Yrch en se dégageant mollement. Renvoie tout le monde. Je ne reçois plus personne.

— Tu n'y penses pas ! protesta la grande blonde qui jouait Triska. Ils sont encore des dizaines à attendre !

Yrch fit mine de ne pas l'entendre, éloigna d'un coup de pied la malle qui bloquait une porte et invita les deux hommes à entrer dans une seconde pièce. Il s'agissait d'un petit débarras poussiéreux où s'amoncelaient bancs, tables et coffres pleins à ras bord de costumes de scène hors d'usage. L'espace libre était tout juste suffisant pour trois et seul un minuscule soupirail donnant sur la place permettait à la lumière d'entrer. La nuit était tombée et son mince quartier de lune n'éclairait que faiblement les contours fantomatiques des accessoires.

Dans cette obscurité quasi totale, Yrch semblait tout à coup moins à l'aise. Azar fut surpris de le voir se tordre nerveusement les doigts en déglutissant, les yeux roulant dans leurs orbites. Sa soudaine réapparition lui inspirait-elle une telle crainte ? Non, ça ne pouvait être cela. Yrch n'avait jamais eu peur de lui, ni de quiconque… Puis tout à coup, une idée extravagante traversa l'esprit du prince : Yrch ignorait sa capacité à voir dans le noir. Ne se sachant pas observé, il tombait enfin le masque et montrait son vrai visage. En découvrant cet homme fébrile au regard triste et fuyant, Azar se sentit étrangement ému. Il le trouvait soudain touchant, cet argentier déshérité qui passait sa vie à jouer des rôles pour échapper, coûte que coûte, à sa propre insignifiance…

— Vous allez probablement trouver cela déplacé, Altesse, dit Yrch d'une voix grave et solennelle, mais je voudrais que vous sachiez à quel point vous savoir en vie me comble de joie.

Azar haussa un sourcil sceptique. Il s'était attendu à tout sauf à ça !

— J'ai quelques difficultés à croire ces belles paroles, venant de celui qui a osé faire de ma soi-disant mort son fonds de commerce, grommela-t-il.

Sans crier gare, Yrch tomba à genoux et prit les mains du prince dans les siennes pour les baiser.

— Je suis désolé, les choses ont mal tourné ! s'excusa-t-il d'une voix geignarde. J'avais imaginé cette pièce comme un vibrant hommage à un homme qui avait marqué ma vie et que j'estimais grandement, mais les premières représentations furent un fiasco. Le public n'aime pas les pièces graves, voyez-vous, il préfère les farces !

Azar crut qu'il allait exploser d'indignation. Ses bonnes dispositions envers le petit acteur avaient disparu aussi soudainement qu'elles avaient fait surface, et ce fut avec une sombre délectation qu'il le saisit au collet, le força à se lever et s'illumina afin qu'il voie distinctement son regard assassin.

— Écoute-moi bien, petit con, siffla-t-il, tes flagorneries ne me font ni chaud ni froid, alors abandonne. Je ne suis pas un homme qui marque la vie des autres, je suis un perdant et tu l'as bien compris. Tu as été assez intelligent pour profiter de ma mauvaise réputation et des légendes grotesques qui ont toujours circulé autour de ma personne, tant mieux pour toi. Je ne t'en blâmerai pas…

— Mais, Altesse, je vous assure, je vous ai toujours admiré, j'ai même pleuré le jour où j'ai appris votre mort, croy…

— La ferme ! aboya Azar en raffermissant sa prise. Que tu te foutes de moi, je peux l'accepter. Je l'ai bien mérité ! Mais ce que je ne tolérerai jamais, ce qui me met tellement en rogne que je me retiens de ne pas t'étrangler, c'est que tu aies osé salir tout ce que j'ai aimé ! Ma mère, tout d'abord : tu en as fait une arriérée neurasthénique ! Quant à mon père, sache qu'il lui est toujours resté fidèle et n'a jamais passé ses nuits à papillonner d'une chambre à l'autre ! Pire encore, où as-tu été lui chercher une relation secrète avec Triska ? Et parlons-en de Triska : une hommasse qui rote et qui pète à table, une dévergondée syphilitique, et puis quoi encore !

Il serrait à présent si fort sa gorge que le teint d'Yrch avait viré au rouge écarlate. Kesher, qui observait la scène avec attention, commença à montrer des signes d'inquiétude quant au sort du malheureux Dzethli, mais le prince n'y prêta pas garde et poursuivit, écumant de rage :

— Et le pire, le plus ignominieux, c'est cet horrible portrait que tu as dressé de Myst !

Bien qu'il pût à peine respirer, Yrch protesta avec véhémence :

— J'ai peut-être un peu brodé autour des autres, mais mon Myst, lui, est plus vrai que nature !

— Quoi ? s'exclama Azar, en ébullition.

— J'ai bien vu comment il vous traitait à Puits-vert ! C'est une brute épaisse ! Vous vous laissiez malmener sans rien dire, j'avais presque pitié de…

Le prince comprima sa gorge, lui arrachant un petit couinement sans force. Kesher sortit alors de sa réserve pour s'interposer.

— Arrête, tu vas le tuer ! dit-il en tentant de l'éloigner de l'acteur. Comment veux-tu qu'un cadavre te fasse entrer à la cour ?

Azar le repoussa d'un coup de coude. Il avait oublié, tout à coup, tous ses chimériques desseins de reconquête du trône de Khullan. Car son unique projet, en cet instant, avait au moins le mérite d'être réalisable : faire taire cette petite ordure pour toujours. Il sentait déjà, au creux de sa paume, que le rythme de ses battements de cœur ralentissait. Il serait sûrement très soulagé, après ça, comme lorsqu'il avait incendié le chapiteau aux monstres…

Piqué au vif, le capitaine revint à la charge sans plus prendre de gants : avec une brutalité qui prit le prince au dépourvu, il s'empara de sa longue chevelure argentée et tira d'un coup sec. La surprise le fit lâcher un instant la gorge d'Yrch, et l'acteur eut tout juste le temps de reprendre une courte inspiration sifflante, la bouche grande ouverte et les yeux révulsés, avant que le prince ne le garrotte de nouveau.

Kesher regarda d'un air abasourdi la poignée de cheveux qui lui était restée dans la main, puis les deux hommes qui s'effondraient en essayant de s'étrangler mutuellement. Dans leur chute, ils brisèrent un banc et firent s'écrouler un tas de vieilles chaises branlant. Presque aussitôt, on frappa à la porte.

— Maître Yrch, est-ce que tout va bien ? demanda l'une des actrices d'un ton inquiet.

Sans perdre son sang-froid, Kesher s'empara d'un coffre et s'en servit pour bloquer la porte. Puis il se tourna vers Azar et Yrch et retroussa ses manches.

— Désolé, Altesse, vous ne me laissez pas le choix, grommela-t-il.

À califourchon sur un Yrch à demi évanoui, Azar vit, du coin de l'œil, que Kesher extirpait une chaise de la pile qui était tombée. Comprenant ses intentions, il voulut se dégager, mais Yrch fit appel à ses dernières forces pour le ceinturer. L'instant d'après, il sentit une vive douleur derrière la tête et un rideau noir tomba devant ses yeux. *Fin du premier acte*, songea-t-il avant de perdre connaissance.

11

Découverte

Bien qu'elle soit de plus en plus contestée, la décision de considérer le Premier Cercle des Adorateurs de Kendur comme le début de notre Histoire n'est pas hasardeuse. En effet, ce fut la première fois que tous ses fidèles, à l'exception des barbares des montagnes de l'Est, tinrent conseil au bord du Kirn.

Le village d'Isthmir fut choisi pour deux raisons : il était, d'une part, le plus central, et son chef était le seul qui connaissait déjà chaque tribu présente, à l'exception des Sternis. Ce rassemblement avait pour but l'établissement d'un plan visant à contrer la menace que représentaient alors les torglaths. Car si ces derniers avaient réussi à s'enfoncer dans les forêts de Fuln et Burfen assez profondément pour en chasser les hommes, puis à emprunter les vallées jusqu'au lac de Storten, il n'était dès lors pas impossible qu'ils vinssent, un jour ou l'autre, à se frayer un chemin parmi les forêts épaisses du Sud de l'Ornis, remontassent le long de la vallée d'Ysphet et envahissent les territoires du Nord.

La première décision du conseil fut de placer des tours de guet tout le long de la branche la plus méridionale de l'Ornis, puis de prolonger le rempart naturel qu'offrait le fleuve grâce à la construction de fortifications. L'on décida également d'installer deux avant-postes : le premier au sud de la vallée d'Ysphet, afin de surveiller la partie orientale de la Plaine des Torglath, ainsi qu'un deuxième entre le Kirn et l'Ornis. Paradoxalement, ce fut ce dernier qui posa le plus de problème, car si Ysphet était un territoire lointain et sauvage - l'on imagine aisément l'appréhension des courageux jeunes hommes qui se portèrent volontaires pour s'y installer -, l'Est de l'actuelle Isthmir était le terrain de jeux de la tribu de barbares du sanguinaire Reycin, pour qui l'éventualité d'une invasion torglath était la dernière des préoccupations. Nous reviendrons, dans un chapitre ultérieur, sur le dénouement des affrontements entre l'Alliance d'Isthmir et Reycin…

Grandeur et décadence du Royaume d'Isthmir, par l'historien Baenryr de Sefir.

Ψ

La petite flaque était à peine perceptible dans le crépuscule. Il s'accroupit, y plongea son index et goûta le liquide du bout de la langue. Il s'agissait bien de sang.

— Es-tu certaine qu'il était mort ? demanda-t-il à Enira.

Sa question maladroite provoqua une nouvelle effusion de larmes.

— Il aura sûrement eu le temps de se traîner quelque part avant de succomber, soupira-t-il en embrassant la forêt enténébrée du regard.

Enira se prit la tête dans les mains, secouée de sanglots. Il se redressa et fit le tour de la clairière, à l'affût du moindre indice, mais distinguer des traces dans cette obscurité était quasiment impossible.

— La cabane de la sorcière est-elle loin ? demanda-t-il en s'immobilisant, découragé.

Les pleurs d'Enira cessèrent d'un coup. Elle fixa Myst avec une expression de biche effarouchée.

— Pourquoi ? murmura-t-elle avec appréhension.

— Pour lui demander une torche, pardi ! s'impatienta-t-il. On ne retrouvera jamais ton… *ami* sans lumière, et je n'ai pas l'intention de passer la nuit ici !

— M-mais cette femme est… commença-t-elle.

— Une charmante petite vieille dont le seul tort est d'apprécier la solitude ! acheva-t-il. Elle ne ferait pas de mal à une mouche !

Enira haussa un sourcil sceptique, mais elle daigna tout de même pointer, d'un doigt hésitant, la direction à suivre.

Ils quittèrent la clairière et s'enfoncèrent dans la forêt. Tandis qu'ils progressaient avec difficulté dans le noir absolu, mille questions se mirent à tournoyer dans l'esprit de Myst. Le tact aurait certes imposé le silence en pareille situation, mais au bout d'un moment, il n'y tint plus et décida, égoïstement, que le deuil de sa sœur pouvait bien attendre.

— Que représentait-il pour toi, ce Danyr ? s'enquit-il d'un ton qu'il aurait voulu moins inquisiteur.

— C'était mon ami, répondit-elle, et à sa voix tremblotante, il devina qu'elle était à deux doigts de se remettre à pleurer.

— Ami ami ou… plus que ça ?

Enira observa un silence farouche, ce qui eut le don d'énerver Myst au plus haut point. Il se mit à envisager le pire et lâcha d'une voix sévère :

— T'as couché avec lui ?

— Bien sûr que non ! s'écria Enira, outrée. Nous nous sommes juste embrassés.

Myst vit rouge.

— Quel âge a-t-il ? beugla-t-il d'une voix un brin trop aiguë, au bord de la crise de nerfs.

— Qu'est-ce que ça peut te faire ? hurla-t-elle.

À deux doigts d'exploser, Myst songea que ce petit con avait intérêt à être déjà mort, sans quoi il se chargerait personnellement de l'achever !

— Vous en faites, un boucan !

Ils sursautèrent de concert et tournèrent un regard terrorisé en direction de la voix.

— Est-ce ma maison que vous cherchez ? demanda la vieille femme.

— Oui, répondit Myst en tentant désespérément de distinguer son interlocutrice.

Il sentit qu'on empoignait son coude et qu'on le tirait.

— Tenez-vous la main, je vais vous guider, dit-elle en les menant d'un pas sûr à travers la forêt. Nous sommes tout proches.

Ils se laissèrent docilement mener, sans plus oser prononcer un mot. La vieille semblait s'orienter sans aucune difficulté dans le noir, tout comme Azar. Myst se prit à penser, absurdement, qu'ils étaient peut-être en présence d'une femme-bête qui, pour cacher sa vraie nature aux yeux du monde, avait décidé de vivre en ermite…

Ils aperçurent enfin, entre les troncs, les lumières de la cabane. De toute évidence, ils avaient fait fausse route. Quand ils entrèrent, ils furent assaillis par une odeur prenante de camphre. Enira lâcha aussitôt la main de Myst et, avec des petits couinements paniqués, courut jusqu'au fond de la pièce. Il remarqua alors le grand garçon blond étendu sur une paillasse. Il suivit sa sœur, qui s'était déjà agenouillée près du corps et avait pris sa main inerte dans les siennes, comme pour le réchauffer, et dévisagea le fameux Danyr avec curiosité.

— Il respire ! s'exclama Enira.

Elle leva son regard baigné de larmes vers la sorcière et lui sourit de toutes ses dents, ivre de gratitude.

— Il va peut-être survivre, dit celle-ci, mais sa blessure est profonde. Elle a de grandes chances de s'infecter.

Le sourire d'Enira s'effaça aussitôt. Elle reporta son attention sur le garçon et resta à le fixer intensément, comme prostrée. Myst oublia tout à coup tous ses projets de vengeance. Elle semblait réellement attachée à ce Danyr et son chagrin faisait peine à voir.

— Laissons-la, proposa la vieille femme.

Myst la suivit jusqu'à la table. Elle l'invita à s'asseoir. Une tasse de thé était déjà servie, à croire qu'elle s'était attendue à leur visite. Il hésita un instant, puis se décida à y goûter. Elle le regarda siroter son thé sans dire un mot.

— Où l'avez-vous trouvé ? demanda-t-il.

— Tout près d'ici. Ses hurlements m'ont tirée de ma sieste. Il a fallu que je l'endorme pour qu'il cesse de gigoter et de crier.

Myst hocha la tête. Il jeta un coup d'œil à sa sœur éplorée, puis reporta son attention sur la vieille dame. Celle-ci ne cessait de le dévisager, comme si elle attendait qu'il dise quelque chose. Il baissa les yeux, mal à l'aise.

Le silence s'éternisa tandis qu'il réfléchissait. Il n'avait aucun mal à trouver un sujet de conversation, d'habitude, mais cette femme l'intimidait. Assurément, elle n'était pas du genre à causer de la pluie et du beau temps. La blessure de son torse, qu'il était presque parvenu à oublier, se réveilla sans crier gare. Il fut alors pris de violentes démangeaisons.

Enfin, après ce qui lui sembla une éternité, la vieille sortit de son mutisme contemplatif.

— Il en viendra d'autres, affirma-t-elle.

Myst accueillit cette nouvelle sans manifester la moindre surprise. Il se doutait, depuis leur première rencontre, qu'elle savait à qui elle avait affaire.

— Sont-ils nombreux ? demanda-t-il à voix basse, non sans au préalable jeter un coup d'œil méfiant en direction de sa sœur.

— Bien plus que tu ne l'imagines.

— Que dois-je faire ?

— Partir le plus loin possible. Ces deux-là n'étaient que les premiers d'une longue série.

— Où aller ? demanda-t-il, tout en sachant qu'il avait déjà la réponse.

— Dans un endroit où tu pourras passer inaperçu. Bergin est un petit village, où l'anonymat ne se conserve pas longtemps. Je les écoute parler entre eux, tu sais, et personne n'est dupe. Ils savent que la jolie plante du désert est arrivée au bras du fils prodigue.

— Ma mère a toujours vécu ici. Elle ne voudra pas partir, objecta-t-il.

— Ce sera inutile. Elle ne les intéresse pas. Seul ton sang et celui de la petite leur importe.

Elle jeta un regard attendri à Enira, puis se tourna à nouveau vers lui, un demi-sourire aux lèvres.

— Par Kendur, comme vous lui ressemblez ! dit-elle, ébahie.

Myst se pencha sur la table, les yeux plissés par la curiosité.

— Comment avez-vous connu notre père ?

La vieille dame se mit à rire de bon cœur, puis fixa d'un regard lointain le napperon au vilain chevreuil, comme pour mieux se plonger dans ses souvenirs.

— Il avait entendu parler de mes élixirs au village. Il voulait que je lui en concocte un.

— Quel genre d'élixir ?

— De ceux qui permettent de séduire les jeunes femmes indomptables, répondit-elle avec un sourire en coin. Il s'était amouraché d'une fermière récalcitrante.

Myst laissa échapper un hoquet scandalisé.

— Dois-je comprendre qu'Enira et moi sommes les fruits d'un ensorcellement ?

La vieille secoua vigoureusement la tête.

— Il m'a rendu la fiole quelques jours plus tard. Il n'en manquait pas une goutte. À l'évidence, il avait réussi à l'amadouer par ses propres moyens.

Myst souffla de soulagement. Il détestait bien assez son géniteur pour pouvoir supporter l'idée que le mufle s'était joué de sa mère dès le départ.

— Surprenant, non, qu'un fier gaillard comme Mefir ait manqué à ce point d'assurance avec les femmes que l'idée de recourir à la magie lui ait traversé l'esprit ?

— Plus rien ne m'étonne de sa part, dit-il en haussant les épaules.

— Nous nous sommes revus quelques fois, après ça. Il ne manquait pas de me rendre visite chaque fois qu'il passait dans le coin. Nous avons fini par devenir bons amis, il me semble… Jusqu'à ce que ces maudits hommes se mettent à le chercher, ajouta-t-elle en se rembrunissant. Ils sont venus dans ma maison, une fois. Ils ont essayé de me tirer les vers du nez, mais je n'ai pas pipé mot. Je garde encore la trace de leurs coups… Je lui ai donné le même conseil qu'à toi, ce soir, et il l'a suivi à la lettre. Je ne l'ai plus jamais revu après ça. J'imagine qu'il n'est plus de ce monde.

— Ils ont fini par l'avoir, confirma-t-il d'une voix blanche.

Elle hocha lentement la tête, puis ses paupières se fermèrent. Elle commençait à piquer du nez.

— Nous allons vous laisser.

— Merci, jeune homme, dit-elle d'une voix endormie. À mon âge, je ne peux plus me permettre de sauter la sieste de l'après-midi sans en payer le prix le soir venu.

Elle se leva et se dirigea à petits pas vers sa chambre. Myst la précéda pour lui ouvrir poliment la porte.

— Au revoir, Hait-dieux, dit-elle en le saluant d'un petit geste de la main.

— J'imagine que nous ne nous reverrons jamais.

Elle approuva d'un hochement de tête, puis disparut dans les ténèbres de sa chambrette. Myst ferma doucement la porte. Troublé par l'entretien qu'ils venaient d'avoir, il resta un long moment immobile, à fixer bêtement la poignée. Puis, sa décision prise, il rejoignit sa sœur qui étreignait toujours affectueusement la main de Danyr.

— Aimes-tu ce garçon ? lui demanda-t-il de but en blanc.

Elle leva vers lui un regard baigné de larmes.

— Oui, avoua-t-elle du bout des lèvres.

Myst parvint héroïquement à retenir la grimace désapprobatrice qui lui chatouillait les lèvres.

— Fais-lui tes adieux comme il se doit, dit-il avec toute la douceur dont il était capable. Je t'attends dehors.

Alors qu'il traversait la pièce, il s'étonna de ne pas entendre de pleurs. Elle avait dû comprendre et, avec un courage qu'il était loin de soupçonner, accepter l'idée qu'elle ne reverrait jamais Danyr.

Ψ

Avançant à tâtons dans les rues mal éclairées des quartiers populaires, Yrch ne semblait pas franchement rassuré. Il ne cessait de tourner la tête dans tous les sens, aux aguets, et observait d'un œil méfiant le sol jonché d'ordures avant chaque pas. Kesher, qui le précédait de près, s'immobilisa soudain.

— C'est pas un peu fini, ces simagrées ? s'exclama-t-il d'une voix essoufflée. On se traîne !

— Tu n'as pas idée du prix de ces souliers ! protesta le Dzethli en lui jetant un regard mauvais. Il est hors de question que j'entre les pieds couverts de merde au château !

— Je le fais bien, moi, rétorqua Kesher.

— Ce qui explique ton immense popularité à la cour ! ironisa Yrch.

Il fut soudain secoué de tremblements et se frotta énergiquement les bras.

— Qu'est-ce que ça caille, ici !

— Tu n'as qu'à le prendre, tu verras comme ça réchauffe, un peu d'exercice ! s'emporta Kesher, à bout de nerfs.

Yrch regarda le prince inerte dans les bras de Kesher, parut réfléchir un instant, puis secoua la tête.

— Je suis un homme plus cérébral que physique, claironna-t-il.

— Cérébral mon cul ! grommela Kesher. Allons, dépêchons. Et je te préviens, je ne t'attends plus !

— Tu ne m'abandonnerais tout de même pas ici ? s'offusqua Yrch, frissonnant de plus belle.

— Oh que si ! répliqua Kesher, non sans jubilation. Et je ne te donne pas deux minutes avant qu'un pauvre bougre ne te détrousse. Tu verras comme tu seras bien accueilli à la cour, quand tu t'y présenteras à poil !

Il jeta le prince évanoui sur son épaule droite et repartit d'un pas décidé sans plus se préoccuper de l'insolent petit acteur. Certes, ils avaient besoin de lui, mais sa patience avait des limites. Décidé à ne pas se laisser distancer, Yrch se mit à trottiner sur ses talons.

— Tu lui as quand même mis un sacré coup, dit-il. J'ai cru, pendant un instant de panique, que tu l'avais tué.

Kesher ne répondit pas. Il était las de discuter avec ce fanfaron. Ce type ne se taisait-il donc jamais ? Il n'avait cessé de bavasser, souvent pour ne rien dire, depuis qu'ils avaient quitté précipitamment le théâtre. Pour sûr, il savait déclamer et jouer la comédie : son improbable histoire de meuble tombé par accident sur la tête de son vieil ami khullani de passage en ville avait même semblé convaincre les membres de la troupe. À moins que ces derniers n'eussent pas osé mettre en doute ses paroles de peur d'être exclus de la pièce la plus lucrative du moment…

— C'est surtout le sang qui m'a inquiété, ajouta Yrch en lorgnant le prince d'un œil circonspect. Et ça a fait un très vilain bruit.

Kesher serra les dents en songeant qu'il n'avait peut-être pas assommé le bon type. Puis il distingua, avec un profond soulagement, le repaire de voleurs où Dugust et Arnela logeaient. La grande bâtisse, qui abritait autrefois une corporation marchande, avait été sagement abandonnée quelques années plus tôt pour cause d'insécurité manifeste. La confrérie - qui n'était probablement pas étrangère à sa soudaine désertion - avait aussitôt profité de l'aubaine pour y installer certains de ses membres.

— Ce taudis ? s'étonna Yrch alors qu'ils s'en approchaient. Ils ne doivent pas être très doués, ces voleurs…

— Tu n'es pas très malin, pour un "cérébral", le coupa froidement Kesher. Ils laissent l'extérieur se délabrer pour que personne ne se doute de leur présence. Attends donc d'être à l'intérieur.

— Je vois, commenta Yrch d'un ton appréciateur. Cette sombre façade est assez inquiétante pour dissuader quiconque de s'en approcher. Quoi de mieux que l'apparence de la misère pour dissimuler l'opulence ?

— C'est exactement la démarche inverse de la tienne, le railla Kesher en gravissant péniblement les premières marches du perron.

Yrch s'immobilisa au bas de l'escalier pour le foudroyer du regard.

— Tu commences à me courir, Kesher. Je n'ai rien fait pour mériter un tel dédain. Si je ne m'inquiétais tant pour le prince, jamais je n'aurais accepté de te suivre.

Kesher haussa son épaule gauche, plus indifférent que jamais, et frappa à la porte en respectant le code que lui avait communiqué Dugust une semaine plus tôt. Après un long silence, une voix d'homme s'éleva de l'autre côté.

— Qui va là ?

— C'est Kesher. Je ramène Amnor. Il a eu un… petit accident.

La serrure cliqueta, puis le voleur de garde, un brun tout sec aux joues creuses, entrouvrit la porte. Il passa la tête par l'entrebâillement et dévisagea le capitaine.

— Le code a changé, mon vieux ! dit-il d'un ton de reproche.

— Désolé, je n'étais pas au courant, s'excusa Kesher.

— Et qui c'est, celui-là ? demanda le voleur en pointant un doigt méfiant sur Yrch.

— Ne t'en fais pas, je réponds de lui.

Le voleur secoua la tête et laissa échapper un long soupir.

— Ça commence vraiment à sentir mauvais, ici. On entre comme dans un moulin !

Il ouvrit la porte et les précéda dans un étroit couloir aussi sombre qu'une nuit sans lune.

— Ferme la porte, le p'tit ! ordonna-t-il à Yrch.

Le Dzethli s'exécuta en marmonnant dans sa barbe, et ils tâtonnèrent dans le noir jusqu'à une seconde porte.

— Est-il mort ? s'informa le voleur en cherchant sa clé dans son trousseau.

— Non, seulement blessé, répondit Kesher.

— Tant mieux. On n'aime pas trop avoir des cadavres sur les bras, nous autres. On ne sait jamais quoi en faire.

Quand il ouvrit la porte, Yrch et Kesher durent plisser les yeux pour s'accoutumer à la lumière : de grands lustres qui, quoique mal en point, n'étaient pas de la plus mauvaise facture, éclairaient fortement la salle commune meublée de bancs et de tables. La pièce était très haute de plafond, mais une grande cheminée y dispensait une agréable chaleur. Sur leur gauche, un escalier monumental permettait d'accéder aux balcons des étages où s'alignaient des portes identiques.

La dizaine d'hommes attablés tournèrent un regard intrigué vers les nouveaux arrivants, mais ce fut davantage l'extravagante tenue d'Yrch que l'homme inconscient sur l'épaule de Kesher qui retint leur attention.

— Les gamins sont dans leur chambre, les informa le voleur qui leur avait ouvert.

Il détailla d'un air intéressé le pourpoint immaculé de l'acteur, puis retourna dans son couloir plongé dans le noir sans ajouter un mot.

— Pas très accueillant, comme endroit, chuchota Yrch en jetant des coups d'œil craintifs aux voleurs attablés qui louchaient sur ses beaux atours.

— Tu ne crains rien tant que tu restes avec moi, le rassura Kesher.

Il lui fit signe de le suivre et l'entraîna dans les marches. L'ascension jusqu'au deuxième balcon fut éreintante, et ce fut hors d'haleine qu'il frappa à la porte de la chambre des adolescents.

— Allons, un fort gaillard comme toi ! fit Yrch d'un ton railleur. Ce prince fluet ne doit pas être plus pesant qu'une jeune fille !

Kesher fut soudain pris de l'irrésistible envie de lâcher Azar - lequel, par ailleurs, était bien plus lourd que sa frêle silhouette ne le laissait penser - pour sauter à bras raccourci sur ce blanc-bec et finir le travail que le prince avait entamé au théâtre. Heureusement pour Yrch, la porte s'ouvrit à l'instant où cette formidable perspective lui traversait l'esprit.

— Par Shara, que s'est-il passé ? s'exclama Dugust.

— Laisse-nous entrer, nous t'expliquerons plus tard, répondit Kesher.

— Intendant Yrch ? s'étonna Dugust comme son regard se posait sur l'acteur.

— Je ne suis plus intendant depuis belles lurettes, appelle-moi Yrch tout court, gamin. Ou devrais-je dire Monsieur ? Tu as drôlement grandi, dis-moi…

Tandis qu'il se lançait dans l'une de ses agaçantes tirades, Kesher écarta le jeune homme d'un geste peu amène et entra dans la pièce. Il remarqua alors que les adolescents avaient procédé à quelques aménagements pour accueillir le prince : la table, qui occupait habituellement un coin de la pièce, trônait à présent en son centre, tandis qu'au fond, un paravent de fortune séparait la couche du couple de celle d'Azar. Il n'en fallait pas plus pour remplir la minuscule chambre.

— Belle intimité, hein ? ironisa Arnela qui, installée à la table, sirotait tranquillement une chope de bière.

— Pose-moi ce pichet ailleurs, s'il te plaît.

Elle s'exécuta sans un mot tandis que Kesher allongeait le prince sur la table, juste sous son nez. Elle haussa un sourcil surpris et approcha son visage de celui d'Azar, les yeux plissés.

— Il a une vilaine plaie derrière la tête, dit-elle en soulevant une mèche de cheveux collés par le sang.

— Je suis au courant, c'est moi qui lui ai fait ça.

Arnela leva vers le capitaine un regard qu'il eut du mal à déchiffrer. Il n'avait toujours pas réussi à cerner cette gamine qui, même en colère, affichait continuellement le même demi-sourire plein d'assurance.

— Je vais chercher de quoi nettoyer la plaie, on y verra plus clair, décida-t-elle.

Elle contourna la table, salua brièvement Yrch en ignorant la main qu'il lui tendait avec un sourire mielleux, puis disparut dans le couloir.

— Joli choix, Dugust, commenta Yrch qui, s'il était vexé, le cachait admirablement bien. Elle est charmante, mais pourquoi diable a-t-elle adopté cette curieuse coupe de cheveux ?

— Assez bavardé, le coupa fermement Kesher. Comme tu t'en doutes, je n'ai pas empêché Azar de te tuer par goût de ton assommante conversation.

— Tuer ? s'écria Dugust qui, inquiet pour le prince, tournait autour de la table en se mordillant le pouce.

— Si tu attends de moi que je cesse les représentations, c'est hors de question ! *Le Prince anathème* est une mine d'or et ma carrière d'acteur est à son apogée !

— Acteur ? releva Dugust en ouvrant des yeux ronds comme des soucoupes.

— Je me fous de ta farce et de ta carrière, Yrch, même si la tentation est grande de t'étriper pour avoir osé dresser un portrait si insultant de la grande prêtresse !

Yrch eut un bref ricanement et pointa d'un doigt victorieux le nez du capitaine.

— Ah ! Je m'en doutais ! Tu couchais bel et bien avec Triska !

— Triska ? s'exclama Dugust, de plus en plus perdu.

— C'est probablement le seul point sur lequel tu ne t'es pas trompé, siffla Kesher. Toute ta pièce n'est qu'un tissu de calomnies scabreuses !

— Quelle pièce ? demanda Dugust.

Kesher fit taire d'un geste impatient de la main l'adolescent, qui s'assit en se renfrognant.

— Azar doit être introduit incognito à la cour de Valkir, expliqua le capitaine.

— Pour quoi faire ? demanda Yrch en croisant les bras sur la poitrine.

— Je n'en sais trop rien, mais c'est une idée fixe chez lui. Il pense qu'en se rapprochant du roi, il pourra intervenir dans les négociations entre Isthmir et Khullan.

— Aucune chance, répliqua le Dzethli avec hauteur. Les Isthmiris de la haute détestent les Khullanis.

— Je suis bien placé pour le savoir, et c'est pour cette raison que nous sommes venus te trouver. Je ne connais pas d'autre étranger qui ait réussi à se faire une place parmi eux en si peu de temps...

— Qu'est-ce que c'est que ça ? s'écria soudain Dugust en bondissant de sa chaise.

Kesher et Yrch se tournèrent comme un seul homme vers l'adolescent. Pâle comme un linge, il fixait d'un air ahuri le visage du prince. Il venait d'ôter son bandeau et de découvrir d'étranges excroissances sur son front. Les deux hommes se penchèrent au-dessus d'Azar et l'examinèrent avec intérêt.

— Ça alors, chuchota Kesher, abasourdi. Finalement, tu avais raison sur deux points, Yrch. Il n'est pas humain !

— Je trouvais cette rumeur intéressante, mais je n'avais jamais imaginé qu'elle pût être fondée, avoua l'acteur en tendant une main hésitante vers le front du prince.

Il le toucha du bout des doigts, puis éloigna sa main dans un sursaut, comme s'il venait de se brûler.

— À quelle race appartient-il ? demanda Dugust d'une voix chevrotante.

— Je n'ai jamais rien vu de pareil, répondit Yrch.

Sur ces entrefaites, Arnela entra, les bras chargés de matériel de soin. Elle contourna la table et posa le tout près du feu.

— Vous avez vu un fantôme, ou quoi ? les railla-t-elle comme ils gardaient le silence.

Au même instant, ses yeux se posèrent sur le prince. Elle se décomposa et laissa échapper un hoquet estomaqué.

— Bizarre, hein ? plaisanta Yrch avec un sourire forcé.

— Par l'auriculaire de Kendur, murmura la jeune femme.

Kesher haussa un sourcil surpris, mais il n'eut pas le temps de s'enquérir de l'origine de cette curieuse expression : sans aucune gêne, Yrch avait entrepris de soulever la robe d'Azar.

— Mais... commença Arnela, scandalisée par tant d'impudence.

Son reproche resta coincé au fond de sa gorge quand elle découvrit les cuisses glabres du prince, dont les écailles argentées brillaient faiblement à la lueur du feu. Yrch, qui arborait à présent un sourire victorieux, sembla vouloir poursuivre son exploration, mais Azar y mit un terme en le projetant d'une violente ruade contre le mur.

Ils reculèrent craintivement tandis que le prince se redressait, le visage violacé de colère.

— Il n'y a que dans ta sale bouffonnerie que je suis doté d'une queue, espèce de pervers ! cracha-t-il.

Groggy, l'acteur leva vers Azar un regard noir.

— Décidément, vous adorez me frapper ! s'exclama-t-il d'un ton geignard.

— Et encore, je me retiens, rétorqua le prince en se levant.

Il passa la main dans ses cheveux et grimaça en découvrant la plaque de sang séché. Kesher se tordit les mains, contrit, mais Azar ne lui laissa pas le temps de présenter ses excuses.

— C'est inutile, tu as bien fait, dit-il comme s'il avait lu dans ses pensées.

Il s'installa près du feu, trempa un morceau de charpie et commença à nettoyer sa blessure.

— Il va sans dire que ça ne doit pas être ébruité, dit-il sans se retourner.

Les quatre acquiescèrent en s'adressant des coups d'œil embarrassés. Azar dut comprendre, Shara seule savait comment, qu'un accord tacite s'établissait dans son dos, car il opina du chef et soupira, satisfait :

— Très bien. Vous n'en parlerez plus, même entre vous. Et vous ne me poserez aucune question à ce sujet. Jamais. Kesher, as-tu expliqué à Yrch ce que j'attends de lui ? demanda-t-il de but en blanc.

— O-oui, bégaya le capitaine, pris au dépourvu.

— A-t-il une idée ?

Yrch s'approcha du prince d'un pas hésitant, craignant probablement de se prendre un nouveau coup.

— Vous m'en voyez navré, Altesse, mais aucun Khullani n'a voix au chapitre au château de Valkir. À moins que vous ne révéliez au roi votre identité…

— C'est hors de question, le coupa fraîchement Azar. Trouve autre chose.

L'acteur souffla en levant les yeux au ciel. Il ne semblait pas très motivé.

— Je préfère te prévenir, dit le prince d'un ton menaçant, j'assisterai à toutes tes représentations tant que tu ne m'auras pas donné satisfaction.

— Quoi ? s'écria Yrch, paniqué.

— Et je serai au premier rang, ajouta-t-il en tournant vers l'acteur un regard plein de roublardise. Tu l'ignores encore, mais j'ai un certain pouvoir sur les esprits humains, Kesher peut t'en parler. De longues heures dans la pénombre d'un théâtre me donneront sûrement l'occasion de les éprouver. Je ferai tout mon possible pour te déstabiliser et pourrir l'ambiance…

— Je ne vous crois pas. Et regardez où vous vivez ! Vous n'avez plus un sou en poche. Jamais vous ne pourrez vous procurez toutes les entrées !

Azar éclata d'un rire glacial.

— Qui a dit que je les achèterais ? Je suis entouré de voleurs, ne l'oublie pas. Subtiliser quelques jetons ne devrait pas poser de problème à mes amis. Je gage qu'ils trouveront l'exercice très amusant, n'est-ce pas ? demanda-t-il à Arnela et Dugust.

Les deux adolescents échangèrent un sourire complice.

— Pour sûr, ça nous ferait un bon entraînement, approuva Dugust.

— C'est comme si c'était fait, chef, dit Arnela, le menton fièrement levé.

Une moue plus qu'expressive tordit la bouche d'Yrch.

— D'accord, j'ai compris, marmonna-t-il. Il y a peut-être un moyen, mais ça risque de me prendre quelques semaines.

Le prince se leva d'un bond, tout à coup très intéressé.

— Explique-moi.

— Eh bien, j'ai cru comprendre que vous avez quelque talent pour la peinture.

— C'est exact. Où veux-tu en venir ?

— Valkir aime parer les murs de son château de toiles monumentales. Chaque fois qu'un événement politique majeur se produit, il confie à son peintre officiel la tâche de l'immortaliser pour la postérité.

— Cette fonction serait-elle vacante ? demanda Azar avec espoir.

— Non, et c'est là tout le problème. Le peintre de la cour exerce depuis plusieurs décennies. Ce vieux présomptueux fait presque partie des murs. Il va falloir le mettre hors d'état de nuire.

— Un assassinat ? demanda Azar, le sourcil levé.

— Seriez-vous prêt à recourir à de telles méthodes ?

Comme le prince prenait le temps de réfléchir, un frisson glacé parcourut l'échine de Kesher. Il ne reconnaissait plus, soudain, l'homme pétri de bonnes intentions qu'il avait autrefois servi. Jamais, au palais de Khullan, Azar n'aurait sérieusement envisagé de planifier le meurtre d'un innocent artiste !

— Je préférerais l'éviter, s'il y a une autre solution, finit par trancher le prince.

— Dans ce cas, il me faudra le discréditer, répondit Yrch.

— De quelle façon ?

— Je vais devoir convaincre Valkir qu'il n'est plus à la hauteur. Je lancerai quelques insinuations quant à la médiocrité de ses œuvres. Il a beau être bon, tous ses tableaux se ressemblent. Si je m'y prends bien, le roi finira par penser que la décoration de son château mérite un sérieux coup de neuf.

Le visage reptilien d'Azar se fendit d'un grand sourire qui, dans la pénombre, parut au capitaine plutôt inquiétant.

— Excellent, approuva-t-il. Kesher a bien fait de m'empêcher de t'étrangler.

— Merci, Altesse, fit modestement Yrch en s'inclinant. Je ferai de mon mieux.

— Tu as intérêt… Où aura lieu la prochaine représentation ? demanda Azar en le toisant d'un air supérieur.

Yrch eut un hoquet médusé.

— Oh, non, s'il vous plaît, ne venez pas ! s'exclama-t-il d'un ton suppliant.

12

Cauchemar

Après avoir pris les mesures nécessaires à la protection des leurs, les tribus d'Isthmir furent confrontées à un problème plus épineux : comment assurer la sécurité de leurs cousins de Stern ? Étant établi que les torglaths haïssaient l'eau, l'on songea d'abord à creuser le bras qui reliait Stern au continent afin de l'en séparer définitivement. Mais les navires envoyés par Vilgrith en reconnaissance comprirent vite que la tâche était impossible à réaliser. L'on décida donc, en deuxième instance, d'ériger un mur là où le bras était le plus étroit.

L'on a du mal, encore aujourd'hui, à comprendre comment des hommes aux connaissances techniques si limitées purent entreprendre un chantier aussi prodigieux. Les difficultés furent d'abord matérielles, car il leur fallut prélever une quantité impressionnante de roche rouge dans les montagnes de Stern. Puis le problème de son acheminement jusqu'au lieu de construction choisi se posa. Il apparut vite, après quelques échecs cuisants, qu'il serait impossible de les transporter par voie de terre, alors que les torglaths rôdaient.

Les navires se succédèrent pendant plusieurs années, nuit et jour, pour jeter l'ancre dans la baie de Stern et y déposer leurs cargaisons de pierre et d'hommes venus de tout Isthmir. Désirant en finir au plus vite, les Sternis s'attelèrent à la construction d'embarcations toujours plus grandes et rapides et perfectionnèrent leur science de la navigation jusqu'à égaler, puis surpasser leurs cousins Vilgrithis. Il paraît donc légitime d'affirmer que la légendaire marine sterni ne serait pas ce qu'elle est aujourd'hui si les torglaths n'étaient jamais apparus.

Grandeur et décadence du Royaume d'Isthmir, par l'historien Baenryr de Sefir.

Ψ

La nuit venait de tomber sur la plaine quand les deux voyageurs fourbus passèrent la porte de l'auberge. Une odeur suspecte se dégageait des cuisines et les grossiers carreaux de terre cuite noircis par la boue collaient à leurs semelles, mais il y régnait une chaleur apaisante. Les capuches de leurs épaisses capes de laine rabattues devant les yeux, les nouveaux venus s'approchèrent du tenancier et lui glissèrent discrètement une poignée de pièces dans la main. Le gros homme hocha la tête et les mena à une table isolée, tout au fond du bouge, où gisaient encore les restes d'un repas inachevé. Il fit valser les miettes d'un coup de torchon sommaire et s'en alla sans un mot.

Les voyageurs se laissèrent choir sur leurs bancs de guingois et observèrent un long silence fatigué. Leurs têtes dodelinèrent sur leurs épaules basses tandis que leurs estomacs grognaient de faim.

— Il nous reste tout juste assez pour deux soirs d'auberge, annonça-t-il en réprimant un bâillement.

Elle redressa brusquement la tête, les yeux écarquillés par la stupeur.

— Nous ne sommes même pas à mi-chemin ! s'écria-t-elle.

Il lui asséna un méchant coup de pied sous la table, en plein tibia.

— Parle moins fort, idiote ! dit-il en risquant un coup d'œil méfiant aux clients attablés.

Enira se rembrunit.

— Je crève de chaud là-dessous, grommela-t-elle.

Myst soupira. Son humeur n'était déjà pas folichonne et la perpétuelle insatisfaction d'Enira ne faisait qu'empirer les choses. La frangine commençait à lui taper sur les nerfs, à se plaindre sans cesse !

Ils bougonnaient chacun dans leur coin quand l'aubergiste posa, sans cérémonie, des chopes de cervoise et deux tranchoirs bien garnis sous leurs nez. Myst surprit le regard scandalisé de sa sœur comme le devant de sa cape était éclaboussé de sauce. Il s'empressa aussitôt de lui décocher un second coup de pied.

— Qu'est-ce qui te prend ? s'offusqua-t-elle quand l'homme eut tourné les talons. Je n'allais rien dire, je ne suis pas si bête !

— Avec toi je m'attends à tout, rétorqua-t-il. Mange pendant que c'est chaud.

Exaspérée, Enira secoua la tête avant de s'abîmer dans la contemplation dépitée de l'infâme souper. Elle s'empara de sa cuiller du bout des doigts, grimaça à la vue des restes qui y étaient collés, puis la reposa d'un geste dédaigneux.

— Je ne peux pas, dit-elle tandis que Myst se jetait goulûment sur le mets à l'odeur prenante de poisson avarié.

— Je croyais que tu crevais de faim, lança-t-il d'un ton agacé.

— Pas à ce point-là. Et dire qu'on a payé pour bouffer cette saleté !

— On voit que tu n'as jamais été soldat. C'est très mangeable, affirma-t-il la bouche pleine.

Enira le regarda manger avec un rictus dégoûté. Elle résista un long moment puis, quand la faim fut la plus forte, se risqua enfin à goûter. Passés les premiers haut-le-cœur, elle se mit à engloutir son repas à grandes bouchées. Myst eut un ricanement moqueur. Cette gamine avait été bien trop choyée, sa vie durant, par son excellente cuisinière de mère. Sortir un peu de ses jupons la dégauchirait peut-être un peu, finalement…

— Crois-tu qu'ils voudront bien nous héberger ? demanda-t-elle quand il ne resta plus une miette sur son tranchoir.

— Futé et Egar n'y verront pas d'inconvénient. Quant à Samma, elle risque d'être plus difficile à convaincre.

— Quel genre de femme est-elle ?

— Le genre dangereux. D'ailleurs, je te conseille de te méfier d'elle. Ce n'est pas une personne très recommandable.

— Pourquoi ?

— C'est une ancienne traînée.

Enira haussa les épaules.

— Ça ne fait pas forcément d'elle quelqu'un de mauvais, objecta-t-elle.

— Si tu avais vu avec quelle rage elle a tabassé Azar, à Valjteph, tu n'en dirais pas autant.

Enira haussa un sourcil incrédule, la mine défaite.

— Et tu comptes me confier à cette furie ?

— Pas à elle, non, et ce ne sera que provisoire. Dès que j'aurai trouvé du travail, nous partirons de chez eux et nous nous débrouillerons seuls.

Enira hocha la tête, puis fixa d'un œil hagard la chope de cervoise à laquelle elle n'avait pas encore touché. En quelques jours de voyage, Myst en avait plus appris sur sa sœur qu'en une année entière de cohabitation dans la chaumière familiale. Il s'était enfin rendu compte à quel point elle avait changé et parvenait désormais à déchiffrer quelques-unes de ses mimiques. Cette expression de merlan crevé, par exemple, était sans aucun doute la manifestation d'une intense réflexion.

— Quelque chose te préoccupe, affirma-t-il.

Dans un sursaut, Enira reporta son attention sur son frère. Son air se fit soudain plus intelligent comme elle le regardait attentivement, les yeux plissés par la suspicion.

— Tu savais que ça arriverait, n'est-ce pas ? Tu savais que tu serais tôt ou tard obligé de quitter Bergin.

Myst acquiesça.

— C'était joué d'avance, répondit-il. Seulement, ce n'était pas en compagnie de ma capricieuse petite sœur que j'avais envisagé de prendre le large.

Enira observa un silence circonspect avant de lâcher, impitoyable :

— Elle ne t'attendra pas.

Il fut pris d'une envie soudaine de lui envoyer le reste de sa cervoise en plein visage. Il se retint, cependant, en songeant qu'elle avait raison. Il avait tenté de se convaincre, avec tant d'acharnement, que Zeda s'était sacrifiée. *Il faut bien que quelqu'un veille sur Guerina*, disait-elle. *Elle n'est plus tout jeune, il y a si longtemps qu'elle n'a pas vécu seule*… Mais le voleur n'était pas dupe : à l'annonce de leur départ imminent, Zeda s'était sentie indubitablement soulagée. Ses adieux avaient étaient courtois, mais glacials. Elle n'envisageait plus, depuis longtemps, de passer le reste de sa vie avec lui.

Tout les avait séparés, depuis le commencement. Azar avait été trop présent, puis l'ombre de Kaldius avait pris le relais, flottant au-dessus de chacun de leurs tête-à-tête comme une ombre menaçante, quoique souvent imperceptible. Il avait voulu croire à leur histoire, jusqu'au bout de ses insomnies, mais il devenait évident que la jolie marchande vivrait bien mieux sans lui.

— Tu es cruelle, dit-il sans chercher à réprimer un nouveau bâillement.

Enira approuva, du bout des lèvres, tandis que ses yeux se fermaient de fatigue…

Ψ

Tournant le minuscule fragment de miroir d'Enira en tous sens, il observait d'un œil intrigué le trident boursouflé dessiné sur sa poitrine. Après plusieurs jours d'apaisement, ce dernier recommençait à le démanger furieusement. Grâce à la flèche qui l'avait fait trépasser, le sang du traqueur nordique était entré en contact avec la marque de son dieu. Celle-ci avait dû interpréter cet événement comme une sorte d'offrande à Zedorg et avait instantanément réagi. Du moins était-ce à cette étrange conclusion qu'il était parvenu, au terme de maints questionnements.

Assailli par un terrible pressentiment, il resta prostré un long moment face à son propre reflet. Il était fatigué, mais l'idée qu'il était devenu, à cause de Raskit, une sorte d'autel vivant, avait chassé d'un coup son envie pressante de dormir. Il jeta un coup d'œil méfiant en direction de sa sœur assoupie. Elle dormait à poings fermés, étalée en diagonale sur le lit déjà trop étroit pour deux. Il ne souhaitait pas la réveiller.

Renonçant à son repos, il renfila ses habits et sa cape, puis tira la chaise bancale près de la fenêtre. Il passerait une nouvelle nuit à réfléchir, les yeux rivés à la plaine isthmiri battue par un violent vent d'ouest qu'éclairait un mince croissant de lune…

Il était à deux doigts de s'endormir, bercé par les bourrasques incessantes, quand un éclat lumineux le fit ciller. Il se redressa et, le nez collé au carreau crasseux, tenta tant bien que mal de déterminer l'origine de la lumière. Il distingua, au loin, le tremblotement d'une flamme de torche, et devina les contours d'un coche tiré par deux chevaux de trait qui avançait cahin-caha sur la route couverte de boue. Loin d'égaler le luxe de ceux qui arpentaient les abords de la capitale, le véhicule était curieusement haut sur pattes. Il était déjà surprenant que quatre roues si fines, dont aucune n'avait le même diamètre, pussent supporter le poids de l'habitacle délabré, du cocher et d'éventuels passagers, mais sous de telles rafales, qu'il ne se renversât pas tenait purement et simplement du miracle.

Myst se serait probablement désintéressé du spectacle s'il s'était agi de l'arrivée d'un simple cavalier ou d'une charrette à l'allure respectable, mais la pénible progression de la patache le maintint en haleine. Il attendit, un sourire cruel aux lèvres, que l'improbable voiture se désintégrât sous ses yeux, mais à sa grande surprise celle-ci parvint jusqu'à l'auberge. Le cocher, un homme longiligne à la mise de fossoyeur, poussa un cri mêlant agacement et soulagement. Les chevaux s'immobilisèrent aussitôt, à quelques pas de la porte principale. Le propriétaire de la gargote sortit promptement, un torchon sur l'épaule, et serra la main du cocher sans cérémonie. Le vent soufflait trop fort pour que Myst pût entendre les quelques mots que les deux hommes échangèrent, mais ils semblaient bien se connaître.

La conversation devint soudain houleuse. Le cocher montrait du doigt l'habitacle tandis que le tenancier, à grands gestes théâtraux, lui faisait comprendre qu'il n'avait plus aucune chambre de libre. Puis, comme le nouveau venu insistait, le gargotier haussa les épaules et l'invita à descendre. Soulagé, l'homme sauta à terre et alla frapper à la porte de l'habitacle. Deux hommes en descendirent.

Myst se leva si vite que la chaise se renversa avec fracas. Le cœur battant, il fixa d'un air ahuri les voyageurs qui négociaient le prix de leur nuit avec l'aubergiste.

— Qu'est-ce qui se passe ? marmonna Enira.

La voix de sa sœur tira Myst de sa stupeur. D'un coup d'œil paniqué, il parcourut la chambre en désordre, puis se mit à l'arpenter de long en large pour rassembler à la va-vite leurs affaires éparpillées.

— On s'en va, annonça-t-il d'une voix blanche.

— Hein ? s'exclama Enira en se redressant sur un coude. En pleine nuit, et en pleine tempête ?

— Ils sont ici.

— Qui ?

— À ton avis ? s'impatienta-t-il.

Enira blêmit, et toute trace de fatigue la quitta tandis qu'elle sautait sur ses pieds et se rhabillait prestement.

— Dépêche-toi ! la pressa-t-il alors qu'elle luttait avec ses jupons.

— Crois-tu qu'ils savent que nous sommes ici ? demanda-t-elle d'une voix tremblante.

— Ils l'ignorent probablement, mais je ne tiens pas à prendre de risque.

Il lança leurs besaces sur l'épaule et s'en retourna à la fenêtre. Après s'être assuré que le perron de l'établissement était désert, il l'ouvrit en grand et se pencha. Sa tête se mit à tournoyer et il recula d'un pas.

— C'est trop haut, conclut-il avec dépit.

— Sûrement pas, démentit Enira en le rejoignant. Nous ne sommes qu'au premier étage !

Alors qu'elle se penchait à son tour à la fenêtre, ils entendirent des bruits de pas dans l'escalier. Ils s'immobilisèrent et retinrent leur souffle, les yeux rivés à la porte de la chambrette. Ils distinguèrent un mince filet de lumière en dessous.

— Crois-tu qu'il oserait les loger dans la même chambre que nous ? chuchota Enira.

— C'est pas impossible.

— Alors magne-toi le train !

Myst secoua vigoureusement la tête, tout contrit.

— Passe par la fenêtre si tu veux. Je te rejoins.

— Quoi ? grogna Enira.

Peu disposé à avouer à sa sœur qu'il avait tout bêtement le vertige, il jeta les deux besaces par la fenêtre et alla se poster derrière la porte. Enira le fixa avec des yeux ronds, tout en lui adressant de grands gestes désapprobateurs. Puis, comme les bruits de pas s'approchaient, elle enjamba le rebord de la fenêtre et se laissa choir.

Myst attendit, comme tétanisé, à l'affût du moindre bruit. Les trois hommes s'approchèrent de la porte. Il pouvait presque entendre leurs respirations.

— Celle-ci non plus, dit le tenancier.

— Et pourquoi ? demanda l'un des hommes en robe de bure, non sans hauteur.

— Parce qu'il y a une dame, rétorqua-t-il avec humeur.

Les pas s'éloignèrent et Myst laissa échapper un long soupir de soulagement. Il resta totalement immobile tandis qu'ils passaient en revue toutes les chambres. Une porte finit par grincer, au bout du couloir, et l'aubergiste redescendit d'un pas pressé l'escalier.

Il s'assura qu'il n'y avait plus aucun bruit avant d'entrebâiller la porte et descendit dans la salle principale à pas de loup. L'aubergiste était affairé derrière son comptoir, mais ce n'était pas un problème pour un voleur de sa trempe. Il parvint à traverser la salle sans se faire remarquer et attendit que l'homme eût tourné le dos pour ouvrir la porte principale. Il se faufila à l'extérieur, la referma sans bruit et rejoignit au petit trot Enira qui l'attendait près des latrines.

— Tu en as mis, du temps ! devina-t-il sur ses lèvres, car le vent couvrait ses paroles.

Il préféra ne pas relever la pique et la mena vers les écuries. Tandis qu'ils y entraient, elle tira violemment sur sa manche.

— Qu'est-ce qu'on fiche encore ici ? grommela-t-elle.

— Je préfère mettre un maximum de distance entre ces types et moi, répliqua-t-il.

Enira lâcha un borborygme indigné.

— Tu ne vas tout de même pas voler un cheval !

Myst ne put s'empêcher de pouffer de rire. Enira pouvait être si naïve, parfois !

— Trouve-moi un licol et des rênes, ordonna-t-il d'un ton qui ne prêtait pas à contestation.

Il fit rapidement le tour des écuries et arrêta son choix sur un bel étalon isthmiri à la robe grise. Enira le rejoignit rapidement et l'aida à placer le licol.

Il y eut du bruit derrière eux. Il se retourna d'un bloc en dégainant Amnor. *Je l'avais oublié, celui-là*, songea-t-il en distinguant la longue silhouette du cocher, qui avait dû se résoudre à loger dans sa patache pour économiser une nuit d'auberge.

— Qu'est-ce que vous foutez ? demanda-t-il en réprimant un bâillement.

Myst rengaina calmement son couteau.

— Ça se voit, non ? Nous partons.

— V'z'êtes pas un peu timbrés ? C'est la tempête, dehors, prévint l'homme en s'approchant d'un pas traînant.

— Nous avons assez dormi et nous avons une longue route.

— Avec une jeune dame, en plus, c'est pas bien raisonnable, remarqua l'homme en adressant un sourire courtois à Enira.

De quoi j'me mêle ? se dit Myst, de plus en plus agacé.

— Désolé de vous avoir réveillé, s'excusa-t-il en prenant les rênes et en faisant signe à Enira de le suivre.

Elle salua le cocher d'une rapide courbette et lui emboîta le pas. Ils s'apprêtaient à quitter les écuries quand l'homme les interpella.

— Ne sellez-vous pas votre cheval ?

Ce fut le ton suspicieux de la question qui poussa Myst à agir. Il confia les rênes à Enira et revint sur ses pas.

— Mais où ai-je la tête ? s'exclama-t-il, tout sourire, en feignant de chercher sa selle et en s'approchant du cocher, mine de rien.

L'homme ne vit pas venir le coup de poing. Il eut, brièvement, une expression étonnée, puis tomba en arrière de tout son long, aussi raide qu'une planche. Enira étouffa un cri de surprise.

— Il commençait à me taper sur les nerfs, celui-là ! ronchonna le voleur.

— I-il est m-mort ? balbutia une Enira effarée.

— Bien sûr que non, idiote…

Ils chevauchèrent une bonne heure sans échanger un mot. Sous une telle tempête, ils ne se seraient de toute façon pas entendus. Emmitouflée dans sa cape, Enira finit par s'endormir, la tête posée sur son épaule. Comme il commençait lui-même à piquer du nez et que le vent semblait faiblir, Myst se mit en quête d'un abri pour passer le reste de la nuit. Il repéra rapidement, en contrebas de la route, une petite corniche abritée du vent. Il s'y engagea et réveilla Enira.

— On devrait pouvoir dormir ici, lui apprit-il en l'aidant à mettre pied à terre.

Elle ne fit aucune objection et, les yeux mi-clos, le regarda s'affairer à la recherche de branches. Il eut tôt fait d'en sélectionner quelques-unes de bonne taille et les disposa pour qu'elles soutiennent le modeste drap qui leur faisait office de toile de tente rudimentaire. Il remarqua que sa sœur dansait d'un pied sur l'autre en tournant sur elle-même.

— T'as envie de pisser ? lui demanda-t-il.

Enira acquiesça en rougissant.

— Qu'est-ce que tu attends ? grogna-t-il avec impatience.

Enira s'éloigna rapidement en quête d'un coin tranquille. Il la suivit des yeux en songeant qu'elle était bien timorée, pour une fille de la campagne. Puis il se reprocha sa brusquerie. Après tout, c'était la première fois qu'elle s'aventurait aussi loin de la chaumière, et tout était nouveau pour elle.

Une grande rafale de vent s'abattit et se mit à tourbillonner sous la corniche.

— Merde ! s'écria-t-il en tentant vainement de retenir sa construction précaire.

Impuissant, il vit sa tente de fortune s'effondrer comme un château de cartes. Il allait jurer tout son soûl quand un cri retentit. Il se redressa d'un bond et se précipita à toutes jambes vers Enira. Il la trouva à quelques toises de là, les deux mains sur sa bouche. Elle fixait un point du sol en ouvrant d'immenses yeux effrayés.

— Qu'est-ce qui se passe ?

Pour toute réponse, elle tendit un index tremblant vers une forme indéterminée. Il se pencha et découvrit, non sans dégoût, le cadavre d'un homme à demi décomposé. Il avait les yeux grands ouverts et un rictus de terreur déformait son visage. L'un de ses bras avait été entièrement dévoré et il y avait un trou béant dans son ventre. D'autres traces de morsure jalonnaient son corps.

— Des loups, conclut-il au terme d'un bref examen.

L'une des morsures attira alors son regard. Elle était différente des autres. Sans prêter attention aux hoquets écœurés d'Enira, il tourna la tête du cadavre pour observer plus attentivement sa gorge lacérée. La blessure était profonde, mais les chairs n'avaient pas été déchirées. Le bord de la plaie avait noirci, comme si elle avait été brûlée.

— Qu'est-ce qu'il y a ? demanda Enira, qui avait remarqué le froncement de sourcils interdit du voleur.

— Ce n'est pas un loup qui a fait ça.

— Qu'est-ce que c'est, alors ? murmura-t-elle en jetant des coups d'œil apeurés tout autour d'elle.

Myst secoua lentement la tête.

— Pas la moindre idée, mais il ne faut pas rester ici.

Il se redressa et trottina en direction du drap. Tandis qu'il le rangeait dans sa besace et aidait Enira à monter en croupe, il eut une curieuse intuition. Il régnait autour de cet endroit une atmosphère vaguement familière…

Ψ

Assise sur un banc, elle observait avec ennui le vieux jardinier du palais qui prélevait quelques boutures sur une plante aux corolles bleues dont elle avait oublié le nom. Non loin de là, Saska et Urk faisaient les cent pas en jetant quelques coups d'œil intéressés, au-delà du grand portail, aux travaux de réfection de la tour des fantasques. Astar n'avait pas encore décidé de ce qu'il ferait de l'imposant monument, mais elle gageait que le lieu n'aurait rien de convivial ni de distrayant.

— Voilà pour toi, marmonna le jardinier en se redressant péniblement, un sourire satisfait aux lèvres.

Triska ne s'en étonna pas. Il était de notoriété publique, à Khullan, que le gardien des jardins royaux préférait faire la conversation à ses fleurs qu'aux hommes.

Il y eut de l'agitation du côté de la grille qui séparait les jardins de la place Vedar. Elle se désintéressa de l'assommant vieillard qui s'éloignait en marmonnant dans sa barbe pour tourner un regard curieux et plein d'espoir vers les gardes. Peut-être y aurait-il enfin un peu d'action…

Elle reconnut sans peine celle qui discutait avec les deux hommes. L'imposante Ezephrael, qui dépassait en taille et égalait presque en carrure les hommes-torglaths, ne pouvait pas passer inaperçue. Lorsqu'elle arpentait le palais, elle suscitait à la fois effroi et admiration, et rares étaient ceux qui osaient l'aborder. Triska n'avait échangé que quelques mots avec elle, mais elle lui avait plutôt fait bonne impression.

La femme-cerf n'eut aucun mal à convaincre les gardes de la laisser passer. Ils s'écartèrent craintivement, la tête humblement baissée. Alors qu'elle approchait de Triska, le sol se mit à vibrer sourdement à chacun de ses pas. Ses jambes arquées qu'achevaient d'énormes sabots fourchus lui conféraient une démarche curieuse, qui n'était pas dénuée d'élégance. Étrangement, elle se déplaçait silencieusement.

Comme elle s'immobilisait près de la reine pour la saluer, Urk voulut de nouveau jouer au chien de garde. Triska le congédia d'un geste las et lui intima de rester à distance.

— Asseyez-vous, proposa-t-elle aimablement à la femme-bête.

Ezephrael eut un demi-sourire.

— Nous n'y tiendrons pas à deux, Majesté, et mon poids pourrait probablement le briser.

Triska jeta un coup d'œil contrit au frêle banc sur lequel elle était assise. Elle se sentit soudain idiote.

— De toute façon, je suis trop énervée pour rester tranquillement assise, ajouta Ezephrael dans un soupir.

— Pourquoi donc ? s'enquit Triska.

— Ethel et moi n'avons pas été conviés au conseil.

— Je comprends, répondit-elle cordialement. J'en suis moi-même régulièrement exclue, alors que j'y siégeais lorsque je n'étais que prêtresse. C'est extrêmement frustrant.

— C'est surtout la marque d'un profond mépris pour notre peuple et Sathariel mon maître ! Il s'est donné corps et arme à la réalisation des ambitions les plus folles de cette déesse de pacotille, et voilà sa seule récompense ! cracha Ezephrael.

Elle parut soudain se rendre compte qu'il n'était pas prudent de tenir des propos séditieux devant la reine de Khull, car elle ajouta précipitamment :

— Oubliez ce que je viens de dire, mes paroles ont dépassé mes pensées.

Triska ne put s'empêcher de rire.

— Vous n'avez rien à craindre de moi, rien de ce que vous me direz n'arrivera aux oreilles de mon époux. Il est d'ailleurs évident que votre maître a été berné par Seregrina. Elle avait besoin de ses pouvoirs, et désormais de ses ibyzohars. Elle n'a aucunement l'intention de créer une vraie collaboration avec les Felknis. Seules ses abominations l'intéressent, conclut-elle, à voix basse, avec un coup d'œil plein de dédain à Urk.

Ezephrael observa un silence circonspect. Elle dévisagea la reine d'un air méfiant, le front plissé, se demandant probablement s'il ne s'agissait pas d'un piège.

— Je ne suis ici que sur ordre de Sathariel, finit-elle par lâcher. Je n'aime pas cette nouvelle déesse et n'approuve pas ses méthodes.

— C'est ce que j'avais cru comprendre, dit Triska, flattée que la grande femme-cerf eût finalement décidé de lui faire confiance.

— J'ai tenté de le convaincre, de lui faire comprendre qu'il était le dindon de la farce, mais il est aveuglé par l'amour.

— L'amour ? Est-il donc possible d'aimer Seregrina ?

Ezephrael haussa les épaules.

— Ils se sont connus il y a très longtemps. J'ignore ce qui a bien pu se passer entre eux, et je ne tiens pas à le savoir. Quoi qu'il en soit, nous voilà piégés. Nous ne pouvons pas refuser d'apporter notre concours aux manigances de Khull sans risquer de nous faire exterminer.

— Votre peuple est puissant et la forêt de Felkon n'a aucun secret pour vous. Il ne serait pas si aisé de vous vaincre. Et puis, vous avez les ibyzohars.

— Ils ne sont qu'une poignée, avoua la prêtresse.

— J'ai cru comprendre que vous seuls pouviez maîtriser ces créatures. C'est un avantage indéniable.

Ezephrael considéra la reine avec une moue songeuse. Elle hésita longuement puis, après s'être assurée que personne d'autre ne pouvait l'entendre, révéla dans un murmure :

— Ce n'est pas l'exacte vérité. Les ibyzohars n'obéissent qu'au premier être qu'ils voient lorsqu'ils éclosent, qu'il soit Felkni, humain ou de toute autre race.

Triska écarquilla les yeux.

— Je vois. Il suffirait que Seregrina mette la main sur des œufs d'ibyzohars pour vous damer le pion. J'imagine cependant que ce n'est pas si facile à obtenir.

— En effet, et je veillerai personnellement à ce que ça ne se produise jamais, grommela Ezephrael.

Son regard se fit tout à coup fuyant. Elle dansa d'un pied sur l'autre, mal à l'aise. Triska comprit qu'elle lui cachait quelque chose, mais elle préféra ne pas insister. Elle était trop contente d'avoir enfin trouvé une alliée pour prendre le risque de l'effaroucher. Soudain, elle repensa à son entretien avec l'oracle.

— Si vous seule pouvez contrôler votre ibyzohar, vous serez forcément du voyage, réalisa-t-elle.

— Tout à fait, confirma la femme-bête.

Triska hocha lentement la tête. Elle tâta le renflement du talisman sous sa robe en réfléchissant à toute allure. Elle ne devait pas se tromper. Elle regarda longuement Ezephrael, se demandant comment elle réagirait à sa requête.

— Qu'y a-t-il ? demanda la prêtresse, embarrassée.

Sa décision prise, Triska dénoua la cordelette du talisman et le garda dans son poing fermé. Ezephrael l'interrogea du regard.

— L'ancienne oracle du palais m'a donné cet objet. Elle a dit que je devais le confier à l'un des membres de la délégation. J'ignore si mon choix est le bon, mais vous êtes la seule qui me semble digne de confiance.

Ezephrael haussa un sourcil stupéfait.

— Qu'est-ce donc, et que devrai-je en faire ?

— Il s'agit d'un talisman qui, s'il n'est pas de la dernière mode, semble revêtir une grande importance aux yeux de cette vieille femme. Selon elle, il devra à nouveau changer de main à Isthmir. Je n'en sais pas plus.

— Comment saurai-je à qui le donner ? fit Ezephrael, sceptique.

— Vous devrez probablement vous fier à votre instinct, comme je m'apprête à le faire. Acceptez-vous de le prendre ?

Ezephrael grimaça.

— Je n'ai jamais eu foi dans les prédictions des devins. Celui de Felk est un vrai charlatan. Mais enfin, ça ne me coûte rien.

Triska sourit.

— Je vais me lever et vous serrer la main, dit-elle. Prenez garde à ce que la grande brute ne voie pas le collier.

— Aucun problème.

— Je vous préviens, ajouta la reine, ce cadeau est plutôt… odorant.

Ψ

Curieuse posture que la sienne… Il était allongé à l'oblique sur ce qui semblait être, à en juger par les rugosités qui lui transperçaient le dos, une longue couche de pierre. Il cligna des yeux et découvrit, loin au-dessus de lui, une ribambelle de nuages pourpres qui s'entortillaient sur eux-mêmes en s'effilochant, soufflés par un vent violent. La tempête avait dû prendre de la hauteur, car ici, l'air était totalement immobile. On n'aurait su dire s'il faisait encore nuit ou si le jour s'était levé, car une énorme lune rousse perçait l'horizon, au gré des caprices du ciel d'un inquiétant rouge écarlate.

Il voulut se lever mais n'y parvint pas. Il réalisa alors, non sans embarras, que ses bras et ses jambes étaient solidement retenus par des cordes. Il tendit le cou pour distinguer ses pieds. Il ne s'étonna pas d'être au beau milieu du désert, car une telle lumière n'existait qu'en ce lieu. Entre or et sang, les dunes s'élevaient très haut, à perte de vue. Au sommet des plus imposantes, là où s'élevaient des tourbillons de sable fin, la ligne de démarcation entre terre et ciel était trop ténue pour qu'il la distinguât.

— Est-ce que ça te manque ?

Un soubresaut d'effroi agita son corps.

— Qui es-tu ? demanda-t-il à la silhouette brumeuse qui venait d'apparaître, par quelque tour de magie, juste à côté de lui.

Comme pour lui répondre en s'économisant l'effort de parler, le nuage de sable sombre commença à prendre forme. Un nez halé pointa du méandre, puis un bout de menton apparut en dessous, surmonté d'un sourire narquois. Il continua de fixer l'amorce de visage, les sourcils froncés, et tout en fouillant dans ses souvenirs, suivit du coin de l'œil la matérialisation du corps à demi assis sur la pierre, une jambe repliée sous les fesses et la seconde pendant mollement dans le vide. Ce fut seulement lorsqu'apparut le front de son interlocuteur que Myst le reconnut. Cette vilaine cicatrice lézardant tout le long du visage basané ne permettait plus le moindre doute.

— Zak ?

Le trafiquant mort s'acheva en un clin d'œil. Était-ce de l'avoir nommé ? Il était là, entier, avec cet air de se foutre de tout qu'il lui connaissait si bien, à le dévisager aimablement. Myst eut la même impression que le jour où il s'était éveillé, convalescent, dans la luxueuse maison de son ami khullani, après avoir miraculeusement échappé à la mort. L'impression désagréable d'avoir affaire à un revenant…

— Il ne me manque pas du tout, ce pays de merde, marmonna Zak en jetant un coup d'œil mauvais aux dunes alentour.

— Détache-moi, s'il-te-plaît.

Zak reporta son attention sur le voleur, le front plissé.

— Tu n'es pas attaché, répondit-il en secouant la tête.

Myst vit alors que les cordes qui le retenaient, quelques instants plus tôt, avaient disparu. Soulagé, il tenta une nouvelle fois de se redresser, mais une force obscure l'en empêcha. Au terme d'un violent effort, il renonça et se laissa retomber sur la pierre glacée, résigné. Il était condamné à gésir bêtement là, telle une grosse étoile de mer pourrissant au soleil.

— C'est une saloperie de rêve, pas vrai ? s'enquit-il avec un sourire las.

— À ton avis ?

Rassuré, Myst ferma les yeux. Peut-être serait-ce suffisant pour se réveiller…

— Je suis flatté que tu m'y fasses participer, reprit Zak, mettant ainsi un terme à sa piètre tentative de fuite.

Il rouvrit les paupières pour fixer d'un air grave son ami disparu. Zak lui parut soudain très vieux, et terriblement seul. Il renonça alors à s'éveiller et décida qu'il ne lui coûterait rien de lui tenir compagnie, juste le temps d'un songe.

— Comment c'est, là où tu te trouves ? demanda-t-il d'un ton badin.

Zak haussa les épaules.

— Pourquoi crois-tu que je me trouve quelque part, hormis dans ton esprit ?

— Eh bien, je ne sais pas… On dit toujours que l'âme des morts demeure, alors…

— Ce sont des foutaises. De belles histoires que se racontent les hommes pour avoir un peu moins froid. Tout ce qui reste de moi, c'est un maigre repas pour les vers d'un jardin anonyme de Valjteph.

— Je suis désolé que les choses aient tourné ainsi, murmura Myst, la gorge serrée par l'émotion.

— Tu m'avais déjà sauvé la mise une fois, lança Zak avec un geste irrité de la main. Deux fois, je ne l'aurais sûrement pas supporté, ma fierté en aurait pris un sacré coup.

Myst approuva d'un hochement de tête, vaguement amusé, les yeux rivés aux nuages de sang qui ne cessaient de se faire et de se défaire, roulant comme des vagues, s'entremêlant sans logique pour mieux renaître.

— C'est tranquille, ici, dit-il pour relancer la conversation.

— Pas tant que ça.

Le ton tragique de Zak lui fit redresser la tête. Il eut le souffle coupé, car tandis qu'il était absorbé par le spectacle hypnotique du ciel déchaîné, de grands trônes de granit étaient sortis du sable. Disposés en arc de cercle autour de son inconfortable couche, ils étaient au nombre de trois. Celui du milieu, au lieu de lui faire face, regardait en direction des dunes lointaines.

— Qu'est-ce que ça veut dire ?

— Comment le saurais-je ? C'est ton rêve, non ? éluda Zak avec agacement.

Myst remarqua que le visage de son ami avait changé. Sa mâchoire inférieure pendait lâchement, tordue selon un angle bizarre, comme si un coup violent l'avait délogée.

— Je crois que tu as un problème, Zak, déclara-t-il sottement.

Le trafiquant confirma d'un hochement de tête puis, avec un naturel désarmant, empoigna sa mâchoire pour la replacer. En retrouvant leur place naturelle, ses os rendirent un son atroce qui fit grincer les dents de Myst. Le sang commença alors à perler au front de Zak, d'abord doucement, puis très intensément, si bien qu'il en fut bientôt couvert de la tête aux pieds. Myst comprit que le paisible rêve avait pris fin.

— Je veux me réveiller ! cria-t-il à la face de la lune rouge en se débattant.

En guise de réponse, deux autres silhouettes brumeuses apparurent sur les trônes qui lui faisaient face. Elles se matérialisèrent lentement, comme l'avait fait Zak, pour prendre forme humaine. Sur le trône de gauche, il reconnut rapidement Seregrina. Le visage d'une pâleur sépulcrale ne semblait pas plus gros qu'une tête d'épingle au milieu de toutes les couches de fourrure dont se revêtait toujours la frileuse déesse. La brume du trône de droite mit plus de temps à se dissiper, car Myst ne parvenait pas à identifier l'homme massif qui s'y dessinait. Il y garda les yeux rivés, le cœur bondissant dans sa poitrine, submergé par une appréhension qui, bien qu'il sût que ce n'était qu'un cauchemar, lui tenaillait le ventre. Puis son torse nu se mit à le brûler affreusement, et alors seulement, il sut qui se tenait là, à quelques pas de lui.

— Aide-moi, Zak, supplia-t-il d'une voix tremblante.

Le trafiquant était méconnaissable. Son corps sanguinolent piétiné par des dizaines de chevaux avait à présent l'aspect d'un gros bout de viande mâchonné. Seuls les soubresauts qui agitaient parfois ses membres brisés témoignaient qu'il vivait encore. Sachant qu'il ne lui serait d'aucun secours, et frémissant de dégoût, Myst reporta son regard sur le dieu qui venait d'apparaître. Il était tel qu'il se l'était toujours imaginé : tout en muscles, avec un visage sévère et hautain, une mâchoire carrée ornée d'une barbe poivre et sel parfaitement taillée, et des yeux sombres d'un bleu profond, celui des mers du Nord. Il était vêtu d'une longue toge d'un blanc si pur qu'elle semblait de neige, mais le trident qu'il tenait dans sa main droite était de fer, et plus noir que l'ébène. Se dégageait de Zedorg une aura de puissance si surnaturelle que Myst resta un long moment bouche bée, entre fascination et terreur.

— Un ancien dieu, ça a tout de suite plus d'allure, remarqua le cadavre de Zak d'une voix étonnamment claire. La petite se débrouille bien, mais elle ne sera jamais à la hauteur, ajouta-t-il en tendant un index allégé d'une phalange vers Seregrina. C'est pour ça qu'elle tient tant à récupérer tes sphères : il n'existe pas d'autre moyen de faire flancher un véritable dieu. Zedorg a bien compris son petit manège…

— Raskit ? s'écria Myst, traversé par un éclair de compréhension.

La tête ensanglantée de Zak s'agita spasmodiquement, ce qui devait faire office d'acquiescement.

— Il faut bien que les dieux jumeaux défendent leur peau. Raskit n'était pas le plus mauvais choix. Un descendant de Kaldius, capable de rassembler les sphères, entièrement dévoué à son nouveau maître et totalement dénué de scrupules. Et puis, il est plus libre de ses mouvements que toi, car les chasseurs de Hait-dieux lui fichent la paix. C'est à se demander s'ils connaissent son existence…

— Raskit et moi ne sommes-nous que des jouets dans la guerre que se livrent les dieux ?

— Assurément, répondit posément le cadavre. Ils se sont tenus tranquilles bien trop longtemps. Bientôt, d'autres se lanceront dans la bataille. Ils hésitent encore à y prendre part, mais ils ne pourront pas s'y soustraire indéfiniment.

— Pourquoi ne restent-ils pas en paix ?

— Ce n'est pas dans leur nature. Pas plus que dans celle des hommes, ajouta-t-il tristement.

Myst ne l'écoutait plus que d'une oreille. Il commençait à comprendre pourquoi il rêvait de ces deux-là, mais quelque chose clochait.

— Qui est le troisième ? demanda-t-il, incertain de vouloir connaître la réponse.

Zak le regarda d'un air étonné. Par endroits, il n'avait quasiment plus de peau et l'on devinait déjà, sous le sang, les arrondis de ses os, mais ses yeux n'avaient pas encore été affectés par sa décomposition accélérée.

— L'autre dieu qui me convoite, précisa Myst. Sathariel m'en a parlé, mais j'ignore encore de qui il s'agit.

— Au fond de toi, tu le sais déjà, affirma Zak avec conviction.

Myst se tordit le cou pour tenter de distinguer, sur les accoudoirs de granit du troisième trône, quelque bout d'étoffe ou de corps. Mais rien ne permettait d'en identifier l'occupant. Seul un halo lumineux, autour du dossier, trahissait la présence de quelqu'un, ou de quelque chose…

— Je ne vois rien, soupira-t-il en laissant retomber sa tête contre la pierre.

Zak se pencha alors sur lui, jetant quelques coups d'œil méfiants en direction des trônes. Il était évident qu'il voulait lui révéler quelque chose, du ton de la confidence, mais il exhalait une telle puanteur que Myst ne put s'empêcher de détourner le visage. Loin de se vexer, Zak se pencha davantage. Myst frissonna de la tête aux pieds comme il sentait, sur son torse nu, goutter le sang de son ami défunt, un sang glacé, gluant, presque solide, où se mêlaient probablement des lambeaux de chair en putréfaction. Il serra les paupières aussi fort qu'il le pouvait, retenant sa respiration.

— Celui-là n'a pas les mêmes motivations que les deux autres, entendit-il chuchoter, tout près de son oreille. Il ne songe même pas à prendre part à cette guerre. Mais c'est lui, le plus dangereux des trois, celui qui te possède avec le plus d'habileté…

Myst laissa échapper un gémissement écœuré comme le corps de Zak, qui s'inclinait plus avant, touchait son flanc.

— Méfie-toi de lui comme de la peste, ajouta le trafiquant d'un minuscule filet de voix, puis il se redressa d'un coup.

Indiciblement soulagé, Myst osa enfin reprendre son souffle. Il s'efforça à nouveau de distinguer l'occupant du trône central. Il se concentra si fort qu'il parvint enfin à voir quelque chose, comme une longue main blanche nonchalamment posée sur l'accoudoir. Mais peut-être n'était-ce qu'un effet de son imagination, peut-être désirait-il si fort comprendre qui se jouait ainsi de lui qu'il s'apprêtait à l'inventer de toutes pièces.

Alors qu'il se perdait en conjectures, il ne prit pas garde à l'état de Zak. Il entendit juste un horrible craquellement comme le squelette s'effondrait sur lui, entre os et poussière…

13

Message

La vie sur le chantier du Mur est très peu documentée, mais l'on peut aisément imaginer qu'elle était d'une cruelle rudesse. Gardons à l'esprit qu'au-delà du travail de forçat que représentait l'érection du mur, les hommes devaient vivre dans la terreur d'une attaque de torglath chaque fois qu'ils mettaient pied à terre. Ils n'étaient sûrement pas plus rassurés lorsqu'ils étaient sur les échafaudages de bois, car les monstres pouvaient abattre ces derniers d'un simple coup de tête ou de queue. Ils ne pouvaient se sentir en sécurité que dans les navires qui stationnaient près de la plage, où ils s'accordaient de maigres repas et quelques heures de sommeil. Lorsque l'ouvrage fut plus avancé et que la plage ne fut plus accessible, l'on installa des campements de fortune en son sommet, où le vent faisait rage nuit et jour. Ne pouvant être acheminées que via le mur, les pierres étaient transportées à dos d'homme.

L'on comprend donc aisément pourquoi, au bout de quelques mois de cauchemar et après que beaucoup eurent péri, l'enthousiasme des adorateurs de Kendur avait quelque peu faibli. Il devint de plus en plus difficile, voire impossible, de trouver des volontaires pour achever l'œuvre, et le recours au travail forcé devint une évidence. Ainsi commença l'esclavage en Isthmir...

Si les fortifications de l'Ornis et de la vallée d'Ysphet ont aujourd'hui disparu (jugées inutiles, elles ont été laissées à l'abandon), la Muraille Écarlate n'a pas bougé d'un pouce. Pourtant, les Sternis s'aventurent rarement jusqu'à elle et n'y apportent, semble-t-il, aucun entretien particulier. La solidité de l'ouvrage force l'admiration, quand l'on pense aux problèmes que rencontrent, depuis plusieurs années déjà, les constructeurs pourtant chevronnés du pont d'Isthmir !

Ce nom de Muraille Écarlate faisait référence, dans un premier temps, à la couleur si particulière de la roche employée.

Aujourd'hui, l'on se plaît à le considérer comme un vibrant hommage aux centaines d'hommes qui y laissèrent la vie, aussi bien à cause des torglaths que des mauvais traitements, ou tout simplement en tombant des échafaudages…

Grandeur et décadence du Royaume d'Isthmir, par l'historien Baenryr de Sefir.

Ψ

Il fut réveillé par son propre cri. Assis sur le petit lit bancal, il se découvrit baigné de sueur et tremblant de froid, le souffle court. La cicatrice de son torse le démangeait affreusement. En y portant la main, il sentit qu'elle était toute boursouflée.

Son regard fut irrésistiblement attiré par le tableau de bois peint sur le mur qui lui faisait face. Il avait été accroché à la va-vite et penchait légèrement. Le désert qui y figurait arborait des teintes plus douces que dans son rêve, mais la saillie rocheuse sur laquelle il se pensait allongé était bien là, au premier plan, toute en arêtes, telle une pierre à aiguiser abandonnée dans le sable par quelque géant distrait. La grosse lune y figurait aussi, mais nulle trace des trônes ni des nuages impétueux.

— C'est malin, d'me r'filer des cauchemars, marmonna-t-il en secouant la tête.

Il avait dû apercevoir le tableau en entrant dans la pièce et son imagination avait fait le reste. Pourtant, son rêve étrange lui laissait une impression de réalité inhabituelle. Il ne semblait pas vouloir se dissiper, comme le faisaient d'ordinaire les songes…

Il se redressa péniblement, enfila sa chemise rapiécée en soufflant et, nauséeux, s'approcha du tableau. Sans même y penser, il le redressa, puis parcourut d'un regard intrigué la chambre à coucher. Les murs de pierre grossière n'étaient plus de première jeunesse. Par endroits, des touffes de mousse rabougries s'évertuaient à se frayer un passage entre les interstices. L'endroit sentait la vieille terre et il y régnait une froideur humide particulièrement désagréable. Sous la fenêtre close, le mur suintait tant de l'eau de la tempête qu'une grosse flaque s'était formée. Le mobilier n'était pas plus frais que le reste : deux petits lits tout de guingois, disposés côte à côte, et une chaise à laquelle il manquait la moitié d'une patte, posée en équilibre précaire contre le mur du fond. Un observateur inattentif aurait pu croire que l'endroit était totalement abandonné, s'il n'avait pris garde aux draps d'une propreté irréprochable.

Découvrant le lit d'Enira défait, il s'approcha de la fenêtre et jeta un coup d'œil à l'extérieur. Le domaine du baron qui leur avait offert le gîte était bien plus petit que dans ses souvenirs de la nuit. Quant à son délabrement, il était encore pire que sous la lumière des torches. Le vent ne soufflait plus, mais des érables couchés, aux abords de la propriété, témoignaient de la violence de la tempête. Il eut tôt fait de repérer sa sœur au milieu la cour, qui gambadait joyeusement dans la boue, entourée de chèvres, de génisses et de porcelets. Il n'aurait su dire si elle nourrissait les bêtes ou si elle exécutait quelque mystérieuse danse à l'intention de tout ce petit monde, mais elle semblait au moins s'être remise de ses émotions de la nuit. Il se demanda alors d'où venaient toutes ces bestioles. Il ne se souvenait pas avoir croisé d'animaux tandis qu'il traversait la prairie. Il colla son nez à la fenêtre afin de distinguer les autres ailes de la propriété, mais ne fut pas plus informé. Il décida alors de descendre.

Il ne croisa pas âme qui vive à l'étage, ni dans les marches qui menaient au rez-de-chaussée. Alors qu'il entrait dans ce qui semblait être un salon, il s'arrêta un instant devant un tableau. Il représentait, comme le premier, un paysage désertique, mais les couleurs y étaient plus réalistes. La silhouette longiligne du chameau qui y figurait était également moins sinistre que la grosse pierre du premier tableau, ce qui expliquait pourquoi le baron avait préféré accrocher celui-là dans son salon. Sans plus de préméditation qu'à l'étage, il redressa soigneusement la peinture, puis quitta la modeste pièce sans y jeter un regard.

Il faisait plus doux à l'extérieur que dans la triste baraque. Il risqua un coup d'œil désapprobateur au bâtiment qui semblait sur le point de s'écrouler, mais des éclats de voix détournèrent rapidement son attention. Il remarqua alors, au bout de l'aile dont il était sorti, une large grange dont le toit s'était effondré. Il comprit alors pourquoi les animaux s'étaient égaillés dans la prairie, ainsi que l'origine de la désertion totale du corps-de-logis : tous ses occupants étaient à pied d'œuvre pour faire sortir les dernières bêtes et évaluer les dégâts.

Il s'approcha du groupe d'hommes en trottinant. Il reconnut le visage bonhomme du baron Rarvin, qu'il avait brièvement aperçu cette nuit, ainsi que celui, tout en os, du vieux domestique qui les avait accueillis. Ils contemplaient le désastre avec des moues résignées, les bras croisés sur la poitrine, tandis que cinq autres hommes, dont aucun ne devait avoir moins de quarante-cinq ans, fouillaient les décombres.

— Puis-je me rendre utile ? demanda Myst en saluant aimablement le baron.

Le vieil homme se fendit d'un grand sourire, puis secoua vigoureusement la tête.

— Quel homme serais-je si je faisais travailler mon hôte ? s'exclama-t-il d'une voix qui se voulait enjouée.

— Ça ne me dérange pas, objecta le voleur.

Son regard s'arrêta alors sur la dépouille d'un âne qui gisait, la langue pendante, au milieu des ruines. Il avait dû se trouver au mauvais endroit quand le toit avait cédé. Myst repensa au Zak de son rêve et fut parcouru d'un frisson.

— Y a-t-il beaucoup de pertes ? s'enquit-il.

— Pas tant que ça, répondit le baron en haussant les épaules.

— Mais si on additionne ces cadavres-là à ceux des semaines précédentes, ça commence à faire beaucoup ! lâcha le lugubre domestique d'un ton acerbe.

La curiosité de Myst fut piquée tandis qu'il repensait, non sans malaise, à la dépouille humaine qu'Enira et lui avaient trouvée la veille.

— Comment sont mortes les autres bêtes ? Des attaques de loups ?

— Non, répondit le baron d'un ton las. Ils sont juste morts, comme ça, sans raison particulière. Une sorte de vieillissement prématuré…

— Une malédiction, voulez-vous dire ! grommela le domestique entre ses dents serrées.

— Je vous en prie, mon ami, soupira Rarvin. Nous en avons déjà parlé…

— Vous devez brûler ces maudites planches, Sire ! le coupa le domestique d'un ton haché, rougissant de colère. La malédiction du mort continuera tant que vous les garderez chez vous !

— Assez ! rugit le baron. C'est encore *ma* maison ! Vaquez donc à vos occupations, au lieu de me rabattre les oreilles avec vos superstitions idiotes !

Et, sans attendre de réponse, le baron fit signe à Myst de le suivre et s'éloigna de la grange à grands pas, furibond. Tandis qu'ils se dirigeaient vers Enira, Rarvin parut se calmer. Ce vieillard à l'allure bienveillante ne devait pas être du genre à rester longtemps fâché.

— Kendur soit loué, votre cheval est sain et sauf, dit-il. J'ai préféré éloigner votre sœur. Le spectacle de la mort n'est pas pour une si délicate jeune fille.

— Comment savez-vous que nous sommes frère et sœur ? s'étonna Myst, qui ne se souvenait pas avoir eu l'opportunité de se présenter au baron.

— Vous vous ressemblez comme deux gouttes d'eau, répondit le vieil homme avec un sourire en coin.

Myst se sentit un peu stupide. Il avait encore beaucoup de mal à se faire à l'idée que les yeux verts de Mefir trahissaient, immanquablement, leur étroite parenté. Alors qu'ils se frayaient un chemin parmi les bêtes égarées, Enira les aperçut. Elle se précipita vers son frère et le salua d'un baiser furtif sur la joue, puis se fendit d'une courbette devant le baron.

— Votre génisse a été blessée dans l'éboulement, ainsi que le bouquetin, l'informa-t-elle avec solennité, presque au garde-à-vous.

— Est-ce grave ? demanda-t-il, inquiet, en examinant rapidement les deux bêtes.

Enira secoua vivement la tête.

— Des écorchures sans gravité, à condition que les plaies ne s'infectent pas. Je connais quelques remèdes très efficaces. Je peux les soigner, si vous le désirez…

— Nous n'avons pas le temps, la coupa vivement le voleur en la foudroyant du regard.

— Mais, Myst…

— Nous avons suffisamment abusé de l'hospitalité du baron, non ? grogna-t-il en appuyant chaque syllabe, fortement contrarié qu'elle eût osé prononcer son nom en présence d'un étranger.

Enira baissa les yeux, résignée, mais la moue qui déformait ses lèvres en disait long sur sa profonde désapprobation.

— Sachez que vous ne me dérangez pas, intervint le baron. J'apprécie la compagnie des jeunes gens. Vous l'aurez sans doute noté, je ne suis entouré que de vieux grincheux, ajouta-t-il en pointant un index méprisant en direction du grand maigrichon qui devait faire office de majordome.

Le funeste monsieur était occupé à battre l'un des tapis de la demeure contre le mur, à quelques pas de l'entrée.

— Regardez-moi ça, marmonna le baron avec un sourire en coin. Droit comme un i, en toutes circonstances. Même quand il bouffe de la poussière, il ne se départ pas de son balai dans le cul.

Enira s'esclaffa. Le baron lui adressa alors un sourire qui se voulait joyeux, mais qui était surtout fatigué.

— Autrefois, l'on faisait de grandes fêtes entre ces murs. Toute la fine fleur d'Irbin venait y célébrer le printemps. Tout le monde était bien attifé, vous pouvez me croire, et les rires fusaient. Mais quand la couronne a fait main-basse sur ces terres, tout a changé. Irbin n'était plus la capitale de rien, et la petite noblesse du coin s'est retrouvée loin de tout. Aujourd'hui plus personne, en ville, ne se souvient du nom de Rarvin. D'autres ont fait le choix de rejoindre la cour dans l'espoir d'exister, mais ce n'était pas pour moi. Je resterai ici jusqu'à ma mort, et qu'importe que mon domaine s'effondre sur ma carcasse usée ! Ma maison n'est plus qu'un hospice de vieux, et ce couillon se croit encore à la belle époque ! lâcha-t-il, plein de dédain.

— Je ne voudrais pas me mêler de ce qui ne me regarde pas, baron Rarvin, risqua Myst avec une toux gênée, mais pourquoi votre domestique s'est-il fâché, tout à l'heure ?

Le baron se rembrunit.

— Les bêtes sont tombées malades après qu'un cadavre a séjourné dans la grange. La sœur du mort était désespérée, je ne pouvais pas lui refuser l'hospitalité.

— Était-il mort de maladie ?

— Non. Le pauvre homme avait été poignardé par des malandrins.

— Dans ce cas, il n'y a pas le moindre lien entre la mort prématurée de vos bêtes et cette histoire. Vos domestiques sont bien superstitieux.

— Peut-être pas tant que ça, confia le baron à voix basse.

— Que voulez-vous dire ? intervint Enira, qui le dévisageait bouche bée.

Le baron commença à montrer des signes de nervosité. Il eut un bref tremblement, comme si un froid brutal l'avait saisi, puis lâcha d'un ton plein de mystère, les yeux exorbités par l'effroi :

— La femme est partie en pleine nuit, sans en aviser personne. Elle a emporté le cadavre avec elle…

— Et ? s'impatienta Myst tandis que Rarvin déglutissait.

— Entre la grange et les écuries, il y avait les empreintes de deux personnes…

Enira étouffa un hoquet de ses deux mains tandis que Myst levait les yeux au ciel, exaspéré.

Décidément, tu ne peux pas t'empêcher de te faire remarquer, idiot ! songea-t-il.

— Voulez-vous dire que… le mort avait ressuscité ? s'exclama la jeune fille, abasourdie. C'est une histoire qui fait froid dans le dos, ajouta-t-elle comme le baron acquiesçait. Comme ce que nous avons vu, cette nuit, sur la…

— Le baron a sûrement mieux à faire que d'écouter des histoires à faire peur, la coupa sèchement Myst. Dois-je te rappeler que nous sommes pressés ?

Enira tourna vers son frère un regard scandalisé.

— C'est vrai, une longue route vous attend, se souvint le baron. Je vous laisse préparer votre départ. Vous me trouverez dans le salon.

Et il s'éloigna à grandes enjambées vers l'entrée de sa demeure.

Un pesant silence s'installa. Si Enira avait pu le foudroyer d'un simple regard, Myst ne serait déjà plus qu'un tas de cendres.

— Qu'est-ce que t'as, à tout le temps me rembarrer ? explosa-t-elle. Je voulais juste l'informer qu'il y a des loups mangeurs d'hommes pas loin d'ici !

Myst s'esclaffa.

— Des loups, hein ? répéta-t-il d'un ton narquois. N'as-tu toujours pas compris ce qui s'est passé ?

— Non, je ne suis pas aussi intelligente que toi ! siffla-t-elle, les poings serrés le long du corps.

— Le cadavre dont il parlait, c'était Azar, sombre imbécile ! N'as-tu pas remarqué ses peintures dans la maison ?

Enira blêmit.

— Azar… est mort ? demanda-t-elle d'une voix tremblante.

— Quelques dizaines de fois ! C'est une très vilaine habitude, chez lui.

Les sourcils de la jeune fille se soulevèrent très haut sur son front. Sa mâchoire se mit à pendre bêtement sous son visage tandis que son regard semblait se perdre quelque part derrière Myst.

— Tu n'étais pas au courant ? soupira-t-il, un brin coupable. Bon sang, mais de quoi parliez-vous, vous deux ?

— D'autres choses, dit Enira d'une voix lointaine… Et l'homme de la route, ce n'était pas la faute des loups ?

— Bien sûr que non.

— Azar ne ferait jamais une chose pareille, affirma-t-elle d'un ton définitif. C'était un vrai carnage !

Myst ne put s'empêcher d'éclater de rire.

— Ton ami Azar n'est pas aussi pur et innocent que tu le crois, petite sœur. À l'âge où j'apprenais à chiper des bourses, le gentil prince commettait son premier meurtre ! Et si tu avais vu, pendant la campagne d'Echron, avec quelle facilité il embrochait tous ces types ! Il n'en était sûrement pas à son coup d'essai !

De grosses larmes commencèrent à perler au coin des yeux d'Enira, mais Myst n'en fut pas dupe. Elle n'était pas triste d'apprendre qu'Azar était capable du pire, mais vexée qu'il lui eût caché sa vraie nature.

— On ne me dit jamais rien, à moi ! brailla-t-elle en ravalant ses larmes. Maman, toi, Azar, vous êtes tous les mêmes, vous me prenez pour une gamine stupide !

— C'est pour t'épargner qu'on ne te dit pas tout.

— M'épargner ? vociféra-t-elle, hors d'elle. En quoi suis-je protégée si j'ignore ce que nous fuyons ! Vous ne m'avez rien expliqué ! Je sais juste que des types veulent ma peau, alors que je n'ai jamais rien fait de mal !

Myst se prit la tête dans les mains. Il comprenait les reproches de sa sœur, mais il ne se sentait pas encore prêt à lui révéler toute la vérité.

— Je ne bougerai pas d'ici tant que tu ne m'auras rien dit, déclara-t-elle en croisant les bras sur la poitrine, le menton haut levé.

— Enira, je t'en prie, nous sommes en danger ici.

— En danger ? Je ne me sens absolument pas en danger. Je ne suis qu'une paysanne inculte en voyage, je ne vois pas pourquoi on me voudrait du mal ! minauda-t-elle en feignant de curer ses ongles crottés.

Myst s'efforça de contenir la sourde colère qu'il sentait poindre en lui. Il ne voulait pas se laisser aller à la malmener, comme la dernière fois.

— Écoute, Enira, grogna-t-il en empoignant fermement son bras. Tu dois me faire confiance. Si les deux hommes d'hier soir suivent nos traces jusqu'ici, nous…

— Je n'ai aucune confiance en toi, mon cher frère, chuchota Enira en le toisant avec morgue. L'unique raison pour laquelle je suis avec toi, aujourd'hui, c'est parce que maman m'a dit que je devais te suivre. Elle ne peut vouloir que mon bien, elle, mais toi, je ne sais pas qui tu es. Tu es un étranger pour moi. Preuve en est que cette conversation est la plus longue que nous ayons eue depuis ton retour du désert.

Myst lâcha hâtivement le bras de sa sœur, comme piqué par un insecte invisible. Il sentait ses joues chauffer du feu de la honte, car Enira disait vrai. Il s'était bêtement accroché à leurs souvenirs d'enfance pour ne pas avoir à regarder la réalité en face : ils ignoraient tout l'un de l'autre.

— C'est d'accord, décida-t-il. Je te dirai tout ce que tu veux savoir, mais il faut tout de suite partir d'ici.

— Tu me raconteras tout, depuis le début ? demanda-t-elle, les yeux écarquillés, osant à peine y croire.

— Quel début ?

— Depuis le jour où papa t'a emmené.

Myst tiqua.

— Absolument tout, promit-il à contrecœur.

Ψ

La porte en trompe-l'œil de la gargote clandestine ne lui inspirait pas confiance, mais il n'avait pas le courage de rebrousser chemin. Il sentait encore sur lui les regards intrigués des quatre hommes louches qu'il avait croisés à l'entrée de l'obscur cul-de-sac. Ils restaient immobiles, adossés au mur suintant de crasse, le surveillant du coin de l'œil en faisant mine de discuter de tout et de rien.

Quelque chose bougea tout près de lui. Il crut d'abord qu'il s'agissait de l'un de ces énormes rats qui proliféraient dans le coin, puis vit avec étonnement un homme hirsute surgir d'un amas de détritus. Tandis qu'il s'étirait et bâillait, Azar se boucha le nez en réprimant un haut-le-cœur.

— D'es nouveau, doi ! ricana le mendiant éméché en titubant dans sa direction. D'as l'air un beu drop sage bour draîner dans l'coin !

— Je cherche la taverne de maître Haskir. Est-ce bien ici ?

— Comment du sais ça, doi ?

Azar, qui était sur le point de vomir de dégoût, lui fit signe de rester loin de lui. Mais l'autre ne sembla pas le remarquer et continua de s'approcher, la main tendue.

— Auriez pas une t'ite bièce, b'sieur ?

— Non, je n'ai rien à vous donner, répondit sèchement le prince en reculant d'un pas, la main sur la bouche.

Le gueux s'immobilisa, renfrogné. Il était impossible de distinguer le moindre changement d'expression sous cette tignasse drue et cette barbe foisonnante, mais Azar savait, sans l'ombre d'un doute, que ses dispositions à son égard venaient soudainement de changer. Il connaissait bien ces parfums de défiance et d'hostilité qui flottaient autour du pauvre bougre, presque aussi entêtants que ceux de la pisse et du vin frelaté.

— Donne boi da bourse !

Azar fut surpris pas la rapidité avec laquelle le vieil homme se rua sur lui. Tandis qu'il l'attrapait par la manche, sa puanteur le prit tant à la gorge qu'il crut un instant qu'il allait rendre son frugal souper. La nausée fut si forte que le monde se mit alors à tournoyer autour de lui. Avoir des sens exacerbés ne donnait pas toujours l'avantage…

Complètement désorienté, il fut impuissant à repousser le mendiant quand il le plaqua avec une brutalité insoupçonnée contre le mur, et le malaise ne fit que s'intensifier quand il sentit sur son corps ses horribles mains qui tâtonnaient à la recherche de sa bourse.

— Ne me touche pas, vieux porc ! cria-t-il.

Le mendiant fut aussitôt projeté en arrière. Son corps rendit un bruit sourd en rebondissant contre le mur, puis il retomba, inerte, au milieu de son lit de déchets. Tout s'était passé très vite, et Azar dut se frotter les yeux pour se convaincre qu'il n'avait pas rêvé. Il fixa le monticule bouche bée, comme tétanisé par l'étonnement. À aucun moment il n'avait *physiquement* poussé cet homme…

Des bruits de pas le firent sortir de sa torpeur : attirés par la bagarre, les quatre voyous remontaient tranquillement la rue. Il fut pris de panique en songeant qu'ils avaient sûrement, malgré la pénombre, assisté à la scène. Sans plus hésiter, il ouvrit la porte de la taverne et se faufila à l'intérieur.

L'odeur n'était pas beaucoup plus agréable dans la grande salle bondée, mais l'ambiance y était très chaleureuse. Les hommes avaient fini de souper depuis longtemps, mais ils ne semblaient pas près d'arrêter de boire. Trop occupés à tenter de se souvenir des paroles d'une chanson paillarde, les plus proches de l'entrée ne remarquèrent pas l'entrée du prince. Quant aux autres clients du bouge, pour la plupart ivres, ils faisaient leur possible pour attirer l'attention des grosses femmes rieuses qui papillonnaient d'une table à l'autre, les bras chargés de pichets.

Par chance, il n'eut pas à chercher longtemps Dugust : accoudé au comptoir, il observait ses congénères avec un sourire bienveillant. De temps en temps, il se retournait pour échanger quelques mots avec un grand gaillard chauve aux faux airs de flibustier qui s'affairait à mettre un tonneau en perce.

Azar traversa la salle à grandes enjambées. Les yeux de Dugust s'écarquillèrent quand il le vit approcher.

— Que faites-vous ici ?

— Arnela m'a dit que tu avais un message pour moi, mais nous en parlerons plus tard, éluda précipitamment le prince. Pour l'instant, il faut que tu me caches.

— Quoi ? s'exclama Dugust. Mais pourquoi ?

— S'il te plaît, Dug, ils sont quatre et ils n'ont pas l'air commode !

Quelqu'un tapota doucement sa main pour attirer son attention. Il s'agissait du chauve qui, seul derrière son comptoir, n'avait rien manqué de leur échange.

— Vous pouvez entrer dans mes appartements, lui proposa-t-il en désignant l'unique autre issue de la gargote.

Azar détailla d'un œil méfiant la petite porte à droite du comptoir. Au milieu des cageots de provisions et des tonneaux de vin, elle était quasiment invisible. Il allait interroger Dugust du regard quand la porte de la gargote s'ouvrit. Les quatre hommes entrèrent et observèrent la salle d'un air arrogant, le menton levé et le torse bombé. Les conversations et les chants s'interrompirent presque aussitôt.

Azar n'eut pas le temps de s'étonner du brusque changement d'atmosphère, car Dugust l'avait précipitamment tiré par la manche pour l'obliger à contourner le comptoir. Tenant la porte grande ouverte, le chauve leur fit signe de se dépêcher.

— Je me débarrasse d'eux et je vous rejoins, dit-il en les poussant à l'intérieur.

Quand il claqua la porte, Azar et Dugust se retrouvèrent dans le noir complet. Il sembla au prince que le jeune homme avait pâli, mais il ne pouvait en être certain : dans l'obscurité, sa perception des teintes était toujours légèrement faussée.

Ils se trouvaient dans un large vestibule aux murs tapissés de tiroirs. Sur le pupitre qui occupait l'un des angles trônait un énorme livre de comptes. Azar observa avec curiosité les lignes de chiffres écrits en pattes de mouches. De la part de ce tavernier couvert de tatouages, une écriture si fine était pour le moins surprenante, mais peut-être déléguait-il ce travail à un autre…

— J'y vois rien, chuchota Dugust, qui ne semblait pas très rassuré. Il y a une deuxième porte, quelque part par…

— Ne bouge pas, lui ordonna Azar en le retenant par le poignet. J'essaie d'écouter.

En tendant l'oreille, il perçut les pas des hommes qui approchaient du comptoir. Il y eut un grincement comme l'un d'eux s'installait sur un tabouret.

— Ça fait un bail qu'on ne vous a pas vus ici, dit le tavernier chauve d'une voix qui manquait cruellement de chaleur.

— On passait dans le coin, et on s'est dit “Tiens ! Voyons voir ce que devient ce bon vieux Haskir !”

S'ensuivit un pesant silence, car l'ironie du nouveau venu n'avait pas échappé au tavernier. Même à travers la porte, Azar n'avait aucun mal à sentir le courroux grandissant du fameux Haskir.

— Ne joue pas au plus malin avec moi, Rhaenry, cela fait des semaines qu'on vous voit traîner dans le quartier, toi et ton frangin.

— Nous ne faisons que veiller à la sécurité de nos confrères, répondit Rhaenry d'un ton mielleux.

— Pour le compte de qui ? demanda sèchement Haskir.

— D'ailleurs, nous sommes venus te trouver dans l'unique but de te mettre en garde, éluda l'autre. Nous venons d'assister à une scène très choquante, l'ami. L'un de tes clients a sauvagement agressé l'épouvantail que tu as placé devant ton bouge pour empêcher les gens respectables d'entrer.

— Respire-t-il encore ? s'enquit le tavernier, inquiet.

— Oui, il ronfle même, mais il est dans un triste état.

— Ne te fous pas de moi, ce vieux débris se fait tabasser trois fois par jour, et il s'en remet toujours. Ce n'est pas pour lui que tu es ici.

— Où est cet homme ? demanda Rhaenry de but en blanc.

— Quel homme ?

— Celui qui vient d'entrer. Tu n'as pas pu le manquer, avec sa tronche de jouvencelle et sa chevelure de vieillard !

— Je n'ai jamais vu ce type, mais je regardais peut-être ailleurs quand il est arrivé, fit Haskir d'un ton détaché. Jette un coup d'œil dans la salle si tu veux.

— Est-ce une de tes nouvelles recrues ? demanda Rhaenry, suspicieux.

— Qu'est-ce que tu vas t'imaginer, j'ai déjà assez à faire avec les gosses ! s'emporta Haskir. Maintenant, si vous n'êtes pas venus pour boire, je vous prierais de quitter mon établissement. J'ai du boulot, moi !

Le tabouret grinça de nouveau.

— Hors de question que je paie pour ta bière dégueulasse, Haskir. Et méfie-toi, je t'ai à l'œil. Si Sarkir apprend que tu t'es remis à recruter dans son dos, tu peux faire une croix sur ton siège d'observateur au conseil.

— Sarkir, hein ? s'esclaffa Haskir. J'aurais pu parier un bras que ce rat était derrière tout ça ! Écoute-moi bien, bonhomme, je vais te faire gagner du temps : va donc dire à ton patron que j'ai trouvé la perle rare. Que dis-je, *les* perles rares, il y en a des dizaines, des centaines, toute une armée de jeunes recrues bourrées de talent ! Dans quelques mois elles seront assez douées pour lui faire les poches en plein jour, et même dans son pieu, et il n'y verra que du feu ! Et tu peux lui dire qu'il se le mette au cul, son siège d'observateur ! À quoi ça me sert de les écouter déblatérer des conneries, à Sarkir et à ses copains, si je ne peux même pas ouvrir ma gueule ?

Il y eut un court moment de flottement, puis un tonnerre d'applaudissements retentit dans la salle. Tandis que les clients tapaient des pieds et hurlaient leur approbation, Azar se tourna avec étonnement vers Dugust. Tout sourire, le jeune homme frappait lui aussi discrètement dans ses mains. Il dut sentir l'intérêt du prince, car il chuchota à son intention :

— Tout le monde admire Haskir, ici. Il est le dernier à défendre les vraies valeurs de Mefir et à rejeter la corruption qui prévaut au conseil d'Olyst.

Azar ne fit aucun commentaire. Il ne comprenait pas vraiment la situation, mais il devenait évident que les voleurs n'étaient pas aussi unis qu'ils le laissaient paraître. Le vacarme redoubla d'intensité de l'autre côté de la porte, ponctué de grands éclats de rire. En tendant l'oreille, il crut comprendre que les clients, échauffés par le vaillant discours de leur hôte, avaient entrepris de faire fuir les importuns en leur jetant les restes de leur repas à la figure.

L'ambiance festive n'était toujours pas retombée quand la porte s'ouvrit. Haskir apparut sur le seuil, hilare, un chandelier à la main.

— Vous ne vous êtes pas ennuyés, j'espère ? demanda-t-il en traversant le vestibule sans leur jeter le moindre regard.

— Ça non, Maître, vous les avez bien mouchés ! s'écria Dugust.

Haskir lui rendit son sourire en ouvrant la porte. Il les invita à entrer, puis fit le tour de la pièce pour allumer toutes les bougies. Azar le suivit dans ses allées et venues et découvrit avec fascination chaque nouveau recoin de ses appartements privés. À l'image de l'écriture délicate aperçue sur le livre de comptes, la décoration dépouillée de la chambre et du large salon témoignait d'un goût exquis.

— Aurai-je la chance de rencontrer votre femme ? demanda Azar, à présent persuadé que cet harmonieux aménagement ne pouvait être l'œuvre d'un homme à l'apparence si rustre.

Haskir se tourna vers le prince et le dévisagea, les yeux plissés. Il le voyait de près pour la première fois, mais le petit mouvement de recul qu'Azar attendait ne vint pas.

— Je ne suis pas marié. Malheureusement, les femmes se lassent vite de moi.

Il se tourna soudain vers Dugust.

— C'est lui, n'est-ce pas ?

L'adolescent opina du chef. Comme Azar posait sur lui un regard sévère, il baissa la tête et fixa le bout de ses souliers avec une expression contrite.

— N'en veuillez pas au gamin, dit Haskir. Il était si content de m'apprendre que Myst était encore en vie qu'il a manqué de discrétion à propos de vous, Altesse. Sachez, si cela peut vous rassurer, que je serai une tombe. Myst est comme un fils pour moi. Ses amis sont mes amis, et j'ai cru comprendre que vous étiez bien plus proche de lui que je ne l'ai jamais été.

Azar déglutit péniblement. En prononçant ce nom, le maître voleur réveillait des souvenirs et des sentiments qu'il avait eu beaucoup de peine à réprimer.

— Nous avons passé beaucoup de temps ensemble, confirma-t-il platement.

Haskir se fendit d'un large sourire et lui tapota l'épaule.

— Soyez le bienvenu parmi nous, Azar. Ma porte est grande ouverte.

Et il lui tourna le dos pour allumer le dernier chandelier. Celui-ci, tout de bronze, était bien plus imposant que les autres. Il occupait toute la largeur de la modeste commode de bois sur laquelle il était posé. Tandis qu'Haskir allumait chaque grand cierge avec soin, le tableau qui surmontait la commode sortit peu à peu de la pénombre.

Azar crut, dans un premier temps, que ses yeux lui jouaient des tours, puis son souffle se coupa net comme il reconnaissait, sans le moindre doute, le regard pâle qui l'avait tenu éveillé tant de nuits durant. Son cœur se mit à sauter dans sa poitrine comme un cabri.

— Pourquoi diable possédez-vous un portrait de Myst ? demanda-t-il, entre stupéfaction et indignation.

Haskir et Dugust écarquillèrent les yeux de concert.

— Ce n'est pas Myst, mais son père, dit l'adolescent du ton que l'on adopte d'ordinaire pour parler aux idiots.

— Son père ? répéta Azar, abasourdi.

Puis son regard se posa sur l'inscription tracée à la va-vite à même le bois tendre du cadre. Il sentit une grande vague de chaleur l'envahir et sa tête se mit à tourner.

— Myst serait donc le fils de Mefir ? murmura-t-il, estomaqué.

Pris au dépourvu par l'ignorance manifeste du prince, Haskir et Dugust échangèrent un regard embarrassé. Au terme d'une longue minute de contemplation muette, Azar se tourna vers eux, la mâchoire serrée de colère.

— Pourquoi me l'a-t-il caché ? s'écria-t-il. Toutes ces fois où il m'a parlé de son père, où il m'a dit combien il l'avait détesté, où il se lamentait pitoyablement sur son enfance malheureuse, pourquoi a-t-il tu ce nom ? Mefir, ce n'est pourtant pas compliqué à prononcer, non ?

Un cierge tomba sur le sol en s'éteignant. Il réalisa alors que, fou de rage, il avait tapé du poing sur la commode au point de faire tressauter le chandelier.

— Peut-être a-t-il jugé que ça n'avait pas d'importance, répondit confusément Haskir en ramassant le cierge.

— Pas d'importance ? s'emporta Azar. Je suis le fils du plus légendaire des voleurs et je m'en fous ? Faudrait pas me prendre pour un con !

Il poussa un long soupir et tourna ostensiblement le dos au portrait. Il fit quelques pas décidés dans le salon, puis se laissa tomber, sous les regards éberlués des deux voleurs, dans le fauteuil aux allures de trône qui faisait face à la cheminée.

— Aucune importance, je ne suis pas venu pour ça, tenta-t-il de se convaincre avec un geste vague de la main, tout en fixant d'un œil vengeur le foyer vide. Dugust, quelle était la teneur de ce message ?

Le jeune homme sursauta. Il parut se souvenir de quelque chose et fouilla avec empressement ses poches. Il en extirpa plusieurs chaînes d'or et d'argent, ainsi que quelques babioles sans valeur. Après maints tâtonnements, son visage s'illumina. Il brandit alors, triomphalement, deux petits bouts de parchemin tout chiffonnés.

— Il y a un billet et une facture. C'était un peu bizarre, alors j'ai préféré garder le mot plutôt que de le mémoriser pour le détruire, s'excusa-t-il en tendant le tout au prince.

— Pas très professionnel, commenta Haskir, désapprobateur.

Dugust haussa les épaules.

— Et alors ? Les risques sont minimes, il est écrit en khullani. En plus, il n'y a rien de compromettant.

Azar jeta un rapide coup d'œil à la facture. Le marchand qui y avait apposé son sceau, un certain Promir, avait griffonné à la va-vite une colonne de chiffres. Le total qui apparaissait en bas de page était plutôt conséquent, mais la nature des achats n'était indiquée nulle part. Il laissa la facture de côté et déplia le billet avec impatience.

Cher ami,

Il y a, en cette ville, une colline méconnue du haut de laquelle tout un chacun peut contempler les trésors des jardins royaux. Elle offre une vue imprenable sur l'étang et le labyrinthe attenant. Les courtisans aiment à s'y promener en journée, mais c'est à l'aube que la lumière y est la plus belle. Longez les fortifications ouest du château. Vous découvrirez, sur votre gauche, la discrète petite sente qui y mène.

Cordialement, Y

PS : un cadeau vous attend chez Promir. J'ose espérer qu'il comblera vos attentes.

Azar sourit. Le billet était courtois, mais les grands coups de plume de son auteur trahissaient sa rage contenue. N'appréciant pas d'être constamment harcelé lors de ses soirées de triomphe au théâtre, Yrch avait dû redoubler de roublardise pour s'acquitter au plus vite de sa tâche.

Dommage, se surprit à songer le prince, car il avait peut-être, malgré lui, commencé à prendre goût à ce petit jeu. Il avait enfin pu, à sa guise, éprouver les limites de ses étranges pouvoirs lors des représentations du *Prince Anathème*. Il se souvint avoir littéralement exulté le jour où il avait réussi, à force de concentration, à faire oublier à Yrch la première réplique du deuxième acte. Le lendemain, il l'avait fait bafouiller une scène entière, allant même jusqu'à lui faire prononcer certaines répliques à l'envers. Puis il s'était amusé à le faire trébucher. Il avait constaté, à cette occasion, qu'influer sur les mouvements d'un homme était encore plus difficile que de manipuler son esprit… Oui, ces petits amusements allaient lui manquer, mais sûrement pas l'épuisement physique et les affreuses migraines qui s'ensuivaient…

14

Enchères

Il était penché sur elle, le cœur battant, la main tendue vers le pendentif de rubis. Elle dormait d'un sommeil profond, mais de temps à autre, ses yeux roulaient sous ses paupières closes, témoignant d'un rêve agité.

Il l'observa plusieurs minutes, hésitant. Elle avait un visage anormalement allongé, des pommettes hautes et un nez légèrement recourbé. Tel un éclair glacé, une mèche blanchâtre lézardait étrangement la nuit de sa longue chevelure lisse étalée sur l'oreiller. C'était pourtant une enfant, une très jeune fille qui dormait sur le dos, toute droite, les bras le long du corps, et si sa respiration tranquille n'avait pas fendu le silence sépulcral qui régnait dans l'immense suite royale, il aurait pu croire qu'elle était morte, et que les draps d'un blanc de neige étaient son linceul.

La main de Myst se mit à trembler. Elle pouvait à tout moment se réveiller, et il avait beau savoir qu'il prenait des risques inconsidérés, il désirait soudain ce gros rubis plus que n'importe quoi d'autre. Il étincelait si joliment, à la lumière de la lune, sur ce cou gracile et pâle semblable à celui d'un cygne, un cou si fragile que même sa poigne d'enfant aurait pu le briser.

Il devait s'agir d'une de ces nobles arrogantes qui ne lui adresseraient jamais un regard, l'un de ces enfants trop choyés que la confrérie lui avait si bien appris à haïr. Pourtant, en sa présence, il ne ressentait aucune rancœur. Ce visage immobile de statue, au contraire, lui procurait un singulier apaisement. Elle semblait si frêle, si seule et si perdue dans ce lit trop grand, qu'il aurait voulu la prendre dans ses bras pour la réchauffer.

Quand sa décision fut prise, sa main cessa de trembler. Il s'exécuta promptement, sans réfléchir, et le rubis et sa chaîne d'argent se retrouvèrent presque aussitôt au creux de sa paume. Ils étaient chauds.

Il aurait dû quitter la chambre sans tarder, au lieu de tourner le bijou entre ses doigts, fasciné, mais il était déjà trop tard : lorsqu'il reporta son attention sur la jeune fille, il découvrit avec stupéfaction que ses yeux étaient grands ouverts. Des yeux d'un noir profond, qui le fixaient sans la moindre peur, ni même un soupçon de reproche.

Il se leva d'un bond, comme s'il venait d'apercevoir un spectre, et recula vers la sortie tandis qu'elle se redressait lentement sur ses coudes, sans cesser de le dévisager. Il y eut un léger cliquetis dans son dos, et il eut tout juste le temps de percevoir le froncement de sourcils interrogateur de sa proie avant de tomber de tout son long, terrassé par un violent coup sur la tête…

Ψ

— Fièvre et vomissements ? demanda-t-elle en retenant à grand-peine un sourire satisfait.

Raka acquiesça. Triska n'aurait pu en jurer, car la vieille manifestait rarement sa joie, mais il lui sembla que la nouvelle la réjouissait également, et que seule la présence des jeunes couturières dans les appartements de la reine lui imposait une certaine réserve. En d'autres circonstances, peut-être se seraient-elles tapé les cuisses en riant à gorge déployée du malheur d'Urk.

Triska se désintéressa de la vieille inconfortablement assise sur un tabouret pour baisser un regard agacé vers les gamines qui s'échinaient depuis plusieurs heures à ajuster deux ridicules bouts de tissu à ses formes. Elle jeta un coup d'œil à son reflet dans le miroir et songea avec irritation qu'Astar avait de sérieux problèmes de vue. Pensait-il réellement, lorsqu'il avait opté pour cette tenue parfaitement indécente, qu'elle y entrerait sans problème ? Une enfant de douze ans aurait pu s'y glisser, à la limite, non sans quelques contorsions…

— J'imagine que si sa majesté me convoque ainsi déguisée, c'est qu'il n'est pas atteint du même mal, soupira-t-elle.

Raka eut une moue compatissante des plus explicites.

— L'épidémie n'est pas parvenue jusqu'à la tour du roi, mais nous ne perdons pas espoir, annonça laconiquement la vieille femme.

Triska ne put retenir un ricanement, et qu'importait que la domesticité l'entendît. Après tout, les sourires espiègles que s'échangeaient les jeunes filles en disaient long sur l'affection qu'elles portaient aux hommes-torglaths de la cour. Même si personne n'osait en parler, il était de notoriété publique que ces brutes manquaient franchement de délicatesse avec les humaines. Elle dévisagea les couturières une à une, tentant de deviner lesquelles avaient déjà eu maille à partir avec l'un de ces monstres, de trouver sur l'un de ces visages lisses d'enfants quelque indice subtil, comme un signe de ralliement que seules les femmes souillées seraient à même de percevoir, quelque chose qui l'aurait fait se sentir, pour un instant, un peu moins seule. Mais elle savait, d'expérience, que ces femmes-là ne se trahissaient jamais. C'était leur dernier rempart contre le déshonneur…

— J'ai l'impression qu'il y a de plus en plus de malades, depuis quelques semaines, reprit-elle en détachant le regard des pauvres gamines, profondément écœurée. Ou peut-être en parle-t-on davantage.

— La contagion a gagné en vigueur, en effet, confirma Raka. Il semblerait que nos amis à cornes ne se soient toujours pas adaptés à notre climat.

— Et nous ne sommes qu'au printemps. Si la chaleur aide à la propagation, nous nous préparons un été des plus récréatifs, annonça Triska avec un sourire en coin.

L'une des domestiques pouffa de rire et piqua par mégarde la cuisse de Triska.

— Fais un peu attention, idiote ! s'exclama-t-elle dans un sursaut.

— D-désolée, Majesté, balbutia la fautive en courbant l'échine.

Triska laissa échapper un long soupir exaspéré.

— Cette petite plaisanterie a assez duré, grogna-t-elle en repoussant les jeunes filles à grands gestes nerveux, comme elle aurait chassé un essaim de mouches. Qu'importe que les coutures soient parfaites, puisqu'il les arrachera à grands coups de griffes ! Allez, du balai ! Vous avez sûrement mieux à faire que de me grimer en putain, non ?

Les jeunes filles s'inclinèrent respectueusement devant leur reine, la tête basse, rassemblèrent à la va-vite leur matériel et trottinèrent vers la sortie sans demander leur reste.

— Quoi ? feula Triska à l'intention d'une Raka qui ne faisait aucun effort pour dissimuler sa désapprobation.

— Ne soyez pas si dure avec elles. Elles ne sont en rien responsables de ce qui vous arrive.

— Je m'en fous, ça fait du bien, murmura Triska en appréciant son reflet.

Un sourire plein d'orgueil souleva le coin de sa bouche. Elle était séduisante, à n'en pas douter. Dommage que le privilège d'un tel spectacle fût pour ce porc d'Astar…

— Va donc me chercher Saska, au lieu de bayer aux corneilles, ordonna-t-elle, non sans arrière-pensée.

Raka étouffa un hoquet scandalisé.

— Vous n'y songez pas, Majesté ! Dans cette tenue…

— Urk est à l'agonie, n'est-ce pas ? Les occasions de m'entretenir en tête-à-tête avec lui sont trop rares pour les laisser bêtement passer.

— Mettez au moins un habit, Majesté…

— Saska est mon champion, objecta Triska avec hauteur. C'est une juste récompense pour avoir risqué sa peau dans l'arène face à cet homme-cerf noir, non ?

Raka secoua lentement la tête en faisait la moue, mais elle s'exécuta sans broncher. Tandis qu'elle se dirigeait d'un pas traînant vers la porte, Triska se dandina devant le miroir, à la recherche de la pose qui impressionnerait le plus durablement son aimable champion. Elle savait ce petit jeu puéril, mais cela faisait bien longtemps qu'elle n'avait pas ressenti une telle griserie à l'idée de tenir un homme en son pouvoir. Et puis, en s'y prêtant, elle ne penserait plus à ce qui l'attendait, ce soir, dans les appartements d'Astar…

L'archer entra d'un pas hésitant. Il boitillait encore et un gros hématome sur sa joue témoignait de son récent combat dans l'arène. Il s'arrêta net en découvrant sa reine assise sur le tabouret, les jambes croisées. Ne pouvant s'empêcher de parcourir d'un regard halluciné son corps dénudé, il s'empourpra rapidement jusqu'au bout des oreilles.

— Bonjour, Champion, le salua-t-elle d'une voix langoureuse.

— B-b-bonjour, Majesté, répondit-il en s'inclinant presque jusqu'à terre.

— Je tenais à te féliciter pour ton combat.

— Mais, Majesté, je l'ai perdu ! s'exclama-t-il en ouvrant des yeux ronds comme des soucoupes.

— Cela n'enlève rien au courage dont tu as fait preuve. C'était d'autant plus admirable que tu t'es spontanément proposé pour lutter en mon nom.

— C'est tout naturel, affirma Saska en se fendant d'une nouvelle courbette, un fier demi-sourire aux lèvres. Malheureusement, je n'étais peut-être pas le mieux placé pour mener cette tâche à bien. Je n'ai pas l'habitude des corps-à-corps.

— Vraiment ? lança Triska avec un haussement de sourcil chargé de sous-entendus.

L'archer s'empourpra de plus belle, les lèvres tremblantes, tandis que Raka levait ostensiblement les yeux au ciel. Triska savoura quelques instants l'embarras de son garde du corps, puis décida que c'était assez pour le moment. Elle avait, en convoquant le soldat, une autre idée en tête.

Elle se leva d'un bond et fit signe à Raka de lui amener de quoi se couvrir. La vieille ne dissimula pas son soulagement et s'empressa de satisfaire à sa requête. Comme elle l'aidait à enfiler la moins affriolante de ses robes de chambre, Triska ne quitta pas des yeux le jeune homme. Son expression penaude reflétait un curieux mélange d'apaisement et de déception.

— Trêve de plaisanterie, dit-elle sèchement. Quelles sont les nouvelles de l'Est ?

Pris au dépourvu par la gravité soudaine de Triska, Saska marqua un temps d'hésitation. Puis il se reprit dans un sursaut et carra les épaules pour annoncer d'une voix qui se voulait martiale, mais qui manquait formidablement d'assurance :

— Dans le dernier message, Vilar nous faisait part de sa satisfaction. Il semblerait que son armée ne soit plus qu'à quelques lieues de Puits-des-larmes. Cependant, il préfère attendre Zefar et ses hommes avant de s'y engager.

— Quel pleutre, celui-là ! siffla Triska en secouant la tête. Zefar a déjà nettoyé la ville, non ? Que risque-t-il à y entrer seul ?

Saska haussa les épaules.

— Il faut croire que la victoire n'est pas aussi totale qu'ils l'ont prétendu. Il doit rester quelques foyers de rébellion... Et entre nous, Majesté, je ne suis pas certain que la décision d'attendre soit le fait de Vilar. Vous le connaissez, il n'est pas du genre à tergiverser.

— La couarde serait donc Seregrina ? La fière déesse craint pour ses petites fesses, on dirait, railla-t-elle avec un sourire en coin. Il faut admettre que ces rebelles de Puits-des-larmes sont drôlement coriaces. Si les habitants de Khullan en avaient fait ne serait-ce que le quart…

— Ne soyez pas injuste, Majesté, intervint Raka, qui s'était fait oublier mais ne perdait pas une miette de la conversation. Khullan a été prise par surprise, tandis que Puits-des-larmes a eu du temps pour organiser la résistance.

— Du temps, hein ? répéta Triska en toisant la vieille femme de toute sa hauteur, les sourcils levés très haut sur son front. Nous en avons à foison, du temps. À vrai dire, c'est tout ce qu'il nous reste...

Raka, qui n'était pas née de la dernière pluie, eut un sourire entendu.

— Allez droit au but, Majesté, lui enjoignit-elle, péremptoire.

— Je veux en être, lâcha la reine.

— Je ne vois pas de quoi vous parlez, mentit effrontément la vieille femme.

— De votre petit complot, bien sûr.

Saska étouffa un hoquet effaré. Le voyant blêmir, Triska ne put s'empêcher de rire.

— Tu feins beaucoup moins bien qu'elle, archer, lui lança-t-elle d'un ton moqueur. Au moins, à présent, je suis fixée. Je me doutais que tu en faisais partie, mais je n'en étais pas certaine…

— Qu'entendez-vous par "en être" ? la coupa Raka d'une voix sévère, les bras croisés sur la poitrine.

— Je veux participer à l'une de vos réunions secrètes.

Raka eut une moue inquiète. Elle jaugea quelques instants la reine, les yeux plissés, puis secoua vigoureusement la tête.

— C'est beaucoup trop risqué, déclara-t-elle d'un ton définitif.

— Tu te trompes, protesta aussitôt Triska. L'oracle elle-même m'a assuré que Seregrina ne pourrait rien contre moi tant qu'elle serait à Puits-des-larmes. Elle pourra même m'en protéger à son retour…

— L'oracle, hein ? Et moi qui vous croyais sortie de ses griffes ! Quand cesserez-vous de vous fier aveuglément à cette vieille peau ?

— Elle ne s'est jamais trompée, professa Triska d'une voix sourde, tout en songeant que sa femme de chambre était très mal placée pour qualifier l'oracle de "vieille peau".

— Elle s'est trompée sur toute la ligne ! aboya Raka, agacée. Si elle n'avait pas mis toutes ces idées saugrenues dans la tête d'Azar, il serait peut-être encore parmi nous, à l'heure qu'il est !

Triska tressaillit. Chaque fois qu'elle entendait prononcer ce nom, elle avait ce désagréable pincement au cœur. Elle fut tentée de parler à la vieille femme des visions de l'oracle concernant le prince défunt, puis décida qu'il serait plus prudent de changer de sujet. Si elle-même était aussi affectée par la disparition de son ami, que devait-il en être pour Raka, qui l'avait élevé depuis sa naissance, comme son propre fils ?

— Je ne resterai pas ici, les bras ballants, à attendre que mon cher époux me fasse pondre un héritier plein de dents, annonça-t-elle d'un mince filet de voix qui lui sembla pourtant assourdissant, tant le silence était tendu.

Raka laissa échapper un profond soupir, puis elle se mit à faire les cent pas le long du bassin vide, si près du bord que Triska se mit à craindre qu'elle fît une chute. Quant à Saska, il regardait le bout de ses bottes avec une expression contrariée, à quelques pas de là. La reine lui trouva un air nigaud des plus irritants.

— Et toi, qu'est-ce que tu en penses ? lui demanda-t-elle d'un ton un brin agressif.

Saska parut revenir à lui dans un sursaut.

— Je suis d'accord avec Raka, répondit-il d'une voix tremblante, sans oser la regarder dans les yeux. Notre lieu de réunion est loin d'ici. Il est déjà risqué, pour un quidam, de circuler en ville à la nuit tombée…

— Je vois, grogna la reine, bouillonnant de colère.

— Sans compter qu'il vous est difficile de déserter le palais une nuit entière, intervint Raka sans cesser d'arpenter la pièce à grandes enjambées. Imaginez qu'Astar ait une soudaine envie de…

La vieille s'immobilisa un instant, cherchant probablement le mot le plus adéquat et le moins embarrassant, puis reprit sa marche en renonçant à achever sa phrase.

— Et alors ? répliqua Triska, bien décidée à prendre le dessus. Il suffira de s'assurer qu'Astar n'aura envie de rien cette nuit-là.

— Et comment ? demanda Raka, à l'évidence peu convaincue que la reine eût un véritable plan.

Piquée au vif, Triska se tourna d'un bloc vers le pauvre Saska, qui se donnait pourtant tant de mal pour se faire oublier.

— Je me suis laissé dire que tu avais quelque talent d'empoisonneur, Champion.

Saska acquiesça.

— La connaissance des différents poisons fait partie de notre formation d'archer de la Charge, en effet. Nous en avons besoin pour…

— Peu importe, le coupa Triska avec un geste impatient de la main. Certaines substances provoquent-elles des vomissements et de la fièvre ?

— Eh bien, nombre de poisons peuvent provoquer de tels symptômes. L'ingestion de mets avariés pourrait aussi bien faire l'affaire, quoique les réactions soient assez variables d'un individu à l'autre.

— Pas d'approximation. Il faudra que les symptômes soient en tous points identiques à ceux de l'affection qui sévit actuellement parmi les hommes-bêtes. Si Astar a le moindre doute quant à leur origine, il deviendra infernal et pourrait bien couper quelques têtes pour se détendre.

Saska eut un ricanement nerveux.

— Si j'ai bien compris, vous voulez que moi, simple soldat, prenne le risque insensé d'être surpris en train d'empoisonner le roi, tout cela pour qu'il soit malade à crever pendant une semaine ? Si je dois risquer ma peau, je préfère que ce soit pour le tuer, et on n'en parle plus. En plus, il va me falloir tester différents dosages sur d'autres hommes-bêtes, si vous voulez être sûre de l'effet. Ces gars-là ne sont pas faits comme nous, ils sont sûrement beaucoup plus résistants ! Alors qu'avec une bonne dose de ciguë ou du sarot pur, on peut être sûr du résultat…

— Et ajouter à la misère, la famine et l'oppression que subissent les Khullanis de réjouissantes représailles et une guerre civile ? tonna Raka, qui s'était immobilisée et les toisait tous deux d'un air renfrogné, les mains sur les hanches. Tuer Astar serait la pire des âneries à faire.

— C'est pour cela que je propose seulement de le rendre malade, lui rappela Triska.

— Admettons que votre plan marche : vous avez la nuit devant vous. Vous parvenez à quitter le palais en empruntant les galeries, et après plusieurs heures, si vous avez de la chance, vous rejoignez notre groupe… Et ensuite ? En quoi pourrez-vous aider une poignée de rebelles dont le nombre diminue de jour en jour ? Des hommes et des femmes impuissants qui parlent de révolte pour ne plus sentir la faim, mais tôt ou tard, ils sont rattrapés par elle, et il n'est plus question que de survie.

— N'avez-vous fait aucun projet ? demanda Triska, désappointée.

— Bien sûr que si ! gémit Raka en levant les mains au ciel, comme pour invectiver un dieu trop longtemps absent. Mais l'ampleur de la tâche nous dépasse ! Face aux torglaths, nous avions déjà peu de chance, mais depuis que sont apparus les ibyzohars… La plupart des gens préfèrent renoncer, ils se disent que c'est perdu d'avance.

— C'est l'espoir qui vous manque, en somme, et c'est précisément ce que je peux vous apporter ! s'exclama Triska, triomphante. La reine qui se joint à la résistance, tout un symbole ! Quand ils sauront que le ver est dans le fruit…

— Un ver sans dents, et le fruit est dur comme la pierre, rétorqua Raka, acerbe. L'on peut espérer, tout au plus, que la curiosité les pousse à revenir cette nuit-là, juste pour vous voir… Et après ?

— Il faudra les convaincre de rester, et ça, je suis prête à m'en charger, répliqua Triska avec assurance. J'ai été grande prêtresse du temple, je sais parler aux foules.

La vieille femme secoua de nouveau la tête, mais ce second refus sembla à la reine moins catégorique que le premier. Raka entrevoyait-elle enfin tous les avantages qu'elle pouvait tirer de leur collaboration ?

Trois légers coups à la porte mirent fin à la conversation. Triska jeta un regard plein d'appréhension à l'encadrement de la fenêtre. Le jour avait baissé sans qu'elle y prît garde. Elle commençait à le détester, ce moment où la lumière prenait des teintes de sang, où le vent faiblissait tant que l'air devenait irrespirable et que mêmes les infimes grains de poussière en suspension restaient là, immobiles, comme prisonniers des rayons dorés qui s'invitaient jusque dans le bassin vide du prince. Elle le détestait car elle savait qu'il était le préféré d'Astar… Les coups se répétèrent, plus insistants.

— Monsieur a dû s'impatienter et envoyer l'un de ses sbires pour me sonner les cloches, marmonna-t-elle en se composant une expression sereine qui, à en juger par les regards compatissants de Raka et Saska, ne convainquait personne. Je vous demande juste de réfléchir à ma proposition, Raka, ajouta-t-elle en se dirigeant d'un pas chancelant vers la porte, serrant de ses deux mains sa robe de chambre autour de ses épaules, telle une vieille femme frileuse.

Raka trottina sur ses talons et passa un bras sous son coude.

— Ne tentez pas de lui résister, cette fois, lui glissa-t-elle à l'oreille, d'une voix trop basse pour être entendue de Saska.

Triska s'immobilisa un instant pour la foudroyer du regard, puis dégagea sèchement son bras.

Ψ

Il mit son pinceau dans l'écuelle et se frotta longuement les yeux. Ces heures d'intense concentration l'avaient exténué et il peinait à distinguer les nuances de vert et de pourpre de l'immense labyrinthe royal.

Il recula de plusieurs pas, s'assit sur l'herbe tiède et contempla le résultat de sa matinée de labeur. Il avait de quoi être satisfait, mais il lui faudrait revenir le lendemain pour ajouter des touches de lumière sur l'étang. À l'aube, celle-ci était pâle et flamboyante, mais malheureusement si éphémère qu'il n'avait eu le temps d'en rendre toute la magnificence.

Yrch avait choisi chez Promir un matériel de toute première qualité. La peinture était fluide, les couleurs riches, et les pinceaux en poils de lapin gardaient toute leur souplesse, même après plusieurs utilisations. Malgré la fatigue, il avait enfin retrouvé tout le plaisir qu'il éprouvait autrefois, à Khullan, lorsqu'il s'enfermait des journées entières dans sa tour pour s'adonner à son passe-temps favori.

Il s'allongea et ferma les yeux, les mains croisées derrière la nuque. C'était une après-midi agréable et ensoleillée. Il se demanda quelle heure il pouvait être, puis jugea que la question n'avait pas d'importance. Il espérait seulement que quelques nobles viendraient en promenade aujourd'hui. Bercé par le doux gazouillis des oiseaux, il finit par s'assoupir…

Il se réveilla en sursaut quand un rire cristallin fendit le paisible silence du sentier. Il se leva d'un bond et reprit place face à son tableau, le cœur battant la chamade. Il ignorait combien de temps il avait dormi, mais à en juger par la lumière déclinante, l'après-midi devait être bien avancée.

— Je vous assure, Mademoiselle, qu'il n'existe pas de plus bel endroit en cette ville, entendit-il tandis qu'il secouait fébrilement le pinceau abandonné dans l'eau.

Il avait reconnu la voix veloutée d'Yrch.

— Je n'en doute pas, très cher, mais il me déplaît de quitter l'enceinte du château sans escorte. On raconte de telles horreurs sur la populace.

— La populace, ma douce, ne se préoccupe pas des beautés de ce monde. Elle ignore l'existence de telles splendeurs.

Azar distingua d'autres bribes de conversations ponctuées de gloussements et estima la taille du groupe à une douzaine d'individus. Ils allaient être serrés sur cette minuscule corniche…

Yrch arriva en tête au bras d'une superbe brune vêtue d'une longue robe bleue surchargée de dentelles. Il gratifia le prince d'un discret hochement de tête, puis aida la jeune femme à rassembler sa traîne. Azar reporta son attention sur la toile inachevée, mais il avait du mal à rester concentré.

Tandis que les nobles s'égaillaient sur l'étroite colline en s'extasiant de la vue exceptionnelle qui s'offrait à eux, Yrch guida subtilement sa nouvelle conquête vers le peintre.

— Extraordinaire ! s'exclama-t-il d'une voix forte, avec un accent plein de pompe qui arracha à Azar une grimace réprobatrice.

La jeune femme qui l'accompagnait approuva d'un interminable *oooooh !* admiratif et se pencha sur l'œuvre, les yeux plissés, sans faire le moindre cas du prince. Il n'en fallut pas plus pour attirer l'attention de l'ensemble du groupe, et en un battement de cil, Azar se retrouva cerné.

Les commentaires allèrent bon train. Chacun y alla de sa petite remarque, les uns vantant la finesse et la précision du trait, les autres s'émerveillant de la délicatesse avec laquelle le peintre avait rendu chaque nuance des feuillages, par petites touches. Azar écouta chaque avis d'une oreille attentive, sans intervenir. Il était flatté, mais la pédanterie de ces aristocrates qui se targuaient d'être experts en la matière lui hérissait les cheveux. Décidément, les nobles étaient tous les mêmes, quelle que fût leur origine. Ils adoraient s'écouter babiller…

Après avoir détaillé le tableau, on s'intéressa enfin à l'artiste. Comme il s'y attendait, les réactions furent moins enthousiastes.

— Vous, vous n'êtes pas d'ici, remarqua un gros homme affublé d'une fraise démesurée constellée des restes de son déjeuner. Khullani, non ?

Comme Azar acquiesçait humblement, une grimace peu amène souleva ses lèvres charnues. Il le toisa un instant d'un air dédaigneux, puis s'éloigna sans demander son reste.

Ça s'annonce mal, songea le prince, découragé.

Heureusement, les femmes du groupe firent preuve de davantage de tact. La jolie brune qui accompagnait Yrch lui demanda aimablement son nom.

— Amnor, répondit Azar d'une voix hésitante.

Intrigué par ce curieux pseudonyme, Yrch fronça les sourcils. Il dut craindre de s'être trahi, car il se composa très rapidement un air plus neutre, non sans jeter quelques coups d'œil contrits autour de lui. Alors qu'il reportait son attention sur les femmes qui l'entouraient, Azar se rendit compte que l'acteur n'était pas le seul à se trouver mal à l'aise. La brune semblait désireuse de poursuivre la conversation, mais elle ne cessait de regarder par-dessus son épaule, en direction des hommes qui s'étaient éloignés et conversaient à voix basse. Il comprit alors qu'il avait perdu la partie.

— Votre tableau est très beau, murmura la jeune femme à son intention, puis elle tourna les talons pour rejoindre les hommes.

Les autres femmes saluèrent le peintre de brefs hochements de tête avant de lui emboîter le pas. Yrch adressa au prince une grimace désolée en haussant les épaules, puis il rejoignit à son tour le groupe au bord de la corniche.

Les épaules d'Azar s'affaissèrent. Il ne pouvait pas en vouloir à ces femmes, ni même à Yrch, qui avait pourtant promis de l'aider. Adresser publiquement la parole à un Khullani sans rang était à coup sûr le meilleur moyen de ruiner sa réputation à la cour d'Isthmir. La façon dont ils avaient traité Kesher, un illustre militaire, laissait imaginer quel sort on réservait à un simple peintre…

— Un Khullani blanc, on aura tout vu ! entendit-il distinctement.

Plusieurs nobles s'esclaffèrent.

— Peindre en plein air, voilà bien une lubie de baiseur d'orteil ! renchérit le gros à la fraise, réprobateur.

Azar eut soudain envie de faire chavirer tout ce petit monde par-dessus la corniche. Le dénivelé n'était pas abyssal, mais avec un peu de chance, deux ou trois de ces imbéciles se briseraient la nuque… Il se demanda, un court instant, s'il serait capable de propulser plusieurs hommes faits par la simple force de son esprit, puis décida aussitôt que ce genre d'idée pouvait s'avérer dangereuse. Il était si tentant de s'en assurer sur-le-champ !

Résigné, il commença à ressembler son matériel avec la ferme intention de déguerpir au plus vite. De toute évidence, il était vain d'espérer entrer dans ce monde par la grande porte. Il fourra pêle-mêle les pinceaux humides, les pots de peinture et les fioles d'huile dans sa besace, puis replia le petit chevalet que Promir, suivant les instructions d'Yrch, avait conçu spécialement pour être facile à transporter. Une commande spéciale qui n'avait pas manqué de surprendre le marchand…

— Je vous en offre cinq cents écus !

Le chevalet tomba des mains d'Azar. Il y eut un craquement. L'une des pattes s'était probablement brisée, mais le prince n'en avait cure. Bouche bée, il fixa d'un air ahuri l'acteur qui, contre toute attente, s'était retourné d'un bloc pour le héler.

Un silence de mort s'abattit sur la corniche. Tous s'étaient tournés vers Yrch pour le dévisager, interdits, les bras ballants. Le trouble était d'autant plus profond que le prix annoncé était démesuré, même pour un acteur à succès comme lui.

— Vous êtes tombé sur la tête ? finit par lancer l'homme à la fraise, qui avait blêmit d'un coup.

— Absolument pas ! rétorqua énergiquement Yrch. J'adore cette peinture, et je suis sûr qu'elle sera du meilleur effet dans ma chambre, juste au-dessus de mon lit !

Ces mots lancés à la figure des hommes du groupe, le torse fièrement bombé, avaient des allures de défi. Les aristocrates se toisèrent les uns les autres, déconcertés.

— Cinq cent cinquante ! enchérit, contre toute attente, le plus fluet d'entre eux.

— Six cents ! cracha un second, les yeux exorbités, à l'adresse d'un Azar abasourdi.

Le premier renchérit de cinquante écus, puis ce fut au tour d'un troisième. Azar suivit l'improbable affrontement d'un air absent, le cœur battant frénétiquement contre ses côtes, manquant s'évanouir à chaque annonce. Qui aurait pu croire que la bravade d'Yrch fonctionnerait à ce point ?

L'acteur resta en retrait, un sourire arrogant accroché aux lèvres. Il semblait, pour sa part, à peine surpris que les événements prissent une telle tournure.

Quand la mise atteignit les neuf cents écus, le silence retomba. Les enchérisseurs continuèrent à s'observer un long moment d'un œil méfiant, mais aucun n'osa proposer plus que celui qui s'était lancé en premier dans la bataille.

— Vous venez de faire une bien belle acquisition, Sire Valanir, conclut posément Yrch.

L'acquéreur se fendit d'un sourire victorieux, mais Azar nota que ses lèvres tremblaient. Il devait réaliser, soudain, que cet accès de fierté allait lui coûter très cher. Il aurait pu, à cet instant, revenir sur sa proposition, mais il aurait ainsi perdu la face. Ce fut donc d'un pas flageolant qu'il s'approcha du prince et s'empara du tableau.

— Il n'est pas achevé ! protesta Azar en voyant avec effroi les doigts gantés de l'homme imprimer leur marque sur un coin de la toile à peine sèche.

— Il me plaît comme ça, répliqua Valanir sans lui faire le moindre cas. Revenez ici demain, à la même heure. Je vous paierai.

Azar n'aima pas son ton péremptoire, mais il s'efforça de ne rien laisser paraître et s'inclina humblement devant lui. Tandis que le groupe s'engageait dans la sente, avec à sa tête la grosse fraise furibonde, il regarda s'éloigner à regret son œuvre inachevée souillée de traces de doigts.

Yrch traîna volontairement des pieds, la brunette accrochée à son bras. Avant de disparaître entre les arbres, il se tourna vers Azar et lui adressa un clin d'œil appuyé, hilare.

Ψ

— On aurait quand même dû le garder, ou au moins le vendre ! On aurait pu se payer plusieurs nuits à l'auberge, bougonna-t-elle en traînant des pieds.

Myst jeta un regard contrarié à Enira. Elle peinait à se déplacer à cause de la boue qui alourdissait le bas de sa cape et ses semelles, mais il la soupçonnait de feindre l'épuisement pour le simple plaisir de lui démontrer qu'il avait eu tort d'abandonner le cheval à l'entrée d'Irbin.

— Moi aussi, ça me fatigue d'avancer dans ce bourbier, figure-toi, grommela-t-il en lançant un coup d'œil mauvais au ciel encombré.

Son visage se retrouva aussitôt inondé par la pluie battante. Il s'empressa de replacer sa capuche devant ses yeux, resserra sa cape autour de ses épaules et reprit sa marche d'un pas lourd dans l'avenue désertée d'Irbin, une Enira morose sur les talons.

Ce temps pourri présentait au moins un avantage : moins il y avait de monde dans les rues, moins il y avait de témoins de leur passage. Car c'était ce qui l'inquiétait le plus et le poussait à accélérer l'allure : cette ville était certes bien plus grande que Bergin, mais les étrangers n'y passaient pas inaperçus, excepté pendant la foire annuelle qui, par malchance, s'était achevée quelques jours auparavant. Les hommes qui les pourchassaient allaient sûrement interroger tout le monde…

— Nous serions déjà sortis de la ville si nous étions restés à dos de cheval.

Le sang de Myst ne fit qu'un tour. Il avait décidé d'ignorer les protestations de sa sœur, mais c'en était trop. Malgré les trombes d'eau qui se déversaient sur eux, il s'immobilisa au beau milieu de la rue et pointa sur le nez d'Enira un index fielleux.

— Tu commences sérieusement à me faire chier, petite sœur ! explosa-t-il. Apparemment, j'ai perdu mon temps à tout t'expliquer, puisque tu es toujours aussi niaise ! Tu ne vois pas plus loin que le bout de ton nez !

— Je ne te permets pas ! protesta Enira, d'un ton qui manquait cependant de fermeté.

— Si tu réfléchissais, ne serait-ce que deux secondes, tu comprendrais pourquoi j'ai laissé le cheval s'enfuir. Son propriétaire doit être à sa recherche. Il va interroger tous les gens qu'il croisera ! Quant à le vendre, c'était une idée encore plus stupide ! L'acheteur aurait pu clairement nous identifier et raconter à tout le monde, y compris à nos poursuivants, que deux péquenots aux yeux verts lui avaient refilé un cheval volé !

— J-je n'y avais pas pensé, s'excusa Enira, la tête basse, en se tordant les mains comme une enfant punie.

Myst s'efforça de refouler le sentiment de culpabilité qui menaçait, comme chaque fois qu'il la rabrouait, de le submerger.

— Il va falloir que tu grandisses, Enira, dit-il plus calmement. Tu dois cesser d'envisager les choses à court terme et réfléchir à toutes les conséquences de tes actes. Ta vie insouciante de paysanne est finie. À présent, tu es une Hait-dieux, descendante de Kaldius, et tu es en danger de mort.

— Oui, Myst, j'ai compris qui je suis, dit-elle d'une voix précipitée, comme si cette simple acceptation pouvait lui brûler les lèvres.

— C'est toi qui as voulu savoir. Maintenant, assume, conclut-il en reprenant sa marche.

Enira le suivit sans un mot, la tête dans les épaules. Au grand soulagement de Myst, elle s'efforça d'accélérer l'allure. Venait-elle de prendre conscience de la menace qui pesait sur eux ?

Il repensa au long soliloque qu'il avait tenu, entre le château de Rarvin et Irbin. Il avait tant parlé qu'il avait l'impression que sa langue avait doublé de volume. Il avait essayé d'être le plus clair possible, sans manquer de passer sous silence certaines informations. Il était resté très évasif quant aux mauvais traitements de son père, afin de ne pas donner l'impression qu'il désirait l'apitoyer. Il n'avait pas parlé non plus, par pudeur, de ce qu'Azar avait subi dans les geôles de Puits-aux-poisons. Puis il avait longuement évoqué Kaldius, les Hait-dieux, et ces traqueurs fanatiques qui les poursuivaient sans relâche. Enira avait été très attentive, avait posé quelques questions, mais elle ne s'était pas sentie vraiment concernée. Du moins, jusqu'à maintenant...

La pluie avait faibli quand ils débouchèrent sur une grande place. Ils se figèrent aussitôt, assaillis par une forte odeur de brûlé. Ils n'eurent aucune difficulté à en déterminer l'origine, puisqu'au centre de la place gisait la dépouille carbonisée d'un immense chapiteau de forain. Le décor avait déjà de quoi surprendre, mais la scène qui se jouait devant eux les laissa sans voix. Debout au milieu des cendres, vêtu d'une longue cape rapiécée noircie par la suie, un homme à la singulière allure de sorcier déclamait. Il tenait dans sa main droite une sorte de sceptre fait de bric et de broc, au sommet duquel trônait le crâne d'un chat à la mâchoire brisée, et dans la gauche une torche qui brasillait faiblement.

— Que le feu purifie vos âmes damnées, pécheurs ! beuglait-il à l'intention d'une assistance de badauds stupéfaits. Le grand Marchtal nous a montré la voie de la délivrance ! Crucifiez vos femmes, égorgez vos enfants, réduisez-les en cendres et jetez-vous dans les flammes !

Myst et Enira échangèrent un regard circonspect, les sourcils haut levés. Ils auraient probablement dû passer leur chemin, mais la curiosité les poussa à s'approcher de l'attroupement. La pluie cessa tandis qu'ils se frayaient un chemin parmi le public. Quand ils ne furent plus qu'à quelques pas de l'estrade improvisée du prophète, ils remarquèrent qu'au premier rang, plusieurs s'étaient agenouillés. Les bras écartés, embourbés de la tête aux pieds, ils semblaient plongés dans une prière adressée à eux-mêmes. Parmi eux, un homme d'une trentaine d'années tremblait spasmodiquement, comme en transe. Myst nota, non sans écœurement, que son menton était couvert de bave. Ses yeux révulsés paraissaient fixer quelque chose très haut dans le ciel.

— Le feu est la voie ! répéta le prêcheur en agitant frénétiquement son sceptre. Il me l'a dit, comme je vous parle à présent ! La chair est notre ennemie ! Brûlez-la ! Brûlez-la !

Le dément se mit, avec un rictus plein de mépris, à cracher tout autour de lui. Quelques rires fusèrent parmi la foule, mais la plupart des visages affichaient une sincère réprobation.

— Pauvre fou, dit quelqu'un derrière eux.

Myst se retourna. L'homme court sur pattes qui avait parlé portait un tablier de forgeron. Les bras croisés sur la poitrine, il fixait le prêcheur avec une expression revancharde. Une imposante épée pendait à sa ceinture.

— Cela fait des semaines que ce taré arpente la ville en poussant les gens au suicide, marmonna-t-il comme il avait remarqué l'intérêt du voleur. Ce qui me tue, c'est que la garde le laisse faire sans broncher. Tout ça finira très mal, si personne n'intervient, conclut-il en secouant la tête.

— Qui est-ce ? demanda Myst.

Le forgeron haussa les épaules.

— Il dit s'appeler Estercanir. Un nouveau baratineur, qui se veut messager du seul vrai dieu, grogna-t-il. Ce n'est pas le premier à tenter le coup, mais on n'en avait encore jamais eu d'aussi tordu ! Son Marchtal n'existe que dans son esprit malade. Les types comme lui, on devrait les enfermer à double tour et jeter la clé dans les latrines. Ça pourrait sembler amusant, s'il ne ramassait pas de nouveaux adeptes chaque jour…

— Comment peut-on embrasser une telle religion ? interrogea Enira sans quitter de son regard ébahi le fou qui dévorait désormais des cendres de chapiteau à pleine bouche, puis les recrachait allègrement sur la foule.

— Vous savez, les paumés, c'est pas ça qui manque par ici, répliqua leur interlocuteur en se mettant à caresser le fil de sa lame.

Myst reporta son attention sur les adeptes du prêcheur. Ces derniers s'étaient mis à le singer en portant à leurs bouches des poignées entières de boue. Certains furent pris de haut-le-cœur et régurgitèrent aussitôt leur infâme déjeuner.

— C'est vraiment pathétique, commenta-t-il.

— On a déjà vu pire, lui apprit le forgeron. L'année dernière, une bande d'adorateurs de je ne sais quelle déesse avaient décidé de proscrire les vêtements et la viande. Ils se baladaient à poil, avec des fleurs dans les cheveux, et envahissaient les jardins pour bouffer de l'herbe à quatre pattes, comme des bêtes.

— Qu'est-il advenu de cette secte ? demanda Myst, vaguement amusé par l'image qui venait de se former dans son esprit.

L'homme eut un petit rire moqueur.

— L'hiver est arrivé et il était sacrément rude, dit-il. Quand on en a retrouvé deux ou trois morts de froid, ça a fait redescendre tout le monde sur terre !

— Évidemment… Pourquoi les adeptes de ce Marchtal ont-ils incendié cet endroit ?

— Ce n'est pas eux qui ont fait ça, bien qu'ils se targuent volontiers d'en être les auteurs. Nous n'avons pas retrouvé les coupables. On pense que ce sont les hommes-loups eux-mêmes qui ont fait le coup afin de s'enfuir, même si bon nombre d'entre eux y sont restés.

— Des hommes-loups ? s'écria Enira en réprimant un frisson.

D'un léger signe de tête, Myst lui enjoignit de ne pas s'étendre sur le sujet. Il n'avait pas compris, jusqu'à cet instant, pourquoi la carcasse brûlée du chapiteau l'avait tant intrigué, mais il eut soudain l'intuition, sans pouvoir se l'expliquer, qu'Azar était passé par-là. Comme la nuit où ils avaient découvert l'homme mutilé près de la route…

Il s'interrogeait encore, le front plissé, sur cette étrange impression, quand l'homme en transe se leva d'un bond. Avec une vivacité surprenante, il escalada le tas de cendres pour se précipiter vers le prophète et lui arracher la torche des mains.

— Merde, qu'est-ce que je vous disais ? vociféra le forgeron en dégainant son épée.

Il écarta brutalement Myst et Enira pour courir vers le malheureux, qui se débarrassait prestement de son surcot humide. Mais avant qu'il l'atteignît, l'homme eut le temps de mettre le feu à sa tunique. Tout s'était passé si vite que personne, dans la foule, n'avait eu la présence d'esprit de réagir. Le prêcheur lui-même observa la scène avec des yeux ronds, sans doute surpris que son discours eût été si bien entendu.

D'un habile coup de pied, le forgeron fit chuter l'adepte de tout son long parmi les cendres. Le feu faiblit un instant, puis reprit de plus belle pour se propager vivement dans sa chevelure hirsute.

— Marchtal soit loué ! s'exclama alors le faux prophète en brandissant son sceptre au-dessus de sa tête, tandis que le forgeron tentait tant bien que mal, au risque de se brûler, de faire rouler l'adorateur à coups de pied.

Des murmures apeurés parcoururent la foule, mais personne n'intervint.

— Qu'est-ce que vous fichez tous, à bayer aux corneilles ! s'offusqua le forgeron.

Alors, comme un seul homme, les fanatiques du premier rang se levèrent et fondirent sur lui pour l'empêcher de circonscrire le feu. Ils le rouèrent de coups, indifférents à ses cris comme à ceux de l'agonisant.

Enira fit mine de s'élancer, mais Myst la retint fermement par le bras.

— Ils vont le tuer, fais quelque chose ! geignit-elle, les joues baignées de larmes.

— Ce n'est pas le moment de nous faire remarquer.

Elle le dévisagea bouche bée, comme si elle ne le reconnaissait pas. Autour d'eux, la foule commença à se disperser à grands cris. Quelques hommes robustes s'étaient enfin décidés à prendre part au pugilat, mais la plupart des spectateurs préférèrent tourner les talons.

— Allons-nous en, dit Myst sans cesser de tenir fermement le bras de sa sœur.

Enira ne résista pas tandis qu'ils fendaient la foule en panique. Le combat faisait encore rage quand ils atteignirent l'autre côté de la place. Avant de s'engager dans la ruelle qui menait à la porte ouest de la ville, Enira jeta un dernier coup d'œil par-dessus son épaule. Un cri lui échappa.

— Dépêche-toi ! ordonna-t-il en refusant de se retourner, par crainte peut-être de succomber à la tentation de voler au secours du courageux forgeron.

Il accéléra l'allure tandis qu'Enira pleurait à chaudes larmes, titubant comme une ivrogne. Ils croisèrent les gardes de la porte ouest qui, alertés par les cris, se précipitaient vers la place, et sortirent de la ville sans rencontrer la moindre résistance.

La pluie reprit tandis qu'ils recouvraient leur souffle, à quelques pas de la sortie d'Irbin. Enira repoussa brutalement Myst et s'éloigna d'un pas chancelant en direction de la plaine qui s'étendait à perte de vue. Il attendit patiemment qu'elle explosât, mais quand elle daigna enfin revenir sur ses pas, elle se contenta de le fixer d'un air infiniment dédaigneux. À choisir, il aurait préféré qu'elle lui hurle dessus.

— Je n'avais pas le choix, lâcha-t-il en guise d'excuse.

— Tsss, rétorqua-t-elle.

Elle essuya sommairement ses larmes. Le geste était bien inutile, car un déluge encore plus intense que celui auquel ils avaient eu affaire en ville s'abattait déjà sur eux. Myst fit un tour d'horizon. Les abords de la porte étaient totalement déserts, à l'exception d'un coche stationné dans un renfoncement des remparts, derrière la tour de guet.

— Surtout, ne le laisse pas voir tes yeux, prévint-il en y menant Enira.

Ils découvrirent le cocher endormi dans l'habitacle. L'homme fort bien nourri ronflait allègrement, les bras croisés sur la poitrine. Myst asséna plusieurs coups à la portière passée d'âge.

— Monsieur ! aboya-t-il assez fort pour réveiller un sourd.

Comme il ne réagissait pas, il fit poids de tout son corps afin de secouer l'habitacle tout entier. Le cocher ouvrit difficilement les yeux et regarda d'un air de totale incompréhension le plafond bas de l'habitacle. Puis il remarqua le voleur, dont le haut du visage disparaissait sous sa capuche détrempée.

— Qu'est-ce que vous m'voulez ? demanda l'homme d'une voix pâteuse, mais néanmoins fâchée.

— Que peut-on vouloir d'un cocher, à votre avis ? soupira Myst.

L'intéressé ne trouva rien à répliquer. Il se pencha à la portière, jeta un bref coup d'œil à Enira, qui tremblait de froid à quelques pas de là, puis reporta son attention sur le voleur.

— Pour où ?

— Isthmir.

Le cocher laissa échapper un ricanement moqueur.

— Isthmir, rien que ça ! Et comment comptez-vous me payer ?

En guise de réponse, Myst sortit de sous sa cape quatre bourses bien pleines. Enira étouffa un cri de surprise, qu'elle eut l'intelligence de transformer en toux sonore.

— J'imagine que ça suffira, dit le voleur au cocher abasourdi.

— Mais, par ce temps… commença-t-il.

— Justement, le coupa Myst. Ne vois-tu pas que ma femme est sur le point d'attraper la mort ?

Le cocher regarda Enira d'un air apitoyé. Elle simula alors une nouvelle quinte de toux ponctuée de râles d'agonie. Un phtisique n'aurait sûrement pas fait mieux.

— B-bien sûr, dit le cocher en s'extirpant précipitamment de l'habitacle. Madame, je vous en prie…

Il aida Enira à monter, prit l'argent que lui tendait Myst et esquissa une courbette obséquieuse.

— Je suis désolé, Monsieur, l'habitacle est étroit, s'excusa-t-il alors que le voleur y prenait place.

— Ca suffira, dit Myst avec un geste vague de la main. Allez, ne restez pas planté là, nous sommes attendus à Isthmir, ajouta-t-il d'un ton guindé.

Le cocher acquiesça servilement, s'enroula dans sa longue cape noire et sauta prestement sur son siège.

Enira fixa longuement son frère tandis qu'ils s'éloignaient d'Irbin. Il n'aurait su dire si c'était un regard de reproche ou d'amusement qu'elle lui jetait ainsi, par en dessous.

— Tu ne voulais plus marcher, il me semble, finit-il par lâcher pour rompre le pesant silence.

— Tu as chipé leurs bourses à ces pauvres gens de la place.

Myst lui adressa un sourire plein de fierté.

— Tu n'as vraiment aucune morale, affirma-t-elle d'une voix égale.

— Pas une once, renchérit-il.

Enira secoua lentement la tête en soupirant. Puis elle se pelotonna dans sa cape et posa la tête sur son épaule. Elle s'endormit presque aussitôt, visiblement satisfaite.

15

Mamelles

Il fut réveillé par un désagréable chatouillis sous le menton. Quelqu'un tentait de lui ôter la cagoule de laine dont son visage était couvert. Il se souvint soudain qu'il était en territoire ennemi et se redressa brusquement, les yeux grands ouverts.

La fille sursauta et retint un cri de sa main droite. Myst, qui s'était apprêté à frapper, parvint au dernier moment à retenir son geste. Il s'assura que sa cagoule était toujours en place et parcourut la pièce du regard. Il se trouvait encore entre le lit à baldaquin et la porte, là où il se souvenait avoir perdu connaissance. La fille avait sauté de son lit pour lui porter secours...

Tout à coup, une onde de douleur lui fendit le sommet du crâne.

— Bon sang de merde, qu'est-ce qui s'est passé ? grommela-t-il en se prenant la tête dans les mains.

La cagoule était humide et chaude. Il devait saigner...

— Bosand'merd ? interrogea-elle en inclinant la tête, d'une voix au timbre curieusement grave.

Myst reporta son attention sur la jeune fille. Elle l'observait avec attention, comme une bête curieuse. Elle avait à peine reculé lorsqu'il s'était réveillé et se tenait toujours accroupie près de lui, les bras enroulés autour des genoux. Il remarqua qu'elle tremblait, mais ce n'était pas de peur : sa robe de nuit crème était dépourvue de manches, ses pieds étaient nus et il faisait un froid de loup dans la chambre.

— Es-tu étrangère ?

Elle hocha la tête avec un léger sourire.

— Qu'est-ce que vouloir dire "bosand'merd" ? demanda-t-elle avec un accent à couper au couteau.

Myst haussa un sourcil stupéfait. Il aurait volontiers éclaté de rire, si la situation n'avait été si étrange. Pourquoi n'appelait-elle pas au secours ?

— Ça ne veut rien dire, éluda-t-il avec un geste vague de la main. Que s'est-il passé ? Quelque chose m'est tombé sur la tête ?

La jeune fille le fixa avec attention, les yeux plissés par la concentration. Puis, après de longues secondes de réflexion, elle secoua vigoureusement la tête.

— C'est femme, répondit-elle en pointant la porte du doigt. Grande femme taper sur toi tête. Elle repartie.

Myst suivit son index avec une expression incrédule, les sourcils froncés. Qui avait bien pu le frapper ? Si un occupant du château l'avait pris la main dans le sac, il aurait réveillé tout l'étage à grands cris et l'aurait fait prisonnier ! Cela ne pouvait signifier qu'une chose...

— Cette femme, était-elle vêtue de noir et cagoulée, comme moi ?

— Oui, répondit-elle.

Myst retint un juron.

— Siria ! cracha-t-il entre ses dents serrées. Cette salope a voulu que je me fasse prendre ! Mais pourquoi ? Je ne lui ai rien fait !

— Salop' ? répéta la fille en ouvrant d'immenses yeux interrogateurs.

Myst ne put s'empêcher de sourire.

— Tu es cocasse, toi, dans ton genre.

Elle secoua lentement la tête en signe d'incompréhension.

— Ce n'est pas le tout, mais l'aube approche, et je préférerais être loin d'ici quand les gardes se réveilleront, dit-il en se levant.

Alors qu'elle l'imitait, il découvrit avec étonnement qu'elle était sensiblement plus grande que lui.

— Tiens, dit-elle en lui tendant sa paume ouverte.

Myst hoqueta de consternation comme il reconnaissait, au creux de sa main, le bijou qu'il venait de lui voler.

— Cassé en tombant, dit-elle d'un ton d'excuse, mais encore très très riche objet. Pauvre manger très longtemps avec...

Ψ

Les yeux rivés au gros rubis qui oscillait à son cou, Azar accepta poliment la chope de bière que le tavernier lui tendait. Le bijou continua d'étinceler à la lueur des candélabres tandis qu'Haskir s'affairait à débarrasser la table encombrée de son modeste salon. Par intermittence, l'on pouvait clairement distinguer l'ébréchure de la pierre.

— Vous donnez l'impression de vouloir le manger ! plaisanta le maître voleur en s'asseyant face à lui. Vous avez pourtant dû voir de bien plus grands joyaux, lorsque vous viviez à la cour.

Azar sursauta et, embarrassé, fit mine de s'absorber dans la contemplation du contenu de sa chope.

— C'est une très belle pierre, répondit-il platement.

— Pas mal, oui. Dommage qu'il en manque un morceau. Je vois que vous aimez les rubis, vous aussi, ajouta-t-il en pointant du doigt la boucle d'oreille du prince.

Machinalement, la main d'Azar se porta à sa salamandre.

— Je m'étais juré, un jour, de m'en débarrasser, mais je n'en ai jamais eu le courage.

— Pourquoi vouliez-vous vous en séparer ? s'enquit Haskir en se penchant sur la table, sincèrement intéressé.

Azar laissa échapper un long soupir.

— J'ignore si les souvenirs qu'il me rappelle sont bons ou mauvais. Celui qui m'en a fait cadeau n'était pas à proprement parler un saint.

— Celui qui me l'a donné non plus ! s'esclaffa-t-il. Il s'agit de Myst, figurez-vous.

— Vraiment ? feignit de s'étonner Azar.

Haskir hocha la tête.

— Il le jugeait invendable, à cause de l'ébréchure. Moi, je suis sûr qu'il aurait pu en tirer un sacré paquet d'écus, mais il a préféré m'en faire don. J'étais très flatté, vous pensez bien…

— Pourquoi ne l'a-t-il pas gardé ?

— Peut-être pour les même raisons qui vous poussent à vouloir jeter votre boucle d'oreille. Enfin, c'est ce que j'imagine. À vrai dire, je n'ai jamais compris ce qui s'est passé, cette nuit où la confrérie a visité le château de Valkir. Myst en est rentré tout tourneboulé. Pendant plusieurs semaines, il est devenu intenable. Il voulait toujours traîner près des remparts, alors même que tous les gardes étaient en alerte. Il semblait chercher quelque chose ou quelqu'un. Il a fini par renoncer, et l'histoire était close. C'est alors qu'il m'a offert le rubis, sans un mot d'explication…

Azar acquiesça distraitement, assez gêné, puis porta son attention sur le portrait de Mefir accroché au mur. À chacune de ses visites, il remarquait de nouvelles dissemblances entre Myst et son père. Ce dernier avait le front légèrement plus bas, et des sourcils plus broussailleux qui lui donnaient un air de patriarche austère. Il s'empressa de détourner les yeux comme Haskir suivait son regard, vaguement amusé.

— Alors, ce projet d'entrer à la cour ? demanda le tavernier pour dissiper le malaise ambiant.

Azar haussa les épaules.

— Ça suit son cours. L'on m'a confié une paire de commandes. Hier, je dressais le portrait d'une noble dame. Une amie d'Yrch... Très jolie femme.

— Parfait ! s'exclama Haskir d'un ton enjoué, tandis qu'Azar s'empourprait allègrement en repensant à l'incident de la veille.

Un nouveau long silence s'abattit dans la pièce. Azar avait un peu honte d'ennuyer ce brave homme mais, sans s'expliquer pourquoi, il ne pouvait s'empêcher de lui rendre régulièrement visite. Trop aimable pour le mettre dehors, Haskir dissimulait habilement son embarras en lui adressant de grands sourires.

Ils furent sauvés quand on frappa à la porte. Haskir se leva et, avec un calme étonnant, alla décrocher la vieille épée rouillée qu'Azar avait toujours vue accrochée au mur.

— Attendiez-vous une visite ? demanda-t-il au prince.

Azar secoua la tête.

— Je ne me permettrais pas de donner rendez-vous ici à qui que ce soit sans vous en demander la permission, répondit-il, un peu vexé qu'on pût le croire capable d'une telle grossièreté.

Haskir tendit l'index devant la bouche pour lui enjoindre de garder le silence, s'approcha prudemment du vestibule et y disparut. Azar se redressa et tendit l'oreille, le cœur battant, prêt à réagir au moindre bruit suspect.

— Qui va là ? cria Haskir dans l'autre pièce.

Son ouïe avait beau être fine, le prince n'entendit pas la réponse. Il y eut un discret cliquetis, puis la porte claqua comme elle était ouverte à la volée et aussitôt refermée. Yrch entra en trombe dans le salon, hors d'haleine.

— Bon sang, vous voulez ma mort, ou quoi, à m'obliger à traîner dans des quartiers pareils ! s'écria-t-il en tirant une chaise et en s'y affalant massivement.

Il daigna, une fois installé, saluer un Haskir abasourdi d'un geste confus de la main, puis entreprit de lisser sa longue chevelure hirsute.

— Un petit vilgrith rouge me suffira, merci.

Effaré par tant d'impudence, Haskir écarquilla les yeux. Contrairement à son hôte, l'ancien intendant de Puits-vert n'était pas homme à s'encombrer de la courtoisie la plus élémentaire. Azar étouffa un éclat de rire tandis que le maître voleur, à l'évidence fâché, quittait la pièce en tapant ostensiblement des pieds.

— Je ne comprends pas pourquoi vous affectionnez tant ces bouges, Altesse, souffla Yrch en secouant la tête. Les avez-vous bien regardés, ces vauriens qui se saoulent à côté ? Si le p'tit gars viré de la Charge n'avait pas tenu le comptoir, ils m'auraient piqué jusqu'à mes braies, ces gougnafiers ! Et je vous passerai le récit de ma traversée de la ruelle ! Des rats crevés partout, et des…

— Et si tu me disais ce qui t'amène, au lieu de baver sur mes amis ? le coupa Azar en croisant les bras sur la poitrine, le visage fendu d'un sourire amplement satisfait.

— Vos *amis* ? répéta Yrch avec un rictus dégoûté, un doigt tremblant tendu en direction de la gargote.

Haskir réapparut sur ces entrefaites. Il déposa sans cérémonie, et avec une certaine sécheresse, un pichet de vin et trois verres sur la table, puis s'installa à leurs côtés. Yrch, qui s'apprêtait probablement à condamner de plus belle les indignes fréquentations du prince, préféra prudemment changer de sujet.

— J'ai vu dame Iliena aujourd'hui, lança-t-il.

Azar sentit que ses joues chauffaient plus que de raison. Il s'empressa de s'emparer du verre plein que lui tendait Haskir et le porta à ses lèvres frémissantes. Il voulait seulement se donner une contenance, mais son trouble était si intense qu'il le but d'une traite.

— Doucement, mon grand, ce n'est pas de la piquette ! le prévint Haskir.

— Qu-qu'a-t-elle dit ? bégaya Azar en se resservant, sans même s'en rendre compte, plus que généreusement.

Yrch eut une moue éloquente. Il se gratta le coin de l'œil, soupira, puis planta ses yeux bleus droit dans ceux du prince.

— Elle est mécontente, déclara-t-il d'une voix ferme.

Azar se décomposa.

— Je suis désolé qu'elle l'ait si mal pris, bredouilla-t-il en se tordant les mains. Elle est vraiment superbe, elle me plaît beaucoup, je te l'assure, mais j'étais contraint de l'éconduire. Je ne pouvais vraiment pas la laisser faire, enfin, à cause de mon physique, tu comprends, elle aurait découvert que je ne suis pas humain, et...

— Non, je ne parlais pas de ça ! le coupa Yrch avec un mouvement agacé. De toute façon, Iliena essaie de coucher avec tout ce qui bouge, et elle ne se préoccupe pas toujours de savoir si c'est humain ou pas...

Il fut interrompu par Haskir qui, sous le coup de l'émotion, venait de recracher sa gorgée de vin.

— Excusez-moi, parvint-il à prononcer entre deux quintes de toux.

Yrch jeta un regard contrarié à sa manche bordée de vaporeuses dentelles blanches que le voleur venait de souiller, puis toisa le prince d'un œil sévère.

— Elle est mécontente de votre travail, lâcha-t-il d'un ton définitif.

Azar hoqueta d'étonnement. Il s'était attendu à tout sauf à ça !

— Mon travail ? Mais enfin, le portrait est plus vrai que nature...

— Justement ! s'exclama Yrch en levant les mains au ciel. Elle est scandalisée !

Azar haussa un sourcil incrédule.

— Ce serait plutôt à moi d'être scandalisé ! protesta-t-il, soudain plus irrité qu'embarrassé. Elle m'aurait littéralement violé si je ne m'étais pas montré ferme !

Le teint d'Haskir vira à l'écarlate comme il était pris d'un nouvel accès de toux. Il se leva péniblement et quitta la table d'un pas chancelant pour tenter de reprendre son souffle ailleurs. Yrch le suivit des yeux, intrigué.

— C'est une idée, ou il est un peu pudibond, votre ami ? demanda-t-il quand il eut disparu dans le vestibule.

— Je ne vois vraiment pas ce qui la gêne dans ce portrait, maugréa Azar, qui ne décolérait pas. Je me suis appliqué à mettre en valeur tous ses atouts, et on peut dire qu'elle n'en manque pas, la garce !

— C'est là que le bât blesse : les portraitistes isthmiris ne sont pas censés peindre de façon si réaliste !

— N'est-ce pas pourtant le but d'un portrait que de reproduire fidèlement le réel ? objecta Azar.

Yrch eut un curieux grognement.

— Je me demande bien pourquoi j'ai perdu mon temps, l'autre jour, à vous faire visiter en douce les galeries d'art du château. N'y avez-vous rien appris ? Il y a des codes précis à respecter ! soutint-il en appuyant de son index sur un coin de la table, comme si les règles régissant l'art isthmiri y étaient inscrites en lettres de feu.

— Je n'y ai rien appris, en effet, grommela Azar. Je n'y ai vu qu'un amoncellement de croûtes, des barbouillages indignes de porter le nom d'œuvres ! Heureusement, d'ailleurs, que votre grand peintre de la cour y donne des titres, parce que j'aurais été bien infoutu de faire la différence entre la reine, ses filles et leurs demoiselles d'honneur ! Cet incompétent refile la même tronche de sainte nitouche à tous ses modèles féminins et affuble tous les hommes du même appendice nasal grotesque ! Quant aux proportions, je ne préfère même pas en parler... As-tu déjà vu des seins ronds comme des culs de calebasse qui prennent naissance juste sous le menton ? Avec un ridicule bout de téton qui pointe tout droit vers le ciel, comme ça ? s'extasia-t-il en parodiant tant bien que mal, à l'aide de ses deux pouces, les mamelons fautifs.

— J'ai vu ma première paire de seins à l'âge de neuf ans, Altesse, et ne puis que répondre par la négative, se vanta Yrch avec un sourire en coin. Quoi qu'il en soit, c'est ainsi dans ce royaume. Chaque femme de la cour, lorsqu'elle commande un portrait, s'attend à se découvrir idéalisée, avec de grands yeux innocents et deux petits culs de calebasse en guise de mamelles. Vous n'avez pas idée du choc que ça a procuré à cette pauvre Iliena, lorsqu'elle a vu que vous l'aviez dotée d'une poitrine aussi fantastiquement généreuse !

— C'est absurde, bougonna le prince. Je n'ai fait que peindre ce que je voyais. Si la mode est aux petites poitrines, ce n'est pas ma faute !

Il s'appuya au dossier de sa chaise, marmonnant tout bas contre la bêtise des courtisans d'Isthmir. Mais ce qui le contrariait le plus, c'était qu'il était, à cause de leurs goûts exécrables, revenu à son point de départ. Son beau projet d'entrer à la cour comme peintre venait d'être réduit en cendres, et il avait été tellement sûr d'arriver à ses fins qu'il n'avait songé à aucun plan de rechange.

— Si j'ai bien compris, c'est complètement foutu pour moi, murmura-t-il en finissant cul sec son troisième verre de vin.

Tandis qu'il se resservait, Yrch le dévisagea par en dessous, avec un demi-sourire oblique. Azar n'aima pas du tout l'air persifleur qu'il affichait, d'autant plus qu'il sentait planer autour de lui comme une aura d'intense jubilation.

— Vas-y, fous-toi de ma gueule, si tu veux. J'ai ruiné ta pièce plus d'une fois, alors disons que nous sommes quittes.

Yrch laissa échapper un gloussement digne d'une jouvencelle, puis plongea la main dans la poche de son surcot. Il en sortit un parchemin roulé et le jeta sur la table. Azar fixa le petit homme goguenard, les sourcils froncés, tandis que le message roulait jusqu'à son verre. Il eut le souffle coupé en reconnaissant le sceau dont il était cacheté.

— Ce sont les armoiries de Valkir, non ? demanda-t-il d'une voix hésitante, persuadé que son début d'ivresse lui jouait des tours.

— C'est exact ! s'écria triomphalement Yrch. Ce vieux briscard veut vous rencontrer en personne !

Azar décacheta précipitamment la missive et parcourut d'un regard fébrile le message laconique du roi d'Isthmir.

— Il ne dit pas pourquoi il me convoque, déplora-t-il, totalement confus.

Yrch haussa nonchalamment les épaules.

— Sans doute pour discuter gros pifs et nichons, badina-t-il. Espérons, pour votre bien, que notre bon roi n'est pas un farouche partisan des petites tétines surélevées. Sans quoi, je n'aurai jamais la chance de vous compter parmi mes voisins, ajouta-t-il en lui lançant l'un de ses éternels clins d'œil inconvenants.

Ψ

Le chariot filait tant bien que mal par les rues ensablées de Khullan. Coincée entre un tonneau aux forts relents de cervoise et son garde du corps aux aguets, la reine du désert assistait d'un regard morne, l'œil collé à un minuscule interstice de l'habitacle de fortune, au spectacle de la misère khullani.

La capitale était méconnaissable. Autrefois, à cette heure avancée de la nuit, seuls les poivrots et les mendiants s'attardaient dans les rues. À présent des familles entières, expropriées par les conquérants, erraient à la recherche d'un peu de nourriture, quémandaient quelques pièces, les mains tendues, ou recherchaient tout simplement la compagnie de congénères. À défaut de la chaleur de leurs foyers, un peu de conversation humaine ferait l'affaire…

Les tavernes et auberges avaient été désertées par les hommes. Triska n'avait vu que des hommes-torglaths en sortir, repus et passablement ivres. Les humains s'empressaient de se disperser devant eux, terrorisés, tels des rats fuyant un incendie, car les monstres n'avaient d'autre projet que de chercher querelle aux vaincus.

Les vieux bâtiments s'espacèrent tandis que le chariot cahotait en direction du sud, laissant place aux immenses forges dont les hautes cheminées s'évertuaient, depuis plus d'une année, à noircir leur beau ciel bleu. *Au moins, ceux-là sont au chaud*, songea-t-elle tristement en observant les nombreux humains qui y travaillaient sans relâche, même au cœur de la nuit, sous la sévère supervision des hommes-torglaths.

Triska détourna les yeux en soupirant. Un nombre incroyable d'habitations avaient été rasées pour construire ces forges et le carnage était loin d'être fini. Ce matin encore, Raka lui avait rapporté que le conseil venait de voter l'édification de nouveaux fourneaux dans le quartier est.

— Consternant, n'est-ce pas ? lança Saska, à qui le profond dépit de la reine n'avait pas échappé.

— C'est bien pire que tout ce que j'avais imaginé, reconnut-elle d'une voix étranglée.

Elle surprit, sur les lèvres de l'archer, l'ébauche d'un sourire satisfait.

— Tu n'avais pas la moindre intention de m'épargner cet affligeant spectacle, pas vrai ? dit-elle d'un ton plus que suspicieux.

L'archer tourna vers elle un regard roublard. Il paraissait plus amusé que surpris.

— Qu'est-ce qui vous fait dire ça ?

— Je ne suis pas née de la dernière pluie, Champion. Ce trou a été fait avec la pointe d'un couteau, et très récemment, dit-elle en désignant la fente à laquelle elle avait collé l'œil.

— C'est exact, avoua-t-il. Voyez, Ma Reine, je ne doute pas un instant de votre capacité à haranguer les foules, mais j'avais comme l'impression que, du haut de votre perchoir, vous n'aviez qu'une conscience très limitée de la gravité de notre situation.

— Ne t'inquiète pas, Saska, j'étais déjà bien assez remontée contre mon époux avant de voir tout ça.

L'expression de l'archer se fit plus grave. Il avait, par pudeur, soigneusement évité d'évoquer la détestable nuit qu'elle avait passée dans le lit d'Astar, mais il avait forcément remarqué les ecchymoses lorsqu'il l'avait raccompagnée jusqu'à ses appartements…

— Nous sommes presque arrivés, dit-il. Votre discours est-il au point ?

— Je n'ai préparé aucun discours.

Saska haussa un sourcil stupéfait.

— Fais-moi confiance, j'ai assez de rage en moi pour réveiller tous ces insurgés, affirma-t-elle avec conviction.

— Je vous fais entièrement confiance, Ma Reine. Personne ne peut vous résister lorsque vous êtes courroucée. Ce n'est pas que vous soyez dénuée de charme au repos, bien au contraire, mais la fureur aurait tendance à vous embellir.

Triska le dévisagea avec méfiance. Venait-il de lui faire un compliment ou se moquait-il ouvertement d'elle ? Elle remarqua qu'il s'était empourpré, mais il semblait sur le point d'éclater de rire.

— Ne te montre pas trop familier avec moi, Champion. Il pourrait me prendre l'envie de déverser un peu de cette colère sur toi.

Comme Saska pouffait, Triska ne put s'empêcher de l'imiter. En d'autres temps, elle se serait offusquée qu'on osât se railler d'elle, mais il y avait longtemps qu'elle n'avait pas joui de la simple conversation d'un homme plaisant. Elle songea soudain à Kesher et se rembrunit. Pensait-il aussi à elle, là où il se trouvait ?

Le chariot s'immobilisa. Elle jeta un bref coup d'œil au-dehors et s'étonna que le quartier général de la rébellion fût si proche de la dernière forge. Il s'agissait d'un grand entrepôt semblable à celui dans lequel elle avait aidé les malades du dispensaire à se réfugier, lorsque l'armée de Seregrina avait attaqué Puits-aux-Poisons. Les abords étaient totalement déserts.

Saska se redressa tant bien que mal et entreprit d'écarter les tonneaux au milieu desquels ils s'étaient dissimulés. Quand elle put enfin retrouver l'air libre, Triska vit que quelqu'un se tenait sur le seuil, une torche à la main. Elle reconnut sans peine la petite silhouette grassouillette de Raka.

— Tout le monde vous attend, lui apprit cette dernière en la rejoignant. Ils sont venus nombreux, ce soir.

— Tant mieux, répondit la reine d'un ton qui se voulait enthousiaste, mais soudain, la perspective de prendre la parole devant tous ces inconnus commença à lui tordre l'estomac.

Le conducteur du chariot, qui venait de sauter sans un bruit de son siège, salua Raka d'un bref hochement de tête. Triska suivit des yeux le mystérieux individu entièrement vêtu de noir tandis qu'il s'engouffrait dans l'entrepôt. Elle ne l'avait pas entendu prononcer un mot, et son visage disparaissait sous une ample capuche. Comme il était de petite taille, elle avait immédiatement pensé qu'il s'agissait d'une femme, mais elle ne pouvait en être certaine. Saska avait refusé de lui révéler son nom.

— Pourquoi me cachez-vous son identité ? demanda-t-elle à Raka, de but en blanc, sans chercher à dissimuler sa profonde désapprobation.

— Nous ne sommes pas encore disposés à vous dévoiler nos meilleures cartes, Majesté, rétorqua la vieille femme, non sans sécheresse.

— Je t'ai dit que l'entreprise est sans risque, protesta Triska. Jamais Seregrina ne saura qui a participé à cette réunion. Je te préviens, je ne prononcerai aucun discours face à un parterre de capuches noires ! s'exclama-t-elle, prête à tourner les talons.

— Aucun d'eux n'est déguisé de la sorte, Majesté, soupira Raka. Il n'y a que cette... personne.

La vieille femme eut un toussotement gêné. En marquant cette hésitation, elle venait de confirmer les soupçons de Triska quant au sexe de l'invité anonyme.

— Pourquoi ? s'enquit Triska en feignant habilement de n'avoir rien remarqué.

— Parce qu'il s'agit probablement du seul habitant de Khullan dont Seregrina ne soupçonne même pas l'existence. Nous ne tenons pas à ce qu'elle l'apprenne à travers vous.

Sur cette énigmatique déclaration, Raka les précéda dans l'entrepôt. Il était vide, mais l'on pouvait distinguer, au fond, un carré de lumière qui dessinait les contours d'une trappe.

— Ça se passe dans la cave, lui apprit Raka. Ces souterrains appartenaient à un certain Zak. Vous l'avez bien connu, il me semble.

Triska confirma d'un hochement de tête. Alors qu'ils s'approchaient de la trappe, elle se sentit tout à coup terriblement oppressée, bien plus qu'avant les Jugements de Shara. Comment l'accueilleraient-ils ? Comme une alliée inespérée, ou comme la traîtresse qui partageait la couche de leur tortionnaire de souverain ?

Saska lui tapota l'épaule.

— Ça va bien se passer, la rassura-t-il en lui adressant un sourire chaleureux.

Triska en fut si réconfortée qu'elle lui aurait volontiers sauté au cou pour l'embrasser.

— Je ne m'inquiète pas, répliqua-t-elle froidement.

L'archer, qui n'était pas dupe, eut un petit ricanement moqueur. Elle l'observa à la dérobée tandis qu'il secouait lentement la tête, hilare. Elle se surprit à penser que ce grand échalas ne manquait pas d'attrait. Pendant un instant, il lui parut même, à la lueur ténue des torches, diablement séduisant…

Raka les précéda dans l'escalier abrupt qui menait aux sous-sols. Saska descendit en deuxième et tendit une main serviable à la reine. Elle refusa son aide en secouant vigoureusement la tête. Ils entrèrent dans un caveau bas de plafond éclairé grâce à un brasero. Seuls deux hommes étaient présents, qui flanquaient une épaisse porte de chêne. Ils s'inclinèrent cérémonieusement devant la reine avant de l'ouvrir.

— Je te reconnais ! s'écria-t-elle, surprise, à l'intention de l'un d'eux. Tu es un garde du palais.

L'homme au nez tordu se fendit d'une nouvelle courbette.

— Brevar, pour vous servir.

Triska fronça les sourcils, car ce nom ne lui était pas inconnu. Elle se souvint alors que c'était Azar qui l'avait prononcé devant elle, lors de leur fuite vers Puits-aux-Poisons.

— C'est Myst qui t'a cassé le nez, n'est-ce pas ? s'enquit-elle en pointant son visage du doigt.

Le garde retint difficilement une moue fâchée.

— C'est exact, Majesté.

Il amorça une troisième révérence, mais Triska y mit un terme d'un geste impérieux de la main.

— Ravie de te compter parmi mes alliés, conclut-elle en passant la porte.

La nouvelle pièce était tout en longueur. Elle devait autrefois faire office de cave à vin, à en juger par l'odeur capiteuse qui flottait encore dans l'air humide. Alors qu'ils longeaient l'interminable couloir, ils commencèrent à entendre du bruit. Triska précéda Raka et s'immobilisa devant la porte.

— Sont-ils tous là ?

Raka acquiesça. Triska leur fit signe de garder le silence et tendit l'oreille.

— Il nous faut détourner plus d'armes, disait un homme à la voix bourrue.

— Facile à dire, rétorqua un autre. Nous avons déjà pris beaucoup de risques en volant celles-ci. Vous n'avez pas idée de ce que c'est, le travail à la forge. Nous sommes surveillés nuit et jour, et il est assez rare qu'un homme-torglath s'assoupisse pendant son tour de garde. C'est à croire que ces monstres ne dorment jamais !

Un brouhaha d'approbations en tous genres s'éleva. Triska tressaillit, car il semblait y avoir beaucoup de monde derrière cette porte.

— Silence, je vous prie ! intima le premier homme. Je comprends que ça n'a rien de simple, mais quitte à se servir, autant le faire généreusement ! Ces armes ne représentent qu'un dixième de la production d'une seule forge. Tout le reste est pour l'ennemi !

— Que proposez-vous ?

— Je propose que vous cessiez de prendre des risques inutiles en les subtilisant à la source. À partir de demain, concentrez-vous sur un seul objectif : découvrir où la production est stockée.

Un vacarme de protestations et d'assentiments en tous genres accueillit cette déclaration. Le maître de cérémonie demanda plusieurs fois le silence sans rencontrer le moindre succès. Puis le forgeron beugla un grand coup et tous se turent.

— Qu'allez-vous imaginer, Bragar ? Nous avons essayé de savoir, depuis le début, mais il n'y a pas de secret mieux gardé. Les chariots quittent les forges sous haute surveillance, vous pensez bien ! Il est impossible de les suivre sans se faire repérer.

— Il doit bien y avoir une faille quelque part. Une telle quantité d'armes ne peut pas passer inaperçue !

— Nous ne sommes pas des espions, et ce n'est pas après avoir passé des heures à nous tuer à la tâche que nous avons le temps d'y jouer. Essayez donc, vous ! J'ai cru comprendre que les hommes-torglaths font peur aux chevaux, vous ne devez pas avoir grand travail aux écuries !

De gros éclats de rire fusèrent de toutes parts. Une plainte hésitante s'éleva, dont Triska identifia sans aucun doute l'auteur. Il s'agissait de Calel qui, après avoir été évincé de sa garde rapprochée, avait été engagé par le maître d'écurie. Puis une voix aiguë couvrit le tumulte.

— Je me chargerai de découvrir leurs planques d'armes ! s'égosilla-t-elle.

Étrangement, le silence se fit aussitôt.

— C'est une bien lourde tâche pour une fillette, objecta le forgeron. Et quand bien même nous saurions où ils les cachent, nous en emparer sans nous faire prendre relèverait de l'exploit !

— Pas si nous nous adressons à des professionnels, intervint Bragar. Où en est-on de nos négociations avec la confrérie des voleurs ?

— Ils ont tous fui vers les montagnes, et ceux qui restent se foutent de nos problèmes ! cria quelqu'un dans la foule.

Une nouvelle clameur s'éleva, si intense que Triska ne fut plus capable de distinguer la moindre voix. Elle se rendit alors compte que, dans son dos, Raka et Saska la fixaient d'un air interrogateur.

— Si nous avions su que vous comptiez seulement épier notre réunion, nous n'aurions pas annoncé votre visite, dit la vieille femme en faisant mine de s'intéresser à ses ongles.

Le cœur battant la chamade, Triska tourna un regard suppliant vers Saska. Le petit sourire sardonique de son garde du corps ne lui plut pas du tout. Piquée au vif, elle s'efforça d'ignorer son appréhension, prit une profonde inspiration et ouvrit la porte.

La cave dans laquelle s'étaient réunis les rebelles était de très belle taille. Entre cent cinquante et deux cents Khullanis entouraient la grande estrade rectangulaire où Bragar et le forgeron avaient pris place.

Elle fendit la foule mutique d'un pas déterminé, les sourcils froncés, indifférente à la myriade d'yeux ébahis qui la suivaient. Alors qu'elle bondissait sur l'estrade, Raka et Saska sur les talons, Bragar mit un genou à terre pour la saluer.

— Bienvenue à vous, Majesté.

La foule l'imita sans un bruit. Triska nota que celui avec qui le maître d'écurie se disputait, un homme assez fluet et plus tout jeune, marquait un temps d'hésitation. Il finit par s'exécuter comme elle lui jetait un regard sévère.

Elle profita de ce moment de calme pour observer le groupe qui lui faisait face. Il y avait quelques femmes parmi les spectateurs, dont certaines étaient accompagnées d'enfants aux joues creuses. Il y avait également bon nombre de forgerons, reconnaissables à leurs visages noircis par la fumée. Puis elle remarqua qu'elle connaissait personnellement quelques-uns des participants, dont l'ancien conseiller Mastag qui, malgré les privations que supposait sa nouvelle condition, n'avait rien perdu de sa corpulence. Elle ne fut pas plus surprise de voir le vieux Hanest, lui-même congédié sans cérémonie par le conseil du roi. Le pauvre homme rongé par l'arthrite avait dû se faire un mal de chien en s'agenouillant. Plus étonnante était la participation de nombreux gardes du palais, soldats et membres de la Charge, dont le lieutenant Sodar, que Kesher avait nommé pour le remplacer. Tous étaient encore en fonction. Ils étaient censés obéir aux ordres de supérieurs hommes-torglaths, mais leur présence ici prouvait que leur soumission était feinte. Cette découverte arracha un demi-sourire à Triska, car des alliés de cette veine seraient des plus précieux. Enfin, la mystérieuse inconnue à la capuche se tenait au premier rang, au côté de Calel. Triska nota que l'adolescent aux cheveux coquettement tressés avait encore grandi. C'était un beau jeune homme, à présent…

— Redressez-vous, dit-elle d'une voix ferme.

Tous s'exécutèrent sur-le-champ.

— Cela fait un petit moment que je vous écoute débattre, et je suis affligée, annonça-t-elle sans préambule.

— Mais, Ma Reine… dit le forgeron.

— Ne me coupez pas ! ordonna-t-elle. Vous êtes divisés, et c'est ce qui causera votre perte. Quel gâchis !

Elle se mit à arpenter l'estrade de long en large, les mains dans le dos, en regardant un à un les participants à la réunion.

— J'ai devant moi la fine fleur de l'armée khullani, des hommes et des femmes assez courageux pour braver les interdictions du pouvoir en place, et que font-ils ? tonna-t-elle. Ils tergiversent des heures durant dans le secret de la nuit en oubliant qu'ils ont été contraints, tout le jour, de courber l'échine comme des esclaves ! Une poignée d'armes… soupira-t-elle en secouant la tête. Est-ce tout ce que vous avez, en un an, réussi à soutirer à l'occupant ? À ce rythme, combien de siècles vous faudra-t-il pour organiser la résistance ?

— Et vous, qu'avez-vous fait, Majesté ?

Triska s'immobilisa. La femme qui avait parlé, une jeune paysanne au teint hâlé, tenait dans ses bras un nourrisson endormi. Ses yeux sombres jetaient des éclairs tandis qu'elle défiait sa reine, le menton fièrement levé.

— Avez-vous connu la faim, dans votre tour dorée ? renchérit-elle.

Triska eut un sourire triste.

— Oui, j'ai connu la faim. La faim de liberté, ma chère, et de vengeance. Et non, je n'ai rien fait, car j'étais pieds et poings liés…

Que celles de qui l'un de ces monstres exige une descendance me blâment !

La femme à l'enfant ne trouva rien à répliquer et baissa la tête avec un air gêné.

— Bragar a raison, reprit Triska en pointant du doigt le maître d'écurie à la peau noire. Il nous faut frapper fort, au lieu de se contenter des quelques miettes qu'ils nous laissent. Votre erreur, jusqu'à aujourd'hui, a été de croire l'ennemi infaillible. J'ai moi-même commis cette erreur, je l'avoue. Et pourtant, je suis ici ce soir, tandis que le roi Astar tremble dans son lit, assailli par une terrible fièvre !

Les spectateurs échangèrent des regards intrigués.

— Que raconte-t-elle ? murmura un vieux soldat. Astar serait-il mourant ?

— Pas mourant, non, susurra-t-elle avec un sourire cruel. Nous l'avons seulement un peu empoisonné.

Des cris stupéfaits éclatèrent de toutes parts. Saska s'avança alors devant la foule et leva les mains en l'air pour imposer le silence. Le tohu-bohu se poursuivit quelques instants avant de s'apaiser. L'archer en profita pour prendre la parole.

— N'ayez crainte, Astar n'en mourra pas ! s'exclama-t-il.

Quelques *oh* déçus retentirent, mais le soulagement se lut sur bien des visages, car nul n'ignorait qu'un trône vacant serait une catastrophe pour la ville de Khullan.

— J'ai trouvé un moyen de provoquer chez les hommes-bêtes des symptômes similaires à ceux de l'étrange maladie qui les frappe, reprit Saska. Ce poison est extrêmement facile à confectionner.

— Et alors ? demanda le forgeron bougon en écartant les bras. Ce n'est pas ça qui nous fera gagner la guerre !

— Combien, parmi vous, sont contraints de servir à manger à des hommes-torglaths ? intervint Triska.

Les insurgés s'adressèrent des regards éperdus, puis une première main se leva. C'était la femme au nourrisson qui s'était manifestée. Une deuxième main se leva timidement, au fond de la salle, puis une troisième. Ce furent enfin dix, vingt, puis quarante bras qui se levèrent.

— Nous ne gagnerons aucune guerre, certes, mais peut-être pourrons-nous gagner du temps, répliqua Triska au forgeron.

Ce dernier baissa les yeux, puis leva à son tour la main. Face à la capitulation de l'homme revêche, Triska ne put empêcher un sourire narquois d'étirer ses lèvres.

— Le temps des palabres est révolu, annonça-t-elle. Que chacun, dès demain, répande le poison dans la mesure de ses moyens, pendant que d'autres se chargeront de repérer les planques d'armes. Quand la peur se sera bien installée chez nos ennemis, les premiers morts n'étonneront personne.

— Envisagez-vous de substituer ce poison par un autre plus puissant ? demanda la femme à l'enfant d'une voix tremblante.

— Oui, avoua Triska sans l'ombre d'un remords.

— Pourquoi pas tout de suite ? s'enquit un garde.

— Parce que des morts subites éveilleraient les soupçons, répondit Saska. Si elles interviennent au terme d'une longue période de fièvre, ils penseront qu'elle est due à une forme plus virulente de leur maladie. Il faudra prendre notre mal en patience et augmenter très progressivement les doses pour que tout cela paraisse naturel...

— Ce sont des méthodes de femmes ! s'écria un soldat d'un ton réprobateur.

— Bien sûr, puisque c'est une idée de femme, rétorqua sèchement Triska. Il s'agit là d'affaiblir leurs forces, et avouez que cela vaut mieux que l'inaction. Une fois que nous saurons où ils gardent leurs armes, nous pourrons enfin réfléchir au combat !

Comme une salve d'applaudissements enthousiastes s'élevait autour d'elle, Triska sut que le temps de la révolte était enfin venu.

16

Fosses

Sa main gantée de noir dans celle de l'inconnue, il suivait les sombres coursives par lesquelles elle le menait. Elle avait insisté pour l'accompagner, montrant de son long index pâle l'encadrement de la fenêtre où se dessinaient les premières lueurs de l'aube. Ils avaient quitté la chambre richement décorée des appartements royaux, s'étaient faufilés par diverses portes dérobées pour atteindre le quartier des serviteurs, puis avaient débouché sur un étroit chemin de ronde, où la lune dessinait entre les créneaux d'inquiétantes ombres fantomatiques aux faux airs de créatures extraordinaires.

Alors qu'ils couraient, il ne cessait de s'interroger. La jeune fille semblait connaître le château comme sa poche alors qu'elle n'était, de toute évidence, qu'une invitée de passage, et l'élan de générosité dont elle faisait preuve à l'égard de son agresseur avait de quoi laisser perplexe. Elle n'avait même pas tiqué en découvrant une demi-douzaine de gardes étendus sur le sol, alors que cette simple vision aurait dû la submerger de terreur ! Après plusieurs minutes de course effrénée, deux explications s'offrirent à lui : ou elle était trop bête, voire complètement attardée, pour se rendre compte que le château avait été pris d'assaut, ou elle détestait assez l'aristocratie pour porter sur le pillage méthodique des richesses de la couronne un regard bienveillant…

— Là, dit-elle en s'immobilisant. Traverser pont, après escalier vers labyrinthe et sortir château.

Myst jeta un coup d'œil à l'arche qui menait aux remparts est. Suivant une courbe pour le moins aiguë, elle était à peine plus large qu'un seul de ses pieds. En dessous, il y avait au moins vingt toises de vide. Il se sentit happé par le néant et dut reculer de plusieurs pas pour reprendre ses esprits.

— Hors de question, répondit-il à la jeune fille qui se tenait tout près du bord et, pour sa part, ne semblait pas impressionnée le moins du monde.

— Pas choix, répliqua-t-elle tranquillement. Jour approche.

Myst fit un tour d'horizon d'un regard paniqué. Il avait beau chercher, il n'y avait pas d'autre issue depuis cet endroit, et rebrousser chemin aurait été du suicide alors que tout le château pouvait s'éveiller d'un instant à l'autre.

Il reporta son attention sur sa mystérieuse alliée et remarqua que la pauvre frémissait de la tête aux pieds. Elle n'avait pas pris le temps de se couvrir avant de sortir et un vent froid venant du nord faisait battre les pans de sa petite robe de nuit contre ses mollets nus. Les protestations vigoureuses qu'il s'apprêtait à proférer restèrent coincées dans sa gorge. Quel genre de mufle serait-il s'il osait lui reprocher de l'avoir mené dans un cul-de-sac, alors qu'elle semblait prête à risquer une fluxion de poitrine pour l'aider à s'échapper ?

— Je... Je vais essayer, dit-il en s'empourprant, bien trop orgueilleux pour avouer qu'il avait une peur viscérale du vide.

Il fit un pas vers l'arche, pour se raviser aussitôt. Il sentait ses jambes se dérober sous lui. Comprenant sa réticence, la fille l'écarta doucement pour le précéder, sans l'ombre d'une hésitation. Il la regarda, non sans une profonde admiration, s'avancer d'un pas agile jusqu'au point le plus élevé de l'arche, puis faire volte-face d'une rapide pirouette, les bras écartés pour garder l'équilibre. Alors qu'elle revenait vers lui, avec la souplesse d'un chat, il vit qu'un fier sourire fendait son long visage.

— Pas regarder en bas, lança-t-elle d'une voix qui ne tremblait pas.

Elle s'immobilisa face à lui et lui tendit la main.

— Regarder moi, ajouta-t-elle.

Comme il s'exécutait, il remarqua que les yeux de la jeune fille étaient d'un noir pur. Nulle trace d'animosité ni de défiance dans ce regard, mais la gravité qu'il pouvait y lire contrastait avec le demi-sourire arrogant qu'elle arborait. Il fut happé par ces yeux, comme il l'avait été par le vide, et avança sur l'arche sans même y prendre garde. Il perdit alors toute notion du temps. La traversée dut être longue, car il tâtonnait à chaque pas, mais il eut l'impression d'arriver de l'autre côté en un clin d'œil. De ce moment, il ne se souviendrait que du souffle du vent, de la lumière froide de la lune, de la sensation de chaleur prodiguée par la main de l'inconnue et surtout de ces iris d'un noir parfait, presque hypnotiques...

Il ne se rendit pas immédiatement compte qu'il était arrivé à bon port, et quand elle lui lâcha la main, il fut soudain pris de panique. Son cœur se mit à palpiter dangereusement, sa respiration s'arrêta net et le sang reflua de ses tempes. Toutes ces sensations qui auraient dû exister alors qu'il marchait au-dessus du vide l'assaillirent d'un coup, avec brutalité, à contretemps. Ses jambes ne furent soudain plus capables de le porter et il tomba en avant, emportant dans sa chute l'étrangère.

Il fut si surpris que son corps rencontrât si rapidement un obstacle qu'il n'eut pas le temps d'amortir sa chute. Il écrasa l'inconnue de tout son poids, lui coupant net le souffle.

— Je suis désolé ! s'exclama-t-il, honteux, en libérant promptement la jeune fille.

Assis à califourchon sur la malheureuse, il la regarda d'un œil effaré ouvrir et fermer la bouche comme un poisson hors de l'eau. Sa contrition fut telle qu'il ne songea même pas à se dégager. Par chance, elle était trop occupée à reprendre ses esprits pour s'offusquer de cette dérangeante proximité.

Elle parvint finalement, tant bien que mal, à prendre une interminable inspiration sifflante. Il vit que le choc lui avait arraché quelques larmes.

— Je suis vraiment maladroit, s'excusa-t-il en les lui essuyant sommairement de sa main gantée.

— Pas... grave, répondit-elle d'une voix rauque, parvenant même à esquisser un sourire.

Ce fut à cet instant précis qu'il perdit tout contrôle sur lui-même. Sans pouvoir se l'expliquer, il fut soudain irrésistiblement attiré par ces lèvres. Il voulut l'embrasser fougueusement, les yeux fermés, mais il fut bien vite intrigué par le goût plus qu'écœurant de ce baiser, comme un relent de transpiration, de vieille cave et de mauvais tabac. L'idiot avait oublié qu'il portait une cagoule !

Qu'est-ce que je suis con ! se gourmanda-t-il en se redressant d'un bond, le rouge aux joues.

Si cette méprise était déjà embarrassante, l'expression atterrée de la fille le fut plus encore. Elle n'avait pas bougé d'un pouce, probablement paralysée par l'étonnement. Allongée sur le dos, les bras le long du corps, elle le fixait bouche bée, les yeux exorbités. Il n'aurait *pu en jurer, car elle était déjà très blanche, mais il lui sembla qu'elle avait blêmi.*

La conviction absurde qu'elle allait revenir à elle et hurler au secours fut si forte que, sans réfléchir, Myst prit ses jambes à son cou. Il remonta les remparts, dévala les escaliers et se perdit dans le labyrinthe du château en courant à perdre haleine, attendant à chaque instant le retentissement de grands cris. Mais ils ne vinrent jamais...

Ψ

Les mains dans le dos, il détaillait avec curiosité les imposantes pendeloques qui occupaient tout un pan de mur de la pièce principale. Il y en avait tellement qu'il était impossible de distinguer les couleurs des tentures sur lesquelles elles étaient épinglées, et chaque clou ployait tant sous le poids des bijoux que seul un habile tour de magie semblait pouvoir le faire tenir.

— Nous n'avons pas assez de place pour les entreposer dans la boutique, et l'atelier est déjà plein à craquer, s'excusa Samma.

Myst lui adressa un grand sourire.

— Vous êtes une faussaire de grand talent. On jurerait que c'est de l'or ! ajouta-t-il en pointant du doigt un pendentif figurant une demi-lune.

Samma eut un haussement d'épaules désinvolte et se renfonça dans le fauteuil défoncé qui, d'après la réaction peu amène qu'elle avait eue lorsqu'Enira avait tenté de s'y asseoir, n'appartenait qu'à elle seule.

— Malheureusement, on en vend peu. Les seules personnes susceptibles d'acheter de l'or sont les aristocrates de la cour, mais ils restent fidèles à leurs fournisseurs. Ce sont les babioles sans valeur qui partent le mieux et constituent notre fonds de commerce. Bien sûr, nous préférerions que notre clientèle soit plus huppée, mais intéresser les huiles sera d'autant plus difficile que nous sommes tous les trois étrangers. J'ai cru comprendre que c'était un sérieux handicap, ici.

— En effet, les Isthmiris ne brillent pas par leur tolérance ni leur ouverture d'esprit, confirma Myst.

— Foutu pays de merde, marmonna la montagnarde.

Samma n'avait quasiment pas changé depuis Valjteph. Elle avait troqué ses chausses de guerrière pour la traditionnelle robe isthmiri, et sa longue chevelure noire, tirée en arrière, était couverte d'une coiffe de coton. Mais son regard était toujours aussi sombre et dur qu'à l'époque où elle était la maîtresse de Fagmir, et l'on devinait, au premier coup d'œil, que sous ses dehors de respectable orfèvre se cachait une femme au caractère bien trempé, qu'il valait mieux ne pas trop chatouiller.

Ayant bien compris à qui elle avait affaire, Enira avait préféré garder ses distances et s'était installée au sommet de l'étroit emmarchement qui s'enfonçait sous l'une des deux fenêtres. On distinguait à peine son visage, car il faisait nuit noir dehors et le feu de cheminée n'éclairait pas la courte volée de marches. Elle n'avait pas desserré les dents depuis leur arrivée chez la faussaire, mais son silence n'étonnait pas Myst.

À l'instant où ils étaient entrés dans la capitale, son babillage incessant s'était interrompu net. Elle n'avait cessé de tourner la tête en tous sens, bouche bée, avec une expression ahurie où se mêlaient effroi et admiration. Lorsqu'ils étaient passés tout près de l'ancien temple de Kendur, elle s'était extasiée si longuement, le nez en l'air, qu'elle n'avait pas vu son frère s'éloigner d'elle. Se croyant perdue, elle avait cédé à la panique et couru en tous sens en criant son nom. Myst, qui n'était pas très loin, était intervenu rapidement.

— Sombre idiote ! Tu cherches à informer toute la ville que Myst le bâtard est de retour, ou quoi ? avait-il grogné, fou de colère.

Enira avait alors fondu en larmes.

— C'est que je pensais t'avoir perdu, avait-elle expliqué entre deux reniflements. Cette ville est beaucoup trop grande, je ne saurais pas m'y débrouiller seule !

Myst avait compris, à cet instant, qu'elle allait avoir beaucoup de mal à s'adapter à la vie citadine. Pourtant, il le fallait…

Il fut tiré de ses pensées quand la porte s'ouvrit. Futé et Egar entrèrent, les bras chargés de provisions. Le visage de l'homme de main balafré se fendit d'un large sourire lorsqu'il vit Myst, mais Egar se contenta de le saluer d'un hochement de tête sans chaleur. Ils déposèrent leurs sacs près de la porte et le rejoignirent près de la cheminée. À cet instant, Enira quitta le renfoncement et s'avança dans la lumière. Futé eut un sursaut étonné.

— En v'là une surprise ! s'exclama-t-il. J'pensais bien t'revoir un jour, mais j'm'attendais point à c'que ta sœurette quitte les jupons d'sa mère !

Enira interrogea Myst du regard, car l'homme avait parlé en khullani.

— Il est content de te voir, traduisit sommairement le voleur. Nous avons dû fuir, expliqua-t-il à l'intention de Futé, alors qu'Egar se présentait à Enira.

— Laisse-moi d'viner, répondit Futé dans la langue d'Isthmir. Des types en robe d'bure ?

Myst confirma d'un hochement de tête, tout en jetant un coup d'œil réprobateur à Egar, qui avait jugé bon de gratifier sa sœur d'un élégant baisemain. Enira s'empourpra violemment en le dévisageant avec des yeux ronds.

— Nous ne resterons que quelques nuits chez vous, le temps que je trouve un moyen de subvenir à nos besoins, reprit Myst d'un ton d'excuse. Vous êtes déjà à l'étroit ici, et nous ne tenons pas à vous déranger trop longuement.

— Restez aussi longtemps qu'il vous plaira, proposa Egar en se redressant de toute sa hauteur.

Une vilaine grimace déforma sa figure d'honnête homme comme Samma, sans bouger de son fauteuil, lui assénait un méchant coup de pied en plein tibia. Elle n'avait même pas tenté d'être discrète.

— C'est une noble proposition, en particulier venant d'un homme qui me déteste, le remercia Myst, non sans amusement. Cependant, Enira et moi sommes activement recherchés. Nous ne voudrions pas vous mettre en danger.

— Qu'est-ce qu'ils vous veulent, ces hommes ? demanda Samma, ses yeux noirs étrécis par la suspicion.

— Nous tuer, répondit laconiquement Enira.

— Pourquoi ?

— Parce que nous sommes les enfants de Mefir, intervint Myst, qui craignait que sa sœur en révèle un peu trop.

L'étonnement arracha à Egar un petit couinement tandis que Samma, les sourcils froncés, regardait tour à tour le frère et la sœur. Futé, pour sa part, ne sembla pas autrement surpris par cette révélation.

— Comment qu'tu comptes t'y prendre pour gagner ta vie ? demanda ce dernier.

— Je n'en ai aucune idée, avoua Myst.

— Ah bon ? s'étonna Enira. À Irbin, tu as trouvé en quelques secondes assez d'argent pour la fin du voyage, pourtant !

Myst laissa échapper un hoquet outragé.

— C'est toi qui me suggères de voler, alors que tu me fais chaque fois tout un esclandre ?

Enira haussa nonchalamment les épaules.

— S'il s'agit de notre survie, je veux bien l'accepter. Et puis tu as tellement de talent pour ça, ce serait dommage de ne pas en profiter !

Un gloussement ravi s'éleva du fauteuil.

— Elle commence à me plaire, cette petite, commenta Samma dans un murmure.

Myst secoua vivement la tête.

— À Irbin, nous n'étions que de passage. La situation est très différente, ici, objecta-t-il. Il est hors de question que je me manifeste auprès de la confrérie. Ils me croient mort et c'est très bien comme ça. Quant à travailler pour mon propre compte, c'est absolument inenvisageable.

— Et pourquoi donc ? demanda Enira.

— Parce que les voleurs qui ne font pas partie de la confrérie sont très vite repérés par ses membres. N'oublie pas que leur quartier général est ici. Ils ont des yeux et des oreilles partout en ville.

— Tu étais l'un des leurs, autrefois, remarqua Egar sur ce ton moralisateur qui avait toujours eu le don de lui mettre les nerfs en pelote. Pourquoi les considères-tu comme tes ennemis, à présent ?

— Parce que cette organisation n'a plus rien à voir avec celle que mon père a créée, soupira-t-il. Ses dirigeants foulent au pied tous ses idéaux sans aucune vergogne. Ils sont tous corrompus jusqu'à la moelle !

Un sourcil sceptique se leva sur le front d'Egar. Il ouvrit la bouche, probablement pour sortir l'un de ses affligeants sermons. Ayant vite compris que le temps était à l'orage entre les deux hommes, Samma eut la sagesse de mettre un terme à la conversation.

— Je vais dormir, déclara-t-elle en se levant. Viens avec moi, petite, je vais te faire une place sur ma couche, ajouta-t-elle à l'intention d'Enira.

La jeune fille jeta un regard suppliant à son frère. Comme il hochait discrètement la tête, elle suivit Samma à contrecœur dans les marches qui menaient au petit grenier qui leur servait de dortoir collectif.

— Je suis très fatigué, bonne nuit, décida soudainement Egar alors qu'elles disparaissaient dans les ténèbres.

Il s'inclina sèchement devant Myst, les mains dans le dos, exécuta un demi-tour martial et leur emboîta le pas. Futé et Myst échangèrent un coup d'œil intrigué.

— Il n'a pas l'air très content de me voir, remarqua le voleur.

L'homme de main eut un ricanement moqueur, puis il désigna la place qu'avait occupée Samma.

— Vas-y, j'lui dirai pas qu'tu t'es assis d'ssus, l'invita-t-il en se mettant à tisonner le feu.

Myst ne se fit pas prier. Alors qu'il s'y enfonçait profondément, il comprit pourquoi Samma défendait jalousement ce fauteuil qui ne payait pourtant pas de mine.

— C'est pas l'boulot qui manque dans l'coin, pour un homme à la peau pâle, dit Futé en remuant distraitement les braises. J't'aurais volontiers engagé comme commis, mais ça s'rait pas du goût d'Samma. C'est qu'la dame aime bien son p'tit confort.

— J'aurais de toute façon refusé, répondit Myst. Je ne peux pas prendre le risque d'être repéré à chaque coin de rue en parcourant la ville de long en large. Il me faut un travail discret, qui ne m'obligera pas à fréquenter trop de monde.

Futé se désintéressa de son feu pour tourner vers le voleur un regard inquiet.

— V'là une exigence qui complique drôl'ment la donne, marmonna-t-il. Y a qu'les scribouillards d'l'administration qui passent leur temps l'nez plongé dans des bouquins, à n'parler à personne.

— Je sais à peine écrire, répliqua Myst.

Futé se redressa, puis il s'étira de tout son long en bâillant à s'en décrocher la mâchoire.

— Tu d'vrais faire un tour du côté du pont du Kirn. Ils ont toujours b'soin d'bras là-bas, mais l'chantier emploie déjà la moitié des bouseux d'la ville, alors pour la discrétion, faudra r'passer.

— Ce chantier était déjà en cours lorsque je suis parti pour Khull. Je pensais qu'ils l'auraient fini ! s'étonna le voleur.

Le visage couturé de cicatrices de Futé se plissa comme il émettait un grognement railleur.

— Faut croire qu'les architectes d'Isthmir valent pas l'prix d'leurs plumes. L'pont n'a pas arrêté d's'écrouler ! Paraîtrait qu'le sol est trop sablonneux et n'tient pas son poids. Mais ces idiots d'la couronne ne r'noncent pas, et qu'importe combien d'pauv'types s'font aplatir chaque fois qu'y foirent, y r'commencent encore, et encore, et ça marche jamais... M'est avis qu'y d'vraient s'avouer vaincus, parce que j'vois pas trop en quoi ça dérange, qu'les villages d'la rive droite leur envoient leur cam'lote par barques !

— C'est une histoire de pouvoir, expliqua Myst, qui se remémorait soudain les enjeux politiques de la construction d'un pont reliant Isthmir à l'Est du Kirn. Les villages dont tu parles commercent avec la capitale et sont soumis à son autorité, mais historiquement, leur allégeance va au duché d'Ayvacik… Il est tout de même étrange que les cerveaux d'Isthmir ne parviennent pas à résoudre un problème architectural aussi simple, ajouta-t-il pour lui-même, le regard perdu dans les flammes.

— Qu'importe. Y t'faut du travail, et c'est là qu'y en a.

— Ça m'a l'air plutôt dangereux, objecta Myst.

Futé écarquilla les yeux.

— Parce qu'en plus faut qu'ce soit peinard ? s'extasia-t-il. T'en d'mandes un peu trop, là !

— Je ne cherche pas à me défiler, crois-moi, se défendit Myst. Si j'étais seul, ça ne me poserait aucun problème de risquer ma peau à travailler sur un pont branlant. Seulement, j'ai à charge une adolescente un brin écervelée qui panique complètement rien qu'à l'idée de s'aventurer seule dans la rue d'à côté. J'ai promis à ma mère que je la protégerais, et j'aimerais ne pas la décevoir, pour une fois, conclut-il en se renfonçant lourdement dans le fauteuil, les bras croisés sur la poitrine.

Un lourd silence s'installa dans la pièce. Futé le regarda longuement, mais son visage immobile ne trahissait aucune de ses pensées.

— J'vais voir c'que j'peux faire, finit-il par lâcher, sans grande conviction.

Ψ

Il restait immobile, les bras ballants, face à la porte de la salle du trône. Elle était si imposante et si richement décorée qu'il douta un instant que les deux gardes qui la flanquaient pussent l'ouvrir sans l'aide d'un géant. Ces derniers le regardaient d'un air intrigué, ne sachant trop s'ils devaient le laisser entrer ou le renvoyer à coups de pied au derrière. Il se prit à regretter d'avoir revêtu sa robe khullani et de s'être coiffé d'un turban. Yrch le lui avait d'ailleurs reproché avec véhémence, arguant que sa mise exotique le desservirait à coup sûr…

Il reporta son attention sur le petit homme. Il le regardait par en dessous, le visage comme toujours fendu d'un sourire narquois.

— À quoi dois-je m'attendre ? demanda-t-il d'une voix peu assurée.

La grimace d'Yrch s'élargit.

— Comment le savoir, si vous restez planté là comme un benêt ? lança-t-il sans chercher à dissimuler son intense nervosité. On ne coupe pas à une convocation royale, vous êtes bien placé pour le savoir, ajouta-t-il à voix basse. Il serait d'autant plus mal venu de vous défiler que je me suis porté garant de votre présence auprès du roi en personne. Ce n'est pas rien, tout de même !

— Inutile de t'agacer, rétorqua froidement le prince. Je vais entrer, quoi qu'il arrive. Laisse-moi juste un peu de temps pour me préparer.

— Vous *préparer* ? répéta Yrch d'un ton outragé.

Il fixa intensément Azar, puis lui adressa l'une de ses exaspérantes grimaces concupiscentes.

— Voulez-vous que je vous tienne la main ? demanda-t-il d'un ton doucereux.

Comme il s'apprêtait à joindre le geste à la parole, Azar le repoussa sèchement.

— Finalement, ce coup au visage n'aura pas suffi à te faire réfléchir, le sermonna-t-il entre ses dents serrées. Essaie donc de me toucher, pour voir. Je te garantis que cette fois, tu ne t'en relèveras pas !

Après avoir brièvement louché sur le doigt menaçant qu'Azar pointait sur son nez, Yrch s'éloigna sagement de lui.

— Allons-y, décida soudainement le prince en bombant le torse.

L'acteur fit signe aux gardes d'ouvrir la porte et ces derniers s'empressèrent de pousser de tout leur poids sur les battants. Tandis qu'elle s'ouvrait lentement en grinçant sur ses gonds, Yrch jeta un regard circonspect à Azar.

— Vous n'avez toujours pas digéré ce geste d'adieu un tantinet familier, pas vrai ? demanda-t-il d'un ton pour le moins taquin. Je crois que vous vous méprenez sur mon compte, en y voyant quelque malice. Il ne s'agissait là, en réalité, que de la manifestation d'une sincère affection.

Azar tourna vers Yrch un regard sidéré. Le petit homme le lui rendit en battant des cils comme une jouvencelle, tout sourire. Les poings serrés le long du corps, le prince résista à l'envie pressante de lui faire avaler ses chausses et détourna dignement la tête.

Quand les portes furent enfin ouvertes, le spectacle qui s'offrit à lui lui fit instantanément oublier l'impudence du Dzethli. Une salle tout en longueur s'étendait devant lui, si profonde que l'estrade où se tenait le trône de Valkir ne lui sembla pas plus large que le salon d'une maison de poupée. De chaque côté du tapis bleu-gris qui y menait, dix profondes fosses étaient creusées. Elles étaient vides à cette période de l'année, mais il se souvint que des feux y brûlaient tout l'hiver. Il compta, autour du trône, huit autres individus, mais il était encore trop loin pour distinguer leurs traits.

— Je ne me rappelais pas que cette salle était si imposante, chuchota-t-il tandis qu'ils s'avançaient d'un pas compassé vers l'estrade.

— Il y avait autrefois deux pièces. Ils ont abattu un mur pour n'en faire qu'une, expliqua le Dzethli. J'ignorais que vous connaissiez les lieux.

— J'y ai passé quelque temps, il y a douze ou treize ans, répondit le prince. J'espère que le roi ne me reconnaîtra pas.

Yrch le dévisagea avec attention.

— Aviez-vous déjà une chevelure de vieux, à l'époque ? demanda-t-il sans la moindre gêne.

Azar inspira longuement pour contenir sa colère grandissante.

— J'étais brun, comme mes aïeux, répliqua-t-il abruptement.

— Dans ce cas, pas de quoi s'inquiéter. De toute façon, Sa Majesté Valkir n'est pas très physionomiste. Un jour, j'ai fait entrer au bal une domestique en la faisant passer pour une courtisane qui, ce soir-là, était prise de diarrhées…

Désappointé, Azar leva les yeux au ciel.

— Il y avait une vague ressemblance entre les deux femmes, à l'exception de l'énorme poireau qui ornait le nez de ma conquête d'un soir…

Azar ferma les yeux en soupirant.

— Je l'ai présentée au roi, et le bougre n'y a vu que du feu ! Il l'a appelée du nom de la dame souffrante et lui a même offert une danse. Vous rendez-vous compte, une danse ! s'extasia-t-il.

— Merci pour cette anecdote en tous points inintéressante, le rabroua Azar. À présent, si tu pouvais la fermer une bonne fois pour toutes, je m'en trouverais fort aise !

Yrch se rembrunit, mais il s'exécuta sans broncher.

Azar commença enfin à distinguer les traits des participants à cet atypique entretien. Il reconnut sans peine le roi Valkir, assis sur son trône, la tête bien droite, si immobile et imperturbable qu'il semblait avoir été directement sculpté dans la pierre. Si de nouvelles rides profondément creusées parsemaient son visage pâle et barbu couronné d'une épaisse tignasse blonde, son pénétrant regard gris était toujours aussi vif et inquisiteur que dans ses souvenirs. Il était entouré de deux gardes lourdement armés.

À la gauche du souverain, un vieil homme fluet vêtu d'un pourpoint rouge bien trop grand pour lui et affublé d'un extravagant chaperon vert se tenait debout, les mains dans le dos. À la forte odeur d'huile qui émanait de lui, Azar devina qu'il s'agissait de sire Saenry, le fameux peintre attitré de la cour. Celui-ci le fixait sans ciller, d'un air si renfrogné que ses lèvres serrées disparaissaient sous son long nez crochu. En s'attardant un instant sur ce dernier, Azar entrevit l'origine des appendices grotesques dont il gratifiait tous les hommes qu'il peignait. Il devait s'agir d'une sorte de vengeance personnelle…

Enfin, à la droite du trône, cinq jeunes hommes vêtus à la dernière mode conversaient à voix basse. Ils devaient échanger des plaisanteries, car des sourires hilares barraient leurs visages juvéniles. Ils prêtèrent à peine attention aux deux hommes qui traversaient la salle d'un pas raide, le cœur battant.

— Qui sont ces jeunes gens ? demanda Azar, dans un murmure, tandis qu'ils s'immobilisaient au pied de la courte volée de marches qui menait à l'estrade.

— Ce sont les élèves de Saenry, chuchota Yrch. De joyeux fumistes, ceux-là…

Il se tut comme les deux gardes descendaient à leur rencontre. Ils leur demandèrent sèchement de lever les bras.

— Voyons, vous me connaissez ! s'indigna Yrch alors qu'on tâtait consciencieusement leurs vêtements.

— Simple mesure de sécurité, lança le roi d'un ton d'excuse. Après tout, tu es étranger, toi aussi.

Le Dzethli fit la moue, mais il n'osa pas insister.

Azar se laissa docilement fouiller, bien qu'il se sentît très mal à l'aise. Il détestait qu'on le touche, mais ce n'était pas, en cet instant, son principal souci. Un garde trop zélé pourrait sentir ses excroissances dorsales et s'en étonner… Son cœur se mit à battre très fort contre ses côtes, car l'homme semblait s'intéresser à son turban. Il allait probablement lui demander de l'ôter afin de s'assurer qu'il n'y dissimulait rien.

Il s'efforça de ne pas céder à la panique et se concentra de toutes ses forces. Il réussit, tant bien que mal, à accrocher le regard du garde. L'homme eut un léger sursaut, comme s'il avait été piqué par un insecte, le fixa un moment d'un air hébété, ouvrit la bouche pour s'adresser à lui, puis se ravisa.

— Il n'est pas armé, déclara-t-il en faisant volte-face.

Yrch n'avait rien manqué de l'étrange scène. Il dévisagea le prince, les sourcils froncés, tandis que le garde rejoignait son acolyte au côté du roi, le regard vide de toute expression...

— Ainsi, tu es Khullani, commença Valkir en se penchant sur ses accoudoirs.

Azar résista à la tentation de rétorquer que c'était l'évidence même pour opiner humblement du chef.

— Tu ne manques pas de courage, à te pavaner dans mon château dans cette tenue, remarqua le roi avec raideur.

— Je suis navré que ma mise vous importune, Majesté, répondit le prince en courbant servilement l'échine. Je ne voulais pas me montrer discourtois.

— Tu parles bien notre langue, s'étonna Valkir. Depuis quand vis-tu en Isthmir ?

— Je suis arrivé il y a plus d'un an, Majesté, mais je possédais déjà quelques rudiments d'isthmiri.

— J'en conclus que tu n'es pas un simple homme du peuple… Pourquoi as-tu quitté ton désert ?

— J'ai fui la guerre, Majesté.

Valkir fronça les sourcils.

— Quelle guerre ? cracha-t-il d'un ton méprisant. Pour parler de guerre, il faut que deux camps s'opposent. Or Astar n'a pas rencontré la moindre résistance, du moins, pas à ma connaissance...

Azar vit rouge, mais il se fit violence pour garder tout son calme.

— Pour parler de guerre, Majesté, il faut qu'il y ait des vainqueurs et des vaincus, répliqua-t-il en regardant le roi droit dans les yeux. La conquête a été rapide et facile, certes, mais elle ne s'est pas faite dans la douceur. Mon peuple n'a pu résister car il a manqué de temps et de moyens, mais je puis vous assurer qu'il a beaucoup souffert et continue de souffrir sous le joug du tyran Astar...

— Tu prends de gros risques, étranger, en parlant ainsi de ton souverain, le coupa froidement Valkir. Ignores-tu qu'une délégation khullani est attendue d'un jour à l'autre ?

— Non, Majesté, mais j'irais à l'encontre de mes sentiments profonds et de tous mes principes si je faisais mine d'y être indifférent ou, pire encore, de m'en réjouir.

Un lourd silence accueillit ces paroles. Azar continua de regarder Valkir sans ciller, mais il n'en menait pas large. Peut-être avait-il été trop loin. Dans sa poitrine, les battements s'accélérèrent à tel point qu'il se sentit chanceler. Sa vue se brouilla, mais il était, à cet instant, bien conscient que tous avaient les yeux rivés sur lui. Les jeunes élèves avaient interrompu leur conversation pour le détailler de la tête aux pieds, interdits, tandis que Saenry, qui le voyait déjà probablement pendu haut et court, affichait un sourire victorieux. Quant à Yrch, il levait vers lui un regard horrifié, blanc comme un linge.

Contre toute attente, Valkir se mit à rire. C'était un gros rire tout à fait sincère, sans une once de cruauté.

— Ton franc-parler me plaît, étranger, lança-t-il. Quel est ton nom ?

Pris au dépourvu, Azar hoqueta de surprise. Saenry tourna un regard effaré vers son souverain, la mine pincée, tandis qu'Yrch étouffait un soupir de soulagement.

— Je me nomme Amnor, Majesté, répondit le prince.

— Tes traits me sont vaguement familiers, ajouta le roi en plissant les yeux. Peut-être ai-je connu un membre de ta famille.

— Je ne pense pas, Majesté. Mes parents n'ont jamais quitté Khullan, mentit-il allègrement.

— Peu importe, éluda le roi avec un geste vague de la main. Sais-tu pourquoi je t'ai convoqué ?

Azar eut un toussotement gêné.

— J'imagine que ça a un rapport avec le portrait de dame Iliena.

— Exactement, répliqua Valkir en prenant un ton plus sévère. Ton art a été diversement apprécié à la cour. La principale intéressée a crié au scandale et réclamé ta tête.

Azar blêmit.

— Vous m'en voyez navré, Majesté. Je ne sais comment réparer cette faute…

— Apparemment, tu ignores tout de la morale en vigueur ici, le coupa le roi, inflexible. L'indécence de ce portrait a provoqué un tel émoi qu'on n'entend même plus parler de la visite de la délégation khullani. Il a tant déchaîné les passions que même les plus farouches opposants aux hommes-bêtes de Khullan en oublient de protester.

Il s'interrompit pour se pencher de nouveau sur ses accoudoirs. Alors qu'il dévisageait le prince, son expression scandalisée laissa place à un large sourire complice.

— Tes petites frasques arrangent mes affaires, Amnor. Il est toujours bon de disposer d'un moyen de détourner l'attention, et malgré toi, tu t'es acquitté de cette tâche avec brio. Yrch, avec ses excentricités, était jusqu'à maintenant mon principal atout lorsqu'il s'agissait de distraire les intrigants de ma cour, mais il fait presque partie des meubles, à présent. Avec tout le respect que je te dois, ajouta-t-il à l'intention du petit Dzethli.

Yrch le gratifia d'une élégante courbette, tout sourire.

— Je vous en prie, Majesté, dit-il d'une voix mielleuse.

Le roi répondit d'un bref hochement de tête, puis reporta son attention sur Azar.

— Tu seras le nouvel élève de Saenry, ici présent.

— M-mais Majesté, vous n'y pensez pas ! Ceux-là me donnent déjà beaucoup de travail ! s'écria le peintre, hagard, en pointant un doigt accusateur vers ses cinq apprentis muets de stupéfaction. En plus, cet étranger n'a pas le moindre talent !

— Je n'ai pas le souvenir de vous avoir demandé votre avis, rétorqua Valkir d'une voix de glace. Vous réserverez à Amnor le même accueil qu'à vos autres élèves. Il serait également bon que vous le laissiez s'exprimer, dans les limites qu'impose la bienséance, il va sans dire. J'ai fini par me laisser dire que votre art était un peu poussiéreux. Il mériterait d'être rafraîchi.

— Pardon ? rugit le peintre, au bord de l'explosion. Je n'aurais jamais cru qu'un homme de votre trempe, Majesté, apprécierait de tels barbouillages !

Valkir éclata de rire.

— Ne vous êtes-vous pas demandé ce qu'il était advenu du portrait de dame Iliena ? Tous les hommes de la cour se le sont arraché, mais j'ai fini par trancher. Il trône à présent dans mes appartements, au grand dam de ma tendre épouse.

Azar crut, pendant un instant, que la mâchoire de Saenry allait toucher terre.

— Envisageriez-vous, Majesté, de laisser ma place à cet enturbanné dont nous ignorons tout ? Il n'a même pas de titre, si ça se trouve ! cracha-t-il avec dédain.

— Il sera toujours temps de lui en offrir un, s'il fait ses preuves, répondit Valkir d'un ton badin.

Saenry laissa échapper, en guise de réponse, une sorte de gargouillis outré.

— Ces jeunes gens logent au-dessus des quartiers des domestiques, reprit le roi à l'intention d'Azar.

Il se tourna vers les élèves de Saenry.

— Faites visiter à votre nouveau condisciple le dortoir et les ateliers, puis aidez-le à s'installer, ordonna-t-il, péremptoire.

Les intéressés échangèrent des regards éperdus. Ils ne semblaient pas plus enthousiastes que leur maître, et aux coups d'œil peu amènes qu'ils jetèrent dans sa direction, Azar comprit que les peinturlureurs de la cour d'Isthmir allaient lui donner beaucoup de fil à retordre…

Ψ

L'arche qui enjambait les remparts retint toute son attention tandis qu'il longeait les tombes. Il ne devait pas s'agir de celle-ci, car elle était trop éloignée des jardins, mais elle ressemblait fort à celle qu'il n'avait pas réussi à franchir sans aide, paralysé qu'il était par le vertige… Il se surprit à se rappeler, dans les moindres détails, cette nuit lointaine. Il y avait à peine repensé, pendant toutes ces années, mais à présent qu'il se retrouvait ici, assailli par la sensation qu'il était aussi minuscule qu'une fourmi dans ce long cimetière que surplombaient les immenses murailles, il avait l'étrange impression que son aventure au château d'Isthmir avait eu lieu la veille. Il eut alors une pensée émue pour la jeune aristocrate étrangère qui l'avait sauvé. Qu'était-elle devenue ?

— Vous êtes de la famille d'un mort ?

Il reporta son attention sur la terre ferme. Un homme rachitique se tenait devant lui, une pelle à la main. Il devait être très vieux, car il se tenait courbé et sa mâchoire n'était ornée que de quelques chicots noircis par les ans. De longs cheveux châtains, secs comme de la paille, lui donnaient de faux airs d'épouvantail, tandis que le sommet de son crâne était lisse comme un œuf. Il était très laid, excessivement ridé, mais le profond regard bleu qu'il levait sur lui était aussi perçant que celui d'un chat.

Comme Myst, pris au dépourvu, hésitait à répondre, l'homme détailla son modeste accoutrement. Il eut une moue contrariée, puis lui fit signe de le suivre.

— La fosse commune est par là, mais je vous préviens, c'est pas beau à voir.

— Je ne viens pas voir un mort, dit le voleur d'un ton d'excuse. Je cherche du travail.

Le vieux tourna vers lui un regard intrigué. Il le dévisagea longuement d'un air incrédule, puis eut un hoquet amusé.

— Tu dois être celui dont m'a parlé le balafré. Je t'imaginais moins blanc, et moins jeune aussi. Suis-moi.

Il le mena à l'autre bout du cimetière, là où se dressaient les minables bicoques de bois des travailleurs de la mort. Deux hommes loqueteux occupés à creuser une tombe se redressèrent sur leur passage. Le premier, de taille moyenne, semblait avoir une quarantaine d'années. Le deuxième, très grand et costaud, était plus jeune, mais il avait un visage difforme qui trahissait un intellect défaillant. Ils saluèrent le vieillard et observèrent Myst avec méfiance.

— Un nouveau venu, les informa laconiquement celui qui semblait être le maître des lieux. Jusqu'à ce qu'il s'enfuie en courant, ajouta-t-il entre ses dents, avec un sourire plein de perfidie.

Le plus petit des deux fossoyeurs laissa échapper un rire rauque. Le grand idiot regarda tour à tour les deux hommes. Il n'avait probablement rien compris à la plaisanterie, mais il finit par imiter ses aînés, pour ne pas être en reste.

— Pourquoi m'enfuirais-je ? demanda Myst en s'efforçant de dissimuler son mécontentement.

— Tu n'es pas le premier à te proposer, gamin, lança le fossoyeur du fond de son trou, les deux bras appuyés sur le manche de sa pelle. Je ne vais pas perdre ma salive à t'expliquer, tu verras bien par toi-même. On en causera tout à l'heure, ou bien jamais... Allez, Fernyn, la pause est finie, conclut-il à l'intention du simple d'esprit.

Le dénommé Fernyn continua de fixer bêtement le voleur, la bouche grande ouverte, jusqu'à ce que son acolyte tapote son crâne cabossé du manche de sa pelle. L'arriéré grogna comme une bête fauve mais se mit aussitôt au travail.

— Davyst sait de quoi il parle, dit le vieillard alors qu'ils entraient dans l'une des baraques de guingois. C'est celui qui travaille ici depuis le plus longtemps. Après moi, bien sûr, ajouta-t-il en se postant au milieu de l'unique pièce.

Myst la parcourut d'un regard critique. Il y faisait très sombre, car il n'y avait pas la moindre fenêtre, et la chaleur y était étouffante. Une paillasse et un brasero en constituaient l'unique mobilier.

— C'est le logement des nouveaux. Personne n'y est resté assez longtemps pour en faire un nid douillet, mais si tu t'installes, tu pourras toujours essayer. Quand le soleil cogne comme ça, il y fait une chaleur à crever, mais la nuit le feu est indispensable. Faut juste faire attention que l'air circule pour que la fumée s'évacue, y en a plus d'un qu'a failli y passer…

Ils quittèrent la fournaise et retrouvèrent l'air libre avec soulagement.

— Futé m'a dit que les employés pouvaient amener leur famille, dit Myst d'une voix hésitante, tout en réprimant un frisson d'horreur en imaginant sa pauvre sœur vivant au milieu des morts.

Le vieux confirma d'un hochement de tête.

— J'ai rien contre, mais ce serait bien la première fois qu'un de mes gars ramènerait sa femme dans ce trou. D'ailleurs, les fossoyeurs ne sont quasiment jamais mariés. Question d'odeur, tu comprends… Et s'il n'y avait que l'odeur des morts, passe encore, mais c'est aussi à nous qu'est confiée la récupération de la merde du château.

— Comment ça ? demanda Myst en blêmissant.

Un sourire cruel barra le visage ridé du vieux.

— Tu t'es jamais demandé où allait la merde des nobles ? Parce que les nobles chient, contrairement à ce qu'ils prétendent, et avec tout ce qu'ils bouffent c'est pas de la poussière !

Myst leva vers le château un regard circonspect. Il ne s'était, jusqu'à ce jour, jamais intéressé de trop près à la question de l'hygiène des courtisans.

— Autrefois, leurs latrines donnaient directement sur l'extérieur, poursuivit le vieillard en pointant un doigt tremblant vers les lointaines échauguettes défraîchies qui surplombaient les murailles. Mais il n'était pas rare que des gardes se fassent caguer dessus, et les murs sont devenus si barbouillés de merde que l'odeur a commencé à se répandre à l'intérieur du château, jusqu'à la salle du trône. La reine Telia, mère de Valkir, s'en est trouvée fâchée et a imposé l'usage du pot de chambre. Les premières années, les femmes de chambre étaient chargées de la collecte, mais comme elles se sont mises à sentir la merde, elles aussi, les aristocrates ont gueulé. Ils n'aimaient pas que leurs draps propres aient une odeur, tu vois. Et puis il y a eu cette grande sécheresse qui a provoqué une famine, après quoi les champs autour de la capitale sont devenus aussi infertiles qu'un giron de vieille.

— Je m'en souviens, commenta Myst. Je vivais encore à Sefir à l'époque. Beaucoup avaient migré vers le sud pour trouver de quoi se nourrir.

Le vieux acquiesça.

— C'est à ce moment-là que l'idée leur est venue de collecter les excréments pour en faire de l'engrais. Et c'est à nous que revient ce privilège. Tous les matins, à tour de rôle, on monte au château et on ramasse les pots de chambres.

Myst tiqua.

— Je n'avais pas envisagé de travailler en partie là-haut, protesta-t-il. Je n'ai pas très envie qu'on me voie.

— T'inquiète pas pour ça. Le travail se fait quand tout le monde dort, et les bouseux comme nous ne sont pas autorisés à emprunter les mêmes couloirs que les huiles. Faudrait pas qu'ils soient importunés, tu comprends. Il y a des galeries sous les balcons, qui longent tous les appartements, continua-t-il, intarissable. Ils ont fait construire des trappes dans les chambres, où chacun peut déposer son petit cadeau quand il a fini son affaire. On y accède par un petit escalier qui donne directement sur la fosse à merde adjacente au cimetière, on fait le tour, et on redescend par le même chemin. Ni vu ni connu.

— C'est très ingénieux, remarqua Myst qui, malgré le profond dégoût que lui inspirait la perspective de devenir collecteur d'excréments, ne pouvait s'empêcher d'être admiratif. Et ensuite, que fait-on ?

— Ensuite, on laisse sécher au soleil. Il faut remuer régulièrement, et quand la merde est bien sèche, elle peut servir d'engrais. On l'emmène par chariot dans les campagnes, à tour de rôle aussi, et on la vend aux paysans. On a le droit de garder une petite partie des gains, le reste étant pour le roi, bien sûr. D'ailleurs, heureusement qu'on a ça pour mettre quelques écus de côté, parce que les morts ça paie quasiment pas. De temps en temps, les familles qui le peuvent nous donnent quelques pièces pour nous remercier, mais c'est assez rare. Heureusement, comme on travaille pour le château on a droit aux mêmes rations que les domestiques.

— Pourrai-je gagner assez pour payer une pension digne à un proche parent ? s'interrogea Myst.

— Ce sera difficile, surtout si ta femme est du genre douillet.

— Il ne s'agit pas de ma femme, mais de ma petite sœur.

Le fossoyeur eut une moue contrariée.

— Quel âge a-t-elle ?

— Dans les dix-sept ans, je crois.

— Ça va, ce n'est pas trop jeune, murmura-t-il en jetant un regard énigmatique en direction des deux hommes qu'ils avaient croisés et qui s'étiraient au bord de la tombe fraîchement creusée. Elle peut vivre ici en attendant, si elle n'est pas trop froussarde.

Myst suivit son regard en se demandant où il avait voulu en venir, mais il n'osa pas le questionner plus avant. Le vieillard reporta son attention sur lui pour le jauger d'un regard calculateur, avec un petit sourire en coin.

— Alors, toujours envie de travailler ici ?

Le voleur haussa les épaules.

— Je vais essayer, répondit-il.

Le vieux eut un bref sursaut. Son étonnement semblait sincère.

— D'habitude, à ce moment de l'entretien, les gars s'enfuient en courant, dit-il. J'en ai vu de moins propres et jolis que toi être pris de haut-le-cœur rien qu'en imaginant la fosse à merde…

Puis il fronça les sourcils et l'observa par en dessous, ses yeux de chat étrécis par la suspicion.

— Il n'y a que deux genres d'hommes qui acceptent de travailler ici, prophétisa-t-il. Ceux qui fuient des monstres, ou les monstres eux-mêmes.

Myst lui adressa un vague sourire, tout en se demandant à quelle catégorie pouvait bien appartenir ce vieux meurtri par les ans. Comme il ne répondait pas, l'homme lui tendit une main aux doigts maigres et noueux.

— Je m'appelle Guemdir, dit-il.

— Hilir, mentit Myst en lui serrant la main.

— Alors, par où commençons-nous la visite ? s'exclama Guemdir d'un ton faussement enthousiaste. La fosse à cadavres ou la fosse à merde ?

17

Venue

Chéris la chair de ta chair comme les entrailles qui t'ont donné la vie, la déesse t'observe.

Troisième commandement de la déesse Shara

Ψ

Alors qu'il fendait péniblement la foule, des dizaines de courtisans se précipitèrent pour le saluer. Il leur répondit aimablement, rit à leurs plaisanteries, en asséna quelques autres en réponse et gratifia, comme à son habitude, les femmes de sourires charmeurs et de flatteries ampoulées. De toute évidence, sa popularité n'avait pas fléchi, mais il se serait bien passé, pour une fois, de toutes ces démonstrations de sympathie. Tandis qu'un jeune comte, bien décidé à lui narrer une désopilante partie de chasse, lui interdisait toute progression, Yrch jeta un coup d'œil contrarié en direction du balcon…

L'arrivée de la délégation avait été annoncée tôt dans la matinée. Quand la nouvelle s'était répandue, nombre de courtisans avaient renoncé à leurs projets de la journée afin d'assister à l'événement. Pris de court, les intendants n'avaient cessé de parcourir le château de long en large, beuglant des ordres aux sous-intendants, qui eux-mêmes se mettaient à courir d'un bout à l'autre des quartiers dont ils avaient la charge pour organiser leur armée de domestiques. Les suites réservées aux émissaires étrangers n'avaient plus servi depuis de nombreux mois et sentaient le renfermé. Il fallait, dans l'urgence, les aérer, changer les literies, dépoussiérer les tentures, disposer sur les tables d'impressionnants bouquets de fleurs en guise de cadeaux de bienvenue. Aux cuisines, l'agitation était à son comble, car on ignorait tout du régime alimentaire des hommes-bêtes. Le cuisinier en chef avait longuement réfléchi en lissant sa barbe poivre et sel, ses sourcils broussailleux se rejoignant en un unique trait épais au-dessus de ses yeux plissés.

— Ça ne doit pas beaucoup aimer les légumes, avait-il alors déclaré d'un ton définitif. Qu'on m'amène autant de gros gibier que possible !

Au milieu de toute cette effervescence, les nobles courtisans trépignaient. Le bruit s'était mis à courir que certains délégués khullanis avaient traversé les montagnes par la voie des airs, et chacun voulait être aux premières loges pour assister à l'arrivée des légendaires ibyzohars. L'on avait alors réclamé que le salon d'été fût ouvert, car il offrait le meilleur point de vue sur les jardins, où les volatiles atterriraient immanquablement. Or, le salon n'avait pas servi depuis la fin de l'été précédent, et devait être nettoyé à grandes eaux. Les domestiques étant déjà débordés, et l'affaire extrêmement pressée, l'on avait réquisitionné les valets et écuyers d'ordinaire affectés au service privé. Les intéressés n'avaient pas caché leur mécontentement, mais ils n'avaient eu d'autre choix que de s'atteler à la préparation du salon. Quand enfin l'on fut assuré qu'il n'y avait plus de risque que les dames y salissent leurs somptueuses toilettes, l'on avait ouvert en grand les baies et installé des sièges sur le vaste balcon qui surplombait les jardins. Les courtisans s'étaient alors précipités pour être les plus proches du garde-fou, ce qui n'avait pas manqué d'occasionner quelques incidents fâcheux, entre autres un écrasement de pied particulièrement outrageant subi par la comtesse d'Oswin…

Le comte acheva enfin son pénible récit. Yrch n'avait rien écouté, car il cherchait des yeux le prince, mais à la mine expectative qu'affichait son interlocuteur, il devait attendre une réaction enthousiaste. L'acteur s'esclaffa ostensiblement, puis s'éloigna sans demander son reste.

Il parvint, miraculeusement, à se faufiler jusqu'au balcon bondé. Jouant des coudes, il tenta de s'approcher du garde-fou, sans grand succès. Il se tint sur la pointe des pieds et parcourut du regard les premiers rangs. À force de protestations, la comtesse d'Oswin était parvenue à y déloger un spectateur et avait pris d'assaut son fauteuil. La jambe tendue devant elle, elle faisait mine de se masser le mollet, une grimace d'indicible souffrance déformant son visage adipeux. Yrch la soupçonna d'en rajouter des tonnes, mais c'était de bonne guerre. Au côté de la dame blessée, Iliena feignait de s'intéresser à ses malheurs en lui tenant la main. La scène prêtait à sourire, car il était de notoriété publique qu'elle détestait la comtesse. Elle avait dû, avec la roublardise qui la caractérisait, profiter de la situation pour s'assurer une bonne vue. Comme leurs regards se croisaient, Yrch lui adressa un sourire aimable. La belle brune l'ignora superbement et tourna la tête d'un air indigné. Elle n'avait toujours pas accepté que son ami prît fait et cause pour le portraitiste qui l'avait si vilement peinte sous son véritable jour au lieu de la représenter sous les traits d'une sainte. Depuis quelques jours, elle tentait tant bien que mal de se faire passer pour la plus vertueuse des femmes, alors que sa réputation de catin n'était plus à faire. Yrch ne s'inquiétait pas à son sujet. Elle lui refuserait probablement sa couche pendant plusieurs semaines, puis le naturel reprendrait le dessus...

Son regard s'arrêta alors sur le groupe d'hommes qui occupait le côté ouest du balcon. Il reconnut sans peine Saenry à son éternel chaperon vert, ainsi que ses élèves à leurs extravagantes coiffures. Leur mise était comme toujours impeccable, à la dernière mode, mais ils s'évertuaient à porter leurs chapeaux à plumes de guingois, en équilibre précaire sur leurs têtes, afin de se donner des airs d'artistes inspirés. Vélins et fusains à la main, ils exécutaient des croquis des jardins, des occupants du balcon et du ciel chargé de nuages à grands gestes nonchalants, pour donner l'illusion de la facilité, sous l'œil sévère d'un Saenry bien droit, les bras croisées sur la poitrine, plus que jamais conscient de sa propre importance.

En sautillant par-dessus l'épaule d'un noble qui expliquait à une jeune femme le fonctionnement de son onéreuse longue-vue, Yrch parvint à attirer l'attention de l'un des élèves de Saenry.

— Où est Amnor ? cria-t-il pour couvrir le brouhaha de la foule.

Le jeune homme eut un demi-sourire, haussa les épaules et se désintéressa de lui.

À cet instant, Yrch sut qu'il était arrivé malheur à Azar. Il fit volte-face et força le passage. Traverser le balcon et le salon d'été en sens inverse était bien plus aisé, mais malgré son souci de discrétion, il fut plusieurs fois hélé par des hommes et des femmes désireux de jouir de sa distrayante conversation. Il s'était toujours fixé comme règle d'or de rester disponible, même pour les plus ennuyeux des courtisans, car sa notoriété si chèrement acquise demandait un entretien de chaque instant. Cependant, son inquiétude pour le prince absent l'emporta et, pour la première fois depuis qu'il fréquentait l'hypocrite société des courtisans du château d'Isthmir, ce fut sans aucun état d'âme qu'il envoya tout ce beau petit monde sur les roses.

Une fois sorti, il longea les luxueux logis de l'aile sud. Il ne se rappelait pas avoir déjà vu cet endroit aussi désert. Il n'y croisa qu'une poignée de distraits, qui s'étaient regardés trop longuement dans le miroir pour se rendre compte que tout le monde avait déjà quitté le navire, ainsi que quelques nobles étonnamment mal attifés : privés des précieux valets qui les habillaient d'ordinaire de pied en cape, les malheureux avaient dû se retrouver tout penauds au milieu de leurs colossales garde-robes…

Tous ces retardataires passèrent près d'Yrch en trottinant gauchement, manquant tomber à chaque pas à cause de leurs souliers à talonnettes. Ils le frôlaient sans même le saluer, tout occupés qu'ils étaient à ajuster, à l'aveuglette, les coiffes impossibles dont ils s'étaient affublés à la va-vite avant de quitter leurs chambres. En d'autres circonstances, l'acteur se serait probablement offusqué d'un tel manque de savoir-vivre, mais il était trop pressé pour se préoccuper d'eux.

Quand il pénétra dans l'aile ouest, il fut saisi par le changement de décor. Les couloirs y étaient plus étroits, les portes moins espacées et dépourvues de moulures, et l'éclairage laissait à désirer. C'était ici que l'on logeait, pêle-mêle, l'insignifiante noblesse de campagne de passage dans la capitale, les riches roturiers invités à l'occasion d'une transaction commerciale, ainsi que les administrateurs de province. Quant aux sous-intendants et serviteurs, ils avaient leurs quartiers à l'extrémité de l'aile. C'était au-dessus de cette domesticité, isolés dans une tour octogonale, que les artistes de la cour laissaient libre court à leur inspiration.

Se rendant soudain compte qu'il n'avait jamais mis les pieds dans cette partie du château, qui n'était pourtant qu'à quelques toises de la porte de ses appartements, Yrch se sentit un peu honteux. Le fouineur invétéré qu'il était autrefois n'aurait jamais laissé la moindre soupente d'un château inexploré, aussi grand fût-il ! Était-il, par hasard, en train de devenir vieux ?

Ce fut en ruminant cette sombre pensée qu'il traversa l'aile ouest d'une seule traite, d'un pas déterminé. Il s'engagea dans les escaliers qui menaient au dortoir des peintres dans un petit trot souple, probablement pour se convaincre qu'il était encore jeune et fringant, puis s'immobilisa devant une première porte. Il frappa, mais n'obtint aucune réponse. Il jeta un coup d'œil à l'escalier en colimaçon qui continuait de monter, se demandant de combien d'étages était dotée cette tour. Il se morigéna alors de n'avoir pas dressé un plan des lieux dès son arrivée.

Après s'être assuré, d'un rapide coup d'œil, que l'endroit était bien désert, il retourna sa manche dentelée et en extirpa rapidement le crochet qu'il dissimulait toujours dans la doublure. Cela faisait bien longtemps qu'il ne s'était plus amusé à ce petit jeu, et il se prit à craindre d'avoir perdu la main. Il enfonça le crochet dans la serrure et tâtonna quelques instants, hésitant, la langue pendante comme un élève bien appliqué. Il eut tôt fait de repérer la faiblesse et vint à bout du pêne d'une rapide torsion de poignet. Les serrures rudimentaires d'Isthmir n'avaient rien à voir avec les complexes mécanismes de Khull, mais la facilité du crochetage n'empêcha pas l'acteur de ressentir une certaine griserie tandis que la porte s'entrebâillait doucement devant lui. Redécouvrant, soudain, l'excitation que procurait l'exploration d'un lieu interdit, il se demanda comment il avait pu se laisser aller, ces derniers mois, à mener la vie banale et sans surprise d'un simple courtisan.

Il entra sur la pointe des pieds dans ce qui était, à première vue, un immense atelier de peinture. Les murs disparaissaient derrière l'amoncellement de toiles vierges et de châssis, tandis qu'une forêt de chevalets de toutes formes et de toutes tailles occupait l'essentiel de la pièce. Ces derniers étaient disposés avec si peu de logique qu'ils semblaient avoir poussé au hasard, comme des arbres sauvages, mais l'on avait libéré assez d'espace, au centre de l'atelier, pour le plus grand d'entre eux, dont les branches s'élevaient si haut qu'elles touchaient presque le plafond. Une toile monumentale y était en cours de réalisation. Il était difficile d'en déterminer le sujet, car plusieurs escabeaux dissimulaient l'œuvre, mais il suffit à Yrch d'en apercevoir un infime morceau pour reconnaître, à coup sûr, le style pompeux de Saenry.

— Amnor ? appela-t-il, à tout hasard.

Comme personne ne répondait, il s'engagea dans le labyrinthe des chevalets. Il regarda dans tous les coins sombres, appelant régulièrement le prince, mais le désordre était si total qu'il eut du mal à s'orienter et revint plusieurs fois sur ses pas. Il songea alors que l'endroit était idéal pour entreposer un corps : les cachettes ne manquaient pas et l'odeur de peinture était trop prenante pour qu'on pût sentir celle de la mort… Il secoua vivement la tête pour chasser cette horrible pensée. Saenry et ses élèves, portés par la jalousie, étaient probablement capables de bien des mesquineries, mais sûrement pas de commettre un meurtre de sang-froid.

Il s'immobilisa comme son regard était attiré par une peinture. Elle ne faisait pas partie des plus grandes, ni des plus travaillées, mais quelque chose l'interpella. Elle figurait un grand incendie nocturne, au cœur d'une ville. Il était impossible de distinguer ce qui brûlait, tant les flammes étaient hautes, mais l'on devinait, autour du brasier, des silhouettes évanescentes qui fuyaient le drame à toutes jambes, les bras haut levés.

Yrch s'approcha lentement de la toile, bouche bée. Le mouvement des flammes était si bien rendu que, pendant un bref instant, il crut qu'elles dansaient réellement devant ses yeux, et la panique des victimes était si palpable qu'il put presque entendre leurs cris. Il se sentit soudain très mal à l'aise. Le style de cette peinture était bien trop subtil et réaliste pour qu'il s'agît du travail d'un élève de Saenry. Mais pourquoi diable Azar s'était-il attelé à peindre une scène aussi macabre ? Quelque chose clochait dans cette peinture, mais il n'arrivait pas à mettre le doigt sur ce qui la rendait si dérangeante. Il se pencha, fasciné, pour tenter de comprendre, et ce fut alors qu'il les vit : tout au bord du tableau, deux grands loups couraient à perdre haleine pour échapper aux flammes. La scène aurait pu sembler banale si les canidés, curieusement vêtus à la mode isthmiri, ne s'étaient déplacés sur deux pattes…

Un gros *boum* provenant du plafond mit un terme à sa contemplation ébahie. Il fit un bond d'un mètre et regarda tout autour de lui, un peu perdu. Il remarqua alors, non loin de là, un deuxième escalier qui menait à l'étage supérieur. Il s'y précipita à toute allure, manquant trébucher sur toutes sortes d'objets, et monta les marches quatre à quatre. Par chance, la porte sur laquelle donnait l'escalier n'était pas fermée à clé. Il l'ouvrit à la volée et pénétra dans le long dortoir des peintres.

Ψ

Elle regardait, abasourdie, le poignard fiché dans sa main tremblante, se demandant quel mauvais génie lui avait soufflé cette idée. Entre ses doigts moites, tout près de son ventre, il lui réclamait son dû. Sous la lumière de la mi-journée, les scintillements de la lame lui firent l'effet de clins d'œil complaisants.

Les pensées se bousculaient dans sa tête, filant comme le vent sans qu'elle pût se raccrocher à aucune d'elles. Que s'apprêtait-elle à faire ? Était-ce ainsi que tout devait se terminer ? Elle qui n'avait jamais choisi son destin... Était-ce l'unique choix que les dieux daigneraient lui accorder ?

Elle prit une profonde inspiration, éloigna la lame acérée de son corps et ferma les paupières. Il suffirait d'un instant de courage, un seul... Puis elle songea à l'agonie, qui pourrait durer des heures...

Elle rouvrit les yeux, résignée, laissa tomber l'arme à ses pieds et s'approcha d'un pas déterminé de la fenêtre ouverte. Elle n'avait jamais, jusqu'à ce jour, pensé à la façon la plus raisonnable d'en finir, mais à cet instant, la défenestration lui sembla la plus appropriée. Elle se pencha, avec la ferme intention de ne pas se laisser impressionner par le vide. Comme la chaleur étouffante du printemps khullani s'abattait sur elle telle une chape de plomb, elle se sentit défaillir. Elle fut soudain prise de nausée et, répondant à l'appel pressant de la nature, se précipita vers le bassin vide et s'agenouilla au bord.

Ses muscles se contractèrent douloureusement, car elle n'avait plus rien d'autre à vomir que de la bile. Elle n'avait rien pu avaler depuis deux jours, tant sa terrifiante intuition lui avait serré les entrailles. Cet ultime renvoi venait-il confirmer ses soupçons, ou n'était-ce qu'une manifestation de son angoisse ? Elle se raccrocha à cet infime espoir tandis qu'elle se redressait, toute tremblante, le front baigné de sueur, puis s'éloigna du bassin d'un pas chancelant.

Amary entra sur ces entrefaites. Os était sur ses talons, la langue pendante. Le gros chien-loup trottina vers Triska et s'assit à ses pieds afin, comme toujours, de recevoir une caresse. Perdue dans ses sombres pensées, la reine la lui accorda distraitement. Alors que l'animal, satisfait, courait vers l'ancien atelier d'Azar où Amary avait pris ses quartiers, elle se félicita de n'avoir pas répondu à l'appel du poignard. Ç'aurait été un spectacle effroyable pour un si jeune garçon...

— Bonjour, Majesté ! s'écria joyeusement le petit page en se fendant d'une rapide courbette. Il fait une de ces chaleurs, dehors !

— Où étais-tu ? demanda Triska sans réel intérêt.

— Aux écuries, répondit le gamin en se dirigeant vers sa chambre. Il y fait frais, et Calel avait besoin d'aide pour mettre de l'ordre chez Bragar.

Il s'immobilisa sur le seuil et tourna vers Triska un regard intrigué.

— J'ai l'impression que plus on range, plus c'est le bazar, s'étonna-t-il, les mains sur les hanches. Calel et moi, on commence à soupçonner Bragar de passer ses nuits à remettre du désordre, rien que pour nous contrarier.

— Pourquoi insistez-vous, dans ce cas ? demanda-t-elle, vaguement amusée.

— Parce que Calel n'en peut plus ! Il arrive à peine à accéder à sa paillasse, quand celle-ci n'est pas recouverte d'immondices ! Il en vient à envisager de retourner s'installer dans la tour des serviteurs, avec les autres palefreniers. C'est dire s'il est désespéré…

— J'ignorais que Calel couchait aux écuries, dit-elle, les sourcils froncés.

Amary haussa les épaules.

— Je ne sais pourquoi il a eu droit à ce traitement de faveur, mais plus ça va, plus le privilège prend des airs de punition. Évidemment, les autres lads l'ont mal pris, surtout qu'ils sont au service de Bragar depuis plus longtemps que lui… S'ils savaient quel bordel c'est, à l'étage, ils ne le jalouseraient plus !

Ce doit être pour leurs activités clandestines, songea Triska. *Il est plus facile de quitter discrètement le château depuis les écuries qu'en traversant les quartiers des serviteurs…*

— Je n'ai aucune tâche à te confier pour l'instant, tu peux te reposer, lui accorda-t-elle.

— Merci, Majesté, répondit-il en la gratifiant d'un sourire reconnaissant.

Quand il eut disparu dans sa chambre, Triska se mit à tourner autour du bassin, les mains dans le dos, en évitant soigneusement de laisser son regard s'égarer sur les traces de vomissures qui en tapissaient le fond. Au lieu de ressasser toujours les mêmes détestables craintes, elle préféra penser aux avancées encourageantes de la rébellion.

Les cas d'*indispositions* - car c'était ainsi que les hommes-torglaths se plaisaient à nommer l'étrange maladie qui ne touchait que ceux de leur race - avaient considérablement augmenté depuis la fameuse réunion secrète. Les Khullanis s'étaient donné le mot et la facilité avec laquelle tout un chacun pouvait reproduire le poison de Saska y était pour beaucoup dans sa fulgurante dispersion. À présent, tout homme et toute femme ayant eu maille à partir avec un homme-bête, autrement dit, l'écrasante majorité des habitants de cette ville, disposait du pouvoir de se venger par un moyen simple et, mieux encore, totalement indétectable. Même si les bourreaux se relevaient tous, pour le moment, de leurs *indispositions*, le spectacle de leur souffrance avait au moins le mérite de mettre du baume au cœur des Khullanis.

Raka lui avait rapporté que, lors du conseil de l'avant-veille, l'épidémie avait été au centre des débats. Elle avait prétendu que les hommes-bêtes qui y siégeaient, dont certains présentaient tous les symptômes de la maladie, avaient montré quelques premiers signes de peur. Triska, pour sa part, s'était montrée moins optimiste. Elle doutait que ces brutes pussent se laisser impressionner par quelques nausées et une intense fièvre. Au moins, tant que la maladie accaparait leur attention, ils disposaient de moins de temps pour planifier la construction des nouvelles forges…

Un nouveau haut-le-cœur la tira de ses pensées. Elle s'immobilisa, la main sur la bouche, avec la ferme intention de résister. Mais la pression fut trop forte et elle se retrouva à nouveau à quatre pattes au bord du bassin, les yeux révulsés, un dégoûtant filet jaunâtre pendant nonchalamment entre ses lèvres entrouvertes.

— Bon sang, murmura-t-elle comme ce dernier se prenait dans sa longue chevelure auburn.

Elle tentait tant bien que mal de faire disparaître l'inélégante preuve quand Raka entra dans ses appartements. La vieille femme regarda la reine agenouillée d'un air contrarié, un sourcil haut levé sur son front ridé.

— Que faites-vous ? demanda-t-elle de but en blanc.

Triska sentit ses joues chauffer plus que de raison. Elle dut s'empourprer violemment, car Raka se précipita à sa rencontre avec une rapidité inhabituelle chez une personne de son âge. Alors qu'elle se penchait par-dessus l'épaule de Triska et découvrait les vomissures qui jalonnaient le fond du bassin, ses yeux se plissèrent jusqu'à ne plus former que deux minuscules fentes.

— Oh non, dit-elle en blêmissant. L'épidémie se transmettrait désormais aux humains ?

Triska leva vers la vieille femme un regard hébété.

— Je ne pense pas que ça ait le moindre rapport, répondit-elle, soulagée de s'en tirer à si bon compte. J'ai dû manger quelque chose qui est mal passé.

— Je vais chercher de l'eau pour laver ça, décida Raka.

— Merci, je vais m'allonger un peu.

La reine se redressa lentement, contourna la domestique et se dirigea d'un pas décidé vers sa chambre. Elle allait ouvrir la porte quand Raka l'interpella.

— Vous ne me cacheriez pas quelque chose, par hasard ?

La main de Triska s'immobilisa sur la poignée.

— Qu'est-ce qui te fait dire ça ? demanda-t-elle en se tournant vers la vieille femme, le cœur battant la chamade.

Elle réprima un sursaut en découvrant le poignard dans la main de Raka. Elle le faisait tourner entre ses doigts et l'observait d'un œil intrigué. *Quelle sotte !* se gourmanda Triska, tout en s'efforçant d'afficher un air parfaitement neutre.

— Je l'avais sorti pour le nettoyer, mentit-elle effrontément.

— Je vous trouve extrêmement nerveuse, Majesté, rétorqua Raka en la dévisageant intensément.

Un lourd silence s'installa. Comme Raka ne la quittait pas des yeux, Triska eut l'étrange sensation qu'un piège venait de se refermer sur elle. Elle n'allait pas pouvoir se défiler longtemps face au regard acéré de la vieille femme. Elle sentit que ses lèvres se mettaient à trembler.

Raka, à qui aucun détail n'échappait, dut lire son profond désarroi dans son regard. Soudain, son expression devint très grave et son visage pâlit.

— Ne me dites pas que…

Triska hocha lentement la tête.

— J'en ai bien peur, avoua-t-elle du bout des lèvres.

La bouche de Raka s'ouvrit très grand, comme pour pousser un cri, mais elle resta muette de stupéfaction. Elle jeta alors un coup d'œil méfiant en direction de l'ancien atelier.

— Le petit est-il ici ? demanda-t-elle dans un murmure.

— Oui.

Elle fit signe à Triska d'entrer dans sa chambre, trottina sur ses talons et referma précipitamment la porte.

— Asseyez-vous, dit-elle d'un ton anormalement autoritaire. Une femme dans votre état doit…

— Ne commence pas, Raka, la coupa froidement la reine. Je n'ai pas l'intention de garder le lit et de me laisser cajoler pendant neuf mois !

En dépit de son profond agacement, elle se laissa tomber lourdement sur le lit et poussa un long soupir de soulagement. La vieille femme tira la chaise de la coiffeuse, la posa près d'elle et y prit place.

— Astar est-il au courant ? s'enquit-elle.

— Bien sûr que non ! grogna Triska, les yeux exorbités.

La vieille femme hocha la tête et, un pli de concentration barrant son front, releva ses manches d'un geste expert.

— Que fais-tu ?

— Je vais vous examiner.

— Quoi ? s'effraya Triska. Mais il n'y a encore rien à voir !

Raka souffla, exaspérée.

— De simples vomissements ne constituent pas une preuve suffisante. Déshabillez-vous.

Triska s'empourpra jusqu'au bout des ongles.

— Il n'en est pas question ! protesta-t-elle.

— Écoutez-moi bien, ma jolie, dit Raka entre ses dents serrées, un index menaçant pointé sur le nez de Triska. J'ai suivi bien plus de grossesses, des premiers signes jusqu'à l'accouchement, que vous ne le soupçonnez. À commencer par celle de votre mère !

Triska regarda la vieille domestique d'un air ahuri.

— C'est toi qui m'as sortie du ventre de ma mère ? s'exclama-t-elle avec une grimace horrifiée.

— Exactement, confirma Raka. Et je puis vous dire que ni elle, ni sa majesté Marta n'ont fait la mijaurée quand je leur ai demandé d'écarter les cuisses, et elles avaient autrement plus d'envergure que vous !

Triska était si étonnée par cette tardive révélation qu'elle ne songea même pas à s'offusquer de l'indélicatesse de sa femme de chambre. Comme un pantin, elle entreprit d'ôter sa robe.

— Quand avez-vous saigné pour la dernière fois ? demanda sèchement Raka.

— Je ne sais plus. Ça fait un moment déjà, répondit Triska, le regard dans le vide.

— Vos seins sont-ils douloureux ? Combien de fois par jour se produisent ces nausées ? Plutôt le matin ou le soir ? Votre odorat ou votre goût sont-ils altérés ? enchaîna la vieille.

Nue comme un ver, Triska se recroquevilla et tenta vainement de cacher ses seins sous son bras.

— J'ai l'impression d'avoir deux enclumes en guise de mamelles et je vomis constamment, répondit-elle au terme d'une longue réflexion. Quant au goût, je ne saurais dire, je n'ai rien mangé depuis deux jours.

— Ce n'est pas bien ! la sermonna sévèrement Raka. Cet enfant part très mal dans la vie, si vous ne le nourrissez pas convenablement !

Triska laissa échapper un ricanement proche de l'aboiement.

— Je me fous qu'il fasse bonne chère ! cracha-t-elle, livide de colère. Je ne veux pas que ce monstre grandisse dans mon ventre, tu entends ? Je veux m'en débarrasser, et si je dois me laisser mourir de faim pour cela, eh bien soit.

Raka eut un mouvement de recul et fixa la reine avec une expression si tragique que Triska crut, dans un moment de terreur, que l'impassible momie allait se mettre, peut-être pour la première fois de sa vie, à pleurer à chaudes larmes.

— Vous ne pensez pas ce que vous dites, finit-elle par lâcher, d'un ton si assuré que la rage de Triska redoubla d'intensité.

— Bien sûr que si ! rugit-elle. Et j'aurais espéré que tu m'aiderais ! Tu dois bien connaître quelques tours de sorcière pour cela, avec ta si longue expérience…

— J'ai toujours œuvré à donner la vie, jamais à la prendre ! se défendit énergiquement Raka. Chaque enfant est un cadeau des dieux, quelles que soient les circonstances de sa conception…

— Tssss, à d'autres ! la coupa Triska. Tu ne me feras pas croire que toutes les femmes dont tu t'es occupée étaient aux anges et qu'aucune ne t'a jamais fait une telle demande !

— Ce serait mentir, en effet, mais je n'ai jamais accepté. Je les ai convaincues de garder leur enfant et de le chérir plus qu'elles-mêmes… La dernière grande prêtresse de Shara aurait-elle oublié les commandements de sa déesse ?

Il ne manquait plus que celle-là, songea Triska en se renfrognant, mais elle garda tout le chapelet de blasphèmes qui lui montaient aux lèvres bien coincé au fond de sa gorge.

Comme elle croisait les bras pour afficher ostensiblement son mécontentement, sa poitrine se rappela douloureusement à elle. Elle se souvint soudain qu'elle était nue, mais elle était trop agacée pour s'en sentir gênée.

— Évidemment, aucun de ces marmots dont tu as sauvé l'inestimable vie n'était issu d'un gros porc cornu affublé d'une double rangée de dents, ronchonna-t-elle.

— Ça ne change rien, répliqua Raka en secouant lentement la tête. Ce petit n'est en rien responsable de ce qu'il est. Il ne faut pas le condamner pour être l'enfant de son père. Des hommes bons naissent d'hommes cruels, parfois. Il suffit qu'ils aient reçu assez d'amour…

— Bla bla bla, éluda la reine avec un geste méprisant de la main. Je suis lasse de tous tes poncifs, vieille femme, reluque-moi donc tout ça et qu'on en finisse.

Sans aucune pudeur, elle s'allongea et écarta les jambes sous le nez de la domestique. Raka lui jeta un coup d'œil surpris, puis se mit à sourire.

— Vous voyez, vous êtes déjà plus coopérative, remarqua-t-elle d'un ton satisfait.

Triska haussa les épaules.

— Je n'ai pas la force de me tuer, avoua-t-elle d'une voix blanche. J'imagine donc que je dois me résigner à devenir mère. Une fois de plus, les dieux ont décidé pour moi... Eh !

Elle se redressa pour foudroyer la domestique du regard.

— Pensiez-vous que j'allais me contenter d'un examen de surface ? s'étonna Raka.

Triska se rallongea dans un soupir et ferma les yeux. Ces attouchements étaient très désagréables, mais si la vieille les jugeait nécessaires…

— Vous êtes bien enceinte, finit par déclarer placidement Raka. Vous pouvez vous rhabiller.

Triska ne fut pas surprise pour un sou, mais cette annonce fut tout de même un choc. Elle se redressa, s'empressa de renfiler sa robe et se rassit sur le lit, toute penaude.

— Je ne pourrai jamais l'aimer, ce gosse, déclara-t-elle après un long silence. Tant pis pour lui.

— Pour le moment, vous reportez votre haine d'Astar sur lui, mais lorsque vous le tiendrez dans vos bras, quelque chose se produira, vous verrez, prophétisa Raka. Votre instinct vous poussera à l'aimer, que vous le veuillez ou non, et qu'importeront ses cornes et ses dents !

Triska déglutit péniblement. Elle avait tout fait, jusqu'à cet instant, pour oublier son égarement passager. Elle en avait terriblement honte. Non pas à cause d'Astar, mais de Kesher… Elle hésita longuement, pesant le pour et le contre… Puis, alors que Raka s'apprêtait à quitter la pièce, elle prit son courage à deux mains.

— Je ne t'ai pas tout dit, lâcha-t-elle précipitamment.

Raka fronça les sourcils.

— Je vous écoute.

Triska se tordit les mains tandis que son teint virait à l'écarlate.

— Je ne suis pas certaine qu'Astar soit le père de l'enfant.

Pendant de longues secondes, Raka resta aussi immobile qu'une statue dans l'encadrement de la porte, à fixer bêtement un point indéterminé de la fresque peinte par Azar. Puis elle se ranima soudain et laissa échapper un long sifflement estomaqué.

— Saska ? demanda-t-elle d'une voix hésitante, osant à peine y croire.

Triska acquiesça en lui jetant un regard en coin, les lèvres pincées comme un enfant qui attend une punition bien méritée.

— Mais quand avez-vous pu…

— Au retour de la réunion, dans le chariot, avoua Triska, plus mortifiée que jamais.

Raka haussa un sourcil incrédule.

— Voilà qui change toute la donne.

Elle se mit à faire les cent pas dans la chambre en se mordillant la joue, soucieuse.

— Ça risque de compliquer les choses si vous accouchez d'un humain. Cela dit, on ne sait pas ce qui arrive lorsqu'un tel croisement se produit. Si ça se trouve, un enfant d'humaine et d'homme-bête naît parfaitement normal, et les changements n'interviennent que plus tard, comme pour Azar… Non, cette comparaison est malvenue, Azar était le fruit de l'union de deux humains, je n'ai aucun doute à ce sujet…

Tandis que Raka marmonnait dans sa barbe, échafaudant toutes sortes de théories farfelues sans reprendre son souffle, Triska secoua lentement la tête, dépitée. Elle avait su, dès le premier baiser échangé avec Saska, qu'elle commettait une terrible erreur. Mais le succès de la réunion l'avait plongée dans une telle euphorie qu'elle avait perdu la raison et s'était laissée aller à satisfaire un besoin irrépressible de chaleur humaine.

— Je ne suis qu'une pauvre idiote ! se morigéna-t-elle. En plus, ce n'était vraiment pas terrible.

Cet aveu mit un terme au monologue de Raka. La vieille femme s'immobilisa devant Triska pour la toiser de toute sa hauteur et tenta de se composer une mine sévère, dans l'intention peut-être de lui resservir l'une de de ses sempiternelles leçons de morale. Cependant, elle fut incapable de réprimer le demi-sourire qui trahissait le fond de sa pensée. Triska le lui rendit timidement.

Les deux femmes se regardèrent longuement, interdites, puis éclatèrent d'un même rire.

Ψ

— Azar ? appela-t-il, le souffle court, sans même se rendre compte qu'il commettait un impair en prononçant le nom du prince à haute voix.

Plusieurs plaintes étouffées répondirent à son appel. Il courut jusqu'au fond de la pièce et découvrit, ligoté comme un cochonnet prêt à passer au tournebroche, le prince qui se tortillait désespérément entre deux couches défaites. Ses mains et ses pieds étaient attachés tout ensemble, dans le dos, à l'aide de grosses cordes, tandis qu'un bâillon crasseux serrait étroitement sa bouche. À la position plus qu'inconfortable dans laquelle il se trouvait, Yrch devina qu'il venait de tomber lourdement du lit où on l'avait abandonné.

— Grands dieux ! laissa-t-il échapper dans un souffle.

Tandis qu'il le regardait bêtement d'un air incrédule, les bras ballants, Azar se tordit le cou pour tourner la tête dans sa direction.

— 'Èch que 'a'en 'our 'eu 'é'acher, 'é'in ? bredouilla-t-il, ses grands yeux noirs jetant des éclairs.

Yrch haussa un sourcil circonspect comme il cherchait à deviner le sens des borborygmes du prince. *Qu'est-ce que t'attends pour me détacher, crétin ?* finit-il par comprendre.

— Oui, bien sûr, toutes mes excuses, dit-il en s'agenouillant.

Il commença par ôter son bâillon, puis s'échina à dénouer les liens. Peu habituées aux travaux de force, ses mains délicates eurent tôt fait de se retrouver rougies et écorchées par les frottements.

— Ils n'y sont pas allés de mainmorte, les salauds, marmonna-t-il alors qu'il tentait, pour la énième fois, de desserrer le même nœud.

— C'est de bonne guerre, répondit platement Azar.

Yrch jeta un coup d'œil intrigué au prince. Il remarqua que son altesse avait délaissé son habituelle robe khullani pour adopter la mise de ses nouveaux confrères. Le pourpoint cintré et les chausses pour lesquels il avait opté ne manquaient pas d'élégance, mais leur couleur lie-de-vin soulignait trop, à son goût, l'extrême pâleur de son teint. Il avait fait quelques efforts pour harmoniser son maquillage, mais n'était pas parvenu à estomper totalement l'ombre qui cernait naturellement ses yeux. Évidemment, le bandeau couleur sang dont il avait recouvert ses bosses frontales n'arrangeait rien à l'affaire.

— Vous risquez de faire peur à la cour, si vous vous trimballez dans cette tenue, lâcha-t-il, désapprobateur.

— Qu'est-ce qu'elle a, ma tenue ? grommela Azar.

— Vous avez l'air d'un spectre, Altesse. Un spectre très séduisant, mais tout de même…

Azar eut un grognement mécontent. Yrch se demanda un instant lequel des mots “spectre” ou “séduisant” le contrariait le plus, puis décida que la question n'avait pas d'importance. Quand il eut défait le dernier nœud, Azar se leva d'un bond.

— Faire peur à la cour me convient parfaitement. Je ne tiens pas à m'attirer trop de sympathie, dit-il en s'époussetant sommairement.

— Et pourquoi donc ? s'enquit Yrch.

— Ce n'est pourtant pas difficile à comprendre, répondit Azar avec impatience. Moins je fréquenterai de monde, moins je prendrai le risque d'être démasqué.

— Je pense, Altesse, que vous prenez le problème à l'envers, rétorqua Yrch en se fendant d'un sourire finaud. Croyez-en ma longue expérience : plus vous fuirez le monde, plus vous attiserez les curiosités…

— J'y réfléchirai, le coupa froidement Azar. Où est passé mon chapeau ?

— Voulez-vous parler de cette chose ? demanda Yrch en désignant un invraisemblable galurin rouge emplumé qui avait roulé à quelques pas de là.

Azar se précipita vers le chapeau et le coiffa à la va-vite. Voyant qu'Yrch grimaçait, il le toisa d'un œil mauvais.

— Quoi encore ? cracha-t-il.

L'acteur poussa un long soupir.

— Si vous me permettez, dit-il en s'approchant prudemment, comme s'il craignait d'être mordu par une bête fauve.

Il se mit sur la pointe des pieds et inclina le chapeau d'un geste habile.

— Ce genre d'accessoire ne se porte pas droit, expliqua-t-il comme le prince haussait un sourcil surpris.

— Je veux bien me plier aux codes isthmiris, mais cette mode du chapeau de travers est parfaitement ridicule ! réprouva-t-il énergiquement, les bras croisés sur la poitrine.

— Vous devriez également attacher vos cheveux, conseilla Yrch d'un ton expert, un doigt tendu sur les lèvres, sans cesser de dévisager le prince. Ils sont trop longs et brillants, certaines femmes de ma connaissance risquent de vous jalouser...

— Pas le temps, trancha Azar en tournant les talons. Je ne veux surtout pas manquer l'arrivée de la délégation.

Yrch lui emboîta le pas, résigné, tandis qu'il se dirigeait à grandes enjambées vers la sortie.

— Ne prenez-vous pas votre matériel de dessin ? s'étonna-t-il alors qu'ils arrivaient sur le palier.

— Je n'ai pas besoin de croquis préparatoires. Je peux parfaitement dessiner de mémoire.

Tandis qu'ils descendaient quatre à quatre les marches menant aux quartiers des serviteurs, Yrch songea avec effroi que l'étrange peinture qu'il avait découverte, quelques minutes plus tôt, était peut-être la représentation d'un souvenir du prince. Il préféra cependant ne pas aborder le sujet. Azar, qui semblait d'une humeur massacrante, l'aurait de toute façon probablement battu froid…

— Où allez-vous ? Le salon d'été est dans cette direction ! s'exclama l'acteur comme le prince bifurquait soudain dans un petit couloir sans lumière.

— Je n'y vais pas, expliqua-t-il laconiquement.

Ils gravirent un long escalier et s'immobilisèrent face à une porte close de bois brut. Elle semblait très massive et était ornée d'une énorme serrure partiellement rouillée, ce qui laissait penser qu'elle donnait directement sur l'extérieur. Azar y posa sa longue main gantée et ferma les yeux. Yrch attendit patiemment, mais rien ne se passa.

— Saleté, bougonna le prince en se frottant les mains.

Il réitéra l'opération, les sourcils froncés par la concentration. Qu'essayait-il donc de faire ? Se croyait-il vraiment capable de déloger le lourd loquet par la simple force de sa volonté ? Comme rien ne se produisait, il finit par renoncer.

— Je ne suis pas encore prêt pour ça, constata-t-il calmement. La matière est beaucoup moins malléable que l'esprit.

Yrch était plus que sceptique, mais il ne laissa rien paraître.

— Je vais m'en occuper, proposa-t-il en s'interposant entre le prince et la porte.

Il dégaina le fin poignard qu'il portait toujours à la ceinture et joua quelques instants avec la serrure. La porte s'entrebâilla, mais il dut faire poids de tout son corps pour l'ouvrir en grand. De toute évidence, ce passage n'était que très rarement emprunté.

— Ça ne doit pas être autorisé, remarqua-t-il tandis que la lumière du jour les éblouissait.

— Depuis quand l'interdit te dérange-t-il ? demanda Azar d'un ton méprisant.

Il l'écarta brusquement pour monter la courte volée de marches en tête. Yrch le suivit en observant un silence vexé. Il prenait sur lui pour contenir sa colère grandissante, mais l'attitude cavalière d'Azar commençait à lui taper sur les nerfs. Prince ou pas, il n'avait pas à le traiter avec autant de dédain ! Le mufle n'avait même pas daigné le remercier pour l'avoir détaché !

Ils débouchèrent sur une courtine étriquée qui semblait courir tout le long de l'aile ouest, en contrebas des toits. Elle était jalonnée, de loin en loin, de petits bastions et d'échauguettes délabrées. En regardant par-dessus le parapet, Yrch fut pris de vertige. Loin en dessous d'eux, les grands caveaux du cimetière d'Isthmir ne paraissaient pas plus gros que des nichoirs.

Azar se lança sans la moindre hésitation en direction du sud. Il marchait d'un pas vif, le nez en l'air, guettant le moindre signe de vie dans le ciel encombré. Il ne semblait pas craindre de perdre l'équilibre et de passer par-dessus le garde-fou anormalement bas. Yrch, pour sa part, était loin d'être à l'aise. Il avançait prudemment, se tenant le plus loin possible du bord, tout en jetant des coups d'œil terrorisés à l'imprudent prince qui le distançait de plus en plus.

Ce fut alors qu'il le vit : tranquillement installé dans l'un des bastions, un garde venait de sortir de sa besace une blague à tabac ainsi que quelques victuailles. Le bougre avait dû profiter du chahut général pour s'éclipser et s'offrir un moment de repos bien mérité.

Yrch s'arrêta net, le cœur battant. Fonçant droit sur le bastion, Azar avait forcément vu le garde. Pourtant, il ne fit aucun effort pour rester discret et accéléra même l'allure. Trop occupé à mordre à pleines dents dans une miche de pain, le garde mit un long moment à se rendre compte qu'il n'était plus seul. Quand il vit enfin le prince, il abandonna sa miche, se redressa d'un bond et posa une main menaçante sur la garde de son épée, mais il était déjà trop tard : Azar, qui n'était plus qu'à quelques toises, le rejoignit en quelques bonds étonnamment souples et rapides, puis tendit simplement la main devant le visage de l'homme. Le malheureux garde s'écroula aussitôt de tout son long, sans avoir même eu le temps d'ouvrir la bouche.

Tandis que le prince reprenait tranquillement sa route, comme si de rien n'était, Yrch resta un long moment penaud, bouche bée, à tenter de comprendre ce qui venait de se passer. Il n'avait pas été assez proche pour en être certain, mais il lui avait semblé qu'Azar n'avait à aucun moment touché le garde.

— Alors, qu'est-ce que tu fiches ?

L'acteur revint à lui dans un sursaut. Le prince s'était arrêté pour lui adresser de grands gestes impatients. Yrch s'exécuta docilement, comme un pantin, tandis que la troublante scène à laquelle il venait d'assister se rejouait dans sa tête.

Alors qu'il passait près du bastion, il risqua un coup d'œil en direction de la victime. Le garde était inanimé, la bouche grande ouverte, gisant au milieu de son tabac renversé. Yrch continua son chemin, le cœur battant à tout rompre. Il n'était plus très sûr, tout à coup, de vouloir suivre un homme doté d'un pouvoir si effrayant. Puis soudain, alors qu'il venait de dépasser le bastion, un sonore ronflement fendit le silence. Il laissa échapper un long soupir de soulagement…

— Tu en mets, du temps, lui reprocha Azar quand il l'eut rejoint. Ne me dis pas que tu as peur du vide.

— Bien sûr que si, comme tout le monde ! répliqua Yrch. Je ne suis pas suicidaire, moi !

Ils atteignirent l'échauguette qui marquait l'angle de la courtine et bifurquèrent à gauche. Au-dessus de l'aile sud, celle-ci était bien plus large, ce qui leur permit d'avancer au même rythme, côte à côte. En dessous d'eux s'étendaient les jardins royaux et leur tortueux labyrinthe. Yrch n'était toujours pas rassuré, mais il se pencha tout de même pour jeter un coup d'œil en contrebas. Il comprit alors que le prince le menait deux étages au-dessus du balcon du salon d'été, dont on devinait déjà les contours à une soixantaine de toises.

— Eh bien ça, pour une vue imprenable… dit-il avec un sourire victorieux. Comment connaissez-vous cette courtine ? Vous n'êtes ici que depuis quelques jours, ne me dites pas que…

— Ce n'est pas une découverte qui date d'hier, répondit le prince. J'ai beaucoup joué sur les toits lors de mon premier séjour ici.

Yrch écarquilla les yeux.

— *Joué sur les toits* ? répéta-t-il en dévisageant intensément le prince. Quel genre d'enfance avez-vous donc eue ?

Pour la première fois de la journée, Azar se dérida un peu.

— Plutôt solitaire, répondit-il avec un demi-sourire curieusement nostalgique. Nous y voilà.

Ils avaient atteint le bout de la courtine. Le bastion qui l'achevait était enjambé par une arche qui s'étirait en direction de l'est, là où prenait naissance un deuxième chemin de ronde. En entendant une multitude de voix, Yrch comprit que l'arche se situait juste au-dessus du balcon où toute la noblesse s'était agglutinée pour assister à l'événement. On avait probablement détruit cette portion de rempart pour laisser un maximum de lumière pénétrer dans le luxueux salon d'été.

— Je sens que ça approche, dit Azar en montant sur l'arche.

Yrch retint son souffle comme le prince s'avançait, le plus naturellement du monde, jusqu'au milieu de l'étroite structure. Il s'attendait à tout moment à le voir tomber au milieu de la foule, provoquant un vent de panique. Azar dut percevoir son désarroi, car il lui adressa un sourire plein de morgue.

— C'est gentil, de t'inquiéter pour moi, susurra-t-il.

Il s'accroupit et se pencha en avant, comme s'il s'apprêtait à sauter au milieu des aristocrates. Il semblait tirer une certaine fierté à se trouver au-dessus d'eux et à les observer sans être vu.

— Je vous en prie, Altesse, vous jouez avec mes nerfs, dit Yrch d'une voix suppliante.

Le sourire d'Azar s'élargit. Il y avait quelque chose de lascif et de cruel dans cette mimique, quelque chose qui ne ressemblait pas du tout au gentil prince naïf et prude qu'il avait connu au château de

Puits-vert. Profondément troublé, Yrch ne soutint pas longtemps son regard.

Soudain, une rumeur lointaine leur parvint. Il y eut d'abord des cris, dont on n'aurait su dire s'ils étaient d'admiration ou de peur, dans le sud de la ville. Puis le silence se fit. Pendant d'interminables secondes, même les occupants du salon n'osèrent prononcer le moindre mot. Enfin, l'on commença à distinguer un bruit sourd et régulier. D'abord ténu, celui-ci gagna rapidement en intensité, jusqu'à couvrir les murmures stupéfaits qui montaient du balcon. Le nez en l'air, tous tentaient d'apercevoir les créatures qui semblaient tournoyer au-dessus de leurs têtes, mais le ciel n'était pas assez dégagé pour qu'elles fussent visibles.

— Que vient faire cette vieille garce ici ? s'étonna soudain Azar.

Yrch tourna vers le prince un regard interrogateur. Il n'avait pas quitté son perchoir et ne semblait pas contrarié que quelqu'un pût voir sa silhouette se découper sur le ciel depuis le balcon.

— De qui parlez-vous ?

Azar secoua vivement la tête, soucieux.

— Non, ce n'est pas possible, elle ne supporterait pas un si long voyage, murmura-t-il pour lui-même, ignorant la question d'Yrch.

Le prince avait-il déjà réussi à sentir une présence, là-haut, alors que personne n'avait encore aperçu le moindre bout de patte ? Tout en s'interrogeant sur le sens des obscures paroles d'Azar, l'acteur releva les yeux vers le ciel. Les battements d'ailes étaient à présent très proches, peut-être dix ou vingt toises au-dessus d'eux, mais le soleil resplendissant de la matinée avait laissé place, pour le plus grand malheur de la noblesse impatiente, à un ciel complètement bouché, dont les nuages les plus bas n'étiraient leurs bras cotonneux qu'à quelques pieds au-dessus des toits.

Puis tout à coup, il sentit un air glacé sur sa nuque et entendit un battement assourdissant juste derrière lui. Le coup de vent fut si violent qu'il fut déséquilibré.

— Attention ! s'exclama Azar d'un ton paniqué.

Alors qu'il s'apprêtait à tomber du bastion, Yrch connut, pour la première fois de sa vie, l'un de ces instants de totale conscience qui précèdent d'ordinaire une mort brutale, où les secondes s'étirent à l'infini. Il vit alors la scène dans son ensemble, comme s'il n'était plus qu'un simple spectateur : le garde-fou qui se rapprochait dangereusement, ses bras s'agitant vainement en quête d'une chose à laquelle se retenir, l'ombre immense de la créature qui les frôlait à toute vitesse, le chapeau d'Azar qui s'envolait, soufflé par les battements d'ailes, puis le prince lui-même qui s'était redressé pour plonger dans sa direction, les mains tendues en avant, sa longue chevelure déployée, telle une couronne de fils d'argent, autour de son visage étincelant d'une lumière irréelle. Ce fut à cet instant précis qu'il prit réellement conscience, pour la première fois, qu'Azar n'avait rien d'humain…

La collision entre les deux hommes fut brutale. Yrch, le souffle coupé, s'agrippa à Azar tandis qu'ils roulaient tous deux le long de la courtine, soulevant un épais nuage de poussière. Quand ils s'immobilisèrent enfin, l'acteur resta un long moment étendu, les bras le long du corps, groggy. Il se redressa sur un coude et regarda autour de lui, s'attendant à trouver le prince dans un état similaire au sien. Mais Azar, sans plus se préoccuper du sort de celui dont il venait de sauver la vie, était reparti s'accouder au bord du bastion.

Yrch se releva péniblement et, cahin-caha, rejoignit le prince.

— Merci, dit-il à son intention, d'une voix assez forte pour couvrir la cacophonie d'exclamations qui montaient du balcon.

Azar ne répondit pas, mais le contraire l'eût étonné. En contrebas, deux immenses volatiles noirs comme le charbon venaient d'atterrir lourdement au milieu des jardins royaux.

— Voilà donc les fameux ibyzohars, commenta Yrch. Ils sont sacrément moches.

— Et ils puent, renchérit Azar. J'ai cru m'évanouir quand ils sont passés près de moi.

Ils gardèrent le silence tandis que les cavaliers de l'air mettaient pied à terre. Ils en comptèrent cinq par bête, ce qui ne manqua pas de les impressionner. Quand il avait entendu parler d'ibyzohars, Yrch avait pensé qu'ils accompagneraient les émissaires afin d'éblouir la couronne isthmiri. Il n'avait à aucun moment envisagé que ces créatures pussent servir de monture à l'ensemble de la délégation !

— Pourquoi n'est-elle pas là ? murmura le prince pour lui-même. Je l'ai pourtant sentie.

— Allez-vous me dire de qui vous parlez, à la fin ?

— De l'oracle de Khullan.

Yrch haussa un sourcil étonné, mais il préféra s'abstenir de commenter cette curieuse information. Azar laissa alors échapper un sifflement digne d'un crotale agacé.

— J'aurais dû me douter que ce rat de Flenak serait du voyage, dit-il en désignant d'un index revanchard le petit conseiller qui zigzaguait vers le château, soutenu par un puissant homme-torglath.

— Regardez comme il est vert ! se réjouit cruellement Yrch. Apparemment, il supporte mal les voyages en ibyzohar.

— Il n'empêche que sa présence me pose un gros problème. Il est à même de me reconnaître au premier coup d'œil… Il va falloir que je m'en débarrasse.

Yrch blêmit.

— Qu'entendez-vous par là ? demanda-t-il d'une voix tremblante.

— Tiens tiens, voici en revanche une invitée inattendue.

Yrch suivit son regard. L'invitée en question, d'une taille plus qu'impressionnante, avait le visage couvert de poils, d'immenses jambes arquées et des bois sur la tête.

— C'est Ezephrael, une prêtresse felkni, expliqua Azar comme il l'interrogeait du regard. Nous nous sommes brièvement rencontrés lors de la campagne d'Echron.

Yrch le dévisagea avec des yeux ronds.

— Personne, à part Myst, n'est au courant de cette histoire, avoua Azar en tournant vers lui un regard amusé. Peut-être te la raconterai-je, un jour, si tu es bien sage.

Il avait parlé du ton que l'on réserve d'ordinaire aux gosses ou aux demeurés. Il se moquait ouvertement de lui, mais Yrch préféra faire comme s'il n'avait rien entendu. Il reporta son attention sur Ezephrael qui, à la manière dont elle caressait l'encolure de l'ibyzohar, devait être sa maîtresse.

— Sacré moyen de transport que cette bestiole, grommela-t-il, quelque peu dépité. Les torglaths, et maintenant ça ! Je ne voudrais pas me montrer défaitiste, Altesse, mais j'ai bien peur que votre frère ait déjà gagné…

Tout sourire quitta le long visage d'Azar. La mâchoire serrée et le regard sombre, il dévisagea silencieusement chacun des hommes et hommes-bêtes qui traversaient à présent les jardins en direction du château.

En le voyant si grave, Yrch repensa à l'étrange impression qu'il avait eue, tout à l'heure, lorsqu'il avait cru sa dernière heure arrivée. Il avait, alors, pensé percevoir la vraie nature du prince. Il l'avait trouvé beau, tout à coup, mais ce n'était pas la beauté d'une Iliena, de ces beautés humaines que l'on identifie instantanément. Non, c'était autre chose… Pendant ce court instant, Azar lui était apparu comme un être parfait. Bien trop parfait pour être de ce monde…

Épilogue

Dans la pénombre de son officine souterraine, il s'attelait pour la quatrième fois à la rédaction d'une importante missive en grommelant. Seule une bougie à demi-consumée éclairait le bureau de bois brut où s'amoncelaient les parchemins froissés. Il répéta plusieurs fois la phrase dans sa tête tout en zieutant d'un œil mécontent le crâne qui lui faisait face, hocha la tête et trempa sa plume dans l'encrier.

Il s'apprêtait à coucher sa lumineuse idée sur le parchemin quand des bruits de pas précipités, amplifiés par l'humidité ambiante, retentirent à l'extérieur de son antre. Il laissa échapper un grognement comme la formule si difficilement trouvée lui échappait, puis foudroya du regard la porte sur laquelle on tambourinait fébrilement.

— Maître Olyst ! appela une voix essoufflée.

— Quoi encore ? cracha-t-il, agacé.

— Nous avons un problème !

Olyst retint le juron qui lui montait aux lèvres, jeta sa plume à terre d'un geste rageur et se leva. Il atteignit la porte en quelques pas décidés, sa longue cape noire battant contre ses mollets, et l'ouvrit à la volée.

Sarkir se tenait sur le seuil, une torche grésillante à la main. Il rentra la tête dans les épaules en découvrant son maître plongé dans un état de fureur indescriptible.

— Ça a intérêt à être sacrément important ! aboya Olyst en pointant un index menaçant sur le faciès de rongeur de son minuscule subordonné.

— Il se passe quelque chose d'étrange au Sanctuaire, Maître.

— Quoi donc ?

— Vous devriez venir voir ça de vos propres yeux, Maître.

Olyst soupira, revint sur ses pas et décrocha sa cape d'hiver de sa patère. Le Sanctuaire, sorte de musée des voleurs où étaient conservées les reliques les plus précieuses accumulées par la confrérie depuis sa création, était la pièce la plus secrète et la plus souterraine du quartier général. Il y régnait un froid si mordant qu'on ne pouvait y rester plus de deux heures sans risquer de mourir d'hypothermie. On avait bien essayé de remédier à ce fâcheux inconvénient, mais on avait beau multiplier les feux, rien n'y faisait. La température n'augmentait jamais, à croire qu'une malédiction s'était abattue sur l'endroit.

— J'espère que ce sera rapide, marmonna-t-il en se couvrant de sa deuxième cape. J'ai beaucoup à faire, figurez-vous.

— Je ne me serais jamais permis de vous déranger si ce n'était pas important, dit Sarkir d'une voix mielleuse.

Ils remontèrent le couloir et s'engagèrent dans le labyrinthe des boyaux du quartier général. Il était impossible de s'y retrouver pour un visiteur occasionnel, d'autant plus que l'obscurité y était totale, mais les deux hommes avaient investi les lieux depuis si longtemps qu'ils avançaient d'un pas confiant, sans jamais s'égarer.

Ils croisèrent plusieurs gardes qui les saluèrent avec déférence. L'ensemble de ce dédale était surveillé par des membres de la confrérie, lesquels s'acquittaient de cette pénible tâche à tour de rôle, mais à mesure qu'ils approchaient du Sanctuaire, les sentinelles étaient de plus en plus nombreuses et de mieux en mieux armées. Les hommes les plus proches de la salle étaient affectés à ce poste toute l'année. Malgré le froid et l'obscurité, leur fonction était très prisée au sein de la confrérie, car ils étaient grassement payés pour ne pas être tentés de se servir dans le Sanctuaire.

— Rhonnyn et Rhaenry sont sur place, annonça Sarkir alors qu'ils atteignaient la large porte gardée par deux hommes en armes.

Olyst retint péniblement un grognement réprobateur. Depuis quelque temps, Rhonnyn et Rhaenry, frères de sang, semblaient davantage au service de Sarkir qu'au sien. Il ne cessait de les voir ensemble, tous les trois, et à plusieurs reprises, il avait eu l'impression d'interrompre des conciliabules animés. Ses soupçons de complot en préparation étaient d'autant plus forts que la loyale Siria, elle-même membre de la fratrie, lui avait fait comprendre à demi-mot, lors de l'une de leurs entrevues nocturnes, que Sarkir convoitait sa place de chef.

Quand les sentinelles eurent ouvert la porte, une vague d'air froid s'abattit sur eux. Ils resserrèrent leurs capes autour de leurs épaules, pénétrèrent dans le Sanctuaire et longèrent en grelottant les étagères où trônaient des objets de si grande valeur ou si faciles à identifier qu'il n'était pas possible de les vendre. Il y avait des couronnes d'or pur, des bijoux si massifs qu'aucun cou humain n'aurait pu supporter leur poids, des pièces de vaisselle frappées du sceau de la maison de

Valkir, et même un trône de fer dérobé, Kendur seul savait comment, à un obscur roi nordique. Mais ce n'était pas vers l'une de ces babioles que le menait son subordonné.

En distinguant une éblouissante lumière bleutée, dans le fond de la salle, Olyst eut un frémissement qui n'était pas dû à l'atmosphère glacée. Il venait de comprendre d'où venait le "problème" évoqué par Sarkir.

Ils s'immobilisèrent face à l'objet fautif. C'était le plus banal de la collection, et pourtant le seul qui était posé sur un coussin de velours au sommet d'un guéridon finement ouvragé. Olyst était l'un des rares membres de la confrérie qui savait pourquoi la petite bille bénéficiait d'un tel traitement de faveur. Il salua d'un bref hochement de tête Rhaenry et Rhonnyn, qui cachaient leurs yeux derrière leurs mains pour ne pas être aveuglés.

— Ça sent le brûlé, remarqua-t-il.

— Elle a tant chauffé que le velours a cramé, Maître, l'informa Rhonnyn, un homme blond tout en muscles qui ressemblait plus à un Kizefgurgi qu'à un natif d'Isthmir.

Olyst tenta de distinguer les contours de la sphère de Kaldius, mais il dut rapidement détourner le regard tant son scintillement était intense.

— Depuis quand brille-t-elle ? demanda-t-il.

— Ça a commencé il y a près d'une heure, répondit Sarkir. Une chance qu'elle ne se soit pas trouvée sur l'une des étagères, sans quoi tout notre trésor aurait flambé.

— Mefir avait dû prévoir cette éventualité, répliqua Olyst, soucieux.

— Qu'est-ce qui a provoqué ça, à votre avis ? s'enquit Rhaenry.

— Je n'en ai aucune idée, mentit effrontément le maître de la confrérie.

Il en savait bien plus qu'il ne le prétendait, mais il aurait été sot de se confier à ce trio d'intrigants. Ce soudain réveil de la sphère de Kaldius ne pouvait signifier qu'une chose : un héritier était tout proche, et elle l'appelait. Était-ce ce fourbe de Raskit, dont on avait perdu la trace quelques années plus tôt ? Ou bien un nouvel héritier dont on ignorait tout ? Il songea alors au gamin de Mefir, ce petit effronté que l'idiot tenait tant à préserver de son héritage. Non, c'était impossible. On lui avait assuré, à plusieurs reprises, que ce fauteur de troubles était mort et enterré…

— Doublez les effectifs des gardes, ordonna-t-il abruptement.

Les trois hommes s'adressèrent des regards éperdus. Sarkir fit la moue, car en plus d'être un conspirateur de malheur, il était responsable des finances de la confrérie.

— Mais, Maître, nous n'avons pas les moyens de…

— Vous réorganiserez également les tours de garde, le coupa brusquement Olyst. Qu'ils soient totalement différents d'un jour sur l'autre.

Sarkir blêmit.

— Il est déjà très difficile de les modifier chaque mois, Maître, je crains que nos hommes soient complètement perdus si…

Il s'interrompit de lui-même, car le regard que lui jetait Olyst n'autorisait aucune contestation.

— Comme il vous plaira, céda finalement Sarkir.

— Pensez-vous vraiment que quelqu'un s'intéresse à cette petite bille qui ne vaut pas un clou ? intervint Rhonnyn de sa grosse voix bourrue. M'est avis qu'on aurait dû la jeter depuis longtemps.

— Idiot ! siffla Olyst en le foudroyant du regard. Cette chose n'a peut-être pas la moindre valeur dans ton petit monde étriqué, mais sache que tous les trésors entreposés ici ne sont qu'un tas de merde en comparaison !

Comme tous le regardaient avec des yeux ronds, incrédules, il reporta son attention sur la petite bille. Il crut un instant qu'il allait se brûler la rétine, à la fixer ainsi, mais il finit par percer sa violente clarté pour distinguer, gravé sur sa surface, le minuscule trident noir.

Un sourire perfide écorcha son visage anormalement maigre et pâle. *On ne se débarrasse pas du seul moyen de négocier avec les dieux eux-mêmes*, songea-t-il.

TABLE DES MATIERES

LEXIQUE DES NOMS PROPRES

Amary : jeune garçon de Valjteph, toujours accompagné de son chien-loup Os.

Amnor : précepteur princier assassiné par Azar / l'arme offerte par Azar à Myst.

Arnela : jeune voleuse d'Isthmir.

Astar : frère d'Azar, nouveau souverain de Khull.

Banigara : ancienne conseillère de Puits-vert, condamnée pour avoir commandité l'empoisonnement d'Azar.

Bragar : maître des écuries de Khullan.

Brevar : garde du palais de Khullan.

Calel : ancien brigand nomade originaire de Dzethla, entré au service de Triska après la prise de Puits-aux-poisons.

Cavar : père d'Azar, roi de Khull, emprisonné après le coup d'état de son fils Astar.

Dugust : ancien soldat de la Charge, condamné à l'exil pour avoir tenté d'empoisonner Azar.

Egar : ancien commis de Zak, exilé en Isthmir.

Enira : sœur de Myst.

Ethel : homme-cerf.

Ezephrael : femme-cerf, prêtresse de Sathariel.

Fagmir : chef des pillards de Valjteph, exécuté par Paskir sous les ordres de Myst-Kaldius.

Felknis : peuple des hommes-cerfs de Felkon.

Flenak : conseiller du palais de Khullan.

Futé : homme de main engagé par Zak, exilé en Isthmir.

Gazara : célèbre joueuse de sitar Khullani.

Gonnyn : homme de Fagmir, tué par Myst.

Guerina : mère de Myst.

Grunda : observatrice d'Urkan, épouse du conseiller Morlek.

Hanest : homme de lettre Khullani, nommé conseiller du roi suite à la condamnation d'Himzelt.

Haskir : maître voleur d'Isthmir, mentor de Myst.

Himzelt : ancien conseiller de Cavar, condamné pour avoir commandité l'empoisonnement d'Azar.

Ibyzohar : créature ailée légendaire.

Juno : jument nordique offerte par Zefar à Myst, en échange de Furieux.

Kaldius : ancien mage nordique et lointain ancêtre de Myst, immortel.

Kendur : ancien dieu des Isthmiris.

Kesher : ancien capitaine de la Charge, exilé en Isthmir.

Khull, dit "le Grand" : premier roi du désert.

Khullafar, dit "le Juste" : ancien roi de Khull, fils de Khull.

Laran, dit "le Tatoué" : lieutenant de la garde de Puits-aux-Poisons, qui a aidé Azar à s'enfuir vers Isthmir.

Ly : fille adoptive de Seregrina, oracle.

Marta : reine défunte de Khull, mère d'Azar et Astar.

Mastag : conseiller du roi Cavar.

Mefir : fondateur de la confrérie des voleurs, père de Myst.

Negel : doyen des Felknis.

Paskir : chevalier Isthmiri, connu pour avoir tué toute sa famille sous l'emprise du sarot.

Raka : femme de chambre et nourrice d'Azar.

Raskit : voleur Isthmiri, ennemi juré de Myst et héritier potentiel de l'esprit de Kaldius.

Samma : ancienne maîtresse de Fagmir, exilée en Isthmir.

Saska : ancien archer de la Charge entré au service de Triska après la prise de Puits-aux-poisons.

Sathariel : dieu-mage des Felknis, qui fut dieu des Echronis avant l'avènement de Shara.

Seregrina : première femme de Khullafar, nouvelle déesse des Khullanis.

Shara : première déesse des Khullanis.

Sitark : dieu des Urkanis, jumeau du dieu nordique Zedorg

Sodar : lieutenant de la Charge, nommé capitaine en l'absence de Kesher.

Tharen : conseiller d'Echron, oncle d'Azar.

Triska : ancienne grande prêtresse de Shara, mariée de force à l'usurpateur Astar.

Valkir : roi d'Isthmir.

Verth : ancien bretteur de la Charge, exilé en Isthmir.

Yrch : ancien intendant de Puits-aux-poisons, originaire de Dzethla.

Zak : marchand de Khullan, mort à Valjteph.

Zeda : marchande de Puits-aux-Poisons, exilée en Isthmir.

Zedorg : dieu des nordiques, jumeau du dieu urkani Sitark.

Zefar : ancien capitaine de la Charge, longtemps disparu dans les montagnes du nord avant d'entrer au service de Seregrina.

Zogal : premier conseiller du roi Cavar.

À PARAÎTRE, DANS LA SÉRIE DEIHIJIN

6.
Les reines insoumises

7.
Le repaire des Shenjin

8.
Le peuple des marais

Plus d'infos sur :

heleneconraux.blogspot.fr ou la page Facebook de Deihijin

Cet ouvrage a été composé par Hélène Conraux
Rue René Cassin – 45600 Sully-sur-Loire
France

Imprimeur : Amazon Createspace
USA

Dépôt légal : janvier 2017

65775863R00206

Made in the USA
Charleston, SC
09 January 2017